Uhlenbrock · Die langen Schatten der Vergangenheit

Für Eva,
die zu treffen das größte Glück
meines Lebens war.

Karlheinz Uhlenbrock

DIE LANGEN SCHATTEN DER VERGANGENHEIT

Ein Münsterland-Krimi

Juli 2021
© 2021 Karlheinz Uhlenbrock, Rheine
Layout, Satz & Umschlaggestaltung: Die BUCHPROFIS
der Buch&media GmbH, München
Autorenfoto: Eva Uhlenbrock
Kartografie: grebemaps® Kartographie + PrintDesign
Druck und Verlag: BoD – Books on Demand, Norderstedt
Printed in Germany

ISBN: 978-3-7543-2826-2

Es gibt kein Heute ohne das Gestern.

Discipulus est prioris posterior dies.
Der heutige Tag ist des gestrigen Schüler.
Publilius Syrus (um 90–40 v. Chr.),
Römischer Moralist und Possenschreiber

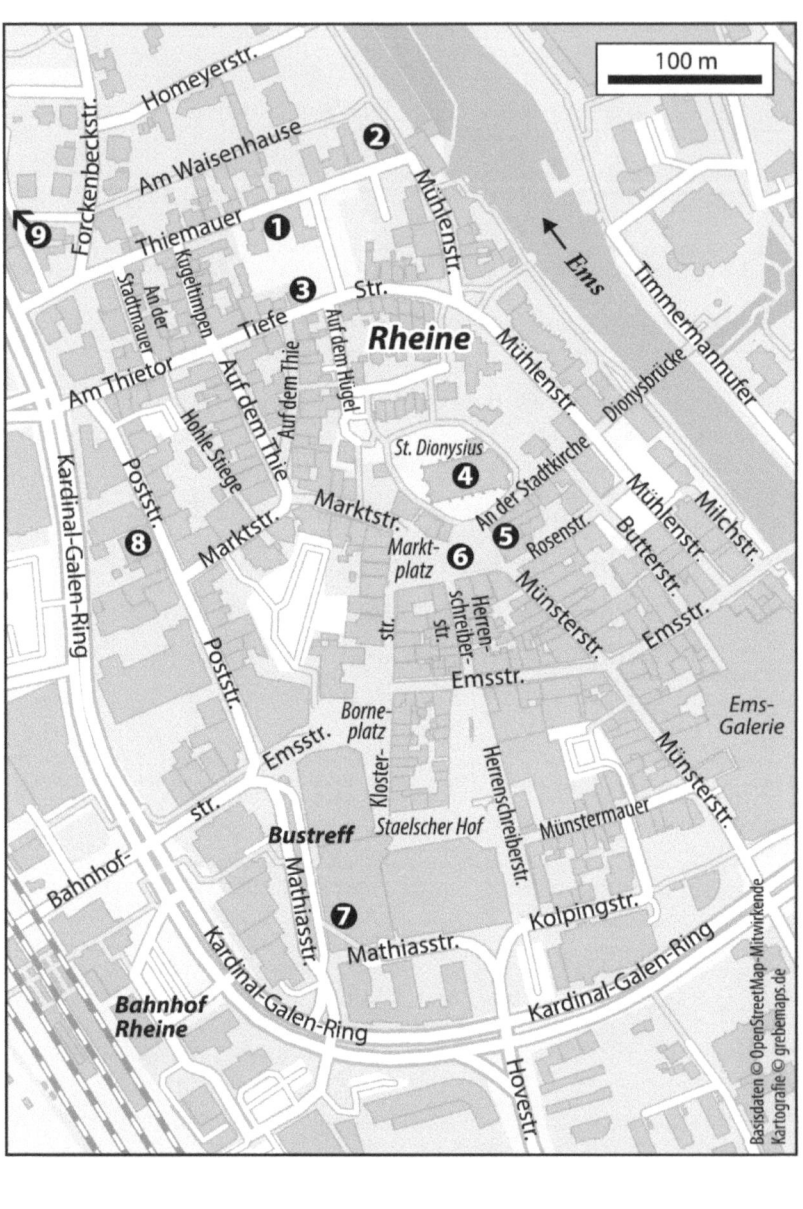

Homeyerstr.

Am Waisenhause

Forckenbeckstr.

❷

Thiemauer

❶

❾

Kugelimpen

An der Stadtmauer

❸

Tiefe

Str.

Mühlenstr.

Mühlenstr.

Ems

Timmermannufer

Rheine

Am Thietor

Auf dem Thie

Auf dem Thie

Auf dem Hügel

St. Dionysius

❹

An der Stadtkirche

Dionysbrücke

Hohle Stiege

Marktstr.

Marktstr.

❻

Markt-
platz

❺

Rosenstr.

Mühlenstr.

Butterstr.

Milchstr.

❽

Poststr.

Marktstr.

str.

Herren-
schreiber-
str.

Münsterstr.

Emsstr.

Kardinal-Galen-Ring

Poststr.

Emsstr.

Emsstr.

Borne-
platz

Kloster-str.

Herrenschreiberstr.

Münsterstr.

Ems-
Galerie

str.

Bustreff

Staelscher Hof

Münstermauer

❼

Mathiasstr.

Mathiasstr.

Kolpingstr.

Kardinal-Galen-Ring

Bahnhof-

Kardinal-Galen-Ring

**Bahnhof
Rheine**

Hovestr.

100 m

RHEINE AN DER EMS
– INNENSTADT –

❶ Falkenhof-Museum

❷ Ehemaliger Getreidespeicher

❸ Restaurant Veracruz

❹ Stadtkirche St. Dionysius

❺ Pfarrbüro St. Dionysius

❻ Marktplatz

❼ Stadtarchiv

❽ RAZ (Rheiner Allgemeine Zeitung)

❾ Villa von Anna und Moritz Mey
(außerhalb des Kartenausschnitts)

DIE HANDELNDEN PERSONEN

IN RHEINE

MORITZ MEY

Von der Ausbildung her Historiker, von Beruf jedoch Hausmann und freier Mitarbeiter der *Rheiner Allgemeinen Zeitung*. Akribisch und hartnäckig in der Recherche.

ANNA MEY

Lehrerin für Biologie und Mathematik am Rosalind-Franklin-Gymnasium in Rheine. Kann geduldig zuhören, aber auch rasch handeln.

ALOIS NICKEL

Chefredakteur der *Rheiner Allgemeinen Zeitung* und gewichtiger Liebhaber von Kaffee und süßen Versuchungen.

MARGARETE (MAGGIE) UPPKAMPP

Aktuell arbeitslos – ihr Nagelstudio fiel dem ersten Corona-Lockdown zum Opfer. Träumt von einer Chance auf das große Glück.

MERLE RUBIN

Kriminalhauptkommissarin und Leiterin einer Mordkommission. Ihr eilt der Ruf voraus, eine brillante Analytikerin zu sein, die ihr Team bis an seine Grenzen fordert.

LUKE RUMPHORST

Kriminaloberkommissar und ein Ermittler alter Schule. Ruhig, energisch und entschlossen – außer beim Umgang mit dem weiblichen Geschlecht. Daher auch mit 36 Jahren noch Junggeselle.

JAKOB BÄR

Macht seinem Namen alle Ehre: bärbeißiger, notorisch schlecht gelaunter Kriminalkommissar mit einem Hang zu verschrobenen Theorien.

EDGAR FALTERMEYER

Kriminalkommissar; spielt als Kriminalermittler die zweite Geige und leistet die Fußarbeit, so wie es dem Assistenten in einer Mordkommission eben zukommt.

AZRA CEYLAN

Polizeibeamtin in Rheine, mit dem Blick auf höhere Weihen. Attraktiv und doch single – und letzteres durchaus mit guten Gründen.

DOKTOR PAUL NOTTENDORF

Wortkarger, Pfeife rauchender Rechtsmediziner am Universitätsklinikum Münster, dessen pedantische Arbeit nicht bei allen Kriminalbeamten Anerkennung findet.

ANDREAS BROCKMANN

Leiter der Ausstellung »Bürgersinn und Seelenheil« im Falkenhof-Museum in Rheine. Sympathisch, kompetent und dennoch nicht vor Fehlern gefeit.

ADAMA DIABATÉ

Gründlich und zuverlässig arbeitende Reinigungskraft im Falkenhof-Museum in Rheine. Stammt ursprünglich aus Mali, was seinen Namen wie auch seine dunkle Hautfarbe erklärt.

MARKUS KLEIN

Tattoo-geschmückte, zweite Reinigungskraft im Falkenhof-Museum. Nicht der Hellste, genießt jedoch das Leben.

AGNETHA LÖCHTE

Kassiert beruflich im Falkenhof-Museum den Eintritt und verkauft die Souvenirs. In ihrer Freizeit eine passionierte Joggerin. Greift beherzt zu, als ihr das Schicksal die Chance zum großen Geldgewinn bietet – aber Hand aufs Herz: Wer würde das nicht tun?

PETER KÖRNER

Hochherziger Stifter eines wertvollen Buches und, obgleich schon lange verstorben, der Stein, der die Ereignisse ins Rollen bringt.

JULIA KAMPEL

Gelernte Archivarin und aktuell Studentin der Geschichte. Archiviert im Ferienjob alte Ausgaben der *Rheiner Allgemeinen Zeitung*. Ein Glücksfall für die Zeitung und für jeden, der im Archiv nach Spuren der Vergangenheit sucht.

FRITZ MOHN

Ein Elektriker mit kurz geschorenem Haar, Tattoos auf den Armen und Springerstiefeln an den Füßen, der auf Feldwegen zu einem einsamen Bauernhof fährt – noch Fragen?

IN AACHEN

WILHELM UPPKAMPP
Ein Goldschmied mit hochgepriesener fachlicher Kompetenz. Zugleich ein Mensch mit manchem Laster. Doch würzen nicht gerade diese den faden Alltag eines Junggesellen?

CÄCILIA CORNRADE
Eine junge Witwe, die ihre magere Pension durch die Untervermietung eines Zimmers ihrer Wohnung aufbessert.

PAUL GROTHUES / LAMBERT QUIRIN / HEINRICH KOELGES / EGIDIUS ERKENS
Eine honorige Runde gesetzter Herren, welche alle einem gemeinsamen, wenngleich bedauerlicherweise illegalen Hobby frönen.

JOHANNES OPRÉE
Weilte in Berlin bereits als Gast am Kaiserhof und bringt damit ein wenig hauptstädtisches Flair in die rheinische Provinz.

PROLOG

Das Fenster im Obergeschoss des Turmes war lange Zeit nicht geöffnet worden. Erst nach heftigem Zerren schwangen die hölzernen Fenster mit einem widerwilligen Knarren nach innen auf. Der Ausblick, der sich bot, war atemberaubend. Die ganze Stadt lag einem zu Füßen, ein Meer von schwarzen und roten Dächern. Am Horizont war das Grün der Felder zu erahnen. Zur Linken entdeckte man ein blaues Band. Der Fluss, dessen Wasser wie schon seit Jahrtausenden der Nordsee zuströmte. Vom nahen Marktplatz klangen die Gespräche der Café-Besucher herauf, nur unverständliche Worte, natürlich, ein gleichmäßiges, lebenslustiges Murmeln. Der warme Wind zerzauste einem das Haar und fast hatte es den Anschein, als müsste man nur die Arme ausbreiten und die Brise würde einen forttragen, wohin auch immer man wolle.

Normalerweise wäre dies ein Augenblick zum Genießen.

Doch im Hier und Jetzt war nichts normal. Und es gab auch nichts zu genießen.

Das Gefühl, auf dem Wind reiten zu können, war reine Illusion. Ein Schritt aus dem Fenster und man wäre zurück auf dem harten Boden der Realität. Der Sturz würde nur wenige Sekunden dauern. Mit rasender Geschwindigkeit käme das Kopfsteinpflaster auf einen zu. Menschen, die jetzt noch unbeschwert in den Cafés und Restaurants rund um den Marktplatz saßen, würden aufspringen, kreischen, schreien vor Entsetzen. Es würde gerade noch Zeit für einen Atemzug bleiben – den definitiv letzten. Mit dem Aufschlag wäre dann alles gnädig ausgelöscht: die Ausweglosigkeit, die Verzweiflung, die Angst.

Aber eines bliebe: die Schuld. Die würde man mitnehmen, wohin auch immer man dann ginge. Die schwarze, blutbeladene Schuld. Sie würde einen begleiten auf dem Weg in die Hölle, so es denn eine gab. Die Schuld ließe sich nicht auslöschen mit einem Sprung in die Tiefe. Sie würde auf immer bleiben, ein unauslöschlicher Teil seiner selbst, eingebrannt in die Flügel der Seele.

Ein Gedanke, der die Gestalt am Turmfenster trotz der sommerlichen Hitze erschaudern ließ, sie in ihrem Innern mit eisigem Entsetzen erfüllte. Ein Gedanke, der sie zögern ließ, den letzten Schritt zu tun.

Noch …

Im Treppenaufgang waren hastige Schritte zu hören.

Sie kamen.

Kamen, sie zu holen!

Sie musste sich entscheiden. Jetzt!

ERSTER TEIL

Rheine, Montag, 3. August, bis
Mittwoch, 5. August 2020

MEY, ÜBERNEHMEN SIE

Ihre Bluse war eine Augenweide. Der luftige Stoff fiel in feinen Falten. Das zarte, rosafarbene Muster harmonierte auf angenehme Weise mit dem Sommerblumenstrauß neben der Computertastatur. Der oberste Blusenknopf spannte, was seine Gedanken auf ihre üppige Oberweite lenkte.

Seit gut zehn Minuten saß Moritz Mey im Vorzimmer von Alois Nickel, seines Zeichens Chefredakteur der RAZ, der *Rheiner Allgemeinen Zeitung*. Nickel hatte ihn zu einem Gespräch gebeten. Genauer gesagt: Es war Nickels Sekretärin Lisa Leuring gewesen, die ihn telefonisch kontaktiert und einen Gesprächstermin für den heutigen Montag, zehn Uhr vereinbart hatte.

»Und seien Sie pünktlich. Sie wissen ja: Herr Nickel wartet nicht gerne.«

Moritz Mey war pünktlich, der Chefredakteur war es nicht. So saß Mey seit einer Viertelstunde wartend im Redaktionssekretariat und hatte Zeit und Muße, seine Blicke und seine Gedanken schweifen zu lassen.

Es kam nicht oft vor, dass man ihn als freien Mitarbeiter zu einem Gespräch in die heiligen Hallen der Redaktion bat. In der Regel erhielt er seine Arbeitsaufträge per Mail oder Telefonanruf. Auch die fertigen Artikel schickte er auf elektronischem Wege. In die Redaktion kam er eigentlich nur zum alljährlichen Betriebsfest im Januar, zu dem jeder Mitarbeiter angehalten war, einen kulinarischen Baustein zum Buffet beizusteuern, das alle Jahre wieder fleischlastig und überladen war. Üblicherweise entschied sich Moritz in letzter Minute dafür, seinen legendären griechischen Hirtensalat mitzubringen, eine Spezialität mit reichlich Zwiebeln und Knoblauch, die ihm in der Redaktion den Spitznamen »Sirtaki« eingebracht hatte.

Die Tür zum Büro des Chefredakteurs war noch immer geschlossen. Frau Leuring tippte mit bewunderungswürdiger Geschwindigkeit. Dabei schien sie so gut wie nie Korrekturen vornehmen zu müssen. Beneidenswert. Der oberste Knopf ihrer Bluse hatte dem Druck bisher standgehalten. Vielleicht waren ja Haken und Öse als Sicherung in die Knopfleiste eingenäht worden.

Moritz Mey kannte sich damit aus. Eigentlich kannte er sich mit allem aus, was mit Kleidung, Haushalt und Kochen zu tun hatte. Denn Moritz Mey war Hausmann. Eine Profession, die er nicht ganz freiwillig gewählt hatte.

Ursprünglich hatte er Gymnasiallehrer werden wollen. Deutsch und Geschichte hatten schon in der Schule zu seinen Lieblingsfächern gezählt. Was lag näher, als diese Passion im Studium fortzusetzen und gerne auch später im Beruf? Doch die Lehrerschwemme der frühen 80er-Jahre machte ihm einen Strich durch diese Rechnung. Nicht einmal für eine Vertretungsstelle hatte sein Zweier-Examen gereicht. Pech oder Schicksal – wer konnte das sagen? Das Studium hatte in jedem Fall Spaß gemacht und auf der Examensparty hatte er dann Anna kennengelernt, eine zielstrebige Studentin der Naturwissenschaften. Langes blondes Haar, schlank und mit einem unwiderstehlichen Lachen, seine Traumfrau. Nach drei Monaten zogen sie zusammen. Ihre Hochzeit in einem Hausboot auf der Ems wurde ein rauschendes Fest. Neun Monate später kam Sohn Malte zur Welt. Und dann ergab sich alles fast zwangsläufig. Nach dem Referendariat bekam Moritz keine Stellenangebote, seine Frau schon. Mathematiklehrerinnen waren eben gesucht. Die Geburt der Zwillinge Lotta und Luise zementierte dann endgültig seinen Weg zum Hausmann, ein Beruf, der ihm inzwischen durchaus Spaß machte, ihn aber in den 90er-Jahren unter seinen Freunden und Bekannten zum Exoten hatte werden lassen.

Heute waren die drei Kinder längst aus dem Haus. Der Älteste arbeitete als IT-Spezialist in Münster, die Zwillinge studierten in Aachen.

Und er hatte seinen Job als freier Mitarbeiter bei der RAZ. Ein Mitarbeiter, der noch immer auf seinen Termin beim Chefredakteur wartete.

Zum gefühlt hundertsten Mal ließ Mey seinen Blick durch das Sekretariat schweifen. Sehr viel Neues zu entdecken gab es hier nicht mehr. Frau Leurings Finger glitten noch immer wieselflink über die Computertastatur. Neben ihr lag auf einem weißen Porzellanteller das Markenzeichen des Corona-Zeitalters: eine rosafarbene Alltagsmaske. Zu tragen an allen Orten, an denen sich Menschen nahekommen konnten. Aktuell gerade außer Dienst, weil ihre potenzielle Trägerin konsequent auf ausreichend Abstand zur einzigen weiteren Person im Raum achtete – und dies nicht nur räumlich. Sie siezte ihn auch nach zehn Jahren gemeinsamer Tätigkeit bei der RAZ noch immer.

›Doch Chapeau‹, dachte Mey. ›Maske und Bluse harmonieren perfekt. So wird das ungeliebte Utensil zum modischen Accessoire.‹ Was seiner Meinung nach den Tragekomfort allerdings kaum erhöhen dürfte. ›Eigentlich‹, überlegte er, ›bietet solch eine Gesichtsmaske noch eine Fülle weiterer Möglichkeiten. Man könnte sie zum Beispiel als Werbeträger nutzen, so wie die Trikots im Sport, als Reklamefläche für Zahncreme, Lippenstift oder Elektrorasierer. Oder als Kommunikationsmittel. Sprüche wie *Mies gelaunt* oder *Könnte heute tanzen* würden dem Gegenüber im Büro direkt vermitteln, wie es um die Laune des Maskenträgers bestellt ist.‹ Er grinste. ›Sofern man denn morgens die richtige Maske aufsetzt.‹

»Herr Mey!«, riss ihn die sonore Stimme der Sekretärin aus seinen Gedanken.

»Ja?«

»Herr Nickel hat jetzt Zeit für Sie.«

Mey brauchte einen Moment, um in die Wirklichkeit zurückzufinden.

»Ähm, danke.« Er erhob sich.

»Aber Herr Mey!« Die Sekretärin klang entrüstet.

Mey schaute irritiert.

»Sie wissen schon, die Maske.«

»Ach, natürlich. Die Maske.« Vermummt wie ein Chirurg im Operationssaal betrat er das Büro des Chefredakteurs.

»Moin, Moritz. Nimm doch Platz. Die Maske kannst du abnehmen. Wir halten Abstand.«

Erleichtert verstaute Mey den Mund-Nasen-Schutz in der Brusttasche seines Sommerhemdes. Die Seitenteile schauten oben heraus. ›Ein Pendant zum klassischen Einstecktuch‹, ging es ihm durch den Kopf. ›Womit wir eine weitere Möglichkeit hätten, die Maske zu nutzen, wenn auch eine eher bizarre.‹ Mey grinste. Vorsichtig setzte er sich auf den Besucherstuhl, der einen wenig vertrauenerweckenden Eindruck machte und beim Hinsetzen knarrte. Sein schwarzes Notizbuch, das er zu allen Zeitungsterminen mitnahm, legte er auf den Rand des ausladenden Kiefernschreibtisches, auf dem Stöße ordentlich geschichteten Papiers die Skyline einer nordamerikanischen Downtown nachzubilden schienen. Alois Nickel war und blieb eben ein Pedant.

»Einen Kaffee?«

Mey stellte seine Ohren auf. Innerlich. Denn wenn der Chefredakteur bei einer Besprechung Kaffee anbot, dann hatte er ein Anliegen oder eine unangenehme Mitteilung an den Mann zu bringen. Oder beides.

»Gerne.«

Nickel betätigte einen der vielen Schalter des auf dem Sideboard platzierten, chromglänzenden Kaffeeautomaten. Mit einem brummenden Geräusch begann das Mahlwerk der Maschine zu arbeiten. Wenig später standen zwei Tassen frisch aufgebrühten Kaffees vor ihnen. Im Redaktionsbüro breitete sich ein köstlicher, aromatischer Duft aus.

»Dazu vielleicht einen Dominostein?«

Mit einer fließenden Bewegung zauberte Nickel einen Teller mit einem handverlesenen Sortiment an weißen, hellbraunen und schwarzen Dominosteinen aus den Tiefen seiner Schreibtischschublade. Die

Lebkuchenspezialität war die erklärte Lieblingssüßigkeit des Redaktionsleiters der RAZ. Dass er einen Großteil seines nicht eben geringen Bauchumfanges dieser Liebe verdankte, galt als offenes Geheimnis.

»Greif zu. Sie sind gekühlt.«

Nickels Büro verfügte über einen kleinen Kühlschrank, in dem neben Wasserflaschen stets auch einige Packungen Dominosteine lagerten. In der Redaktion munkelte man, dass er sie von einem speziellen Lieferanten aus Aachen bezog.

»Danke, Alois, vielleicht später.« Bei den aktuellen hochsommerlichen Temperaturen stand Mey zwar durchaus der Sinn nach etwas Kühlem, doch bestimmt nicht nach gekühltem Weihnachtsgebäck.

»Wie du willst.« Nickel schien enttäuscht. »Ich nehme schon mal einen mit ... weißer Schokolade.« Genussvoll ließ er den Dominostein zwischen seinen Zähnen verschwinden.

Vorsichtig nahm Mey einen ersten Schluck Kaffee. Heiß und gut!

Alois Nickel räusperte sich. »Wie du weißt, feiert unsere Stadtkirche St. Dionysius in diesem Jahr den 500. Jahrestag ihrer Fertigstellung.«

Mey nickte. Das 500-Jahr-Jubiläum der Dionysius-Kirche war seit mehr als zwei Jahren ein großes Thema in Rheine. Begonnen hatte man mit dem Kirchenbau nach neueren Erkenntnissen um etwa 1440. Chronischer Geldmangel in der mit knapp 2000 Seelen damals noch recht kleinen Pfarrei, aber auch kriegerische Auseinandersetzungen hatten den Baufortschritt verzögert. So konnte die Errichtung der spätgotischen Hallenkirche erst anno 1520 mit der Vollendung des Turmes und der Weihe der Glocken abgeschlossen werden.

»Über mehrere Generationen haben die Rheiner Bürger an ihrer Kirche gebaut, ihren Schweiß und ihr Geld in den Bau eingebracht, Pfennig für Pfennig. Sie haben den Bau praktisch ihrem Alltag abgerungen. Einem verdammt harten Alltag, geprägt von beschwerlicher Arbeit und oftmals auch von Hunger, Krieg und frühem Tod.«

Mey nickte. Als Historiker konnte er diesem Statement nur zustimmen.

»Zur Feier des Jubiläums sind von der Kirchengemeinde eine Vielzahl von Veranstaltungen geplant und akribisch vorbereitet worden. Orgelkonzerte in der Dionysius-Kirche, eine Dombauhütte, ein Jahrmarkt, um nur einige zu nennen. Selbstverständlich hatte unsere Zeitung geplant, diesen Veranstaltungsreigen journalistisch zu begleiten. Vorgesehen waren neben einem bunten Potpourri verschiedener Artikel auch vier mehrseitige Beilagen. Letztere natürlich mit reichlich Platz für Anzeigenkunden.«

Der Chefredakteur legte eine theatralische Pause ein.

»Durch den Corona-Lockdown und die anschließenden Vorgaben für alle Arten von öffentlichen Veranstaltungen sind die meisten Veranstaltungen zum Kirchenjubiläum ausgefallen – und damit haben sich auch unsere Sonderbeilagen und alle mit ihnen verbundenen Einnahmen aus dem Anzeigengeschäft in nichts aufgelöst. Einnahmen, die wir in der momentan schwierigen Zeit mehr als gut hätten gebrauchen können.«

Nickel holte Luft.

›Aha, jetzt kommt er zum Kern‹, dachte Mey.

»Eine Sonderbeilage haben wir retten können. Sie wird Anfang September erscheinen, passend zur Eröffnung der Ausstellung ›Bürgersinn und Seelenheil‹ im Falkenhof-Museum am 30. August.«

»Die Ausstellung findet statt?«, fragte Mey.

Nickel nickte. »Mit vielen coronabedingten Auflagen, doch ja, sie findet statt und ist damit eines der wenigen Projekte aus dem Jubiläumsjahr, das die Kirchengemeinde und die Stadt Rheine tatsächlich gemeinsam umsetzen.«

Mit spitzen Fingern nahm der Chefredakteur einen Dominostein mit dunkler Schokolade vom Teller und ließ ihn in seinem Mund verschwinden. »Greif zu, sie werden sonst warm.«

Mey ignorierte diese Aufforderung.

»Die Ausstellung scheint gut konzipiert, soweit es die vorab veröffentlichten Details erkennen lassen.« Nickel schlug die vor ihm liegende Mappe auf und entnahm ihr einige Papiere. »Die Presseinformationen verheißen«, der Chefredakteur rückte seine Brille zurecht und zitierte aus dem Flyer, den er in der Hand hielt, »*eine spezielle Inszenierung, die die Objekte aus dem Kirchenschatz von St. Dionysius in einem ganz neuen Licht erstrahlen lassen.* Das klingt interessant und ist es sicherlich auch. Aber spektakulär geht anders.«

Nickel nahm einen Schluck Kaffee. Er wirkte gedankenverloren. Sein Blick ging ins Leere. Auch als er Mey anschaute, blieb sein Blick starr, und es schien, als sähe er durch ihn hindurch.

»Corona hat uns Anzeigenkunden und Abonnenten gekostet. Unsere wirtschaftliche Situation ist, nun ja … angespannt. Die Sonderbeilage bietet eine der seltenen Chancen, Anzeigenkunden zurückzugewinnen. Je mehr, desto besser. Was in der aktuell angespannten wirtschaftlichen Situation, in der sich viele Geschäfte und Firmen befinden, nicht eben einfach sein wird. Daher brauchen wir etwas Attraktives, einen besonderen Glanzpunkt, einen Clou. Etwas, das die Konkurrenz von der *Münsterländischen Volkszeitung* definitiv nicht hat. Etwas Exklusives.«

Pause.

»Ich habe einen solchen Clou gefunden: das Dionysius-Evangeliar!« In einer theatralischen Geste hob der Chefredakteur die Arme. Seine Augen leuchteten.

»Das Dionysius-Evangeliar?« Meys Gesicht war ein einziges Fragezeichen. »Davon habe ich noch nie gehört.«

»Was nicht weiter verwunderlich ist, mein Lieber«, räumte Nickel jovial ein. »Kaum ein Rheinenser wird schon davon gehört haben. Das ist doch gerade der Clou!«

Meys Schweigen signalisierte Skepsis. So schob der Chefredakteur eine Erklärung nach.

»Das Buch ist zwar Teil des Kirchenschatzes von St. Dionysius, wurde aber bisher noch nie in Gottesdiensten benutzt oder in einem Museum ausgestellt. Es muss kurz vor dem Ersten Weltkrieg in der berühmten Witte-Werkstatt in Aachen entstanden sein. Eine Eintragung auf der Innenseite des Buchdeckels legt nahe, dass die prachtvolle Außenhülle von einem Goldschmied namens Wilhelm Uppkampp geschaffen wurde. Uppkampp mit vier ›P‹ – zwei vor dem ›Kam‹ und zwei dahinter.«

Nickel lachte meckernd, als er sich am Kalauer aus dem Rühmann-Film *Die Feuerzangenbowle* versuchte. Mey blieb ernst, notierte aber den Namen in sein Notizbuch.

»Über ihn ist nichts bekannt, außer, dass er gebürtig aus Rheine stammte.«

Mey notierte auch dieses Faktum.

»Das Buch selber ist durchaus wertvoll. Seine Außenhülle besteht auf der Vorderseite aus Goldblech, besetzt mit Edelsteinen und Elfenbein. Die Pergamentseiten mit den Texten der vier Evangelien sind aufwendig gestaltet.«

»Warum ist ein solches Kleinod denn bisher gänzlich unbeachtet geblieben?«

»Das genau ist die Frage. Angeblich hat man es erst im Zuge der Aufarbeitung des Kirchenschatzes von St. Dionysius für das Jubiläumsjahr wiederentdeckt.«

»Was nicht die Frage beantwortet, warum es in Vergessenheit geraten ist.«

»Exakt. Und wo wir schon bei ungeklärten Fragen sind: Das wertvolle Buch wurde der Kirchengemeinde in den letzten Jahren des Kaiserreichs geschenkt. Doch von wem und warum?« Nickel zuckte die Schultern. »Ich habe keine Ahnung. Bisher konnte ich noch nichts Näheres über den Stifter und seine Motive in Erfahrung bringen.«

In Meys Notizbuch füllte sich die Seite mit der doppelt unterstrichenen Überschrift »Dionysius-Evangeliar« zunehmend. Wobei der Großteil der Eintragungen allerdings aus Fragen bestand.

Auf Nickels Gesicht erschien ein triumphierendes Grinsen. »Damit ist das Dionysius-Evangeliar genau das Zugpferd, das wir für unsere

Sonderbeilage benötigen. Es hat etwas Rätselhaftes, Geheimnisvolles, vielleicht sogar eine Spur Dunkles und Obskures. Das kommt an. Das wollen unsere Leser lesen. Und wenn etwas unsere Leser fasziniert, dann kann man damit auch die Anzeigenkunden locken.«

»Das Evangeliar soll also im Mittelpunkt der Sonderbeilage zur Ausstellung ›Bürgersinn und Seelenheil‹ stehen?«

»Nicht nur im Mittelpunkt der Sonderbeilage! Im Fokus unserer gesamten Berichterstattung zur Ausstellung! Wir ziehen das ganz groß auf. Ich denke da an eine Serie von drei vorbereitenden Artikeln. Artikeln, die Fragen aufwerfen, neugierig machen, die Spannung anheizen.«

›… und die Anzeigenkunden anlocken‹, ergänzte Mey im Geiste.

»In der Sonderbeilage gibt es dann die finalen Antworten.« Nickel grinste und schaute sein Gegenüber an, als habe er soeben ein Kaninchen aus dem Hut gezaubert. Langsam begann Mey zu ahnen, worum es bei diesem Gespräch ging.

Die nächsten Sätze des Redaktionsleiters bestätigten seine Vermutung: »An dieser Stelle kommst du ins Spiel. Für die Artikelserie und die entsprechenden Seiten in der Sonderbeilage brauche ich jemanden, der intensiv recherchiert, jemanden mit fundierten Geschichtskenntnissen, am besten einen Historiker. Da habe ich an dich gedacht.«

Gespannt schaute ihn der Chefredakteur an.

»Außerdem hast du einen flotten Schreibstil und, wenn ich mich recht erinnere, persönliche Kontakte nach Aachen«, ergänzte er.

Mey überlegte. Die Tätigkeit als freier Mitarbeiter bei der RAZ war weder ein Zuckerschlecken noch eine Goldgrube. Meist erhielt er Aufträge zu eher alltäglichen Themen: Berichte über Unterausschusssitzungen des Stadtrates, Reportagen zu goldenen Hochzeiten, eine Befragung zur Neugestaltung des Marktplatzes oder zur bevorzugten Freizeitbeschäftigung in diesem Corona-Sommer. Alles interessant, doch wenig herausfordernd. Zudem lagen seine monatlichen Einnahmen aus dem Artikel-Geschäft selten oberhalb der 500-Euro-Marke, in den vergangenen Monaten coronabedingt sogar deutlich darunter. Brutto versteht sich.

Hier nun bot sich die Chance, beides zu ändern. Endlich einmal ergab sich die Gelegenheit, zu einem wirklich spannenden Thema zu recherchieren, und dazu noch die Möglichkeit, ein ordentliches Salär einzustreichen. Doch letzteres verlangte vorsichtiges Taktieren.

»Stimmt. Meine beiden Töchter studieren in Aachen«, räumte Mey daher ein. »Doch die würde ich ungern mit der Sache behelligen. Beide arbeiten derzeit an ihrer Masterarbeit.« Nachdenklich strich er sich über das Kinn.

Nickel, der Meys Zögern bemerkte, rückte seine inzwischen leere Kaffeetasse zurecht. »Was dein Honorar anbelangt: Wir würden dir für das Gesamtpaket eine Pauschale zahlen. Ich habe dabei an 600 Euro für die drei Artikel zum Evangeliar und seiner Geschichte sowie für die zwei Seiten in der Sonderbeilage gedacht. Vielleicht erleichtert dir das ja deine Zusage.«

Mey überlegte einen Moment. »Gut, Alois, ich mach's.«

»Das freut mich, freut mich ehrlich.« Aus der obersten Schublade seines Schreibtisches zog Nickel eine Visitenkarte hervor und schob sie zu Mey herüber. »Hier sind die Kontaktdaten von Doktor Andreas Brockmann. Er koordiniert die Ausstellung und hat beste Kontakte zur Pfarrei St. Dionysius. Ihm verdanken wir es im Wesentlichen, dass das Evangeliar endlich einmal in Rheine ausgestellt wird.«

Mey steckte die Karte vorne in sein Notizbuch.

»Die Artikel sollten in jedem Fall vor Beginn der Ausstellung am 30. August erscheinen. Du kennst das Prozedere. Also schau mal, wie es bei dir zeitlich passt. Deine Seiten für die Sonderbeilage müssen am 21. August auf meinem Schreibtisch liegen. Spätestens. Und jetzt: Vergiss deinen Kaffee nicht.«

Doch der war inzwischen kalt geworden.

SPAGHETTI UND
EINE GUTE IDEE

Drei Esslöffel Olivenöl, zwei Esslöffel Balsamicoessig, einen halben Teelöffel Senf, eine Knoblauchzehe, ein Viertel Zwiebel und schließlich drei gehäufte Teelöffel mediterraner Kräuter, fein gehackt. Mit routinierten Handgriffen mixte Moritz die Vinaigrette für den Salat. Lollo rosso, Lollo bionda, dazu in Scheiben geschnittene Gurken und gestückelte Tomaten. Fertig.

Auf dem Herd köchelte eine Bolognese-Soße. Original italienische Spaghetti warteten in einer schwarzen Vorratsdose mit der silbernen Aufschrift »Pasta« darauf, ins kochende Wasser geworfen zu werden.

Von der Haustür her war das Geräusch eines sich im Schloss drehenden Schlüssels zu vernehmen. Für Moritz das Signal, den Topf mit dem Pasta-Wasser aufzustellen.

»Hallo Schatz, das duftet ja herrlich.« Anna betrat die Küche und ihr erster Blick galt dem Inhalt der Kochtöpfe. Moritz und sie aßen beide leidenschaftlich gerne, eine der vielen Leidenschaften, die sie verbanden.

»Finger weg!«

Anna hatte sich ein Salatblatt genommen und kostete von der Vinaigrette.

»Zu spät«, lachte sie.

»Das Essen ist gleich fertig.«

»In Ordnung, ich mache mich nur kurz frisch.« Sie warf Moritz eine Kusshand zu und verschwand in Richtung Bad.

Kurze Zeit später saßen sie auf der schattigen Terrasse. Anna hatte sich eine Jacke übergezogen. Am Himmel bauschten sich mächtige Wolken, hinter denen die Sonne immer wieder verschwand. Der Sommer legte offenbar eine Pause ein.

»Erzähl. Wie war dein Morgen?« Bedächtig drehte Moritz seine Spaghetti ein.

Anna nahm einen Schluck Rotwein. »Wir sind noch sehr unsicher, wie der Schulstart nächste Woche laufen soll. Heute Morgen gab es erste Details aus dem Ministerium. Unterricht mit Maske wird wohl der neue Standard werden. Zunächst einmal bis Ende August.«

»Das klingt nach großer Vorsicht.«

»Und nach unbequemem Unterrichten. Schon in der Vor-Corona-Zeit hatte ich oft das Gefühl, dass mich meine Schüler nicht richtig verstehen. Mit Mund-Nasen-Schutz dürfte das kaum besser werden«, flüchtete sich Anna in Ironie.

»Dass dich deine Schüler nicht verstehen, liegt wohl eher an den komplizierten Inhalten und weniger an deiner unklaren Aussprache«, witzelte Moritz und zwinkerte ihr zu. Anna unterrichtete Mathematik und Biologie am Rosalind-Franklin-Gymnasium in Rheine, zwei Fächer, die bei Schülern nicht eben in dem Ruf standen, leichte Kost zu sein.

»Wie dem auch sei, das Hygiene-Konzept unserer Schule steht. Ob es funktioniert, wissen wir dann nächste Woche, wenn wieder 900 Schüler in den Klassen sitzen oder kreuz und quer über den Pausenhof jagen. Doch zu dir. Was wollte Nickel heute Morgen eigentlich?«

Moritz berichtete von seinem Termin beim Chefredakteur und dem ebenso interessanten wie lukrativen Schreibauftrag, den er erhalten hatte. »Ich habe schon mit Andreas Brockmann, dem Leiter der Ausstellung im Falkenhof, telefoniert. Wir sind für Donnerstagmorgen um zehn Uhr verabredet. Dann zeigt er mir das Dionysius-Evangeliar und versorgt mich hoffentlich mit jeder Menge Insiderinformationen.«

»Das Evangeliar befindet sich schon im Museum?«

»Seit gut einer Woche. Eigentlich sollte die Ausstellung am 7. Juni eröffnet werden, ohne das Evangeliar, warum auch immer. Dann kam die Verschiebung durch den Corona-Lockdown und man hat sich vonseiten der Organisatoren plötzlich entschieden, das Buch doch in die Ausstellung aufzunehmen. Ich habe keinen Schimmer, warum. Mal schauen, was das Gespräch am Donnerstag bringt.«

»Der Einband des Buches wurde von einem Goldschmied aus Rheine gestaltet?«

»Genau, von einem gewissen Wilhelm Uppkampp. Uppkampp mit vier ›P‹, zwei vorne und zwei am Ende. Seine Ausbildung hat er angeblich bei einem Goldschmied am Marktplatz absolviert. Das müsste so um 1880 gewesen sein. Genaueres weiß ich noch nicht. Es dürfte auch ziemlich schwierig sein, Details zu seinem Lebenslauf zu recherchieren. Zumindest hat mein erster Blick ins Internet nichts Brauchbares zutage gefördert.«

»Uppkampp … hm, ich hatte mal eine Schülerin mit diesem Nachnamen … Margarete Uppkampp hieß sie, wenn ich mich recht erinnere. Das muss vor sechs oder sieben Jahren gewesen sein. Vielleicht habe ich sogar noch ihre Adresse. Ich kann gerne mal meine alten Klassenlisten durchsehen.«

»Fantastisch!« Moritz zeigte sich ehrlich begeistert. »Ein Interview mit der Enkelin des Goldschmieds, der das Evangeliar angefertigt hat, das wäre was.«

»Ururenkelin dürfte es eher treffen«, kicherte Anna. »Aber vielleicht ist meine Margarete Uppkampp ja auch gar nicht mit deinem Goldschmied verwandt. Wer weiß.«

»Immerhin, Uppkampps mit vier ›P‹ dürfte es in Rheine nicht ganz so viele geben. Der Name in dieser Schreibweise ist doch recht ausgefallen«, überlegte Moritz.

»Ich schaue auf jeden Fall in meinen alten Unterlagen nach. Und du kannst dir ja parallel das Telefonbuch vornehmen.«

»Wer von den jungen Leuten lässt sich denn bitte schön heute noch im Telefonbuch eintragen?«

EIN OPFER DER PANDEMIE

Die Leuchtziffern des Radioweckers zeigten neun Uhr. Durch die Ritzen der Rollläden sickerte spärliches Tageslicht. Der Raum war stickig und heiß. Mühsam öffnete sie ihre Augen. Deren dunkle Ränder sprachen Bände. Aufstöhnend hielt sie sich eine Hand vors Gesicht. Selbst das dämmrige Licht im Zimmer schmerzte. Langsam kehrte die Erinnerung zurück. Gestern Abend war es spät geworden. Spät und feucht. Doch der Wein, den Markus spendiert hatte, war zu süffig gewesen, um einen Rest in der Flasche zu belassen. In der dritten Flasche wohlgemerkt, die sie beide geköpft hatten.

Ach was soll's? Früh aufstehen musste Margarete Uppkampp ja nicht mehr. »Corona sei Dank«, wie sie sarkastisch und voller Bitternis anzumerken pflegt.

Noch vor wenigen Wochen hatte der Name »Maggie Uppkampp« in großen roten Buchstaben über dem Eingang des Nagelstudios »Nails Beauty« auf der Emsstraße, der angesagten Einkaufsmeile von Rheine, geprangt. »Maggie« klang in ihren Ohren jung und beschwingt, ganz anders als »Margarete«, der Vorname, der in ihrem Pass vermerkt war.

Das »Nails Beauty« war gut gelaufen. Zwei Angestellte, eine satte Auslastung. Doch dann kam im Frühjahr der mehrwöchige Corona-Lockdown. Ihre Rücklagen schmolzen wie Schnee im August und am Beginn des Sommers war klar: Ihr Studiokonzept hatte den Lockdown nicht überstanden. Allen staatlichen Hilfen zum Trotz. Doch um ehrlich zu sein: Deren Umfang war auch eher gering gewesen. Im weiten Meer der vom Lockdown betroffenen Unternehmen war ihr Nagelstudio nur ein kleiner Fisch. Die Maschen des aufgespannten staatlichen Rettungsnetzes waren für solch kleine Fische zu weit.

So lebte Maggie Uppkampp seit Juli von Grundsicherung und fragte sich jeden Morgen aufs Neue, wie es weitergehen sollte. Für Kosmetikerinnen und Nageldesignerinnen waren die Berufsaussichten in Corona-Zeiten nicht gerade rosig. Doch ein Gutes hatte ihre aktuelle Misere immerhin: Das frühe Aufstehen gehörte der Vergangenheit an.

Ihr Freund Markus Klein arbeitete als Reinigungskraft in den Museen der Stadt Rheine und hatte seine Einsätze ebenfalls meist in den Abend- und Nachtstunden, sodass momentan für sie beide das lange Ausschlafen und ein ausgedehntes gemeinsames Frühstück zu den Höhepunkten des Tages zählten.

Schwerfällig richtete sich Maggie Uppkampp auf und schob ihre Beine über die Bettkante. Heute hatte sie allein geschlafen. Markus putzte bereits im Falkenhof-Museum, eine Sonderschicht. In gut drei Wochen sollte dort die Ausstellung »Bürgersinn und Seelenheil« eröffnet werden. Gestern hatte es einen ersten Testdurchgang für das inzwischen verbindlich vorgeschriebene Hygiene-Konzept gegeben. Zwanzig Freiwillige sollten das Verhalten einer größeren Besuchergruppe unter Corona-Bedingungen simulieren. Für kommenden Mittwoch war ein zweiter Testlauf vorgesehen. Vergeblich hatte Markus versucht, Maggie als Freiwillige für diese Simulationen anzuheuern. Sie hatte eben kein Faible für sakrale Kunst.

Hinter ihren Schläfen pochte es. Sie stöhnte leise. Was sie jetzt brauchte, waren ein, zwei Tassen starken Kaffees. Dann würde die Welt gleich wieder freundlicher aussehen. Maggie stand auf, zog die Rollläden hoch und öffnete das Fenster. Frische Luft strömte ins Zimmer. Das Wetter vermittelte den Eindruck eines Herbsttages – und das im August. Vor der Sonne hingen Dunstschleier und die Luft war angenehm frisch. Es war, als schöpfe der Sommer Atem für das große Finale. Für die zweite Wochenhälfte hatte der Wetterdienst bis zu 15 Sonnenstunden pro Tag und Temperaturen von 35 °C angesagt. Hochsommer.

Seitdem sie ihr Nagelstudio hatte schließen müssen, war Maggies Tagesablauf trister und eintöniger geworden. Meist drehten sich ihre

Gedanken bereits vor dem Frühstück darum, wie sie ihrer ökonomischen Misere entkommen und ihrem Leben eine erfolgversprechende neue Richtung geben könnte. Heute jedoch ging ihr unter der Dusche der überraschende Telefonanruf durch den Kopf, den sie gestern Nachmittag erhalten hatte.

Ihre alte Mathematiklehrerin am Rosalind-Franklin-Gymnasium hatte sie kontaktiert. Nicht dass sie besonders gute Erinnerungen an den Mathematikunterricht bei Anna Mey gehabt hätte. Der Umgang mit Zahlen hatte noch nie zu ihren Stärken gehört. Dennoch war es schön gewesen, Meys Stimme zu hören. Das Telefongespräch hatte eine Fülle angenehmer Erinnerungen wachgerufen, die zugegebenermaßen wenig mit Schule und Unterricht zu tun hatten. Erinnerungen an ausgelassene Oberstufenpartys in einer Diskothek im Salzbergen, an das gemeinsame Abschlussessen in der Schule mit den zähesten Brathähnchen, die ihr jemals untergekommen waren, und nicht zuletzt auch an die legendäre Kursfahrt in die Provence, auf der sie ihre Unschuld verloren hatte. Vielleicht war die Schulzeit doch nicht so schlecht gewesen, wie sie damals dachte. Auch wenn sie ihr Abitur nur mit Mühe und Not und einer großen Portion Glück geschafft hatte. Oder war es nur die Erinnerung, die vergoldete?

»Gold« war das Stichwort. Gold hatte auch im gestrigen Telefonat mit Anna Mey eine zentrale Rolle gespielt. Denn es war um Urgroßonkel Wilhelm gegangen, das Enfant terrible ihrer Familie. Über ihn wurde bei Familientreffen nur im Flüsterton gesprochen, wenn man denn überhaupt über ihn sprach. Eigentlich, so musste Maggie zugeben, wusste sie so gut wie nichts über ihn. Nichts Genaueres jedenfalls, außer dass er Goldschmied war und das schwarze Schaf der Familie.

Umso erstaunter war sie gewesen, im Verlauf des Telefonates zu erfahren, dass ebendieser Urgroßonkel Wilhelm ein außergewöhnliches Kunstwerk erschaffen hatte, das zudem in den kommenden Monaten im Falkenhof-Museum in Rheine ausgestellt werden sollte: jenes prachtvolle Dionysius-Evangeliar, mit dem ihr bereits Markus in den

Ohren lag, seit er es beim Putzen im Gewölbekeller des Museums in einer der neu aufgestellten Vitrinen entdeckt hatte.

»Das Buch ist Prunk pur«, hatte er gemeint. »Rundherum Gold und Edelsteine vom Feinsten. Unter zehntausend geht das bestimmt nicht über den Ladentisch. So was musst du sehen!«

Das klang in jedem Fall interessant. So hatte Maggie auch nicht lange gezögert, als ihre ehemalige Lehrerin sie um ein Interview bat. Deren Mann arbeitete, wenn sie die Mey richtig verstanden hatte, als Reporter für die RAZ, sollte einen Artikel über die Ausstellung im Falkenhof und das Dionysius-Evangeliar im Besonderen schreiben und war daher brennend an Informationen über dessen Schöpfer interessiert.

Die konnte er gerne haben, sobald sie diese denn selbst hatte. Bislang war ihr nur eine Quelle eingefallen, aus der sich Näheres über Urgroßonkel Wilhelm in Erfahrung bringen ließe: ihre Mutter. Die würde sie anrufen. Aber erst nach dem Frühstück.

VERGANGEN UND
VERGESSEN

Der rostrot verklinkerte Giebel des Kötter-Hauses im Kloddenhook trug die Jahreszahl 1848. Als Maggie die schmiedeeiserne Pforte in der hohen Buchenhecke öffnete, war es ihr, als öffne sie eine Tür in die Vergangenheit. Vor ihr lag, sauber in buchsbaumumfasste Beete unterteilt, ein Meer aus blühenden Sommerblumen. Ein frisch geharkter Kiesweg führte auf die dunkel gebeizte zweiflügelige Haustür zu, deren Messingbeschläge blitzten. Neben der Tür rankte an einem Klettergitter ein Rosenstock empor. Ein wenig zögerlich betrat Maggie den Vorgarten. Der helle Kies knirschte unter ihren Füßen. So war es schon gewesen, wenn sie nach einem anstrengenden Schultag zurück nach Hause kam, mit knurrendem Magen und den Kopf voller Ideen für die Abendgestaltung.

Maggie läutete. Im Inneren des Hauses waren schlurfende Schritte zu hören. Ein Schlüssel wurde im Schloss gedreht und die Haustür öffnete sich. Im Türrahmen stand, ein breites Lachen im Gesicht, ihre Mutter Bertha.

»Willkommen to Huus!«

Berthas Stimme besaß nicht mehr die Kraft, die Maggie aus Kindertagen in Erinnerung hatte, doch wirkte die alte Dame alles andere als gebrechlich. Vor fast fünfzig Jahren hatte sie Hubert Uppkampp, Maggies Vater, geheiratet und war auf den Kötter-Hof gezogen. Ihr Mann lag längst auf dem Friedhof am Königsesch. Nach dessen Tode hatte Maggies Mutter zwar alles Land verpachtet, sich aber beharrlich geweigert, das Bauernhaus in Wadelheim gegen eine Wohnung in der Stadt oder ein Zimmer in einem Altenheim einzutauschen. Immerhin war sie inzwischen über siebzig Jahre alt. Doch bei jeder Nachfrage ihrer Kinder betonte sie, sich fit zu fühlen, und stellte dieses dadurch unter Beweis, dass sie Haus und Garten perfekt in Schuss hielt. So wie eh und je.

»Schön, dass du da bist. Das Essen ist auch gleich fertig. Wasch dir noch schnell die Hände!«

Einmal mehr fühlte sich Maggie in ihre Kindertage zurückversetzt. So hatte sie die Mutter begrüßt, wenn sie aus der Schule nach Hause kam. In der Küche wartete dann das Mittagessen, bei dem man nicht nur den Hunger stillen, sondern sich auch alle Sorgen von der Seele reden konnte.

Wenig später saßen Mutter und Tochter am Küchentisch und löffelten eine kalte Rote-Bete-Suppe, genau das Richtige an solch einem heißen Tag, wie Bertha Uppkampp mehrfach betonte.

»Nun erzähl mal, wie sieht es mit deiner Stellensuche aus?«

»Im Moment ist es schwierig, eine Stelle zu finden. Der Lockdown …«

»Ach, papperlapapp. Das sind doch nur Ausreden. Wenn man will, findet man immer Arbeit.«

»Aber ich suche nicht irgendeine Stelle. Ich möchte wieder in meinem Beruf arbeiten, in einem Nagelstudio oder als Kosmetikerin.«

»Das ist natürlich schwer. Wer braucht denn heute spitz gefeilte Nägel mit Glitzersteinen? Du hättest damals auf mich hören und einen vernünftigen Beruf ergreifen sollen. Finanzbeamtin oder Krankenschwester. Dann hättest du einen sicheren Arbeitsplatz gehabt. Aber nein, du wolltest ja unbedingt was Künstlerisches werden.«

Mit einem Mal wusste Maggie wieder, warum sie ihre Mutter so selten besuchte. Moralisierende Vorhaltungen hatte sie schon in der Schulzeit gehasst. Zu ihrem Leidwesen hatte damals jede Mathematik- oder Englischarbeit ihrer Mutter reichlich Gelegenheit dazu geboten.

»Also von Hartz IV kann man doch auf Dauer nicht leben. Du könntest aber bei mir einziehen. Platz hätte ich genug und Arbeit auch. Der Garten …«

»Du bist lieb, Mama. Danke für das Angebot. Aber ich bin erwachsen. Ich habe meine eigene Wohnung und mein eigenes Leben.«

»Ein eigenes Leben muss man auch bezahlen können.« Bertha Uppkampps Stimme klang eindringlich. »Ich weiß doch, dass du Geld brauchst, und habe deshalb mit Onkel Franz gesprochen. Gerade jetzt in der Erntezeit sucht er händeringend Helfer für seinen Gemüsebetrieb. Wo doch viele Arbeiter aus Rumänien in diesem Jahr gar nicht gekommen sind. Franz sagt, du könntest schon morgen anfangen.«

»Lass gut sein, Mama, ich kenne den Knochenjob auf den Gemüsefeldern von meinen Arbeitseinsätzen in den Sommerferien zur Genüge. Dafür soll sich Onkel Franz bitte jemand anderen suchen.«

Demonstrativ stand Maggie auf und räumte das Mittagsgeschirr in die Spülmaschine. Ihre Mutter schaute verkniffen, schwieg aber.

»Eigentlich bin ich ja heute aus einem ganz bestimmten Grund zu dir gekommen.«

»Ach ja? Das hätte ich mir eigentlich denken können«, bemerkte Bertha Uppkampp steif.

Maggie war irritiert, fuhr aber dennoch nach einer kurzen Pause fort: »Gestern hat mich meine ehemalige Mathematiklehrerin angerufen. Sie möchte Informationen zu Urgroßonkel Wilhelm haben. Ihr Mann schreibt an einem Artikel über ein Kunstwerk von Wilhelm, das Dionysius-Evangeliar.«

»Kenne ich nicht«, knurrte Bertha Uppkampp.

»Doch ich weiß eigentlich nichts über ihn«, fuhr Maggie ungerührt fort. »Nur, dass er Goldschmied war.«

»In unserer Familie reden wir nicht über ihn«, brummte ihre Mutter. »Wilhelm war ein Taugenichts, ein Hallodri.«

»Ein Hallodri?« Maggie konnte mit dem Wort nichts anfangen. »War er kriminell?«

»Ach, nein, das nicht«, antwortete Bertha gedehnt. »Zumindest nicht kriminell im Sinne der heutigen Gesetze.« Es entstand eine Pause. »Soweit ich das aus den Familienerzählungen sagen kann.«

»Was dann?«

»Es ging wohl eher ums Moralische. Die Großmutter deines Vaters hat immer die Augen verdreht, wenn die Rede auf ihren Schwager Wilhelm kam.«

Gespannt sah Maggie ihre Mutter an. Doch die erwartete Erklärung blieb aus. »Kannst du mir denn gar nichts Näheres über ihn erzählen? Wann wurde er zum Beispiel geboren?«

»Das müsste ich nachschauen. Wenn ich sein Geburtsdatum überhaupt habe. Ich könnte natürlich Großmutter fragen. Aber deren Gedächtnis …«

»Gibt es vielleicht Aufzeichnungen von ihm oder Fotos?«

»Gesehen habe ich nie welche. Wie gesagt, über deinen Urgroßonkel Wilhelm hat man in der Familie nicht geredet. Aber du kannst natürlich gerne auf dem Speicher nachschauen. Im hinteren Teil müssten noch Dinge aus der Zeit deiner Großeltern und Urgroßeltern liegen. So ganz genau weiß ich das allerdings nicht, ich bin schon einige Jahre nicht mehr oben gewesen.«

Eine halbe Stunde später kletterte Maggie die wackelige Holztreppe zum Speicher hinauf. Hier hatte sich sogar ganz offensichtlich seit vielen Jahren niemand mehr aufgehalten. Spinnweben hingen an den verstaubten Dachbalken. Die beiden Dachfenster waren staubverkrustet. Auf den Dielen türmten sich die Hinterlassenschaften mehrerer Generationen Uppkampps: alte Möbel, Bilder in breiten Holzrahmen, blinde Spiegel, fleckige Kisten, eine aufrecht stehende Teppichrolle und ein Schaukelstuhl mit zerbrochenen Kufen.

Nur langsam gewöhnten sich Maggies Augen an das Halbdunkel. ›Ich hätte eine Taschenlampe mitnehmen sollen‹, dachte sie.

»Die Hinterlassenschaften deiner Groß- und Urgroßeltern stehen ganz hinten, direkt an der Wand«, hatte ihre Mutter gesagt. Also tastete sich Maggie durch die Relikte der vergangenen hundert Jahre in den hinteren Teil des Dachbodens vor. Hier lag auf einem Sideboard, dessen helles Holz von unzähligen Wurmlöchern verunziert wurde, ein alter Koffer. Spinnweben überzogen das schwarze Behältnis wie dünne Gaze. Offensichtlich hatte den Koffer seit Jahren niemand mehr bewegt. Maggie hustete, als sie ihn anhob und dabei eine Staubwolke aufwirbelte. Auf der Seitenwand entdeckte sie einen Aufkleber. Im matten Licht vermochte sie nicht, die verblasste Schrift zu entziffern.

Hilfe suchend sah sie sich um. Unter einem der schmalen Dachfenster stand ein alter Stuhl, den offenbar einmal jemand genutzt hatte, um einen Blick nach draußen werfen zu können. Ächzend schleppte Maggie das Behältnis zum Fenster und wuchtete es auf den Stuhl. Hier waren die Lichtverhältnisse besser.

»*Wilhelm Uppkampp, Rheine*«, las sie. Ihre Augen leuchteten. »Bingo! Das nenne ich einen Volltreffer!«

Der schwarze Lederkoffer war durch zwei Riemen gesichert. »Ein Königreich für eine Zange und einen Hammer«, stöhnte Maggie, als sie versuchte die Schnallen zu öffnen. Nur unter Flüchen und auf Kosten ihres rechten Daumennagels bekam sie diese schließlich auf. Die Kofferschlösser waren korrodiert. Auch sie leisteten Maggies Öffnungsversuchen erbitterten Widerstand. Erst einige Schläge mit einem abgebrochenen Stuhlbein, das sie im vorderen Teil des Speichers aufgelesen hatte, führten zum gewünschten Ergebnis: Die Schließen sprangen auf. Staub tanzte im Licht, das durch die blinden Dachfenster fiel. Maggie klappte den Kofferdeckel nach oben.

Das Innere war mit hellem Taft ausgeschlagen. Obenauf lag eine zusammengefaltete Zeitung, der *Aachener Anzeiger* vom 20. April 1912, wie der Kopfteil verriet. Maggie legte sie beiseite. Darunter kam ein Mantel zum Vorschein. Fraglos ein Herrenmantel von mittelgrauer Farbe, heller abgesetzt, elegant in Schnitt und Form. Am Revers und auf der rechten Brustseite wies der Stoff eine Reihe schwarzer Flecken auf. Mit der rechten Hand strich Maggie über die dunklen Stellen.

»Fühlt sich irgendwie fettig an«, murmelte sie. Vorsichtig roch sie an ihren Fingern. »Es riecht nach … nach Schmiere und Ruß.«

Was immer diese Flecken verursacht hatte, auf einen solch eleganten Überzieher gehörten sie sicherlich nicht. Behutsam nahm Maggie den Mantel aus dem Koffer. Dabei fiel ihr ein in die obere Rückenpartie eingenähtes Etikett ins Auge. Neben dem Aufdruck *Gebr. Anschel – Rheine – Auf dem Thie 12* war dort mit einem schwarzen Stift handschriftlich *W. Uppkampp* eingetragen. Der Mantel gehörte also ihrem Urgroßonkel.

›Hatte Urgroßonkel Wilhelm gehört‹, verbesserte sie sich in Gedanken.

Sie legte das Kleidungsstück beiseite und widmete ihre Aufmerksamkeit erneut dem Kofferinhalt. An der rechten Seite entdeckte sie ein eingerolltes Stück braunen Leders. Ein stabiler Verschlussriemen hielt die Rolle zusammen. Maggie löste den Riemen und entrollte das Lederetui. Ein rechts oben eingenähtes Namensschild wies den Besitzer aus: ihren Urgroßonkel. Offensichtlich handelte es sich um eine Werkzeugrolle, wie die zwölf unterschiedlich großen Werkzeugfächer belegten. Nur zwei dieser Fächer waren gefüllt. Maggie zog die beiden Werkzeuge heraus. Sie wirkten zart, fast filigran. So sahen also die Arbeitsgeräte eines Goldschmiedes aus. Sie rollte die Werkzeugtasche wieder ein und platzierte sie neben der Anzugjacke auf dem Boden.

Der verbliebene Inhalt des Koffers machte einen kompakten Eindruck. Es handelte sich um ein Fotoalbum und eine schwarze Kladde mit grauen Längsstreifen. Als sie die erste Seite des Schreibheftes aufschlug, hielt sie unwillkürlich den Atem an. *Tagebuch des Wilhelm Uppkampp* stand dort mit schwarzer Tinte in seltsam geschwungenen Lettern geschrieben. Vorsichtig blätterte Maggie um. »*Aachen, den 14. Mai 1911*«, las sie. Heiße Röte stieg ihr ins Gesicht. Dieser Fund übertraf ihre kühnsten Erwartungen. Nach einem kurzen Rundblick zerrte sie die Teppichrolle unter das Dachfenster, setzte sich darauf und lehnte sich mit dem Rücken an einen der Dachbalken.

Zwei Stunden später hatte Maggie ihre Lektüre beendet. Nun wusste sie, dass sie einen Schatz gefunden hatte. Mühsam stand sie auf. Vom langen Sitzen waren ihre Beine steif geworden. Als sie die Fundstücke zurück in den Koffer legen wollte, fiel ihr Blick auf einen kleinen, bunten Gegenstand, der ihren Nachforschungen bisher entgangen war: eine Pappschachtel, die zu ihrer Überraschung ein Kartenspiel enthielt.

»Ich habe uns einen Apfelkuchen gebacken«, hörte sie die Stimme ihrer Mutter am Fuß der Holzstiege. »Wann kommst du endlich nach unten zum Kaffeetrinken?«

»Gleich, Mama.«

Rasch verstaute Maggie die Habseligkeiten ihres Urgroßonkels wieder im Koffer und ließ die Schließen einrasten. Dann nahm sie das Lederbehältnis mit einem derart festen Griff in die Hand, als würde sie es nie mehr hergeben wollen.

ZU EINER ANDEREN ZEIT,
AN EINEM ANDEREN ORT ...

Aachen
Tagebuch des Wilhelm Uppkampp

Sonntag, 14. Mai 1911

Seit gut einer Woche bin ich nun in Aachen. Eine Weltstadt, verglichen mit dem verschlafenen Rheine. Hier fahren Trambahnen und Automobile statt Pferdefuhrwerke und Kutschen. Hier trifft man Menschen, die Französisch, Niederländisch und Englisch sprechen. Menschen, die nicht nur anders sprechen, sondern auch anders denken. Offener. Liberaler. Hier atmet man freier. Und an das Oecher Platt werde ich mich schon noch gewöhnen.

Es bleibt zu hoffen, dass die leidige Angelegenheit, um derentwegen ich Rheine verlassen musste, baldigst in Vergessenheit geraten wird. Welch eine Kalamität, dass mit dem Verlustieren auch das Kinderkriegen verbunden ist! Ach, soll die Lene doch sehen.

Ich habe mich derweil im Haus Theaterstraße 12 als »möblierter Herr« bei der Witwe Cäcilia Cornrade, geborener Backenklee, eingemietet. Deren Mann, ein Postbeamter im mittleren Dienst, ist anno 1908 bei einem Dienstunfall im Bahnhof Rothe Erde ums Leben gekommen, hat sie mir erzählt. Seither bessert sie ihre schmale Pension durch Untervermietung auf. 48 Mark im Monat habe ich für das möblierte Zimmer zu zahlen, Frühstück und Raumpflege durch Frau Cornrade höchstselbst eingeschlossen.

Meine Zimmerwirtin ist erst 38 Jahre alt, wie sie mir gleich am ersten Tag verraten hat. Kein Alter für eine Witwe. Eine rüstige Dame, die sich mit Geschmack zu kleiden versteht, und höchst manierlich im Umgang. Mich deucht, die gute Frau Cornrade ist auf Männerfang. Genauer: auf der Suche nach einem respektablen neuen Ehemann. Und dabei hat sie wohl zuvörderst ihren »möblierten Herren« im Visier – also mich! Nicht nur, dass sie morgens beim Frühstück den obersten Knopf ihrer Bluse kokett geöffnet lässt oder des Abends überraschend und ohne anzuklopfen in mein Zimmer kommt. Auch hat sie mehrmals meinen wohlgebauten Körper gelobt. Was mir schmeichelt, auch wenn sie natürlich recht hat. Schließlich habe ich mich mehrfach am Anblick ihrer schlanken Fesseln erfreuen können, die sie mir wie zufällig präsentierte, wenn sie vor meinen Augen eine Leiter bestieg, etwa um die Fenster in meinem Zimmer zu putzen. Olala! Selbstredend sind mir ansonsten Damenbesuche in meinem Zimmer strikt verboten! Was vielleicht auch ganz gut ist. Ein gebranntes Kind …

Es war schon ein trefflicher Zufall, dass Pauls Brief just an dem Tag bei mir eintraf, an dem ich von Lene erfuhr, dass sie ein Kind erwartet. Er schrieb ganz begeistert von seiner Arbeit in der Firma August Witte in Aachen, »Stiftsgoldschmied und Goldschmied des Heiligen Stuhles und der Apostolischen Paläste«. Welch protziger, hochtrabender Titel! Andererseits, so schrieb Paul, verdiene man hier gutes Geld. Die Arbeitsstätte sei angenehm und die Arbeitskameraden anständig und freundlich. Fast fünfzig seien es, die in der Werkstatt am Karlsgraben arbeiteten, viele von ihnen angesehene Goldschmiedemeister. So wie ich. Es stehe der Firma ein Auftrag ins Haus, der bedeutender kaum sein könne: Es solle ein Schrein für die Aufbewahrung der Reliquien der hl. Corona und des hl. Leopardus geschaffen werden, deren Gebeine aus dem Dom zu Aachen geborgen worden sind. Man suche dafür und auch für die

Erstellung anderweitiger Kunstwerke überall im Reich qualifizierte Goldschmiede. Denn es pressiere. Das Reliquiar müsse bis zum August des kommenden Jahres fertiggestellt sein, solle es doch zur Eröffnung der 59. Generalversammlung der Katholiken Deutschlands zu Aachen öffentlich präsentiert werden.

Da mir just zu diesem Zeitpunkt der Boden in meiner Heimatstadt recht heiß unter den Füßen zu werden begann, entschloss ich mich, Pauls Empfehlung zu folgen und mich bei der Firma Witte zu bewerben, mit besten Referenzen. Und siehe da: In kürzester Zeit war der Arbeitsvertrag unterzeichnet und ich nach Aachen umgezogen. Man muss eben Glück haben im Leben.

Morgen ist mein erster Arbeitstag und noch weiß ich nicht, welches mein Arbeitsfeld sein wird. Doch ist es müßig, darüber zu grübeln. Denn morgen ist morgen und heute ist heute. Also will ich den freien Sonntag noch recht auskosten und ihn dazu nutzen, mich bei einem ausgiebigen Kneipenbummel mit dem Aachener Nachtleben vertraut zu machen.

Montag, den 15. Mai 1911

Heureka! Welch eine glückliche Fügung! Ich habe mein eigenes Arbeitsfeld und mein eigenes Opus! Doch der Reihe nach.

Just heute erhielt die Firma Witte einen neuen lukrativen Auftrag: den Einband für ein kostbares Evangeliar zu gestalten. Edelsteinbesetzt und golden soll er sein, prachtvoll das gesamte Buch. Wie erstaunt war ich, als ich hörte, dass der Auftraggeber aus meiner Heimatstadt Rheine kommt und beabsichtigt, das Evangeliar der dortigen St. Dionysius-Kirche zu stiften! Herr Witte ließ wohl beiläufig im Gespräch verlauten, dass ich ab heute in seiner Firma

tätig sei, woraufhin der Auftraggeber leidenschaftlich verlangte, ich
solle die Gestaltung des Kunstwerkes übernehmen. Er kenne mich
und meine Arbeit aus Rheine. Er vertraue auf meine Kunst. Wie
schmeichelhaft.

Den Namen des Mannes durfte mir Herr Witte nicht nennen:
»Der Stifter möchte zunächst ein Anonymus bleiben.« Was recht
geheimnisvoll klingt. Seinen Auftrag aber darf ich umsetzen. So habe
ich denn heute begonnen, einen ersten Entwurf für die Gestaltung des
»Dionysius-Evangeliars« zu erstellen. Prunkvoll und edel, fürstlich
und prächtig solle das Werk werden, so die Order. Nun, wir werden
sehen. Kostspielig wird es in jedem Fall.

Zweiter Teil

Rheine, Donnerstag, 6. August 2020

DIE NACHT IST NICHT ALLEIN
ZUM SCHLAFEN DA

H i, Markus, hast du heute Nacht Zeit für mich?«
Ihre Stimme gestern Abend am Telefon hatte anders geklungen als sonst – beschwingter, fröhlicher, verführerisch und absolut heiß!

Er hatte schlucken müssen, bevor er mit rauer Stimme ein »Klar doch, Baby, immer« herausbrachte. In den wenigen Wochen ihrer Bekanntschaft hatte sie sich in puncto Körperlichkeit eher spröde gezeigt. Der höchste Grad an ausgetauschter Zärtlichkeit war ein flüchtiger Kuss gewesen. Mehr als einmal verfluchte er sie als »verschlossene Zicke« und »Eisberg«, wenn er nach einem ihrer verkorksten Rendezvous allein in seinem Bett lag. Eine Beziehung zwischen Mann und Frau ging nach seinem Geschmack anders!

Und dann dieser Anruf. Eine halbe Stunde später hatte Maggie vor der Tür seiner Wohnung gestanden, aufgebrezelt und in jeder Hand eine Flasche Schampus. So schön war sie ihm noch nie erschienen. Ihr erster langer Kuss und das in sein Ohr gehauchte Versprechen – »Heute Nacht gibt es kein Limit« – hatten bei ihm im ganzen Körper ein wohliges Kribbeln ausgelöst, ein erregendes Gefühl der Vorfreude, besonders in der Lendengegend.

Inzwischen zeigte seine echt Schwarzwälder Kuckucksuhr Mitternacht an. Er lag auf einem zerwühlten Bett und sein Gesicht glühte. Die erste Flasche Schampus war geleert und Maggie hatte ihr Versprechen gehalten. Heute Nacht gab es für sie offenbar wirklich keine Hemmungen.

»Baby, wo bleibst du? Ich warte auf dich!« In seiner Stimme schwang eine Spur Ungeduld mit. Dass Frauen im Bad immer so lange brauchten. Aber vielleicht legte sie nur etwas von diesem herrlichen Parfüm auf, das er so gerne mochte. *Escentric Molecules – Molecule 01* hatte auf der Flasche gestanden. Was auch immer dieses »Molecule 01« sein mochte, es machte Maggie zu einem betörend duftenden Vamp. »Die Nacht ist nicht allein zum Schlafen da«, versuchte sich Markus Klein mit wenig melodischer Stimme als Gustaf Gründgens Imitator.

»Als Liebhaber bist du ja 'ne Wucht, aber als Sänger ein hoffnungsloser Fall«, lachte Maggie, die in diesem Moment aus dem Bad kam. Bis auf ein kurzes T-Shirt splitterfasernackt. Aus dem mannshohen Schlafzimmerspiegel blickte ihr eine Frau mit langem, goldblondem, gewelltem Haar und einem strahlenden Lächeln entgegen. Kokett drehte sie sich einmal um die eigene Achse, wie eine Eisprinzessin bei Holiday on Ice.

Markus betrachtete sie mit großen Augen. Sein Atem ging schneller. Er richtete sich auf, wollte sie zu sich ins Bett ziehen. Doch mit einer geschickten Bewegung entzog sie sich ihm.

»Noch ein Gläschen Sekt, der Herr?« Ohne seine Antwort abzuwarten, öffnete sie routiniert die zweite Flasche. Mit einem lauten »Plopp« sprang der Korken aus der Flasche.

»Dein Glas, schnell, gib schon her.« Gerade noch rechtzeitig gelang es Maggie, den ausschäumenden Sekt dahin zu befördern, wohin er gehörte.

»Und du? Trinkst du nicht mit?«

»Aber natürlich.« Maggie suchte ihr Glas, fand es schließlich neben dem Aquarium, in dem verschiedene farbenfrohe Fische dem Treiben außerhalb des Wassers scheinbar gelangweilt zuschauten.

»Hoch die Tassen, prost und weg.«

»Warte.« Maggies Gesichtsausdruck wurde ernst, fast feierlich. »Lass uns wieder etwas wünschen.«

»So wie eben?«

»Genau. Augen zu, ganz fest an seinen Wunsch denken und dann auf ex«, kommandierte sie.

Markus musste grinsen. ›Eben hat das Wünschen ja klasse geklappt‹, dachte er. ›Kaum gewünscht, schon ist der Wunsch in Erfüllung gegangen.‹ Laut sagte er: »Gerne, warum nicht.« Und grinste erneut. Maggie würde nie darauf kommen, was er sich dieses Mal wünschen würde.

»Dann los! Augen zu.«

Markus schloss die Augen. Eine kurze Pause, dann ein langer Zug aus dem Sektglas. Er kicherte, als er die Augen wieder öffnete. Auch Maggies Glas war leer. Auf der Oberfläche des Aquariums schwammen Bläschen, die Fische am Boden starrten voller Unverständnis.

»Komm, gleich noch ein Glas.« Geschickt schenkte ihm Maggie erneut ein.

»Du machst mich wahnsinnig«, stöhnte Markus, leerte sein Glas erneut in einem Zug und stellte es auf dem Nachttisch ab.

›Männer sind ja so berechenbar‹, dachte Maggie. Sie lächelte, als sie sein Glas erneut füllte.

»Ey, du bist die schärfste Ische, die ich je hatte. Du bist spitze, eine Wucht!« Er verschlang jeden Zentimeter ihrer samtbraunen Haut mit seinen Augen. In einer langsamen, sinnlichen Bewegung fuhr er mit der Zunge über seine Lippen. »Lass uns da weitermachen, wo wir eben aufgehört haben.«

Maggie lachte übermütig und wild. Sie schüttelte den Kopf, sodass ihre Haare flogen. Ab und an hatte er sich beklagt, sie wäre zu distanziert, zu wenig feurig. Heute Nacht würde er keinen Grund für eine solche Klage haben. Langsam stieg sie zu ihm aufs Bett und setzte sich rittlings auf ihn. Seufzend atmete Markus aus. Maggies braune Augen waren tief und unergründlich. Mit einer lasziven Bewegung zog sie sich das T-Shirt über den Kopf und beugte sich nach vorn. Ihr leidenschaftlicher Kuss verschloss ihm den Mund und ließ ihn atemlos werden. Ihre Hände begannen zu wandern und seine Gedanken versanken in einem Wirbel der Ekstase.

Maggies Denken hingegen blieb rational und klar.

Als der Rausch der Gefühle abebbte, drehte sich Markus erschöpft zur Seite. Die Augen fielen ihm zu. Kurz bevor ihn der Schlaf übermannte, kam ihm die Frage in den Sinn, womit er sich ein solches Fest der Sinne eigentlich verdient hatte. Und das ausgerechnet heute. Was in aller Welt nur hatte Maggie, die Kühle, in solch einen erotischen Vulkan verwandelt? Bevor er jedoch intensiver über diese Fragen nachsinnen konnte, war er eingeschlafen.

GESPENSTER
DER VERGANGENHEIT

Er spürte die kalte Mündung der Kalaschnikow an seiner Schläfe. »Stillstehen, du Hurensohn! Stillstehen, sonst bist du tot!«

Adama hatte die Augen geschlossen. Die Sekunden dehnten sich zu Ewigkeiten. Kalter Schweiß perlte über sein Gesicht. Die Knie zitterten, so sehr er sich auch bemühte sie stillzuhalten. Seine Augenlieder flatterten. Dem Mund entrang sich ein angstvolles Stöhnen. Dieses Mal war es das Ende.

»Bam. Bam! Bam!!«

Die Mündung der Kalaschnikow ruckte an seiner Schläfe. Doch kein Schuss löste sich. Dafür ertönte das meckernde Lachen seines Peinigers.

Zögernd öffnete Adama seine Augen und blickte in das Grinsen Mahamadou Keitas.

»Ya Charra, du Stück Scheiße, da hast du gerade noch mal Glück gehabt, was?«

Adamas Beine trugen ihn nicht länger. Er sank zu Boden, was Mahamadou mit einem weiteren meckernden Lachen quittierte. Der Mann mit dem schwarzen Schleier liebte makabre Scherze. Er liebte es, seine Opfer zu quälen. Und heute war Adama sein Opfer. Wieder mal.

»Du weißt, warum ich hier bin, Sohn einer läufigen Hündin?«
Adama seufzte nur.

»Ich gebe es dir gerne schriftlich, mit der Peitsche auf dem Rücken, wenn du es nicht endlich ausspuckst. Also: Warum bin ich hier?«

»Ich …«, Adamas Kehle war trocken wie ein ausgedörrtes Wadi, seine Stimme ein einziges Krächzen, »ich … es geht … um die Schule.«

»Genau, du Bastard. Es geht um die Schule für Mädchen. Genauer darum, dass es eine solche Schule nicht mehr gibt. Keine Schule für Mädchen, hast du das endlich begriffen?«

»Aber … meine Töchter …«

»Du verdammtes Schwein! War ich nicht deutlich genug?« Die Mündung der Kalaschnikow kehrte an Adamas Schläfe zurück. »Die Schule für Mädchen ist geschlossen. Kapiert? Für immer. Und du wirst deine dreckigen Finger davonlassen, sie irgendwie und irgendwo wieder zu eröffnen. Sonst werde ich etwas öffnen, nämlich deinen Schädel!« Der kalte Stahl der Schusswaffe pochte gegen Adamas Kopf. »Hast du das verstanden?!«

Beklommen wollte Adama nicken, doch wie von einer unsichtbaren inneren Kraft getrieben schüttelte sich sein Kopf wie von selbst.

»Du Hund. Das wagst du mir?!«

Ansatzlos knallte der Lauf der Kalaschnikow gegen Adamas Hinterkopf und bevor er in das gnädige Dunkel der Bewusstlosigkeit versank, hörte er die meckernde Stimme seines Henkers: »Dann wirst du eben sterben!«

Das ratternde Feuer der Maschinenpistole dröhnte in seinem Kopf wie ein endloser Donner.

In diesem Augenblick erwachte Adama schweißgebadet. Sein Herz raste. Ihm war schlecht, wie immer, wenn er diesen Traum träumte. Was öfter vorkam, als er auszuhalten vermochte, öfter, als jeder normale Mensch auszuhalten vermochte. Sein Hemd klebte am Körper. Mühsam richtete er sich auf und schwang die Beine über die Bettkante. Der noch fast volle Mond schien ins Zimmer. Es war so hell, dass man ein Buch hätte lesen können. Mit müden Schritten schlurfte er in die Küche, öffnete den Geschirrschrank, entnahm ein Glas und füllte es mit Leitungswasser. Welch köstlicher Überfluss. Einfach einen Hahn öffnen und sauberes, herrlich frisches Wasser floss heraus, solange man nur wollte.

In seinem Heimatdorf in Mali, in der heißen Wüste nahe Tessalit, würde man beides vergeblich suchen, einen Wasserhahn und auch fließendes Wasser. Sah man einmal von der kurzen Regenzeit im Sommer ab, war Wassermangel das beherrschende Thema im Alltag. Alles drehte sich ums Wasser, das Woher und das Wieviel.

So war es zumindest bis 2012. In diesem Jahr hatten zunächst die Tuareg-Rebellen der MNLA seine Heimatregion Tessalit in ihren neuen Tuareg-Staat »Azawad« integriert. Was sein Leben nur wenig veränderte. Noch konnte er als Lehrer in der Schule des Dorfes arbeiten, die Kinder unterrichten, auch seine drei Töchter, ihnen Lesen beibringen sowie Schreiben und Rechnen.

Dann aber waren die fundamental-islamistischen Kämpfer der Ansar Dine in sein Dorf gekommen. Die Männer mit den schwarzen Fahnen führten die Scharia ein, die arabische Rechtsprechung, mit Strafen wie dem Abhacken einer Hand bei Diebstahl oder der Steinigung bei Ehebruch. Und sie verboten den Schulbesuch für Mädchen. Adama war Lehrer mit Leib und Seele. Mit dem brutalen Durchpeitschen ihrer fundamental-islamischen Vorstellungen in seiner Schule nahmen die Ansar Dine ihm die Seele.

An dem Vorfall, den er seither wieder und wieder in seinen Träumen durchlebte, war sein ehemaliger Nachbar, Mahamadou Keita, beteiligt gewesen, der sich den Dschihadisten angeschlossen hatte. Mit Wonne und Glaubenseifer hatte er ihn schikaniert. Keine Ruhe gönnte er ihm Tag und Nacht. Und drohte ihm schließlich den Tod an.

Dreimal stand Adama Diabaté seine Scheinhinrichtung durch, dann gab er auf. Er floh, ließ Frau und Kinder zurück, welche die Strapazen der Flucht durch die Sahara nicht überstanden hätten. Seine Augen füllten sich mit Tränen und sein Herz blutete, wenn er nur an sie dachte.

Quer durch Algerien und den Norden Marokkos ging seine Flucht. Sein Ziel: Europa, Arbeit, die Familie nachholen. Er nahm alles in Kauf: die Gluthitze des Tages und die eisige Kälte in der Nacht, Hunger und Durst sowie die Stockschläge der Räuber, die ihm nicht glauben wollten, dass er nichts anderes besaß als das, was er am Leib trug.

Als er endlich sein Ziel erreicht hatte, versperrte ein sieben Meter hoher Grenzzaun den Weg nach Melilla, gespickt mit in der Sonne glänzenden messerscharfen Klingen, den die Fluchthelfer NATO-Draht nannten. Er hatte auch diesen überwunden, mit Geduld, Mut und Glück. Er war in Europa angekommen, über Spanien und Frankreich nach Deutschland gelangt, hatte hier viel gelernt: die fremde Sprache zu sprechen, die dunklen Monate ohne Sonne auszuhalten und mit dem Verhalten der Menschen hier umzugehen, das ihm manches Mal merkwürdig erschien und Rätsel aufgab. Er hatte Arbeit gefunden. Nicht als Lehrer, natürlich, aber eine Arbeit, mit der er sein Leben bestreiten konnte. Nur eines hatte er trotz vieler Anläufe bisher nicht geschafft: seine Familie nach Deutschland zu holen. Eigentlich wusste er nicht einmal, wie es seiner Frau und den drei Töchtern wirklich ging, in seiner Heimat, unter der warmen Sonne Malis. Und das schmerzte ihn an jedem Morgen, an jedem Mittag und an jedem Abend.

Aber immerhin war es ihm vergönnt, in Sicherheit zu leben. Denn der Arm der Ansar Dine mochte lang sein, doch bis ins Münsterland würde er nicht reichen. Das war Adamas große Hoffnung. Dabei hatte er hier in Deutschland eine Seite an sich entdeckt, die ihm zuvor gänzlich unbekannt war. Eine Seite, die in den Augen der Dschihadisten sicher noch weitaus verwerflicher, ja todeswürdiger war als das Unterrichten von Mädchen. Er schämte sich dafür und die Scham war von Tag zu Tag größer geworden, hatte die Liebe ausgelöscht, Stück für Stück. Gut, dass er sich entschieden hatte, die Vernunft über die Liebe zu stellen. Auch wenn dies Tränen und Schmerz gekostet hatte und der »Engel seiner dunklen Nächte«, wie er seine Liebe einmal genannt hatte, dieses nicht akzeptieren wollte. Er würde es akzeptieren müssen.

»Als Gott die Welt erschuf, gab er den Afrikanern die Zeit und den Europäern die Uhr«, lautet ein afrikanisches Sprichwort. Hier in Deutschland hatte Adama Diabaté gelernt, Armbanduhren zu lieben. Schweizer Fabrikate vor allem, mit ihrer schlichten Eleganz, den hinreißenden Formen, den schmeichelnden Farben und dem feinen

Klang ihrer Laufwerke. Er konnte lange vor dem Schaufenster eines Juweliergeschäftes stehen und die ausgestellten Wunderwerke ausgefeilter Mechanik mit seinen Augen liebkosen. Doch ihrer Zeitanzeige zu folgen, daran hatte er sich noch immer nicht gewöhnt. Zum Glück war dies bei seiner Arbeit auch nicht so wichtig. Seit nun fast drei Jahren arbeitete er als Reinigungskraft in den Museen der Stadt Rheine: im Falkenhof-Museum und im Museum Kloster Bentlage. Wenn er für die Reinigung der Museumsräume in den späten Abend- oder den frühen Morgenstunden eine halbe Stunde länger benötigte als geplant, so war dies egal. Ihm wie auch seinem Arbeitgeber. Hauptsache, er wurde fertig, bevor das Museum wieder öffnete, und die Sauberkeit stimmte. Und das tat sie. Immer. Darauf war Adama mit Recht stolz.

Kopfzerbrechen und Schmerzen hatte ihm allerdings eine Entscheidung bereitet, die er vorgestern getroffen hatte. Etwas Schönes und Großes zu beenden, tat immer weh. Aber manchmal gab es keine Alternative, wollte man auf Dauer vor sich selbst bestehen. Ein weiteres Sprichwort in seiner Heimat lautete: »Das Leben trägt den Namen ›Veränderung‹.« Nur dass in diesem Fall nicht er allein von der Veränderung betroffen war. Auch sagte man: »Da er im Wasser ist, weiß man nicht, ob der Fisch weint.« Weinte sein Fisch? Er wusste es nicht. Zu fürchten aber war: ja, er weinte.

Adama seufzte und setzte Teewasser auf. Laut Plan stand heute Morgen die Reinigung des Gewölbekellers im Falkenhof-Museum an. Sicher würde es dort nach dem gestrigen Probedurchlauf für das Hygienekonzept (er hatte sich diesen sperrigen Begriff buchstabieren lassen und in seinem persönlichen Deutschwörterbuch notiert) reichlich zu reinigen geben. Er seufzte. Da er nun schon einmal aufgestanden war, konnte er damit am besten gleich nach dem Morgentee beginnen, wenn auch der Mond noch am Himmel stand.

Im Wohnzimmer schrillte das Telefon.

DESSOUS UND
EIN SCHARFER BLICK

Agnetha Löchte konnte sich nicht sattsehen. Negligés in bezaubernden Farben, hauchdünn und verführerisch. Dazu Dessous in Rot, in Schwarz und in Weiß. Erotisch, verspielt, elegant und raffiniert. Fast alle diese Träume aus Seide, Satin und Spitze hätte sie kaufen mögen. Leider aber setzte der Geldbeutel hier ein klares Limit. Insbesondere seit sie, dem Corona-Lockdown geschuldet, nur noch Kurzarbeitergeld bezog. Denn als Kassiererin war man in einem geschlossenen Museum ungefähr so gefragt wie ein, nun ja, wie ein Rasensprenger im Winter.

In regulären Zeiten gab sie im Kassenbereich des Falkenhof-Museums die Eintrittskarten aus, telefonierte hinter Guides her, die den Termin ihrer Führung vergessen hatten, und verkaufte Ausstellungskataloge und Souvenirs. In Notfällen leistete sie auch schon einmal Erste Hilfe und verständigte den Rettungsdienst. Das Gehalt war nicht üppig, aber ausreichend, um als Junggesellin auskömmlich zu leben. Zumindest in normalen Zeiten. Aktuell aber waren die Zeiten eben nicht normal und ihre finanziellen Polster arg zusammengeschmolzen. Nur eins hatte sie gegenwärtig im Überfluss: Zeit.

Sie konnte regelmäßig joggen, sich jederzeit mit Freundinnen treffen – wenn auch manchmal mit schlechtem Gewissen, der über dem Limit der Corona-Verordnung liegenden Gruppengröße wegen. Schließlich erhöhte jeder Kontakt die Gefahr einer Ansteckung. Doch aktuell war Sommer, eine Jahreszeit, die dem Virus nicht zu behagen schien. Die Infektionszahlen in Rheine blieben niedrig. Also: Don't worry, be happy!

Und so war sie auf die Idee gekommen, für sich und ihre Freundinnen eine Dessous-Party auszurichten. Sie waren sechs »Frauen im richtigen Alter«, wie ihre Kollegin Simone es einmal formuliert hatte. Alle um die vierzig, alle sportlich, lebenslustig und durchaus bereit, auch einmal etwas zu wagen. Verheiratet war derzeit keine von ihnen, geschieden schon. Simone wie auch Bärbel hatten eine gescheiterte Beziehung hinter sich. Mia befand sich im Scheidungsprozess.

Doch für sie – Agnetha Löchte stöhnte wohlig – begann es gerade erst, das Abenteuer »Beziehung«. Sie konnte sich nicht erinnern, wann sie das letzte Mal so verliebt gewesen war. Vielleicht mit 17 in ihren Fahrlehrer. Ein gut aussehender Mann, dazu kultiviert und geduldig. Wobei Letzteres bei ihrem ruppigen Fahrstil mehr als angebracht war. Leider hatte er ihre Avancen kalt abblitzen lassen. Mit der bestandenen Fahrprüfung erlosch dann auch ihrerseits das Interesse. Seither hatte sie keinen zweiten Mann kennengelernt, der sie so bezauberte. Bis vor gut einem halben Jahr. Bis zu seiner Einladung ins Kino. Seither tanzten Schmetterlinge in ihrem Bauch, wenn sie sich trafen, und es lohnte sich endlich auch für sie wieder, eine Dessous-Party auszurichten.

Die Party wurde ein voller Erfolg. Was nicht nur der einfühlsamen Präsentation der Dame vom Modehaus »Sissi« und ihrer exquisiten Auswahl herrlicher Dessous sowie geschmackvoller Nachtwäsche zu verdanken war, sondern ebenso dem üppigen Buffet mit Häppchen und Salaten, das die Freundinnen zusammengestellt hatten. Und, nicht zu vergessen, auch den von Agnetha beigesteuerten zehn Flaschen einer süffigen Mosel-Spätlese.

Die lockere Atmosphäre, die angenehme Gesellschaft und der leckere Wein, all das hatte Agnetha dazu verführt, mehr zu trinken, als ihr guttat. Mitten in der Nacht wachte sie mit heftigem Sodbrennen auf, das auch nach zwei Tabletten nicht weichen wollte. Seither versuchte sie krampfhaft wieder einzuschlafen. Doch so sehr sie sich auch bemühte, der Schlaf wollte nicht zurückkommen. Um halb fünf entschied sie sich aufzustehen. So hatte sie wenigstens die Gelegenheit, ausgiebig zu frühstücken und Zeitung zu lesen.

Um sechs zog sie ihr Jogging-Outfit und die Laufschuhe an. Kurz darauf verließ sie die Wohnung, in der die Hinterlassenschaften der Dessous-Party darauf warteten, abgeräumt zu werden. Ihre morgendliche Joggingstrecke führte durch den Bentlager Busch, ein ausgedehntes Waldgebiet nahe der Ems. Agnetha holte ihr Fahrrad aus dem Schuppen. Ihre Wohnung lag ideal: In wenigen Minuten konnte sie mit dem Rad den Bentlager Busch erreichen, in noch kürzerer Zeit zu Fuß die Innenstadt und – was ihr besonders wichtig war – mit wenigen Schritten ihre Arbeitsstelle. Von ihrem Küchenfenster aus blickte sie direkt auf den Eingang in den Falkenhof. Idealer konnte man kaum wohnen.

Sie genoss die friedliche Morgenstimmung. Die als Glutball am wolkenlosen Himmel aufgehende Sonne versprach, auch heute wieder für hochsommerliche Temperaturen zu sorgen. Da war die frühe Stunde doch genau die richtige Zeit für einen Waldlauf.

Bevor sie sich auf ihr Rad schwang, schaute Agnetha über die menschenleere Straße auf den Falkenhof, so wie sie es gewohnheitsmäßig immer tat, wenn sie aus dem Haus ging. Eine Bewegung ließ sie stutzen. Soeben überquerte eine Person zielstrebigen Schrittes den Vorplatz des Museums und tauchte in den Schatten des Ostflügels ein.

›Wer treibt sich denn um diese frühe Uhrzeit schon am Falkenhof-Museum herum?‹, fragte sie sich irritiert. ›Zumal das Museum seit Wochen geschlossen ist?‹

Die Person hatte inzwischen die Eingangstür des Museums erreicht und zeigte der Kassiererin ihr Profil.

›Ach, da schau her. Dich kenn ich doch.‹ Überrascht hielt Agnetha inne.

Die schwere Holztür des Falkenhofes wurde aufgestoßen und die Person verschwand mit einer geschmeidigen Bewegung im Inneren des Gebäudes. Museum und Vorplatz lagen wieder wie ausgestorben dar.

Agnetha Löchte schwang sich auf ihr Rad. Sie war versucht, sich die Augen zu reiben. Vielleicht hätte sie gestern Abend doch auf das letzte Glas Spätlese verzichten sollen. War das, was sie eben gesehen hatte, real oder eine Illusion? Diese Frage beschäftigte sie die ganze Fahrt über, ohne dass sie darauf eine Antwort gefunden hätte. Nach wenigen Minuten erreichte sie den Startpunkt ihrer Laufstrecke. Das Abstellen und Sichern des Rades mit einem schweren Kettenschloss waren Routine. Auch in Rheine gab es Fahrraddiebe.

Sie steckte sich Kopfhörer in die Ohren. Die ersten Takte des Michael-Jackson-Hits »Beat it« brandeten auf. Agnetha begann zu laufen und im gleichen Moment trat alles andere in den Hintergrund. Es gab nur noch den Beat und den Rhythmus von Atmung und Bewegung. Am Ende der Laufstrecke hatte sie ihre morgendliche Beobachtung vergessen.

»BÜRGERSINN UND
SEELENHEIL«

Der Vorplatz des Falkenhofes lag im gleißenden Licht der Augustsonne. Selbst um diese recht frühe Vormittagsstunde war es bereits sehr heiß. Nur wenige Bäume spendeten kühlenden Schatten. Brockmann liebte diesen Platz. Doktor Andreas Brockmann, um genau zu sein. »Denn so viel Zeit muss sein.« Diese abgegriffene Phrase brachte er gerne in den Vorstellungsrunden bei Tagungen und Führungen an, die regelmäßig im Falkenhof-Museum stattfanden. In »seinem« Museum. Zwar war er hier nur der Ausstellungsleiter, doch de facto der Hausherr. In den letzten fünf oder sechs Jahren hatte es keine Ausstellung und kein größeres Event gegeben, das er nicht federführend organisiert und gestaltet hatte. Darauf war er stolz.

Die grelle Sonne blendete ihn. Er zog seine Sonnenbrille aus der Brusttasche des Jacketts, ein Designermodel, und setzte sie auf. So beschattet ließ er seine Augen in Richtung Ems schweifen. An gleicher Stelle hatten vor mehr als 1200 Jahren wohl auch die Mannen Karls des Großen gestanden und vom hoch über der Ems gelegenen Kalksporn, der heute den Falkenhof trug, auf den Fluss und die ihn querende Furt geblickt. Jene Furt, die für die Franken eine zentrale Bedeutung im Netz ihrer Handelswege und militärischen Nachschublinien in den Kriegen gegen die Sachsen hatte. Nicht verwunderlich also, dass sie sich entschlossen hatten, an dieser Stelle einen militärischen Sicherungsposten zu errichten: das befestigte Königsgut »Villa Reni«. Dies war der Beginn einer langen Erfolgsgeschichte, der Beginn der Entwicklung der Stadt Rheine.

Mit der der linken Hand strich sich Brockmann über den gepflegten Hipster-Bart. Nervös blickte er auf seine Armbanduhr. Offenbar verspäteten sich die Teilnehmer seiner außerordentlichen Führung durch die Ausstellung »Bürgersinn und Seelenheil«.

Eigentlich war heute ohnehin kein guter Tag für eine Führung durch die Ausstellung. Die beiden Probedurchgänge gestern und vorgestern hatten eine Reihe von Schwächen in dem von der Museumsleitung erarbeiteten Hygiene-Konzept offenbart. Schwächen, die zu erwarten gewesen waren, schließlich betrat man hier unter dem Zwang der Corona-Pandemie Neuland. Aber eben auch Schwächen, die bis zur Eröffnung der Ausstellung am 30. August in jedem Fall abgestellt werden mussten. Auf ihn als Ausstellungsleiter wartete also eine Menge Arbeit.

Dazu dieser … dieser unglückselige Vorfall, der bei ihm Entsetzen, Wut und Panik ausgelöst hatte. Heftige Gefühle, die er nur mit einigen Gläsern Cognac in den Griff bekommen hatte. Was man ihm nach drei Kaffee und dem Einsatz von Zahnbürste und Mundwasser hoffentlich nicht mehr anmerkte. Nein, der heutige Morgen war wahrlich kein günstiger Zeitpunkt für eine Führung durch die Ausstellung. Doch blieb ihm eine andere Wahl? Absagen hatte er den Termin auch nicht können, ohne alles noch schlimmer zu machen. Was sein musste, musste eben sein. Aber vielleicht war die Presse an dieser Stelle auch genau richtig.

Nervös zog Brockmann eine Zigarettenschachtel aus der linken Hosentasche. Das blaue, rechteckige Logo mit dem Schriftzug »NIL« in weißen Großbuchstaben wies den Inhalt als Tabakware der Kultmarke *Nil* aus, eine der ältesten Zigarettenmarken in Deutschland und Österreich. Schon sein Großvater und Vater hatten diese Marke geraucht. Brockmann steckte sich eine *Nil* zwischen die Lippen und zündete sie, ganz traditionell, mit einem Streichholz an. Der erste Zug. Er inhalierte tief. Das Nikotin ließ ihn ruhiger werden.

Im Wetterbericht waren für heute Vormittag 31 °C angekündigt. Es wäre gut, bald in die kühlen Innenräume des Museums abtauchen zu können. Doch dazu musste der angekündigte Journalist, Moritz Mey, wenn er den Namen richtig verstanden hatte, erst einmal erscheinen. Bis dahin hieß es warten.

Brockmann inhalierte ein weiteres Mal. Ruhig werden, ruhig bleiben. Sein Blick glitt über das grobe Mauerwerk des Herrenhauses. Die weiß gekälkten Wände der dreiflügeligen, hufeisenförmigen Anlage reflektierten und verstärkten das an sich schon intensive Sonnenlicht. Brockmann schloss die Augen. Die beiden Personen, die, aus Richtung der Tiefen Straße kommend, eiligen Schrittes den gepflasterten Vorhof überquerten, nahm er daher erst wahr, als sie fast vor ihm standen. Rasch nahm er einen letzten Zug. Dann drückte er die *Nil* in einer leeren *Pulmoll*-Dose aus, die er als Taschenaschenbecher nutzte, und ließ die Dose anschließend wieder in seine Jackentasche gleiten. Mit einer routinierten Bewegung setzte er seine Maske auf. Auch die beiden Ankömmlinge trugen einen Mund-Nasen-Schutz. Dennoch hatte Brockmann keine Mühe zu erkennen, dass sie unterschiedlichen Geschlechts waren.

»Guten Morgen.« Die männliche Stimme hinter dem Stoff klang dumpf. »Entschuldigen Sie unsere Verspätung, doch auf der Neuenkirchener Straße gab es einen Unfall und wir waren gezwungen, einen Umweg zu fahren.«

»Kein Problem.« Brockmann runzelte die Stirn. »Allerdings wurde mir nur ein Interviewpartner angekündigt …«

»Anna Mey, die Frau von Moritz«, stellte sich der weibliche Teil des Paares vor. »Ich wäre gerne bei der Führung dabei und würde einige Fotos machen, wenn das für Sie in Ordnung ist.« Sie wies auf die Fototasche, die sie an einem breiten Lederriemen über der Schulter trug.

»Ähm, ja, natürlich ist das in Ordnung«, beeilte sich Brockmann zu versichern. »Ich … ich stelle mich darauf ein.«

›Merkwürdig‹, dachte Anna, ›wie nervös die Anwesenheit einer Frau bestimmte Männer macht.‹

»Bitte folgen Sie mir.«

Mit seinem Chip-Schlüssel öffnete Brockmann die Tür im Westflügel des Falkenhofes und betrat den Eingangsraum des Museums. Die beiden Meys folgten ihm. Mit einer gewissen Erleichterung registrierten sie, dass die Räumlichkeiten angenehm kühl waren.

»Nach rechts bitte«, dirigierte sie der Ausstellungsleiter, um sie gleich darauf zum Stehenbleiben aufzufordern.

Sie standen neben der langgezogenen Treppe, die hinauf ins Obergeschoss führte. Auf der Wand links der Treppe war eine großflächige Reproduktion des Holzschnittes »Die vier apokalyptischen Reiter« von Albrecht Dürer aufgetragen.

»Natürlich kann unser heutiges Treffen schon aus Zeitgründen keine Führung durch die Ausstellung beinhalten. Dennoch möchte ich Ihnen zumindest kurz den Hintergrund und den Kerngedanken unserer Präsentation nahebringen. Dies dürfte Ihnen helfen, das Objekt, für das Sie sich heute besonders interessieren, besser einordnen zu können.« Brockmann räusperte sich. »Nun, die Zeit, in der die St. Dionysius-Kirche erbaut wurde, war für die Menschen eine Zeit der Angst. Hungersnöte, Seuchen, Kriege und in deren Folge der Tod waren allgegenwärtig. Der Holzschnitt Dürers«, Brockmann wies auf die gegenüberliegende Wand, »verdeutlicht dies auf drastische Weise, reiten doch die vier apokalyptischen Reiter die Menschen ohne Gnade nieder. Für die gläubigen Menschen des 15. Jahrhunderts endeten die Schrecken zudem keineswegs mit dem Tod. Vielmehr drohte als Strafe für alles Böse, das man hier auf Erden tat – und dazu zählten auch kleinste Alltagsverfehlungen wie unkeusche Gedanken oder das Fluchen –, für alle Verfehlungen hier auf Erden also drohte einem im Jenseits bestenfalls der Aufenthalt im Fegefeuer, im schlechtesten Fall die Hölle. Während man aus letzterer kaum entkommen konnte, ließ sich die Dauer des Aufenthaltes im Fegefeuer durchaus verkürzen, und zwar durch Gebete, durch gute Werke, Spenden und Stiftungen. Diese konnte man im eigenen Interesse, also für sich selber, aber auch für verstorbene Verwandte, Freunde und Bekannte tätigen. Für die Bürger von Rheine bedeutete der Bau einer neuen, prächtigen

Stadtkirche also nicht nur eine Steigerung des Ansehens ihrer Stadt, sondern auch eine gute Gelegenheit, durch Spenden oder Stiftungen für den Bau und die Ausstattung der Kirche etwas für das eigene Seelenheil zu tun. Daher auch der Titel unserer Ausstellung ›Bürgersinn und Seelenheil‹.«

Brockmann legte eine Pause ein, damit Moritz Mey, der sich eifrig Notizen machte, nachkommen konnte.

»Das Dionysius-Evangeliar, das wir uns jetzt gleich anschauen werden«, fuhr er dann fort, »wurde der Kirchengemeinde zwar erst 400 Jahre später gespendet. Doch dem Geiste nach entspricht diese Schenkung durchaus den Vorstellungen des 15. Jahrhunderts hinsichtlich des Wertes guter Gaben, die ich Ihnen gerade skizziert habe. Näheres werde ich Ihnen dann am Objekt selber erläutern. Schauen wir uns also jetzt das prachtvolle Buch an«, schloss der Ausstellungsleiter seinen Vortrag. Er winkte den beiden Besuchern, ihm zu folgen.

Nach vier Stufen passierten sie eine Tür, die zum Gewölbekeller unter dem Mitteltrakt des Falkenhofes führte.

»Nach rechts bitte.«

Sie traten durch einen schmalen Durchgang. Der dahinter liegende Raum war dunkel. Unwillkürlich verhielten die Meys ihre Schritte, während Brockmann sich nach rechts wandte und hektisch auf den Knopf der dort in der Wand platzierten Lichtsteuerung drückte. Nichts geschah.

»Ärgerlich … der Elektriker wollte doch längst … Ah, jetzt geht es.«

Die effektvoll gedimmte Beleuchtung strahlte auf. Vor den drei Besuchern lag ein geräumiger Kellerraum. Fünf Pfeilerpaare aus Sandstein trugen die weißgekälkte Decke, deren Wölbungen wie der geschwungene obere Rand einer bauschigen Wolke wirkten. Links schufen mit kunstvollen Ornamenten versehene, indirekt beleuchtete Wandelemente eine fast sakrale Atmosphäre. In der Raummitte waren farbenprächtige liturgische Gewänder aufgereiht, effektvoll ins Bild gesetzt durch fein justierte Punktstrahler. Rechts befanden sich in einer dunklen Wandverkleidung dezent erleuchtete Nischen, in denen Kultgegenstände ausgestellt waren. In der zweiten dieser Nischen lag in einer Vitrine, die ein wenig in den Raum hineinragte, ein prachtvolles Buch, dessen goldglänzender, mit Edelsteinen besetzter Einband im Licht zweier Scheinwerfer funkelte. Es hätte kaum der Beschriftung auf dem Sockel der Vitrine bedurft, um zu erkennen: Es handelte sich um das Dionysius-Evangeliar.

Irritierend war allerdings, dass auf dem Boden zu Füßen des Buches eine männliche Person lag. Bekleidet war sie mit Jeans und einem hellgrauen Kittel. Das Auffällige an dieser Person aber war nicht ihre Kleidung, sondern der schmerzverzerrte Ausdruck ihres Gesichtes, dessen dunkelbraune Haut seltsam fahl erschien, als habe sie sich in der Farbe dem ergrauten Kinnbart des Mannes angepasst. Der schmerzvolle Gesichtsausdruck schien nur zu verständlich. Denn im Hals des Mannes steckte ein metallener Gegenstand, offenkundig eine Schere. Um seinen Kopf bildeten Blutspritzer ein wirres Muster, das entfernt an eine Strahlenkrone erinnerte, und links seines Halses hatte sich eine dunkelrote Lache von Blut ergossen. Es gab keinen Zweifel: Der Mann war tot.

Anna Mey schrie auf. Laut und schrill.

TRAUMA-VERARBEITUNG

B itte ... so nehmen Sie doch Platz.« Brockmanns Stimme klang
zittrig. Mit einer fahrigen Bewegung schob er einen dritten
Stuhl an den Tisch, an dem bereits zwei geschwungene Sessel standen.
»Danke.«

Anna und Moritz Mey setzten sich. Das Büro im Ostflügel des Falkenhofes, in das Andreas Brockmann sie geführt hatte, war eher klein,
doch freundlich. Helles Mobiliar, ein Schreibtisch mit PC und Tele-
fonanlage, zwei Kiefernregale, prall gefüllt mit Büchern, zumeist aus
den Bereichen Kunst und Architektur, wie Anna auf den ersten Blick
feststellte, und ein runder Besuchertisch mit drei Stühlen bildeten die
ganze Einrichtung. Das weiße, vergitterte Fenster ging nach Osten.

»Ich ... ich brauche jetzt erst einmal einen Cognac.« Mit einer un-
gelenken Bewegung zog der Ausstellungsleiter die unterste Schublade
seines Schreibtisches auf und entnahm ihr eine Cognac-Flasche und
drei Gläser.

»Dieser Anblick! Furchtbar! Grauenhaft! Auf solch einen Schreck
braucht man einfach eine Stärkung.« Brockmanns Worte klangen fast
wie eine Entschuldigung, als er sich gut zwei Fingerbreit der bern-
steinfarbenen Flüssigkeit eingoss. Sodann hob er die Flasche in Richtung der Meys. »Was ist mit Ihnen?«

»Danke, ich ... möchte lieber nicht. Mir würde davon ... wahrscheinlich übel.« Annas bleiches Gesicht spiegelte, soweit man dies
unter der Maske erkennen konnte, noch immer das blanke Entsetzen
wider, das der Anblick der Leiche im Gewölbekeller bei ihr ausgelöst
hatte.

»Ich nehme einen kleinen Schluck.« Moritz legte die Kamera auf
den Tisch und deutete mit Daumen und Zeigefinger an, dass in seinem Glas nicht mehr als ein Fingerbreit Cognac sein sollte.

Er wirkte ruhig und gefasst. Auch beim Anblick des Toten im Gewölbekeller hatte er nicht die Nerven verloren. Während Brockmann kopflos und konfus gewirkt und Anna wie versteinert vor Entsetzen dagestanden hatte, hatte Moritz mit Umsicht alles in einer solchen Situation Notwendige in die Wege geleitet. Er führte die erschütterte Anna zu einem der Stühle, die nahe der Tür an der Wand standen, weit genug entfernt von der Leiche. Den Ausstellungsleiter bat er die Polizei zu informieren, was dieser vom Erdgeschoss aus tat – im Kellergewölbe hatte er keinen Handyempfang.

Er selbst nahm Anna die Kamera ab. Ohne dem Toten zu nahe zu kommen, fotografierte er die Szene. Dank der Zoomfunktion seiner Spiegelreflexkamera konnte er den Toten und dessen hell erleuchtete Umgebung in Großaufnahme festhalten. Er schoss Foto um Foto.

Mit einem Mal hielt Moritz inne. Was er gerade tat, fühlte sich irgendwie falsch an. ›Ich lichte den Tod ab wie ein Paparazzo‹, dachte er. Nie zuvor in seiner Zeit als Reporter für die RAZ hatte er solche Aufnahmen gemacht. Andererseits: Wann kam man als freier Zeitungsmitarbeiter schon einmal so nahe an einen Tatort? Für einen Zeitungsschreiber bot sich hier eine einmalige Chance. Dennoch …
Mit einer bedauernden Geste schaltete Mey die Kamera aus.

Wenig später erschien Brockmann mit hochrotem Kopf in der Tür zum Kellerraum. Zwei junge Streifenpolizisten begleiteten ihn. Nach einem kurzen Augenblick der Orientierung tauschten sie stumm einen Blick aus. Ein Nicken, und einer der beiden ging zurück zum Streifenwagen, der vor dem Falkenhof parkte, um per Funk die Kollegen vom Kriminalkommissariat II in Greven zu informieren, die im Kreisgebiet für Gewaltdelikte zuständig waren. Und dass hier ein Gewaltdelikt vorlag, daran konnte es keinen Zweifel geben.

Währenddessen nahm der zweite Polizist die Personalien der Meys auf – Andreas Brockmann schien er zu kennen – und bat die drei sodann, außerhalb des Gewölbekellers auf das Eintreffen der Kriminalpolizei zu warten.

»Die Kollegen kommen aus Greven. Das kann dauern.«

»Wenn es recht ist, warten wir in meinem Büro im Ostflügel«, schlug Brockmann vor.

Anna Mey nickte ergeben. Ihr bleiches Gesicht legte beredt davon Zeugnis ab, wie sehr sie der Fund der Leiche mitgenommen hatte. Besorgt legte Moritz einen Arm um ihre Schulter.

»Du brauchst frische Luft. Komm, wir gehen nach draußen.«

Arm in Arm stolperten die beiden Meys die Rampe empor in den Vorraum. Der Polizist folgte ihnen. Brockmann bildete den Schluss. Er dreht sich zu dem Toten um, so als wollte er ihn ein letztes Mal grüßen. Der lag noch immer in seinem Blut, dermaßen unnatürlich verrenkt, wie nur Tote es sein können, die rechte Hand verkrampft und zur Faust geballt. Der Griff der Schere, die aus seinem Hals ragte, glitzerte im Licht der Scheinwerfer. Mit einem Mal zitterte Brockmann. Auf seiner Stirn bildeten sich Schweißperlen. Ein würgender Husten, durch die Maske nur wenig gedämpft, schüttelte ihn. Mit der Hand fuhr er sich in den offenen Hemdkragen. Seine Beine schienen einzuknicken. Fast wäre er gestürzt.

Der Polizist drehte sich um. »Ist Ihnen nicht gut, Herr Brockmann? Kann ich Ihnen helfen? Soll ich vielleicht einen Arzt …?«

»Nein, nein. Schon in Ordnung«, wehrte der Ausstellungsleiter ab, krampfhaft darum bemüht, Ruhe und Fassung zu bewahren. »Mir war nur ein wenig schwindlig. Der Schock, wissen Sie, es muss der Schock sein.«

Das besorgte Gesicht des Polizeibeamten drückte Mitgefühl aus. »Eine Leiche zu finden, das ist schon harter Tobak. Ich kenne das. Damit kommt nicht jeder auf Anhieb klar. Das Beste in einem solchen Fall ist Abstand und frische Luft. Kommen Sie.« Gemeinsam folgten sie den Meys, die bereits draußen vor der Eingangstür standen.

Nun saßen sie eine Viertelstunde später zu dritt um den runden Tisch im Büro des Ausstellungsleiters. Andreas Brockmann und Moritz Mey hatten ein Glas mit Cognac vor sich stehen, den sie in kleinen Schlucken tranken.

»Mein Gott, der Tote ist Herr Diabaté.« Brockmann strich sich über sein schwarzes, kurz geschnittenes Haar, das teilweise igelartig abstand. Offenbar hatte er es während des Telefonates mit der Polizei verstrubbelt. Mit dem Zeigefinger fuhr er sich in den offenen Hemdkragen, so als wollte er ihn weiten.

Irritiert schaute Anna ihn an. Als er deren Blick bemerkte, beeilte er sich seine Maske wieder aufzusetzen, die er zum Trinken abgesetzt hatte. Zugleich fühlte er sich zu einer Erklärung bemüßigt: »Normalerweise trage ich geschlossene Kragen und Fliege. Daher ist meine Handbewegung ... also, ich meine ... ich mache das ganz automatisch, aus reiner Gewohnheit«, murmelte Brockmann. Er räusperte sich und legte seine Hände auf den Tisch, so als hoffte er, sie dadurch zur Ruhe zwingen zu können. »Wissen Sie, was dieser Todesfall für uns bedeutet? Eine Katastrophe. Eine absolute Katastrophe! Die Eröffnung der Ausstellung dürfte sich dadurch nochmals verzögern. Wir müssen wieder unzählige Veranstaltungen absagen. Unsere ganze Pressearbeit ist für die Katz!« Erneut raufte sich Brockmann die Haare. »In jedem Fall wird der Gewölbekeller von der Polizei durchsucht. Dabei werden die Trampel unsere ganze Installation auf den Kopf stellen. Was dabei alles kaputtgehen kann!« Hastig trank er einen Schluck aus seinem Glas. Fast hätte er vergessen, vorher seine Maske abzunehmen. »Eine absolute Katastrophe!«, wiederholte er.

Mit großen Augen, in denen sich noch immer der Schrecken des eben Erlebten widerspiegelte, schaute Anna den Ausstellungsleiter an. ›Wie kann man angesichts eines solch grausigen Todesfalls nur ausschließlich an die ökonomischen Folgen denken? Hier ist ein Mensch gestorben, brutal ermordet worden! Ein Mensch, der einen wesentlichen Teil seines Lebens noch vor sich hatte. Ein Mensch mit Hoffnungen, mit Träumen. Und dieser Mann dort redet nur von

Geld!‹ All das dachte Anna, doch sie sprach es nicht aus. Allenfalls die Traurigkeit in ihren Augen sprach Bände.

Im Büroraum war es still. Von draußen hörte man die Geräusche eines Fahrzeuges, die näher kamen und schließlich erstarben.

Moritz räusperte sich. »Sie sagten, der Tote ist ein Herr Diabaté?«

»Adama Diabaté, ein Flüchtling aus Mali. Er ist schon einige Zeit in Deutschland, spricht … sprach inzwischen ganz gut Deutsch.«

»Er hatte einen grauen Kittel an. Hat er hier als Hausmeister gearbeitet?«

»Nein, nicht als Hausmeister. Er ist als Reinigungskraft in unseren städtischen Museen angestellt. Seit gut drei Jahren. Ein sehr … zuverlässiger Mitarbeiter.«

»Hat er Familie?«

»Nicht hier in Deutschland, soweit ich weiß.«

Erneut herrschte Schweigen. Jeder der drei um den Tisch Sitzenden hing seinen eigenen Gedanken nach. Anna stiegen wieder Tränen in die Augen. Sie dachte an den grässlichen Anblick, der sich ihr im Gewölbekeller geboten hatte.

Schließlich gab sich Brockmann einen Ruck. »Aktuell können wir nichts anderes tun, als darauf zu warten, dass die Kriminalpolizei ihre Arbeit aufnimmt. Unsere Führung rund um das Dionysius-Evangeliar muss damit heute definitiv ausfallen und ob ich in den nächsten Tagen dafür Zeit haben werde, steht in den Sternen. Dies tut mir sehr leid. Aber zumindest kann ich Ihnen schon einmal einige Basisinformationen zum Dionysius-Evangeliar geben.«

Umständlich fingerte er ein zusammengefaltetes Papier aus der Brusttasche seines Hemdes und schob es über den Tisch.

Neugierig nahm Moritz Mey das Blatt und faltete es auseinander.

»Das sind die Eckdaten des Evangeliars, soweit sie für ihre Artikel relevant sein könnten. Falls Sie Fragen dazu haben, können Sie mich natürlich jederzeit telefonisch oder per Mail erreichen.«

Anna schaute ihrem Mann zu, wie der die Liste las und an verschiedenen Stellen nickte.

»Danke, Herr Doktor Brockmann. Die Informationen sind sehr hilfreich.«

Moritz reichte das Papier an Anna weiter. Die Aufstellung war in einer klaren Druckschrift verfasst. Automatisch kontrollierte sie Anna auf Fehler hin, eine Berufskrankheit aller korrekturgewohnten Lehrerinnen. Sie entdeckte derer zwei. Die Liste führte die Eckdaten des Buches auf. Mit Außenmaßen von 34 x 25 x 14 Zentimetern war es recht groß und mit einem Gewicht von 5,6 Kilogramm keineswegs leicht. Die Angaben zum vorderen Deckel, von dessen Pracht sie selbst in den schrecklichen Minuten im Gewölbekeller einen Eindruck bekommen hatte, ließen sie staunen: Er bestand im Inneren aus einer 12 Millimeter dicke Eichenholzplatte. Außen war dieser Holzkern mit einem Goldblech überzogen, in das Perlen, Edelsteine, darunter Smaragde, Amethyste und Saphire, und zudem mittig ein Elfenbeinrelief mit einer Darstellung des Heiligen Dionysius eingearbeitet waren. Das Buch war also nicht nur schön, sondern auch sehr wertvoll. Innen war der Holzkern mit purpurrotem Samt bespannt, so wie auch der Rückendeckel des Evangeliars.

Interessant waren auch die drei letzten auf der Liste vermerkten Punkte:

- Das Buch wurde der Kirchengemeinde 1911 von Peter Körner gestiftet.
- Hergestellt wurde es in der Werkstatt August Witte GmbH in Aachen durch den Goldschmied Wilhelm Uppkampp in den Jahren 1911/1912.
- In den Kirchenschatz von St. Dionysius überführt wurde es am 25. Juli 1914.

Brockmann räusperte sich. Das lange, untätige Warten zerrte erkennbar an seinen Nerven. »Das Fotografieren des Evangeliars wird heute wohl nicht möglich sein. Wenn Sie mir Ihre Mailadresse geben, schicke ich Ihnen einige Fotos des Buches, die ich privat gemacht habe.«

»Sehr gerne.« Moritz Mey schob seine Visitenkarte über den Tisch. »Ich hätte auch noch einige Fragen zur Liste …«

»Bitte, nur zu.«

»Peter Körner ist also der Stifter des Buches. Ich höre den Namen zum ersten Mal. Was ist über diesen Mann bekannt?«

»Da kann ich Ihnen nicht weiterhelfen. Seinen Namen und die Stiftungsdaten habe ich von der Pfarrei St. Dionysius bekommen, bedauerlicherweise ohne sonstige Informationen. Ich nehme also an, dass auch der Pfarrei über Herrn Körner nichts Weiteres bekannt ist.«

»Hm, dann ist da noch die merkwürdige Diskrepanz zwischen der Fertigstellung des Evangeliars und dem Jahr der Übertragung in den Kirchenschatz. Immerhin sind dies zwei Jahre. Wo befand sich das Buch in dieser Zeit?«

»Definitiv in Aachen.«

»Aber warum lagerte es dort so lange, bevor es nach Rheine gebracht wurde?«, schaltete sich Anna Mey in das Gespräch ein.

»Leider kann ich Ihnen auch diese Frage nicht beantworten. Ich weiß nur, dass es erst 1914 eine Transport-Freigabe durch die Polizei in Aachen gab. Im Juli wurde das Evangeliar dann von Vertretern der Firma August Witte nach Rheine gebracht.«

»Um dann auf Nimmerwiedersehen in den Tiefen des Kirchenschatztresors von St. Dionysius zu verschwinden. Was doch äußerst merkwürdig ist. Warum wurde das Evangeliar seit 1914 nie genutzt oder ausgestellt?«

»Dazu sollten Sie die Pfarrei befragen, wenn es denn dort Antworten auf diese, wie ich zugeben muss, berechtigten Fragen gibt. Fakt ist, dass dieses wundervolle, großartige Buch in unserer Ausstellung zum ersten Mal öffentlich zu sehen sein wird, als Zeugnis dafür, dass der Stiftungseifer der Rheiner Katholiken auch in jüngerer Zeit nicht erlahmt ist.«

»Ich stelle fest, dass es rund um dieses Buch mehr Fragen als Antworten gibt«, brummte Moritz Mey. »Am erstaunlichsten erscheint mir …«

Ein hartes, amtlich klingendes Klopfen an der Tür unterbrach ihn. »Ja, bitte.«

Der jüngere der beiden Streifenpolizisten trat ein. »Kriminaloberkommissar Rumphorst und Kriminalkommissar Bär sind eingetroffen. Sie werden gebeten, zu ihnen in den Keller zu kommen.«

ERMITTLUNGSBEGINN

V erdammt. Schon wieder keine Frühstückspause. Warum trifft es immer uns?«, maulte Bär und massierte mit leidvoller Mine seinen Bauch, der sich, kaum kaschiert durch das dünne Sommerhemd, deutlich nach vorne wölbte.

»Spar dir deine Nörgelei für den Feierabend auf.« Luke Rumphorst, seines Zeichens Kriminaloberkommissar im Kommissariat 11 in Greven und Bärs Chef, kannte den Kollegen lange genug, um seinem Lamento keine allzu große Bedeutung beizumessen.

»Mit leerem Magen kann ich einfach nicht denken«, jammerte Bär. »Aber am Marktplatz gibt es einige hervorragende Cafés. Vielleicht könnten wir ja kurz …« Sein wehleidiger Gesichtsausdruck hätte manch anderen Chef zum Nachgeben gebracht. Rumphorst ignorierte ihn.

Für die beiden Kommissare war es der zweite Einsatz an diesem Morgen. In aller Frühe waren sie zu einem ungeklärten Todesfall in Emsdetten gerufen worden, der sich zum Glück als natürliches Ableben herausgestellt hatte. Und nun der Leichenfund in Rheine, bei dem, wie bereits auf den ersten Blick zu erkennen, bedauerlicherweise nicht von einem friedlichen Dahinscheiden ausgegangen werden konnte.

Rumphorst und Bär ließen sich von den beiden Streifenpolizisten in den Tatort einweisen. Dann zogen sie Einmalhandschuhe über und nahmen die Leiche Diabatés aus gebührendem Abstand in Augenschein.

»Das sind massive Verletzungen am Hals, mindestens sechs oder sieben Einstiche.« Der Oberkommissar deutete auf die im Hals des Toten steckende Schere. »Bei der Schere dürfte es sich aller Wahrscheinlichkeit nach um das Tatwerkzeug handeln. Hm, da hat offensichtlich jemand mit großer Wut zugestochen.«

»Oder mit großer Verzweiflung. In jedem Fall dürfte einer der Stiche die Halsschlagader getroffen haben. Das würde den großen Blutverlust erklären.«

Die Blicke der beiden Kommissare wanderten zur Blutlache links des Halses und zu den Blutspritzern, die den Kopf des Opfers wie eine Corona umgaben.

»Ein Suizid ist das jedenfalls nicht. Ich denke, wir sollten die Kollegen in Münster verständigen.« Die überregionale Zuständigkeit für Tötungsdelikte im Kreis Steinfurt lag beim Polizeipräsidium Münster als Kriminalhauptstelle.

»Du hast recht«, pflichtet ihm Bär bei. »Willst du selbst oder soll ich?«

»Ich mach das.« Rumphorst zog sein Mobiltelefon aus der Hosentasche. Das Display zeigte keinen Signalbalken. Im Kellergewölbe war der Empfang, wie zu erwarten, schlecht. »Ich telefoniere draußen«, murmelte der Kommissar und verließ den Keller.

Bär folgte ihm in die Eingangshalle und setzte sich in Ermangelung anderer Sitzgelegenheiten auf die Stufen der Treppe zum Obergeschoss. ›Verdammt, es sieht ganz danach aus, als wäre es das mit dem freien Wochenende‹, dachte er wütend. Den geplanten Besuch bei den Schwiegereltern würde seine Frau allein antreten müssen. ›Fuck!‹, fluchte er leise ein zweites Mal. ›Wahrscheinlich können wir auch unser Grillen heute Abend knicken. Dabei haben wir fantastisches Grillwetter. Ich muss Marlies anrufen. Sie wird nicht gerade begeistert sein.‹ Mit einem Kriminalbeamten verheiratet zu sein, hatte wahrlich seine Schattenseiten.

Nach gut einer Viertelstunde hörte Bär das Knarren der Eingangstür. Rumphorst kam zurück.

»Na, was sagt Münster?«

»Wie zu erwarten: Es wird eine Mordkommission eingerichtet. Die Münsteraner übernehmen die Leitung, wir sind für den Ermittlungsdienst zuständig. Unsere Leute vom Erkennungsdienst habe ich schon verständigt.«

»Das heißt dann wohl: Ade, du freies Wochenende.«

»Ja, ja, wer viel klagen will, sollte Kriminalkommissar werden.« Rumphorst straffte seinen Rücken. »Bis die Münsteraner hier sind, dauert es noch. Inzwischen können wir schon mal anfangen. Mein Vorschlag: Du wartest auf den Erkennungsdienst und ich beginne mit der Zeugenbefragung.«

»Einverstanden.«

Rumphorst wollte sich bereits abwenden, aber sein Kollege hielt ihn zurück: »Einen Moment noch. Wer, sagtest du, übernimmt die Leitung der Mordkommission?«

Innerlich grinste Rumphorst. Genau auf diese Frage hatte er gewartet. »Die Münsteraner.«

»Mensch, das habe ich schon verstanden. Wer von den Münsteranern?«

»Kriminalhauptkommissarin Merle Rubin.«

»Grundgütiger, das kann ja heiter werden.«

PLANEN BEI BAGUETTE
UND SALAT

Oberkommissar Rumphorst protokollierte die Zeugenaussage der beiden Meys im Aufenthaltsraum, der sich hinter dem kleinen Museumsshop befand und bei aller Kargheit zumindest drei Stühle enthielt.

»Hier ist meine Karte. Kommen Sie bitte bis spätestens Dienstag ins Kommissariat II in Greven, um das Protokoll zu unterschreiben. Sie finden mich im zweiten Stock.«

»Sind wir zur Verschwiegenheit ... ähm, dürfen wir über das, was hier passiert ist, reden? Mit Externen, meine ich«, stotterte Moritz Mey.

Rumphorst zog die Augenbrauen hoch. »Wen meinen Sie mit ›Externen‹?«

»Ich ... also ich arbeite bei der *Rheiner Allgemeinen Zeitung* und könnte mir gut vorstellen, einen Artikel über den heutigen Morgen zu schreiben.« Mey bekam einen roten Kopf.

Rumphorst ließ einen Augenblick verstreichen. Als er antwortete, klang seine Stimme, obgleich er leise sprach, eindringlich und autoritär: »Die Polizei wird ein offizielles Statement herausgeben. Bis dahin möchte ich Sie dringend bitten, ich wiederhole: dringend bitten, aus ermittlungstaktischen Gründen auf jede Art von Berichterstattung über den Tod Diabatés zu verzichten.«

Mey schluckte. »In Ordnung. Ich werde mich daran halten.«

Vor dem Eingang trafen die Meys Brockmann, der mit versonnenem Blick eine Zigarette rauchte. Der Kommissar hatte ihn gebeten, sich bis auf Weiteres zu seiner Verfügung zu halten.

Über den Museumsvorhof kam ein junger Mann auf sie zu. Er war dunkel gekleidet. Der raspelkurze Haarschnitt verlieh ihm einen militärischen Anstrich. Das kurzärmelige Hemd gab den Blick auf

Unterarme frei, die zwei längliche großflächige Tattoos bedeckten. Totenköpfe und Greifvögel standen hier neben Rosen und Notenschlüsseln. Das Klacken der Stahlkappen seiner Springerstiefel auf dem Kopfsteinpflaster war meterweit zu hören.

»Da sind Sie ja endlich.« Brockmann wirkte verärgert. »Die Lichtinstallation im Kellergewölbe sollte schon gestern repariert sein. Doch heute Morgen funktionierte der Bewegungsmelder immer noch nicht. Ich nenne das Schlamperei!«

»Tut mir leid, aber ich hatte auf einer anderen Baustelle zu tun. Auf der pressiert's. Bei Ihnen ist es bis zur Eröffnung noch lang hin, da kommt es auf einen Tag mehr oder weniger doch nicht an, hab' ich mir gedacht.«

»Kommt es doch!«, echauffierte sich Brockmann. »Denn jetzt ist der Keller bis auf Weiteres gesperrt. Da unten liegt nämlich eine Leiche!«

Sein Gegenüber wirkte ungerührt. »Dann komme ich halt morgen wieder.«

»Mensch, Sie haben mich wohl nicht richtig verstanden: Bis auf Weiteres heißt auf unbestimmte Zeit!« Brockmann atmete geräuschvoll ein und aus, um sich zu beruhigen. »Ach, was soll's. Die Ausstellungseröffnung muss ohnehin verschoben werden. Da ist es auch egal, wenn die Lichtanlage in nächster Zeit nicht funktioniert.« Brockmann schnaufte. »Ich rufe Sie an, sobald das Gewölbe wieder freigegeben ist. Und dann«, sein Tonfall war jetzt schneidend, »sind Sie sofort da und bringen die Lichtinstallation unverzüglich in den Zustand, in dem sie sich schon seit einer Woche befinden sollte, nämlich in den der Funktionsfähigkeit.« Mit gefährlich ruhiger Stimme fuhr er fort: »Sollten Sie wieder schlampen und trödeln, werde ich höchstpersönlich dafür sorgen, dass Ihre Rechnung auf dem Schreibtisch des Kämmerers verschimmelt. Haben Sie mich verstanden?«

»Klar doch. Sobald der Keller freigegeben ist, bin ich da. 'Nen schönen Tag noch.« Der junge Mann grüßte die Meys, wandte sich um und ging mit federnden Schritten zu einem weißen Kastenwagen, der unter den Bäumen auf dem Museumsvorhof geparkt war und auf dem in großen roten Lettern die verheißungsvolle Botschaft »Elektro Mohn – mit uns funkt's« stand. Wenig später fuhr der Transporter mit quietschenden Reifen an, fegte durch das Tor und bog in gefährlicher Seitenlage auf die Tiefe Straße in Richtung Ring ein. Die Meys folgten ihm, freilich zu Fuß.

»Ist bei dir alles in Ordnung? Du siehst noch immer ganz blass aus«, fragte Moritz besorgt.

»Bei mir ist gar nichts in Ordnung, nach dem Schock. Ich habe das Gefühl, meine Hände und Beine zittern noch immer. Den Falkenhof kann ich in nächster Zeit wohl nur mit aufgestellten Nackenhaaren und Gänsehaut betreten.«

»Komm, gib mir deinen Arm. Wie wäre es mit einem Snack? Essen beruhigt. Außerdem knurrt mein Magen. Also höchste Zeit fürs Mittagessen.«

Anna blickte hoch zur Turmuhr der Dionysius-Kirche. »Tatsächlich, es ist schon fast zwei. Schrecklich, ich habe jedes Zeitgefühl verloren«, bemerkte sie. »Aber du hast recht, wir sollten etwas essen.«

»Vielleicht in einem der Cafés am Marktplatz?«

»Nein, bitte nicht.« Anna zitterte leicht. »Das wäre mir zu nahe am Falkenhof. Lass uns zum Kaffeehaus an der Bönekerskapelle gehen.«

Nach einem kurzen Fußmarsch erreichten die beiden das gemütliche Bistro-Café, in dem Menschen mit und ohne Behinderung gemeinsam arbeiteten. Einer der Tische vor dem weinberankten Haus war frei. Die Menütafel am Eingang verhieß, passend zu den hochsommerlichen Temperaturen, belegte Baguettes und Salat als Mittagstisch. Rot-weiß gepunktete Sonnenschirme spendeten Schatten, ein weiterer Pluspunkt angesichts der brennenden Sonne.

Nachdem Anna den Mittagstisch und zwei Kaffee geordert hatte, legten die Meys ihren Mund-Nasen-Schutz ab.

»Puh, an Tagen wie diesen ist die Maske besonders lästig.«

»Stimmt. Ich befürchte allerdings, von solchen Tagen wird es noch etliche geben, bevor die Masken-Pflicht aufgehoben wird.«

»Noch vor einem Jahr hätten Passanten das Überfallkommando alarmiert, wenn sie zwei Personen mit Masken vor einem Juwelierladen gesehen hätten. Heute geht man in einem solchen Fall einfach achtlos weiter, denn jedem ist klar: Die zwei Maskierten planen keinen Juwelenraub, sondern einen Einkauf, der den AHA-Regeln entspricht. Wahrscheinlich will hier ein Mann nur seine Freundin oder Frau mit einem kleinen Brillanten überraschen.«

»Soll das ein Wink mit dem Zaunpfahl sein?«, grinste Moritz.

»Ach, Quatsch, du weißt doch, dass ich mir aus Brillanten nichts mache. Ich wollte damit nur sagen, dass Corona unser Leben in vielerlei Hinsicht verändert hat. Nicht nur unseren Alltag, sondern auch unser Empfinden für das, was wir als normal ansehen.«

Die Bedienung brachte den Salat und die mit Salami und Käse belegten Baguettes. Auch das war ein Markenzeichen des Kaffeehauses: die rasche Bedienung.

»Unseren heutigen Besuch im Falkenhof-Museum kann man aber wohl in keinem Fall als normal ansehen. Eine Leiche findet man nicht alle Tage.«

»Noch dazu die Leiche eines Menschen, der ermordet worden ist.« Anna schüttelte sich.

»Da hast du recht. Ich bin auch überzeugt, dass der Tod dieses … Putzmannes kein Unfall war, sondern ein Mord. Eine Schere stößt sich niemand rein zufällig mehrmals in den Hals.«

Anna schauderte. Vor ihrem inneren Auge tauchte wieder das Bild des Toten auf, der in seinem Blut lag. »Bitte lass uns von etwas anderem reden.«

»Natürlich. Aber spannend ist es schon, direkt in einen Mordfall verwickelt zu sein.«

»Für dich vielleicht. Deine Reporternase wittert gleich die Sensationsnachricht! Doch ich denke, wir sollten uns da raushalten und die Ermittlungsarbeit der Polizei überlassen.«

»Ja, ja natürlich … obwohl: Den Elektriker fand ich reichlich verdächtig. Fast die Karikatur eines Rechtsradikalen. Zudem schien er kein bisschen überrascht, dass im Gewölbekeller ein Toter liegt. Er hat nicht mal nachgefragt, um wen es sich dabei handelt oder wie der Mensch zu Tode gekommen ist. So als wüsste er das alles schon. Vielleicht war es ja der säumige Herr Mohn, der dem Putzmann die Schere in den Hals gerammt hat.«

»Moritz! Jetzt geht die Fantasie mit dir durch. Der Elektriker war bestimmt nur froh, so glimpflich davonzukommen. Möglicherweise hatte er einen direkten Anschlusstermin. Wie auch immer: Den Täter zu ermitteln ist Sache der Polizei.«

Der Kaffee wurde gebracht. Anna gab Sahne und Zucker hinzu. Gedankenverloren rührte sie um. »Mich bedrückt der Tod von Herrn Diabaté. Wenn ich mir vorstelle, was er alles überwinden musste, bevor er hier in Deutschland in Sicherheit war. Und dann entpuppt sich diese Sicherheit nur als eine vermeintliche und der Zufluchtsort als tödliche Falle. Das ist tragisch und macht mich unendlich traurig.«

Moritz schwieg. Was hätte er auch anmerken sollen? Im Geiste spann er jedoch die Idee weiter, dass der Mörder aus dem Kreis ausländerfeindlicher Rechtsradikaler stammen könnte. Waren Flüchtlinge nicht ein bevorzugtes Ziel des Hasses solcher Menschen?

Gedankenverloren tranken sie ihren Kaffee und verzehrten Salat und Baguette. Erst nachdem die Teller geleert waren, nahm Moritz das Gespräch wieder auf: »Fest steht: Dieser Herr Diabaté ist tot. Für ihn können wir nichts mehr tun. Und einen Artikel über seinen Tod darf ich vorerst auch nicht schreiben. Also bleibt mir nur, dort weiterzumachen, wo ich heute Morgen im Falkenhof aufgehört habe: Ich versuche, das Geheimnis des Dionysius-Evangeliars zu lüften.«

»Immerhin hast du von Herrn Brockmann einige neue Details erfahren.«

»Stimmt. Aber diese Details sind wie wenige Farbtupfer auf einer riesigen Leinwand. Ein Bild ergeben sie für mich bisher noch nicht. Mir fehlen die Verbindungen, die Zusammenhänge.«

»Wo willst du deine Recherche beginnen?«

»Ich denke, ganz am Anfang: beim Stifter des Evangeliars. Ich muss Näheres über«, Moritz zog die Liste hervor, die er von Brockmann erhalten hatte, »diesen Peter Körner herausfinden. Wer war er? Warum hat er der Kirchengemeinde ein solch wertvolles Buch geschenkt? Und warum wurde dieses Buch bisher nie genutzt?«

»Einige dieser Informationen könntest du im Stadtarchiv bekommen«, schlug Anna vor.

»Möglicherweise. Und andere eventuell im Pfarrbüro St. Dionysius. Schließlich ist die Kirchengemeinde seit über hundert Jahren Besitzerin dieses herrlichen Kunstwerkes und hat es die ganze Zeit über im Tresor verstauben lassen. Also erst Stadtarchiv, dann Pfarrbüro. In dieser Reihenfolge.«

»Das hört sich nach einem guten Plan an. Eigentlich müssten beide heute Nachmittag offen haben.«

»Sekunde, ich googele das.« Wenig später war klar, dass sowohl Stadtarchiv als auch Pfarrbüro bis 18 Uhr geöffnet waren.

»Na dann: Auf geht's! Versuchen wir einmal, Herrn Peter Körner ein wenig Leben einzuhauchen.«

»Unterdessen kümmere ich mich um den Goldschmied, der das Kunstwerk angefertigt hat. Ich rufe Margarete Uppkampp an und mache für morgen ein Treffen mit ihr aus. Hoffentlich ist sie bei den Nachforschungen zum Leben ihres Urgroßonkels inzwischen weitergekommen.«

»Prima, das nenne ich einen perfekten Plan. Dann sind die Aufgaben ja verteilt.«

»Nur wer gleich zahlt, müsste noch ausgeknobelt werden«, schmunzelte Anna.

EINE ERSTE BEFRAGUNG

Kurz nach 14 Uhr trafen Kriminalhauptkommissarin Merle Rubin und Doktor Paul Nottendorf, Rechtsmediziner am UKM, aus Münster ein. Rumphorst führte sie in den Gewölbekeller.

Hier waren mehrere Kollegen in weißen Ganzkörperanzügen mit der Aufnahme von Spuren beschäftigt. Alle trugen ihren Mund-Nasen-Schutz mit jener Selbstverständlichkeit, die aus jahrelanger Gewohnheit resultierte. Für die Beamten der Spurensicherung war die Maske ein alltägliches Arbeitsgerät. In unregelmäßigen Abständen leuchtete ein Blitzlicht auf, ein sicheres Zeichen dafür, dass der Erkennungsdienst auch kleinste Spuren im Raum fotografisch festhielt. Tatortroutine.

Rubin und Rumphorst knieten vor der Leiche. Deren verzerrtes Gesicht zeugte vom Grauen, das der Tote gespürt haben mochte, als er die Stiche in seinem Hals gespürt hatte. Die Augen waren fast krampfhaft geschlossen, so als wollte er den Schmerz aussperren. In seinem wie zu einem stummen Schrei geöffneten Mund schimmerten strahlend weiße Zähne in zwei ebenmäßigen Reihen. Ein makelloses Gebiss, ob natürlich oder künstlich, war auf den ersten Blick nicht zu sagen. Die rechte Faust des Mannes war im Tode verkrampft, der Arm merkwürdig angewinkelt.

»Hm, die Schere«, Rubin deutete auf das aus dem Hals des Toten ragende Schneidewerkzeug, »scheint mir unnatürlich lang zu sein.«

»D'accord. Mit Sicherheit handelte es sich nicht um eines der gängigen Haushaltsscherenmodelle.«

»Na, sollen sich die Kollegen von der KTU darum kümmern.« Rubin erhob sich. »Der Mann hat viel Blut verloren. Zumindest teilweise muss dies regelrecht aus den Wunden gespritzt sein, was dafürspricht, dass einer der Stiche eine Schlagader getroffen hat …«

Eine, wie Rumphorst fand, eher banale Feststellung, angesichts der ausgedehnten roten Lache beidseits von Kopf und Hals des Toten und der Vielzahl von Blutsprenkel, die neben dem Fußboden auch den Sockel der in der Nähe stehenden Ausstellungsvitrinen mit einem chaotischen Muster bedeckten.

»… und zudem bedeutet, dass ein Teil des Blutes aller Wahrscheinlichkeit nach auch auf der Kleidung des Täters zu finden sein wird.«

Rumphorst pfiff durch die Zähne, was ihm einen missbilligenden Blick der Hauptkommissarin einbrachte. Daher beeilte er sich einzuwerfen: »Womit sich die Frage stellt, ob jemand die Täterin oder den Täter in seiner blutbefleckten Kleidung gesehen hat.«

»Ebenso wie die Frage, wo und wie die Täterin oder der Täter sich ihrer blutbesudelten Kleidung entledigt hat.«

Rumphorst nickte und notierte die Fragen in einem marineblauen Notizbuch, in dessen Lederhülle unten rechts das kryptische Monogramm R17 eingeprägt war.

»Kümmern Sie sich darum«, ordnete Rubin an und wandte sich Doktor Nottendorf zu, der inzwischen ebenfalls einen weißen Ganzkörperanzug trug und sich soeben Einmalhandschuhe überstreifte.

»Die Leiche gehört Ihnen, Herr Doktor.«

Nottendorf knurrte einige unverständliche Worte und machte sich an die Arbeit.

Rubin trat zur Seite. »Als Erstes brauche ich alle verfügbaren Informationen zum Opfer, Herrn …«

Rumphorst blätterte in seinem Notizbuch. »Diabaté, Adama Diabaté, mit einem Accent aigu auf dem letzten ›e‹«, las er aus seinen Aufzeichnungen ab.

»Herrn Diabaté also. Im zweiten Schritt sollten wir unser Wissen über den Tatort komplettieren. Sofern denn dieser Keller hier der Tatort ist. Bei beidem kann uns hoffentlich der Ausstellungsleiter helfen. Wenn ich Sie richtig verstanden habe, ist dies der Mann, den ich bei unserem Eintreffen rauchend vor dem Eingang des Museums gesehen habe.«

Rumphorst nickte. Er bewunderte das strikt analytische Vorgehen der Hauptkommissarin. Andere Kollegen empfanden die Zusammenarbeit mit der grauhaarigen Endfünfzigerin als anstrengend. Feierabend und Wochenende waren für sie offenbar Fremdworte. Doch die hohe Erfolgsquote Rubins sprach für sich.

»Lassen Sie uns Herrn …«

»Doktor Andreas Brockmann.«

»… Herrn Doktor Brockmann aufsuchen. Hoffentlich gibt es einen Raum, in dem wir ungestört miteinander sprechen können.«

Kurze Zeit später saßen die beiden Kriminalbeamten im Büro des Ausstellungsleiters. Wohlweislich verzichtete Brockmann dieses Mal darauf, seinen Besuchern einen Cognac anzubieten.

Rumphorst hatte sein kleines blaues Notizbuch vor sich liegen, in dem er die Befragung mitstenografierte.

Rubin rückte ihre dunkel gerandete Brille zurecht. »Nur fürs Protokoll: Sie sind Andreas Brockmann, Leiter der Ausstellung ›Bürgersinn und Seelenheil‹ hier im Falkenhof-Museum zu Rheine. Ist das soweit korrekt?«

»Ja.«

»Bei dem Toten, den Sie heute Morgen im Gewölbekeller des Falkenhofes gefunden haben, handelt es sich um Adama Diabaté?«

»Auch das stimmt.«

Ein Moment der Stille folgte.

»Der Tote trug einen grauen Kittel.«

»Ähm, ja, Herr Diabaté ist bei uns als Reinigungskraft angestellt. Ursprünglich stammt er aus Mali, ist aber ein anerkannter Asylbewerber. Er arbeitet hier also ganz legal«, beeilte sich der Ausstellungsleiter zu versichern.

»Wie viele Reinigungskräfte sind insgesamt an den städtischen Museen beschäftigt?«

»Ich sollte vielleicht vorausschicken, dass die Stadt Rheine über vier

Museen verfügt: den Falkenhof, das Museum Kloster Bentlage, die Salzwerkstatt und das Josef-Winckler-Haus. Alle vier Museen werden normalerweise von einer Putzkolonne bestehend aus vier Reinigungskräften gesäubert. Da die Museen aber aktuell geschlossen sind, haben wir die Kolonne gesplittet. Jede Reinigungskraft ist bis auf Weiteres nur noch für ein Museum zuständig. Dabei ist Herr Diabaté als Reinigungskraft für das Falkenhof-Museum verantwortlich. Langfristig überlegt die Stadt jedoch, eine der vier Putzstellen zu streichen.«

Hauptkommissarin Rubin hob die rechte Augenbraue, eine Bewegung, die Brockmann an Mr. Spock, den Ersten Offizier des Raumschiffs Enterprise aus den legendären Star-Trek-Filmen denken ließ. »Sie kennen sich ja hervorragend in der Organisation des Reinigungsdienstes in den Rheiner Museen aus. Nicht eben das, was ich von einem Ausstellungsleiter erwarten würde«, stellte sie mit einem Anflug von Misstrauen in der Stimme fest.

Brockmann errötete. »Der eben skizzierte Reinigungsplan ist das Ergebnis einer langwierigen Debatte, in die neben Verwaltung und Museumsleitung auch die Ausstellungsleiter einbezogen waren. Schließlich betrifft eine Umstrukturierung der Putzstellen den Ausstellungsbetrieb ganz direkt.«

»Aha.« Rubin schien mit der Erklärung zufrieden.

»Dann drohte Herrn Diabaté also die Kündigung?«, schaltete sich Rumphorst in das Gespräch ein.

»Ihm eher nicht. Herr Diabaté reinigte sein Revier äußerst gewissenhaft und gründlich. Selten gab es Klagen. Zudem ist er ein ruhiger und freundlicher Mensch.« Brockmann stutzte. »... war ein ruhiger und freundlicher Mensch«, korrigierte er sich.

»Das heißt im Umkehrschluss: Eine der drei übrigen Reinigungskräfte wird in Kürze ihren Job verlieren.«

»Ja, das dürfte so sein.«

»Die aktuelle Wohnadresse von Herrn Diabaté haben Sie doch sicherlich?«

Brockmann nickte.

»Würden Sie diese dann bitte zu Protokoll geben?« Rubins dunkle Stimme klang gleichmütig. Rumphorst glaubte jedoch, einen ersten Anflug von Ungeduld herauszuhören.

»Röwenkamp 28. Der Röwenkamp liegt im Schotthock.«

Rubin sah ihn verständnislos an. Also beeilte sich Brockmann nachzuschieben: »Der Schotthock ist ein Rheiner Stadtteil rechts der Ems.«

»Hatte der Tote Familie?«

»Soweit ich weiß, lebte er alleine. Ob er in Mali verheiratet war und Kinder hatte, entzieht sich meiner Kenntnis.«

»Sie haben Herrn Diabaté gefunden. Gab es dabei Besonderheiten?«

»Besonderheiten?«

»War zum Beispiel das Licht im Raum angeschaltet? Haben Sie einen besonderen Geruch bemerkt oder ist Ihnen jemanden im Gebäude begegnet?«

»Wie bereits gesagt, ist das Museum zurzeit geschlossen. Unsere Ausstellung wird erst am 30. August eröffnet. Daher ist das Gebäude in der Regel verschlossen, außer wenn noch Restarbeiten ausgeführt werden müssen. So wie zum Beispiel die Reparatur der Beleuchtung. Der Elektriker ...«

»Sie haben«, unterbrach Rubin seinen Redefluss, »das Museum also heute Morgen selber aufgeschlossen und sind im Gebäude niemandem begegnet. Korrekt?«

»Ja, das ist korrekt.«

»Der Gewölbekeller war dunkel, als Sie mit den beiden Zeitungsreportern hineingehen wollten?«

»Das stimmt.«

»Ansonsten haben Sie keine Besonderheiten feststellen können?«

»Ähm, ich glaube, nein.«

»Dann kommen wir jetzt zu dem Raum, in dem der Tote lag. Wie ich bei meiner kurzen Besichtigung feststellen konnte, hat der Keller zwei Eingänge. Durch den einen haben wir den Raum betreten. Das ist der Eingang vom Kassenbereich her. Wohin aber führt die Tür an der gegenüberliegenden Wand?«

»In das Treppenhaus und zu den Aufzügen.«

»Gibt es im Gewölbekeller Fenster, die man öffnen kann?«

»Ja, an den beiden Längsseiten, verborgen hinter den Ornamentik-Tafeln beziehungsweise den Ausstellungsvitrinen. Doch alle Fenster im Keller- und Erdgeschoss, die sich öffnen lassen, sind vergittert. Die Fenster im oberen Stock lassen sich nur kippen, es sein denn, man hat einen Schlüssel, der die Fenstergriffe entsperrt.«

»Das heißt also, man kann das Gebäude nur durch die Türen betreten oder verlassen?«

»So ist es.«

»Wer hat alles einen Schlüssel zum Gebäude?«

»Eigentlich im Moment außer mir nur noch fünf Personen: zuerst natürlich der Direktor der städtischen Museen, Herr Rosenblatt, dann die Kassiererin Frau Löchte und die Hausmeisterin Frau Lauten und die Reinigungskräfte Herr Diabaté und Herr Klein. Beim Schlüssel handelt es sich übrigens um einen codierten Chip. Stahlschlüssel sind in den städtischen Museen schon seit einigen Jahren passé.«

»Bitte geben Sie Oberkommissar Rumphorst im Anschluss an unser Gespräch die Adressen und Telefonnummern dieser fünf Personen.«

»Gerne. Herr Rosenblatt und Frau Lauten sind jedoch derzeit im Urlaub. Auf Rügen und auf Fehmarn, soviel ich weiß.«

»Wir werden das überprüfen. Zum Abschluss noch eine Frage: Der Tote wurde vor einer Vitrine gefunden, in der ein, zumindest auf den ersten Blick, durchaus wertvolles Buch ausgestellt ist?«

»Ja, das Dionysius-Evangeliar, frühes 20. Jahrhundert, eine Schöpfung der Goldschmiede-Werkstatt August Witte in Aachen«, gab Brockmann bereitwillig Auskunft.

»Aha. Wie wertvoll ist dieses Buch?«

»Sein ideeller Wert ist nicht zu beziffern. Aber geht man vom Materialwert, von der meisterhaften Ausführung des Evangeliars, dessen Alter und dem annähernd perfekten Erhaltungszustand aus, so dürfte sein Wert schon im mittleren bis oberen fünfstelligen Bereich liegen.«

Rumphorst blickte von seiner Mitschrift auf. Lag hier vielleicht ein Motiv für den Mord?

»Danke«, antwortete Hauptkommissarin Rubin kühl. »Bitte halten Sie sich weiter zu unserer Verfügung, solange der Erkennungsdienst noch im Gewölbekeller beschäftigt ist.«

Für Oberkommissar Rumphorst signalisierte dies das Ende der Befragung. Er schloss sein Notizbuch.

Doch Brockmann hatte noch etwas auf dem Herzen: »Ich hätte auch eine Frage.«

»Ja, bitte, nur zu.«

»Wie lange wird das alles denn dauern? Oder besser gesagt, wann kann das Falkenhof-Museum wieder regulär genutzt werden? Eigentlich sollte unsere Ausstellung nämlich am 30. August starten.«

»Nun, ich denke, am Montag können wir den Kellerraum und das übrige Gebäude wieder freigeben, sofern unsere Untersuchungen nichts Unvorhergesehenes zutage fördern. Einer Ausstellungseröffnung Ende August steht nach meinem Dafürhalten also, Stand heute, nichts im Wege.«

Brockmanns Miene hellte sich auf. Er wirkte erleichtert.

»Bis dahin muss ich Sie allerdings bitten, dafür Sorge zu tragen, dass wir hier in Ruhe arbeiten können. Das heißt im Klartext: Halten Sie sich zu unserer Verfügung und sorgen Sie dafür, dass das Gebäude nach unseren Vorgaben zu- und aufgeschlossen wird.«

Brockmann nickte. Er blieb in seinem Büro, während sich die beiden Kriminalbeamten zum Ausgang des Museums begaben.

Rubin nahm ihr Mobiltelefon aus der Handtasche. »Lassen Sie mich einen Moment in Ruhe telefonieren, Rumphorst.«

Während die Hauptkommissarin auf dem Vorplatz des Falkenhofes im Schatten der Bäume auf und ab ging und mit ruhiger Stimme

in ihr Smartphone sprach, plauderte Rumphorst mit dem Streifenpolizisten, der noch immer vor dem Museumseingang Wache stand.
Lachend stellten sie fest, dass ihre Einschätzung der Chancen von
Borussia Dortmund, der nächste deutsche Meister zu werden, weit
auseinandergingen.

Nach gut zehn Minuten hatte Rubin ihre Telefonate beendet und
kam, das Smartphone in der Hand, mit energischen Schritten auf die
beiden Polizisten zu. »Ich fahre zurück nach Münster. Der Staatsanwalt hat die Obduktion des Verstorbenen im Institut für Rechtsmedizin an der Uni-Klinik veranlasst. Sobald Doktor Nottendorf hier mit
seiner Arbeit fertig ist, kann die Leiche also nach Münster gebracht
werden. Sorgen Sie dafür, Rumphorst. Doktor Nottendorf soll die
Obduktion so schnell wie möglich vornehmen.«

Der Oberkommissar hatte bereits seine kleine blaue Kladde in der
Hand und machte sich Notizen.

»Zudem habe ich einen Durchsuchungsbeschluss für die Wohnung
von Herrn Diabaté erwirkt. Schicken Sie also noch heute Nachmittag
ein Team in seine Wohnung und sichern sie alle relevanten Spuren.«

»Sollen wir nach etwas Speziellem suchen?«

»Natürlich nach allem, was mit seinem gewaltsamen Tod in Verbindung stehen könnte.« Rubin schob das Mobiltelefon in ihre Handtasche und zippte den Reißverschluss zu.

›Wenig hilfreich‹, dachte Rumphorst, verzichtete jedoch wohlweislich auf eine Nachfrage.

»Dann habe ich noch zwei Aufträge für Sie. Ad eins: Bestellen Sie
alle Personen, die einen Chip-Schlüssel zum Falkenhof haben, für
morgen in die Polizeistation hier in Rheine ein. Ich möchte bei allen
Befragungen dabei sein. Also terminieren Sie diese entsprechend und
mailen mir die Vorladungsliste. Für acht Uhr setze ich eine Lage-
besprechung der Mordkommission in Münster an. Dann hätte ich
gerne einen Überblick über die bis dahin gewonnen Erkenntnisse der
Spurensicherung.«

Rubin wartete einen Augenblick, bis Rumphorst mit dem Schreiben nachgekommen war.

»Und ad zwei?«

»Ad zwei: Klären Sie, ob es an den Türen und Fenstern des Falkenhofes Einbruchspuren gibt. Lassen Sie zudem alle Räume des Museums absuchen. Vielleicht finden wir Spuren des Täters oder der Täterin im Gebäude.«

»Oder der Täter, Plural.«

»Auch das ist eine Möglichkeit.«

»Ich denke, wir sollten auch die Anlieger rund um den Falkenhof befragen. Vielleicht hat ja jemand etwas gesehen oder gehört.«

»Das können die Kollegen der Schutzpolizei übernehmen. Organisieren Sie das.«

»Allerdings brauchen wir vorher eine Aussage von Doktor Nottendorf zum ungefähren Todeszeitpunkt. Zumindest eine vorläufige. Sonst macht eine Befragung der Anwohner wenig Sinn.«

»Korrekt. Also versuchen Sie, eine solche aus dem Doktor herauszukitzeln. Gibt es sonst noch etwas?« Fragend sah Rubin den Oberkommissar an.

Dieser schüttelte den Kopf.

»Gut, wir sehen uns dann morgen früh.«

Als Hauptkommissarin Rubin ihren Dienstwagen vom Vorhof des Museums steuerte, hatte Rumphorst gerade erst die letzte ihrer Anweisungen in sein Notizbuch eingetragen.

›Verflixt‹, dachte er. ›Bär hat recht. Das freie Wochenende können wir streichen.‹

EIN AUFTRAG FÜR
DEN HAUSMANN

Es waren nur wenige Schritte vom Kaffeehaus zum Stadtarchiv. Moritz Mey legte sie federnden Schrittes zurück. Dank zweier Tassen Kaffee fühlte er sich energiegeladen und bereit, seine Nachforschungen zu intensivieren. Es wäre doch gelacht, wenn die ins Auge gefassten Informationsstellen keine Antworten auf seine Fragen zum Dionysius-Evangeliar im Allgemeinen und zu Peter Körner im Speziellen hätten.

Von Anna hatte er sich bereits vor dem Kaffeehaus getrennt.

»Ich mach' mich auf den Weg nach Hause. Es gibt noch reichlich vorzubereiten für den Schulstart nächste Woche.«

»Nimmst du die Kameratasche mit? Für die Dokumentation der Interviews reicht mir mein Notizbuch.«

»Mach ich.« Anna hängte sich den Trageriemen der Tasche über die Schulter. »Ach, warte mal. Mir fällt gerade noch etwas ein.« Sie durchsuchte das Seitenfach der Fototasche und förderte ein Schlüsseletui zutage. »Hier, für dich.« In einem eleganten Bogen warf sie Moritz das Etui zu.

Reaktionsschnell fing dieser es auf. »Ups! Der Autoschlüssel? Wozu brauche ich den denn?«

»Wozu wohl? Na, mein großer Forscher, keine Idee?«, lachte Anna.

Moritz' Gesicht war ein einziges Fragezeichen. »Zum Autofahren, nehme ich an«, bemerkte er dann ratlos.

»Genau, und zwar zum Baumarkt.«

»Ach, ja«, sagte Moritz gedehnt. Er begann den Zusammenhang zu ahnen.

»Am Beginn der Sommerferien hast du versprochen, die Sprinkleranlage im Garten in Ordnung zu bringen. Du erinnerst dich? Doch das Ding liegt noch immer kaputt im Schuppen! Für die nächsten Tage ist wieder heißes Wetter angesagt. Ich habe absolut keine Lust, jeden Abend Gießkanne um Gießkanne in den Garten zu schleppen, nur weil du es nicht schaffst, einen neuen Anschluss für unseren Gartenschlauch zu besorgen. Ich täte es ja selber, doch …«

»Ist schon okay, ich fahre ja.« Moritz wusste, wie sehr Anna Baumärkte hasste.

»Merci!« Sie warf ihm eine Kusshand zu. »Wir sehen uns heute Abend.«

Wenig später stand Moritz Mey im Vorraum des Stadtarchives. Er war der einzige Besucher.

»Auf Anhieb sagt mir der Name Peter Körner leider gar nichts«, musste die freundliche Archivarin zugeben.

»Der Mann ist der Stifter des Dionysius-Evangeliars.«

»Aha … hm, trotzdem klingelt bei mir nichts. Aber ich schaue gerne nach, ob es in unseren Beständen etwas zu ihm gibt. Welche Jahre, sagten Sie, interessieren Sie besonders?«

»1911 bis 1914.«

»Aus der Zeit haben wir selbstverständlich eine ganze Reihe von Dokumenten. Immerhin sehr bedeutsame Jahre. Ich hole mal die entsprechenden Kästen und wir können sie dann gemeinsam durchsehen.«

Eine Stunde später stand Moritz vor dem Stadtarchiv und war so schlau wie zuvor. Keines der hier lagernden Dokumente hatte irgendeinen Bezug zu Peter Körner. Der Mann, der offensichtlich reich genug gewesen war, seiner Kirchengemeinde ein Evangeliar im Wert einiger zehntausend Euro zu stiften, hatte in der Stadt keine bleibenden Spuren hinterlassen. Fast war es so, als habe er nie in Rheine gelebt.

›*Sic transit gloria mundi* – so vergeht der Ruhm der Welt‹, dachte Moritz. ›Was traurig, aber andererseits auch irgendwie tröstlich ist.‹

RECHERCHEN

Die Hitze war noch unerträglicher geworden. Sie weckte Erinnerungen an den Jahrhundertsommer des letzten Jahres mit Temperaturrekorden allerorten. Moritz leckte sich die Lippen. Sein Mund war trocken. Er hätte von zu Hause eine Flasche Wasser mitnehmen sollen. Doch beim Aufbruch heute Morgen hatte er nicht geahnt, dass ein Toter seinen Weg kreuzen würde. Ebenso wenig, dass die Suche nach Informationen zum Dionysius-Evangeliar sich derart kompliziert gestalten würde.

Der Aufgang zum Stadtarchiv lag in direkter Nachbarschaft des neu gestalteten Rheiner Busbahnhofs. Von hier fuhren die blauen Busse im halbstündigen Takt alle Teile der Stadt an. Als Moritz den Wartebereich des Busterminals mit seiner auffälligen, gerundeten Dachkonstruktion passierte, war dieser so gut wie leer gefegt. Offenbar waren die Busse gerade abgefahren. Moritz setzte sich auf eine der Bänke aus Stahlgeflecht, die der Busbahnhof für wartende Reisende bereithielt, und zog eine erste Zwischenbilanz. So richtig weitergekommen war er bei der Recherche für seine Artikel zum Dionysius-Evangeliar noch nicht. Okay, der Stifter des Buches hieß Peter Körner. Soviel war immerhin klar. Doch blieb der Mann ein unbeschriebenes Blatt. Dabei waren der Ausstellungsleiter im Falkenhof-Museum und auch das Stadtarchiv als Informationsquellen bereits aus dem Rennen. An beiden Stellen waren keine substanziellen Angaben zu dieser Person vorhanden. Ebenso wenig auch im Internet. Damit blieb eigentlich nur noch die Institution übrig, der Körner das wertvolle Geschenk gestiftet hatte: die Pfarrei St. Dionysius.

Der Busbahnhof füllte sich. Überall standen Menschen, die auf die Ankunft oder Abfahrt eines Omnibusses warteten. Es wurde Zeit, den Platz auf der Bank zu räumen. Mit einem leisen Stöhnen erhob sich Moritz. ›Himmel noch mal‹, dachte er, ›wie unbequem doch diese Drahtgitterbänke sind. Oder werde ich etwa langsam alt?‹

Seit einiger Zeit schon musste er an sich Veränderungen feststellen, die ihn nachdenklich machten. Seine Haare wurden zusehends grauer. Immer häufiger plagten ihn Rückenschmerzen. Auch ließ sich nicht leugnen, dass sein Körperfett den Bauchbereich als Ablagerungsort bevorzugte, was sich nicht unbedingt positiv auf seine Körpersilhouette auswirkte.

Wie immer, wenn ihm solche Veränderungen bewusst wurden, nahm er sich auch in diesem Moment fest vor, etwas dagegen zu tun. Mehr Sport treiben. Den Konsum von Schokolade, Kuchen und Wein einschränken. Den Stresspegel senken. Sich die Haare färben. Alles tausendmal ins Auge gefasst, aber nie ernsthaft umgesetzt. Meist verflüchtigten sich solche guten Vorsätze, sobald er sich erneut auf die gerade anstehende Arbeit konzentrierte. So auch heute. Was blieb, war das ungute Gefühl, dass es irgendwann für eine Umstellung zu spät sein könnte, weil ein Punkt erreicht wäre, ab dem es kein Zurück mehr gab.

Vom Stadtarchiv waren es nur wenige Schritte bis zum Pfarrbüro der Kirchengemeinde St. Dionysius im Schatten der Stadtkirche. Das weiß gekalkte Gebäude mit seinen sandsteinumrahmten Sprossenfenstern hatte man einst als großbürgerliches Stadtwohnhaus für einen Hofkammerrat und kurfürstlichen Postmeister errichtet. Heute beherbergte es das Pfarrsekretariat der Dionysius-Gemeinde, besaß mit seiner klassizistischen Fassade aber immer noch die Ausstrahlung eines herrschaftlichen Anwesens.

Im recht kleinen Büroraum versah Pfarrsekretärin Lara Knoll einen Stapel Kuverts mit Briefmarken. Als Mey mit einem freundlichen »Guten Tag« eintrat, unterbrach sie diese Tätigkeit und blickte ihn erwartungsvoll an. Mey blinzelte. Seine Augen brauchten einen Moment, um sich an das dämmerige Licht im Raum zu gewöhnen.

»Mein Name ist Moritz Mey. Ich bin als freier Mitarbeiter für die RAZ tätig und benötige eine Auskunft.«

»Ja?« Frau Knoll sah ihn fragend an.

»Die Auskunft betrifft die Ausstellung ›Bürgersinn und Seelenheil‹ … das heißt, eigentlich betrifft sie das dort ausgestellte Dionysius-Evangeliar, um genau zu sein.«

»Mit Fragen dieser Art sollten Sie sich an die städtischen Museen wenden, am besten direkt an das Falkenhof-Museum. Die Ausstellung wurde von dessen Spezialisten konzipiert. Die können Ihnen sicherlich weiterhelfen.«

»Mit Herrn Doktor Brockmann habe ich bereits gesprochen. Doch ich glaube, in meinem Fall kommen eher Sie als Hilfe infrage.«

Lara Knolls Augenbrauen schnellten überrascht nach oben.

»Es geht um den Stifter des Dionysius-Evangeliars, Peter Körner. Ich benötige jede Art von Informationen über ihn und über die Stiftung, die er der Kirchengemeinde gemacht hat.«

»Peter Körner, sagten Sie?« Lara Knolls Stirn legte sich in Falten. »Der Name ist mir irgendwann schon einmal untergekommen. Vielleicht im Zusammenhang mit unserer 500-Jahr-Feier. Aber ganz sicher bin ich mir nicht.« Die Pfarrsekretärin schien intensiv nachzudenken. Gedankenverloren blickte sie auf den vor ihr stehenden Bildschirm. Dann straffte sich ihr Rücken. »Möglicherweise kann ich Ihnen helfen. Aber dazu müsste ich zunächst einmal telefonieren. Wenn Sie bitte solange draußen warten würden. Es dauert nur einige Minuten.«

»Bingo!« Moritz war versucht, seine rechte Hand zur Faust zu ballen. Ganz offenbar war er hier an der richtigen Adresse. Die Kirchengemeinde hatte Informationen über diesen geheimnisvollen Mann. Und war auch bereit, sie herauszugeben. Wenn der Preis dafür einige Minuten Warten war, nun, dann war er gerne bereit, diesen Preis zu zahlen.

»Lassen Sie sich Zeit. Ich trinke einen Kaffee und bin in einer halben Stunde zurück.«

Beim Verlassen des Pfarrbüros erkannte Moritz aus dem Augenwinkel, dass Lara Knoll zum Telefonhörer griff. »Die Frau hat Biss und verschwendet in der Tat keine Zeit«, dachte er anerkennend und schloss die Tür. Durch das Holz hörte er dumpf die Stimme der Pfarrsekretärin: »Entschuldigen Sie, hier ist ein Herr Mey von der RAZ, der gerne Informationen zu Peter Körner hätte …« Dann wurde die Stimme leiser und Moritz konnte ihre Worte nicht mehr verstehen.

Der Marktplatz, das »Herz der Innenstadt«, als welches die Stadtväter ihn gerne bezeichneten, war gerade erst neu gestaltet worden. Fast drei Jahre hatte hier eine Baustelle dafür gesorgt, dass Fußgänger und Radfahrer den Markt nur auf teils abenteuerlichen Wegen passieren konnten. Das Ergebnis der Umgestaltung war ein gepflasterter Platz, auf dem allenfalls kleinere Wasserspiele im Osten und ein einsamer Baum im Westen das Grau der Pflasterung auflockerten. Nach Moritz' Meinung konnte man das Areal aus ökologischer Sicht nur als Sündenfall bezeichnen. Auf der anderen Seite waren so jedoch die historischen Gebäude, die den Platz umgaben, gut einzusehen. Zudem gab es erfreulicherweise rund um den Markt eine Reihe von Cafés, deren Außengastronomie zum Verweilen einlud. Durch die vielen bunten Tische, Stühle und Sonnenschirme erhielt der Platz Esprit und einen guten Schuss italienischen Flairs. Fast fühlte man sich auf den Markusplatz in Venedig versetzt. Erfreulicherweise waren die Kaffeepreise in Rheine allerdings deutlich niedriger als in der Lagunenstadt.

Moritz suchte sich in direkter Nachbarschaft des Pfarrbüros einen freien Stuhl unter einem der breiten Sonnenschirme und nahm sich Zeit, den ihm mit einem freundlichen Lächeln servierten Kaffee in Ruhe zu genießen.

Eine gute halbe Stunde später kehrte er in die angenehme Kühle des Pfarrbüros zurück.

»Ich habe etwas für Sie«, empfing ihn Frau Knoll freudestrahlend. »Bitte nehmen Sie doch Platz.«

Moritz setzte sich auf den hölzernen Besucherstuhl und zückte sein Notizbuch.

»Zunächst einmal die wichtigste Information: Peter Körner hieß eigentlich gar nicht Peter Körner, sondern Pierre Kohn.«

»Oh.« Moritz brauchte einen Moment, um diese überraschende Information zu verarbeiten. »Kohn, das ist doch ein verbreiteter jüdischer Familienname. Dann war er also mosaischen Glaubens?«

»Ja, Pierre Kohn war Jude.«

»Aber … warum hat er dann der katholischen Pfarrgemeinde ein solch wertvolles Buch gestiftet?«, fragte Moritz konsterniert.

»Pierre Kohn ist«, die Pfarrsekretärin spickte von einem Zettel auf ihrem Schreibtisch, »er ist Ostern 1911 zum katholischen Glauben konvertiert. Seinen Namen konnte er erst später ändern. Es gab da wohl rechtliche Hürden. Das Evangeliar hat er der Kirchengemeinde aus Anlass seines Bekenntniswechsels gestiftet.«

Moritz benötigte einen Moment, um diese Fakten zu notieren und zu verdauen. »Das Buch ist doch recht wertvoll«, merkte er dann an.

Die Sekretärin zuckte die Schultern. »Kohn war offenbar vermögend.«

»Gut. Aber warum wurde dieses herrliche Evangeliar dann nicht im Gottesdienst genutzt, zumindest an den hohen kirchlichen Feiertagen?«

»Es war ursprünglich vorgesehen, es im Gottesdienst zu nutzen und es zudem in der Kirche auszustellen. Es gibt eine entsprechende handschriftliche Notiz des damaligen Pfarrers von St. Dionysius. Er beabsichtigte, das Evangeliar zum«, erneut schaute die Pfarrsekretärin auf ihren Zettel, »Weihnachtsfest 1914 der Gemeinde vorzustellen und es danach regelmäßig im Gottesdienst zu verwenden. Es war sogar daran gedacht worden, eine Vitrine zu erwerben und das Evangeliar darin im vorderen Kirchenraum auszustellen. Doch dazu ist es offenbar nicht gekommen.«

»Ist bekannt, warum?«

»Leider liegen mir dazu keine Informationen vor.«

»In der Folgezeit war das Buch dann für gut hundert Jahre verschollen.«

»Verschollen ist vielleicht ein zu krasser Begriff. Das Buch war ja immer vorhanden und natürlich im Inventar des Kirchenschatzes der Pfarrkirche verzeichnet. Nur wurde es eben nicht genutzt. Die Erinnerung an das Evangeliar war … irgendwie … nicht mehr präsent.«

»Weiß man, warum es in Vergessenheit geriet?«

Erneut zuckte Frau Knoll die Schultern. »Ich zumindest weiß es nicht.«

Moritz strich sich über das Kinn. Ihm drängte sich der Eindruck auf, dass hier trotz der prinzipiellen Offenheit, mit der man seinen Fragen begegnete, ab einem bestimmten Punkt gemauert wurde. Aus welchem Grund auch immer. Seine nächste Frage formulierte er daher mit Sorgfalt: »Was ist aus Pierre Kohn alias Peter Körner geworden?«

Kopfschütteln. Schulterzucken. Schweigen.

»Wenn er ein so vermögender Mann und ein großzügiger Stifter war, dann muss es doch im Archiv der Kirchengemeinde Dokumente über ihn geben. Oder Einträge in den Kirchenbüchern.«

»Der Kirchengemeinde liegt meines Wissens lediglich der Taufeintrag vor. Und der beinhaltet neben den Angaben zum Tag der Taufe und zu den Taufpaten nur eine weitere Angabe: Pierre Kohn wurde am 9. März 1856 in Mulhouse geboren.«

Die Pfarrsekretärin sprach den Namen Englisch aus, was Moritz kurz irritierte. »Sie meinen, Kohn ist in Mühlhausen geboren?«

»Stimmt. Die Eintragung lautet vollständig Mulhouse/Mülhausen.«

»Mülhausen liegt im Elsass«, überlegte Mey laut. »Und das Elsass gehörte 1856 zu Frankreich. Kohn war also gebürtiger Franzose?«

»Mag sein. Dazu kann ich Ihnen nichts sagen«, antworte Frau Knoll spitz. Ihre Geschichtskenntnisse waren offenbar nicht die besten.

»Nun, ich danke Ihnen jedenfalls für die Auskünfte.«

Nachdenklich verließ Moritz Mey das Pfarrsekretariat. Als er wieder im blendend hellen Licht der späten Nachmittagssonne auf dem Marktplatz stand, war er sich nicht sicher, ob er seine Unterhaltung mit der Pfarrsekretärin unter dem Strich als Erfolg oder als Fehlschlag einstufen sollte. Aber eines immerhin hatte er: einen neuen Namen – und damit möglicherweise auch eine neue Spur.

EINE ENTDECKUNG

Es war sein Name, der entscheidenden Anteil daran gehabt hatte, dass er beim Berufsberatungstermin im Arbeitsamt auf die Frage nach seinem Wunschberuf »Kriminalkommissar« geantwortet hatte. Allerdings weniger sein Nachname, »Faltermeyer« würde eher Ambitionen auf ein Biologiestudium nahelegen, sondern der Vorname »Edgar«. Faltermeyer hatte ihn von einem Großonkel mütterlicherseits geerbt. Nannte er ihn, dachte jedermann gleich an »Wallace«, was Faltermeyer in der Schule den entsprechenden Spitznamen eingebracht hatte.

Inzwischen war Edgar »Wallace« Faltermeyer tatsächlich Kriminalkommissar. Nach der dreijährigen Ausbildung zum Polizeikommissar und weiteren drei Jahren als Polizist im Streifendienst arbeitete er seit gut 15 Monaten in Kommissariat 11 am Grünen Weg in Greven. In dieser Zeit hatte er erkennen müssen, dass die Arbeit der Kriminalpolizei in der Realität nur wenig mit dem Bild gemein hatte, das in Büchern und Filmen vom Polizeialltag gezeichnet wurde. Wilde Verfolgungsjagden mit einem spektakulären Showdown in dunklen Gassen – Fehlanzeige. Gemütliches Kaffeetrinken, bei dem Kriminalkommissare in lockerer Runde Indizien vortragen und frisch von der Leber weg über Täter und Tathergang spekulieren, ohne auch nur ein Wort mitzuschreiben – Wunschdenken. In der Realität, dies hatte Faltermeyer bereits nach wenigen Wochen kapiert, wurde der Ermittlungsalltag eines Kriminalpolizisten von vier Tätigkeiten dominiert: der akribischen Suche nach den Spuren eines Verbrechens – und seien diese auch noch so klein und unbedeutend –, der peniblen Befragung von Zeugen, einer intensiven Computerrecherche und vor allem von endlos viel Schreibarbeit.

So waren denn die Seiten seines Notizbuches bereits dicht mit

Eintragungen gefüllt, als Faltermeyer bei seinem Rundgang um das Falkenhof-Museum die Rückseite des Ostflügels erreichte.

Er hatte die Weisung erhalten, die Fenster und Türen des Gebäudes auf Einbruchsspuren hin zu überprüfen. Einen Großteil dieses Auftrages hatte er bereits vom Inneren des Gebäudes aus erledigen können. Bislang war das Ergebnis negativ. An keinem der Fenster oder Türen waren Spuren eines gewaltsamen Eindringens zu entdecken gewesen. Nun setzte Faltermeyer seine Inspektion von der Außenseite her fort. An der Ostseite des Falkenhofes gab es eine Reihe von Kellerfenstern, die durchweg vergittert waren.

Allerdings, das war Faltermeyer spätestens seit dem spektakulären Kunstraub im Grünen Gewölbe in Dresden bewusst, boten Fenstergitter nur einen bedingten Schutz vor Einbrechern. In der sächsischen Landeshauptstadt hatten Juwelendiebe acht Streben eines schmiedeeisernen Fenstergitters mit einer Flex durchtrennt, waren im Anschluss durch die entstandene Öffnung in die Museumsräume eingestiegen und hatten wertvolle Stücke aus der historischen Juwelensammlung geraubt.

Deshalb kontrollierte der Kommissar jedes der Kellerfenster des Museums peinlichst genau. Mit der frustrierenden Erkenntnis: An keinem Fenster entdeckte er Einbruchsspuren. Schließlich blieb als Letztes der Kellereingang, bei vielen, gerade auch älteren Gebäuden eine Schwachstelle in der Einbruchsprävention. Weshalb ihm Faltermeyer seine besondere Aufmerksamkeit widmete. Zunächst ließ er seine Blicke mit einigem Abstand über den Eingangsbereich schweifen. Zwischen grauen Stahlgeländern führten Treppenstufen zu einer weiß lackierten Stahltür, die, ebenso wie die übrigen Türen des Gebäudes, anstelle eines konventionellen Steckschlosses einen kontaktlosen Chip-Schlüsselleser aufwies. Der gepflasterte Bereich am Fuß der Treppe war von Wildkräutern überwuchert.

›Es ist immer wieder erstaunlich, wie rasch die Natur selbst gepflasterte und geteerte Areale zurückerobert‹, dachte Faltermeyer.

Dann stutzte er. Die Pflanzen am Fuß der Treppe waren niedergetreten. Dies konnte Zufall sein, aber auch ein Indiz dafür, dass jemand vor Kurzem diesen offenbar selten genutzten Eingang zum Museum passiert hatte. Sorgfältig inspizierte der Kommissar Treppenstufe für Treppenstufe. Ohne Befund. Dann den pflanzenüberwucherten Bereich vor der Kellertür. Hier waren verschiedene der Pflanzen geknickt, teilweise richtiggehend zerrieben worden. Das sprach dafür, dass hier jemand längere Zeit gestanden und dabei nervös von einem Bein aufs andere getreten sein musste. Die Pflanzen waren noch nicht welk, also wohl erst vor relativ kurzer Zeit in diesen Zustand versetzt worden. Behutsam stieg der Kommissar über die zertretenen Pflanzen und nahm den Chip-Schlüsselleser wie auch die Zargen der Kellertür in Augenschein. Einbruchsspuren entdeckte er keine.

»Dennoch«, knurrte Faltermeyer leise, »steht außer Frage, dass jemand vor kurzer Zeit diesen Kellereingang benutzt hatte. Und dieser Jemand war im Besitz eines Chip-Schlüssels.«

Als er sich umdrehte, um die Treppen hinaufzusteigen, nahm er ein Aufblitzen wahr. Auf der linken Seite des Zuweges, kurz vor der ersten Stufe funkelte in einer Fuge des Kopfsteinpflasters etwas Goldenes. Der Kommissar ging in die Hocke, um sich die Stelle näher anzuschauen. Das, was dort golden leuchtete, war ein länglicher schmaler Gegenstand. Faltermeyer zog einen Spurensicherungsbeutel aus seiner Hosentasche. Einmalhandschuhe trug er bereits. Vorsichtig las er den glänzenden Gegenstand vom Boden auf. Es handelte sich um eine goldene Kette. Genauer gesagt: um eine zerrissene goldene Kette. Am Verschluss baumelte ein einzelnes aufgebogenes Kettenglied. Ob die Kette noch ihre ursprüngliche Länge besaß oder es sich bei seinem Fundstück lediglich um ein Kettenfragment handelte, war für Faltermeyer nicht zu erkennen.

Interessiert untersuchte der Kommissar den massiven Karabiner-Verschluss. Auf der Schließe entdeckte er eine kleine eingravierte Zahl. »585« las er mit Mühe. Ein Echtheitsstempel. Die Kette bestand also aus 585er Gelbgold. Mit zufriedenem Brummen ließ er seinen Fund in den Plastikbeutel gleiten und richtete sich auf.

»Auch wenn ich mich nicht für einen Schmuckexperten halte«, murmelte Faltermeyer, »würde ich doch ein Monatsgehalt darauf verwetten, dass es sich hier um eine ›Panzerkette‹ handelt. Schließlich hab' ich genau solch eine Kette in Silber Beatrix zum Geburtstag geschenkt.« Er trug den Fund in sein Notizbuch ein. Dann grinste er. »Vielleicht sollte ich versuchen, den Juwelierbesuch bei der nächsten Steuererklärung als Fortbildungsveranstaltung geltend zu machen.«

Der Kommissar wollte bereits den Rückweg antreten, als er unter einem Spitzwegerichblatt ein weißes Etwas bemerkte. Er bog die Pflanze zur Seite und hob mit spitzen Fingern einen Knopf auf. Der besaß vier Löcher, war leicht nach innen gewölbt und wies einen feinen, herausgehobenen Rand auf. Faltermeyer drehte den Knopf behutsam zwischen seinen Fingern. Je nach Betrachtungswinkel schillerte er in verschiedenen Farben. Kein Zweifel, der Knopf bestand aus Perlmutt. Die irisierenden Eigenschaften dieses Naturmaterials waren unverkennbar. Auch dieses Fundstück verschwand in einem Spurensicherungsbeutel. Ein weiterer sorgfältiger Blick auf die Pflasterung vor der Kellertür förderte keine weiteren Entdeckungen zutage und so machte sich Faltermeyer auf den Weg zurück zum Tatort.

DOKTOR NOTTENDORFS FUND

Die Beamten des Erkennungsdienstes hatten derweil die linke Seite des Gewölbekellers abgearbeitet und im Anschluss zur Begehung freigegeben. Rumphorst und Bär durchquerten den Keller und passierten die hintere Ausgangstür, die sich nach Betätigen des Tasters automatisch nach außen geöffnet hatte. Das dahinter liegende Treppenhaus war dank seiner gläsernen Fassade sonnendurchflutet. In seiner Mitte erhob sich als dunkle Säule die Aufzugsanlage. Vor der geschlossenen Fahrstuhltür stand ein Putzmittelwagen.

»Das dürfte der Wagen des Opfers sein«, stellte Rumphorst fest.

»Eine brillante Schlussfolgerung, Sherlock, angesichts der Tatsache, dass Herr Diabaté derzeit der einzige im Falkenhof arbeitende Putzmann ist«, bemerkte Bär spöttisch.

Verdutzt blickte Rumphorst seinen Kollegen an. »Lass gut sein, Jakob«, entgegnete er. »Was kann ich dafür, dass dein Wochenende im Eimer ist? Such dir gefälligst einen anderen Blitzableiter für deine schlechte Laune.«

Bär brummte etwas Unverständliches und begann, den Putzmittelwagen zu untersuchen. Dessen Stahlgestell wies zahlreiche Abstellmöglichkeiten auf und bot ausreichend Platz für eine bunte Kollektion von Putzmitteln, für zwei Wasserbehälter, drei verschiedenfarbige Abfalleimer sowie diverse Besen, Schrubber und Wischer. Augenscheinlich war der Wagen heute noch nicht zum Einsatz gekommen. Die Abfallbehälter waren leer, das Wischwasser klar und sauber.

»Ich denke, alles spricht dafür, dass Diabaté an dieser Stelle in seinen Vorbereitungen für die morgendliche Reinigungsaktion gestört worden ist.«

»Möglicherweise hat er ein ungewohntes Geräusch aus dem Gewölbekeller gehört und ist diesem nachgegangen«, vermutete Bär.

»Möglicherweise. Es kann jedoch auch etwas ganz anderes gewesen sein, das ihn in die Ausstellung und damit in den Tod gelockt hat. Aber das alles sind im Moment müßige Spekulationen. Schauen wir mal, was die weiteren Ermittlungen ergeben.«

An der rechten Seite des Putzmittelwagens hing ein blaues Schlüsselband, an dessen Ring sich neben einem runden Chip zwei große und ein kleinerer Stahlschlüssel befanden.

»Beim Chip dürfte es sich um den Sesam-öffne-dich für die Schließanlage des Falkenhofes handeln. Zumindest sieht er genauso aus wie der, den uns Brockmann gezeigt hat.«

»Hm, und die anderen Schlüssel?«, überlegte Rumphorst. »Soweit wir bisher festgestellt haben, gibt es im Ausstellungsbereich des Museums ausschließlich Automatiktüren, die sich durch Betätigung eines Tasters öffnen lassen. Der Barrierefreiheit wegen. Wofür hat Diabaté dann diese drei Stahlschlüssel benötigt?«

»Ich könnte mir vorstellen, dass die Tür zum Putzmittelraum ein traditionelles Einsteckschloss besitzt«, mutmaßte Bär. »Schließlich ist eine Besenkammer kein Hochsicherheitsbereich und muss zudem nur von den Reinigungskräften geöffnet werden.«

»Das sollte sich leicht nachprüfen lassen. Ruf Brockmann an und lass dir von ihm erklären, wo wir in diesem Gebäude die Besenkammer finden.«

Doch die physische Nachprüfung erübrigte sich. Das Telefonat mit dem Ausstellungsleiter ergab, dass der Putzmittelraum ebenso wie alle anderen durch Schlösser gesicherten Türen des Falkenhofes mithilfe des codierten Chip-Schlüssels zu öffnen war.

»Bei den Stahlschlüsseln dürfte es sich damit um die Haus- und Wohnungsschlüssel des Toten handeln«, stellte Rumphorst fest. »Wir sollten also als Nächstes der Wohnung des Toten einen Besuch abstatten.«

»Na dann: auf zum Röwenkamp!«

Als die beiden Kommissare in den Gewölbekeller zurückkehrten, betraten gerade zwei dunkel gekleidete Herren den Raum, die man auch ohne den Zinksarg, den sie trugen, in die Berufsgruppe der Bestatter eingeordnet hätte. Kurzfristig entgleiste die Miene des hinteren Sargträgers, als seine Hand an der engsten Stelle der Rampe an der Wand entlang schrammte. Der zwischen den Zähnen hervorgestoßene, nicht eben salonfähige Fluch trug ihm einen missbilligenden Blick seines Kollegen ein.

Die Ankunft der Bestatter war ein Indiz dafür, dass Doktor Nottendorf seine Arbeit beendet hatte und die Leiche zum Transport in die Rechtsmedizin nach Münster freigegeben war. Allerdings konnte Rumphorst den Rechtsmediziner nirgendwo entdecken.

»Weiß jemand, wo der Doktor abgeblieben ist?«, fragte er in die Runde. Wortlos wies einer der Erkennungsdienstler mit dem Daumen zum Ausgang. Tatsächlich fanden die beiden Kommissare den Doktor Pfeife rauchend vor der Tür.

Schweigend gesellten sie sich zu ihm. Nottendorf galt als exzellenter Rechtsmediziner, doch zugleich auch als verschroben und wortkarg. Auch angesichts grausam zugerichteter Mordopfer bewahrte er seine stoische Ruhe. In gleicher Manier rauchte er seine Pfeife, gemächlich, gelassen, in langen gemütlichen Zügen. Nur gelegentlich drückte er den Tabak mit dem Stopfer nach.

Auch Rumphorst genoss die Pause. Die Sonne brannte vom wolkenlosen Himmel, doch im Schatten hinter dem Taubenbrunnen ließ es sich aushalten. Versonnen blickte der Kommissar auf den menschenleeren Museumsvorplatz. Die Blätter der Bäume bewegten sich sanft im warmen Wind, die Vögel hatten angesichts der Hitze das Singen eingestellt. Mit einem Mal schien der Tote im Gewölbekeller unendlich weit entfernt zu sein.

»Was möchten die Herren denn wissen?« Schlagartig holte die scharf formulierte Frage des Rechtsmediziners die Kommissare in die Realität zurück.

Rumphorst räusperte sich. »Können Sie uns schon etwas zum Todeszeitpunkt sagen?«

»Fünf Uhr dreißig bis sieben Uhr. Genaueres nach der Obduktion.«

»Die Schere …?«

»Die Schere im Hals ist mit höchster Wahrscheinlichkeit die Tatwaffe. Ich habe sieben Einstiche im Halsbereich des Toten gefunden. Weitere Verletzungen im Bereich des Oberkörpers gibt es, Stand jetzt, nicht.«

»Um welche Art von Schere handelt es sich?«

»Um ein Schneidewerkzeug mit einem eher kurzen, spitzen Scherenblatt, einer sehr kräftigen Schneide und ausgesprochen langen Schenkeln.« Nottendorf zog an seiner Pfeife. »Es könnte sich um eine Schere zum Schneiden relativ fester Materialien handeln, etwa zum Schneiden dünner Bleche.«

»Eine Blechschere?«, fragte Bär überrascht. »Die habe ich auch zu Hause. Meine sieht aber gänzlich anders aus. Viel … nun ja, viel bulliger, robuster.«

»Lieber Kollege, ich nehme doch an, Sie schneiden damit kräftige Drähte und dicke Bleche. Unser Tatwerkzeug dagegen ist eher für Feinarbeiten gedacht.«

»Aber wer, bitte schön, braucht denn eine solch filigrane Blechschere?«, ereiferte sich Bär.

»Künstler, Modellbauer, Floristinnen, Uhrmacher und Goldschmiede, um nur einige der Nutzergruppen zu nennen«, antwortete Nottendorf kühl.

»Danke für diesen wichtigen Hinweis«, beeilte sich Rumphorst einzuwerfen, bevor sich der Disput hochschaukeln konnte. »Man könnte also sagen, dass eine solche Schere in einem Museum nicht unbedingt ungewöhnlich ist?«

»Ungewöhnlich? Nun ich denke schon. Man würde sie eher in einem Künstleratelier oder in der Werkstatt eines Juweliers vermuten.«

»Gibt es eventuell sonst noch etwas, das Sie uns freundlicherweise über die Leiche mitteilen können?«, erkundigte sich Bär bissig. »Nur absolut vorläufig, versteht sich.«

Nottendorf ließ sich durch den scharfen Ton der Frage nicht aus der Ruhe bringen. Die Antipathie des Kommissars war ihm vertraut. Dies war nicht die erste Ermittlung, bei der sie aneinandergerieten. Das Wortgeplänkel mit dem gewichtigen Kommissar schien ihm sogar heimlich Spaß zu bereiten.

»Etwas hätte ich noch für die Herren.«

Nottendorf zögerte einen Moment, was Bär mit einem leichten Zeichen von Ungeduld quittierte: »Was bitte?!«

»Am Rande der Blutlache, das Blut stammt übrigens mit größter Wahrscheinlichkeit vom Opfer, aber ...«

»Genaueres erst nach der Obduktion, das hörten wir nun schon zur Genüge«, echauffierte sich Bär.

Beruhigend legte Rumphorst seinem Kollegen eine Hand auf den Arm.

»Nun, wenn Sie das alles schon wissen, dann schauen Sie sich meinen Fund gefälligst selber an. Er liegt beim Erkennungsdienst. Und ich bin dann mal weg. Einen schönen Tag noch, die Herren.«

Damit drehte sich Nottendorf um und ließ die beiden Polizisten ein wenig sprachlos zurück.

In diesem Augenblick bog Edgar Faltermeyer um die östliche Ecke des Museums und kam mit weit ausholenden Schritten auf die Kommissare zu.

»Ich habe etwas gefunden, das möglicherweise bedeutsam ist«, bemerkte er ein wenig außer Atem, als er Rumphorst und Bär erreichte, und gab dem Oberkommissar zwei durchsichtige Beutel. Am Boden des einen leuchtete es golden in der Mittagssonne, im zweiten lag ein wenig verloren ein einzelner weißer Hemdknopf.

»Interessant. Wo haben Sie das gefunden?«

Wenig später standen die drei vor dem Eingang zum Keller des

Ostflügels. Faltermeyer erläuterte die Fundumstände und entlockte Rumphorst ein geknurrtes »Gut gemacht«.

Auf dem Rückweg zum Tatort überlegte der Oberkommissar die nächsten Schritte. In jedem Fall musste die Wohnung des Toten durchsucht werden. Hauptkommissarin Rubin wäre sicherlich nicht erfreut, wenn er ohne diesbezügliche Ergebnisse bei der morgigen Dienstbesprechung erscheinen würde. Er und Bär würden sich also auf den Weg in den Röwenkamp machen. Die Spurensicherung im Gewölbekeller konnten derweil Faltermeyer und die Kollegen vom Erkennungsdienst erledigen. Schließlich hatte der junge Kollege soeben sein gutes Händchen für das Aufspüren kleinster Details unter Beweis gestellt.

Zurück im Gewölbekeller sprach ihn einer der Erkennungsdienstbeamten an: »Doktor Nottendorf hat etwas gefunden, das müssen Sie sich ansehen!«

»Richtig. Der Fund vom Rande der Blutlache. Den hatte ich gar nicht mehr auf dem Schirm.«

»Sie wissen schon davon?« Der Beamte war überrascht, reichte Rumphorst dann aber achselzuckend einen Spurensicherungsbeutel. Auch in diesem Beutel glänzte es golden. Doch blinkte hier keine Kette, sondern ein kleiner Schmuckanhänger. Rumphorst trat in den Lichtkegel eines der Scheinwerfer, die inzwischen vom Erkennungsdienst aufgebaut worden waren. Bär und Faltermeyer folgten ihm.

»Das Ding sieht aus wie ein ›A‹«, stellte Rumphorst fest. »Allerdings ein reichlich verschnörkeltes ›A‹, mit drei Aufschwüngen an der linken Seite.«

»Ich halte es für eine Ziermajuskel aus einer altdeutschen Schrift«, ließ sich Faltermeyer vernehmen. Verwundert blickten ihn die beiden Kollegen an. »Ich meine einen Großbuchstaben, den man besonders gestaltet, um ihn zum Beispiel am Anfang eines Textes hervorzuheben. Eine Initiale, einen Schmuckbuchstaben.« Faltermeyer errötete. »Kenne ich aus meinem Kalligrafie-Kurs.«

»Da schau an, was der Kollege so alles weiß«, ätzte Bär.

»Danke, das erleichtert uns die genaue Bezeichnung dieses Fundes«, versicherte Rumphorst sachlich und bedachte Bär mit einem warnenden Seitenblick.

»Schau dir das an!« Bär wies auf den waagerechten Querbalken des A. »Hier sind drei helle, geschliffene Steine eingelassen.«

»Es könnte sich um Diamanten handeln.«

»Vielleicht passt der Anhänger ja zur Goldkette, die ich gefunden habe«, ließ sich Faltermeyer schüchtern vernehmen.

»Durchaus möglich. Andererseits scheint mir dieses Schmuckstück reichlich filigran für die recht robuste Goldkette zu sein. Aber wie immer dem auch sei, das sollen die Schmuckspezialisten von der KTU klären.«

»Spezialistinnen wäre korrekt«, grinste Bär. »In Münster sind das zwei Damen.«

Rumphorst ignorierte den Einwurf. Mit der Spitze seines Kugelschreibers hob er den oberen Teil des Schmuckanhängers an. Hier befand sich an der Spitze des »A« ein kleiner goldener Ring, der allerdings aufgebogen war. »Offensichtlich hatte jemand diesen Anhänger mit Gewalt abgerissen«, stellte er fest.

»Was auf einen Kampf hindeutet«, warf Faltermeyer ein.

»Bei dem Diabaté den Kürzeren gezogen hat«, bemerkte Bär überflüssigerweise. Er musste eben immer das letzte Wort haben.

WOHNUNGSDURCHSUCHUNG

Für Rheiner Verhältnisse hatte Diabaté in einem Wolkenkratzer gewohnt. Das mit grauen Platten verkleidete Mehrfamilienhaus im Röwenkamp ragte zwölf Stockwerke in die Höhe und war damit sicherlich eines der höchsten Wohnhäuser in Rheine. Einige der großflächig mit bleifarbenen Waschbetonplatten verkleideten Balkone zierten runde Satellitenschüsseln. Auch diese Parabolantennen waren grau.

Oberkommissar Rumphorst und sein Kollege Bär umrundeten das Gebäude auf der Suche nach der Eingangstür. Es war immer gut, einen Eindruck von den Lebensumständen eines Mordopfers zu gewinnen. Oftmals ließen sich so bestimmte Spuren besser einordnen. Auf dem Zufahrtsweg parkten Fahrräder und Bobbycars. Nirgendwo lag Müll. Der Rasen war verdorrt, kein Wunder in diesem trockenen August. Das Glas der Eingangstür hatte einen Riss. Durch das gesprungene Glas blickte man auf eine Batterie von Postfächern, natürlich in Dunkelgrau. Rechts neben der Tür sorgte eine Klingelanlage für Übersicht. Die auf den Schildern neben den Klingelknöpfen vermerkten Nachnamen waren allerdings für Einheimische nicht immer leicht auszusprechen. Rumphorst suchte das Namensschild von Adama Diabaté und wurde in der obersten Reihe fündig.

»Na prima, das bedeutet dann wohl, dass Diabaté im zwölften Stock wohnt! Hoffentlich funktioniert wenigstens der Aufzug«, nörgelte Bär.

Rumphorst zog den Schlüsselbund des Toten aus der Hosentasche.

»Passt!« Bereits beim ersten Versuch hatte er den richtigen Schlüssel gefunden. Die Eingangstür sprang auf. Mit wenigen Schritten erreichten die Kommissare den Fahrstuhl. Bär drückte den Aufzugknopf. Nichts geschah. Nachdem auch ein zweiter Versuch erfolglos blieb, entschieden sich die Polizisten für den Aufstieg zu Fuß. Missmutig stapfte Bär voran, unverständliche Verwünschungen murmelnd. Nach vier Stockwerken begann er zu schwitzen. Ab Stockwerk acht ging sein Atem in ein Keuchen über.

Rumphorsts Kondition war zwar besser als die seines Kollegen, doch auch ihm standen Schweißperlen auf der Stirn. Je länger der Aufstieg dauerte, desto unangenehmer empfand er die stickig heiße Luft des Treppenhauses. Im elften Stock löste sich dann das Rätsel des vermeintlich defekten Aufzugs: Jemand hatte einen Umzugskarton zwischen die geöffneten Aufzugtüren gestellt. Dieses Mal fluchte Bär laut und deutlich.

»Mensch, benimm dich!«, knurrte Rumphorst. »Sonst nehme ich dich nie wieder zu einer Wohnungsdurchsuchung mit.«

Endlich standen sie schwer atmend im zwölften Stock. Hier gab es drei Wohnungen. Die rechte war die Wohnung Diabatés, wie das Namensschild neben dem Klingelknopf erkennen ließ. Erneut zückte Rumphorst den Schlüsselbund des Toten. Lautlos schwang die Tür auf und gab den Blick in einen gefliesten, schmalen Eingangsbereich frei, von dem vier weiß lackierte Türen abgingen, die allesamt geschlossen waren. Im Flur stand die Luft. Hier war es sogar noch heißer und stickiger als im Treppenhaus, ein Indiz dafür, dass die Wohnung heute noch nicht gelüftet worden war.

Rumphorst kannte das Phänomen aus seiner Jugendzeit. Sein Schlafzimmer im Dachgeschoss wurde im Sommer zum Brutofen. Dafür zitterte man hier im Winter oft auch unter dem Federbett, da die Wände und die Decke des Zimmers eiskalt waren. Der Fluch schlecht isolierter Obergeschosswohnungen. Die Wohnung Adama Diabatés bildete hier offenbar keine Ausnahme.

Die beiden Ermittler streiften sich Einmalhandschuhe über. Nach kurzer Absprache entschieden sie sich, die Räume gemeinsam zu durchsuchen. Die erste Tür, die Rumphorst öffnete, führte ins Bad.

»Ich wünschte, bei mir zu Hause sähe es im Bad auch so aufgeräumt aus.« Ein wenig neidisch ließ Bär, Vater von zwei pubertierenden

Kindern, seinen Blick über die blitzsauberen Armaturen und die ordentlich aufgehängten Hand- und Badetücher gleiten. Ein neben der Dusche stehender runder Bastkorb enthielt Schmutzwäsche. Rumphorst öffnete den Spiegelschrank über dem Waschbecken. Auch hier herrschte penible Ordnung. Duschgel, Zahnbürste, Zahncreme, Rasierutensilien – alles pedantisch in Reih und Glied ausgerichtet. Das ganze Badezimmer wirkte wie aus einem Katalog für Sanitärbedarf.

»Jede weitere Durchsuchung hier ist vergebliche Liebesmüh«, brummte Bär. »Komm, lass uns ins nächste Zimmer gehen.«

Rumphorst stand vor dem Spiegelschrank und starrte gedankenversunken auf den schwarzen Duschgel-Spender. »Amouage«, murmelte er. »Die Flasche sieht teuer aus. Kennst du die Marke?«

»Nie gesehen. Ich benutze das Duschgel, das meine Frau vom Einkauf mitbringt. Besonders exklusiv oder teuer ist das mit Sicherheit nicht.«

»Hm, riecht schon sehr ausgefallen.« Rumphorst hatte ein wenig Gel aus dem Spender gedrückt. »Irgendwie nach Minze … Wermut und … ja, nach Weihrauch.«

»Bis du jetzt unter die Parfümeure gegangen?«, spottete Bär.

»Ich frage mich nur, warum sich eine Reinigungskraft ein solch ausgefallenes Duschgel leistet, statt der Nullachtfünfzehn-Produkte aus dem Supermarkt, die wir alle kennen.«

»Ausgefallenes Duschgel – ist notiert. Aber jetzt lass uns endlich im nächsten Zimmer weitermachen. Irgendwann möchte ich auch mal Feierabend haben.«

Dem Badezimmer gegenüber lag die Küche. Auch sie war penibel aufgeräumt. Es gab keine Essensreste, kein schmutziges Geschirr. Der Raum roch frisch. Ein Blick in den Kühlschrank zeigte, dass Diabaté keinesfalls damit gerechnet hatte, am heutigen Morgen das Opfer eines Tötungsdeliktes zu werden: Eine gefüllte Butterdose, zwei angebrochene Käsepackungen, eine Milchtüte – das Haltbarkeitsdatum noch lange nicht erreicht – und im unteren Frischhaltebereich Obst,

Kartoffeln und ein Kohlkopf füllten die Ablagen. All das wartete nur darauf, dass der Besitzer der Wohnung zum Abendessen zurückkehrte.

Bär öffnete die Hängeschränke. Einfaches Geschirr, fein säuberlich gestapelt. Ordnung schien für Herrn Diabaté ein zentrales Element seines Alltags gewesen zu sein. So gesehen passte der Beruf der Reinigungskraft perfekt. Rumphorst trat ans Fenster. Der Ausblick war fantastisch. Ganz Rheine lag ihm zu Füßen. Die Ems wand sich wie ein blaues Band durch die Stadt und nach links heraus erkannte man die Felder und Wälder des Umlandes. Diabaté war im Nordwesten Malis zu Hause gewesen, einer Wüstenregion, wie Rumphorst Wikipedia entnommen hatte, deren herausragende Merkmale eine scheinbar endlose Weite und der grenzenlose Himmel waren. Der Ausblick von hier oben kam diesem Bild so nahe, wie man ihm in Rheine nur kommen konnte.

Bär öffnete den Mülleimer. Dieser war mit Papier ausgelegt, ansonsten jedoch so gut wie leer. Sorgfältig untersuchte der Kommissar die Falten der Papiereinlage.

»Du, Luke, ich glaube, ich habe was.« Mit spitzen Fingern zog Bär ein goldenes Etwas aus dem Mülleimer, unzweifelhaft eine Panzerkette mit Goldanhänger.

Verblüfft sahen sich die beiden Kommissare an.

»Die Kette kenne ich doch!«, stieß Bär hervor.

Rumphorst nickte. »Ich auch.«

Erst vor einer halben Stunde hatten sie am Falkenhof den Torso einer solchen Kette in den Händen gehalten. Behutsam legte Bär das Schmuckstück auf den Küchentisch. Wie die zerrissene Kette vom Falkenhof besaß auch diese Kette einen massiven Karabiner-Verschluss.

Rumphorst beugte sich über den Tisch. »Hier ist eine Zahl eingraviert. 585«, las er mit Mühe ab. Auch diese Kette bestand also aus 585er Gold.

Der Anhänger, der auf seiner Rückseite ebenfalls die Prägung 585 aufwies, stellte den Buchstaben »A« dar. Das Besondere: ein halbkreisförmiger, geschwungener Aufstrich links und zwei ausgezogene goldene Enden rechts: ᶘ. Auf dem waagerechten Querbalken blitzten vier geschliffene helle Steine.

»Das ist doch der gleiche Anhänger, den Nottendorf bei der Leiche gefunden hat«, meinte Bär aufgeregt.

»Da bin ich mir nicht so sicher. Wenn mich meine Erinnerung nicht trügt, waren dort auf dem Querbalken nur drei Steine eingelassen.«

»Da könntest du recht haben. Hm, dieser Anhänger scheint mir auch irgendwie größer zu sein als der aus dem Gewölbekeller.«

»Es hilft alles nichts, mit dem Abgleich müssen wir warten, bis wir beide Objekte real nebeneinanderliegen haben.« Rumphorst nahm einen Asservatenbeutel aus seiner Gürteltasche und ließ Kette und Anhänger hineingleiten.

»Immerhin beginnt Diabatés Vorname mit einem ›A‹. Die Kette dürfte also ihm gehört haben.«

»Aber warum wirft jemand wie Diabaté, der als Reinigungskraft bestimmt nicht zu den Großverdienern gehört, ein solches Schmuckstück in den Mülleimer?«, grübelte Rumphorst.

»Vielleicht ist das eine Freundschaftskette und vielleicht gehört sie gar nicht Diabaté, sondern seiner Freundin, deren Vorname ebenfalls mit einem ›A‹ beginnt.«

»Na, dann dürfte es mit der Freundschaft aktuell nicht mehr ganz so weit her sein. Sonst wäre die Kette nicht im Mülleimer gelandet.«

»Wie passt dieser Anhänger zu dem, den Nottendorf neben der Leiche gefunden hat?«, grübelte Bär. »Beide Anhänger haben die Form eines ›A‹. Vielleicht gehören sie zu zwei Freundschaftsketten, die eine für einen Mann, die andere für eine Frau?«

»Merkwürdig bleibt der Fund einer Goldkette im Mülleimer eines Putzmannes in jedem Fall. Doch es ist müßig, an dieser Stelle weiter zu spekulieren. Ich denke, wir sollten zunächst die Fundstücke miteinander abgleichen und dazu müssen sie am besten tatsächlich nebeneinanderliegen. Außerdem brauchen wir mehr Informationen zu Diabaté. Vielleicht war er ja gar nicht der einfache Putzmann, als den ihn sein Chef im Museum kannte. Vielleicht führte er ein Doppelleben.«

»Oder er hat eine Freundin mit Kohle. Wie dem auch sei, lass uns im nächsten Raum weitermachen«, schlug Bär nach einem Blick auf seine Armbanduhr vor.

Über den Flur gingen die beiden Kommissare in das lichtdurchflutete Wohnzimmer. Hier erwartete sie ein Sammelsurium von Möbeln: ein zweitüriger Sekretär aus Nussbaum, zwei Kiefernregale, eine erkennbar abgewetzte Sofagarnitur an einem Tisch, der eindeutig dem Gelsenkirchener Barock zuzuordnen war. Auf einem niedrigen schwarzen Schränkchen stand ein Flachbildfernseher und daneben eine Telefonbasisstation mit eingelegtem, schnurlosem Festnetztelefon.

Rumphorst hatte bei Wohnungsdurchsuchungen bereits mehrfach Ensemble dieser Art gesehen. Insgeheim bezeichnete er sie als »2015er Stil«. Im Zuge der Flüchtlingskrise 2015 hatte es eine Welle der Hilfsbereitschaft gegeben. Menschen halfen uneigennützig, spendeten für die neuen Mitbürger Kleidung, Ausstattung und Möbel. So besaß manche Flüchtlingsfamilie heute eine Wohnungseinrichtung, die einen Mobiliarmix mit Stücken aus der Gründerzeit bis hin zur Postmoderne beinhaltete. So wie auch Adama Diabaté sie besessen hatte.

An dieser Stelle waren die Gefühle Rumphorsts durchaus ambivalent. Wenn er an die Hilfsbereitschaft und das Engagement der Menschen im Jahre 2015 und in den Folgejahren dachte, wurde ihm warm ums Herz. Alles war so gut gemeint gewesen. Und hatte doch zu einer in seinen Augen absehbaren Gegenreaktion geführt: dem Erstarken des rechten Randes der Gesellschaft, dem Aufstand der Neider und Unzufriedenen, die in den Flüchtlingen eine wohlfeile Projektionsfläche für ihre Wut und ihren Hass fanden. Wut darüber, dass der Staat die Flüchtlinge vermeintlich besser versorgte als sie. Hass auf die Neuankömmlinge, die, anders als sie, bei den Mitbürgern eine Welle der Hilfsbereitschaft ausgelöst hatten. Der Kern des Problems dieser Unzufriedenen war dabei das Fehlen der Einsicht, dass es eigener Anstrengungen bedurfte, um sich aus einer Misere zu befreien. Allein laut klagend Hilfe einzufordern, reichte dazu in aller Regel nicht aus.

Bär nahm sich als Erstes die Kiefernregale vor. Hier standen mehrere Reihen Bücher.

»Französische Bücher. Jules Verne, Georges Simenon, Michel Houellebecq – aber auch Sachbücher über den Islam, wenn ich die Titel richtig verstehe. Sogar zwei *Reiseführer Deutschland* sind dabei – alle auf Französisch.«

»Diabaté kommt aus Mali und dort ist die Amtssprache Französisch. Er wird also recht gut Französisch gesprochen haben.«

»Ich nehme mir den Schrank vor.«

»Ist in Ordnung, Jakob«, murmelte Rumphorst. Er war nicht ganz bei der Sache, seit sein Blick auf eine Reihe von Bleistift- oder Kohle-Zeichnungen gefallen war, die an der Wand zwischen den beiden Regalen hingen. Einfarbige Zeichnungen, schwarz-weiß. Gesichter, eine Mauer, ein Flussbett, Pflanzen, die ihm fremd und doch irgendwie vertraut vorkamen. Rumphorst brauchte einen Moment, dann kam die Erinnerung: Er kannte die Pflanzen aus den Wüsten- und Savannengewächshäusern von Burgers' Zoo in Arnheim, den er manchmal besuchte, um exotische Blüten zu fotografieren. Es waren Pflanzen aus Westafrika, wahrscheinlich aus Mali.

Die Bilder waren unbeholfen in ihrer Ausführung, aber intensiv in ihrer Wirkung. Sie waren erkennbar das Werk eines Anfängers, dennoch zogen sie Rumphorst in ihren Bann. Er versuchte einen Ausdruck für das Gefühl zu finden, das die Skizzen in ihm entfachten. Sehnsucht! Das war es. Sehnsucht sprach aus den gezeichneten Gesichtern und Sehnsucht sprach auch aus dem gesamten Bildensemble. Die Sehnsucht dessen, der die Bilder gezeichnet hatte. Und dies war offenkundig Adama Diabaté gewesen, der Tote vom Falkenhof, wenn

Rumphorst die stets gleiche Signatur am unteren Rand der Bilder richtig deutete.

Die Bilder öffneten dem Kommissar ein Fenster in die Gefühlswelt des Geflüchteten. Herausgerissen aus seinem gewohnten Leben, losgelöst von der vertrauten Umgebung, abgeschnitten von seiner Kultur und den Menschen, die ihm etwas bedeuteten, hatte er vor allem eines empfunden: eine tiefe Sehnsucht nach Heimat. Rumphorst fragte sich, wie er selbst wohl empfinden würde, wäre er wie Diabaté allein in einem fremden Land, in dem man immer ein Fremder bleiben würde.

»Luke, kommst du bitte einmal?«

Der scharfe Ton der Bitte schreckte Rumphorst auf. Er brauchte einen Augenblick, um in die Realität des kriminalistischen Alltages zurückzufinden.

Bär stand in gebückter Haltung vor dem Nussbaumsekretär. Er hatte die Schreibplatte heruntergeklappt. Im Inneren des Möbels gab es an jeder Seite zwei Schubladen, über diesen sowie zudem in der Mitte eine offene Ablage. Bär hatte die linke untere Schublade aufgezogen. Vorsichtig entnahm er ihr einen dunkelbraunen, länglichen Holzkasten. Der Deckel enthielt den eingedruckten silberfarbenen Schriftzug »Romain Gauthier«. Der Kasten war verschlossen.

»Ist ›Gauthier‹ nicht eine Schweizer Uhrenmarke?« Bär besah sich den Kasten von allen Seiten.

»Eine sehr teure Schweizer Uhrenmarke, würde ich sagen.«

»Okay, dann öffnen, bitte.«

Verständnislos starrte Rumphorst den Kollegen an, dann fiel der Groschen. »Natürlich, der dritte Schlüssel.« Er zog das Schlüsselband des Toten aus der Tasche und schob den kleinen Stahlschlüssel in das Schloss des Kastens. Er passte.

Vorsichtig klappte Bär den Holzdeckel nach oben. Dem Mund des Polizisten entfuhr ein überraschtes »Oh!«. Im Kästchen lag, auf hellbraunem Samt gebettet, eine Uhr. Oder besser: ein Kunstwerk von Uhr. Das dunkelbraune Armband, gesteppt und mit hellen Nähten abgesetzt, wirkte weich und versprach höchsten Tragekomfort. Der Clou aber war die sichtbare Mechanik. Zwar gab es auch bei dieser Uhr ein Zifferblatt, weiß mit blauen Zahlen und schwarzen Zeigern, doch nahm dieses gerade einmal das obere rechte Viertel der Uhr ein. Das restliche Dreiviertel gewährt einen unverstellten, faszinierenden Einblick in die Mechanik der Uhr. Hier war alles in Bewegung.

»Mensch, wie schön doch eine Uhr sein kann!«, bekannte Bär voller Bewunderung. »Was mag ein solches Schmuckstück wohl kosten?«

»5000 Euro.«

»Wie bitte? Bist du ein Uhrenexperte?«

»Nein, aber des Lesens mächtig«, entgegnete Rumphorst trocken und reichte Bär ein Blatt, das er dem mittleren Ablagefach entnommen hatte.

»Eine Rechnung über 5000 Euro, gezahlt für eine Uhr der Firma Gauthier«, staunte Bär.

»Tja, Jakob, so etwas könnten wir uns nicht leisten.«

»Womit wir wieder bei der Frage wären: Wie kommt eine einfache Reinigungskraft zu so viel Geld?«

»Vielleicht gibt uns das ja Auskunft.« Rumphorst hatte das obere der beiden Lädchen im rechten Teil des Sekretärs aufgezogen und ihm einen Hefter mit Kontoauszügen entnommen.

»Diabaté hatte ein Konto bei der Stadtsparkasse Rheine.« Rumphorst blätterte die Auszüge durch. »Nicht gerade üppig, was ihm monatlich netto überwiesen wurde: 1298 Euro und 59 Cent. Davon gingen schon mal 510 Euro Miete ab, kalt wie es aussieht. Schau bitte einmal auf der Rechnung nach, wann er die Uhr gekauft hat.«

»Am 20. Juni dieses Jahres. Zudem ist quittiert, dass die Rechnung in Bar beglichen wurde.«

Rumphorst durchsuchte die Kontoauszüge. »Es gibt keine entsprechenden Kontobewegungen. Der Kontostand am 1. Juni betrug 711 Euro, am 1. Juli waren es 689 Euro. Dazwischen gab es, außer seinem Gehalt, keine weiteren Zuflüsse.«

»Vielleicht hatte Diabaté ein zweites Konto. Oder ein Sparbuch.«

»Wenn ich mir die Ausstattung seiner Wohnung anschaue, glaube ich Letzteres eher nicht. Aber lass uns suchen.«

Doch die weitere Durchsicht der Papiere förderte weder Kontoauszüge einer anderen Bank noch ein Sparbuch zutage.

»Wir werden Kontoeinsicht beantragen. Aber ich habe das Gefühl, dabei wird nichts Neues herauskommen.«

»Eventuell kann uns ja sein Arbeitgeber Auskunft geben. Über Sonderzahlungen zum Beispiel.«

»Du hast recht. Wir sollten in jedem Fall bei den städtischen Museen nachhaken. Zudem wäre da noch meine Hypothese eines Doppellebens. Ich denke, es könnte Sinn machen, die einschlägigen Lokale in Rheine und Umgebung mit einem Bild Diabatés aufzusuchen.« Rumphorst legte den Zeigefinger an seine Nase. »Manchmal ist es gut, nicht nur auf die offenkundigen Tatsachen, sondern auch auf seine Ermittlernase zu vertrauen.« Den Begriff »Bauchgefühl« vermied er an dieser Stelle angesichts seines knurrenden Magens lieber. Seit dem Morgen war eine Handvoll Nüsse aus dem Notvorrat im Dienstwagen ihr einziger Proviant gewesen. Was ihn daran erinnerte, dass es höchste Zeit war, die Wohnungsdurchsuchung abzuschließen.

»Wir sollten das hier zügig beenden und uns dann das letzte Zimmer vornehmen.«

Wortlos blätterten Rumphorst und Bär die letzten Unterlagen aus dem Sekretär durch, ohne etwas Bemerkenswertes zu entdecken, und wandten sich dem letzten noch nicht durchsuchten Raum zu: dem Schlafzimmer.

Auch hier herrschte akkurate Ordnung. Das Bett war gemacht. Doch Rumphorst stutzte: Es handelte sich um ein Doppelbett, für eine Singlewohnung doch recht ungewöhnlich. Auf dem Bett lagen zwei Kopfkissen und zwei Sommerdecken. Diabaté hatte augenscheinlich nicht zölibatär gelebt.

Dem Bett gegenüber stand ein Kleiderschrank. Das Modell eines schwedischen Möbelhauses aus den späten 8oer-Jahren des vergangenen Jahrhunderts, Kiefer massiv. Es punktete durch seine spiegelverkleideten Türen. Allerdings wies einer der Spiegel einen Sprung auf und beide Türen abgeschlagene Ecken, wie Rumphorst beim Öffnen bemerkte. Auf der Kleiderstange hingen ausschließlich Kleidungsstücke, denen man ihr fortgeschrittenes Alter und den häufigen Gebrauch deutlich ansah. Männermode. Feminine Kleidung – Fehlanzeige. Eine Überraschung hielt das Wäschefach bereit: Hier lagerten gut zehn Garnituren Männerunterwäsche, alle von exzellenter Qualität und, soweit erkennbar, so gut wie neu.

Mit einem letzten Rundgang beendeten Rumphorst und Bär die Durchsuchung der Wohnung des Getöteten. Die Wohnungstür wurde versiegelt und die beiden Polizeibeamten begaben sich zum Aufzug.

»Meine Wette: Der Fahrstuhl steckt dieses Mal im Erdgeschoss fest«, unkte Bär.

Der Kommissar hätte die Wette verloren. Nach einem Druck auf den Anforderungsknopf drang postwendend das Geräusch des sich aufwärts bewegenden Fahrstuhls aus dem Aufzugschacht.

Erst als die Türen des Lifts sich hinter ihnen schlossen, fiel Oberkommissar Rumphorst auf, dass sie weder bei den Habseligkeiten Diabatés im Falkenhof noch in seiner Wohnung ein Mobiltelefon gefunden hatten.

EIN HAUSMANN AUF ABWEGEN

Auf dem Parkplatz des Baumarktes an der Hansaallee herrschte reger Verkehr. Augenscheinlich hatten Rheinenser aller Altersgruppen ein dringendes Bedürfnis nach handwerklicher Betätigung in Haus und Garten und verspürten folglich einen unbändigen Drang, sich nach Feierabend im größten Baumarkt der Emsstadt mit Schrauben und Dübeln, Holz und Spachtelmasse oder Gartenwerkzeugen und einem Rasenmäher einzudecken.

Moritz Mey steuerte seinen schwarzen Ford in eine der wenigen freien Parklücken vor dem massigen Gebäudekomplex des »Supermarktes für Heimwerker«. Aus Gewohnheit wählte er aus dem Angebot an Einkaufswagen den größten. Wirklich notwendig war ein Einkaufswagen für den Einkauf, den er zu tätigen hatte, eigentlich nicht. Den neuen Anschluss für ihren Gartenschlauch hätte er bequem in der Hand halten können. Doch der Baumarkt schrieb coronabedingt nicht nur das Tragen eines Mund-Nasen-Schutzes, sondern auch das Mitführen eines Einkaufswagens zwingend vor. So ließ sich natürlich am einfachsten kontrollieren, dass die Zahl der Kaufinteressenten im Markt die laut Corona-Verordnung zulässige Höchstgrenze nicht überschritt.

Moritz schlenderte durch die Regalreihen, die mit Bohrmaschinen, Akkuschraubern, Schraubenziehern und Hämmern, eben Werkzeugen aller Art, prall gefüllt waren. Am Ende der ersten Abteilung hatten bereits ein Kreuz- und ein Schlitzschraubendreher sowie ein Zangenset im Drahtkorb seines Einkaufswagens ihren Platz gefunden.

Sich die Hände reibend dachte er: ›Super, damit wären endlich einige Lücken in meinem Werkzeugsortiment geschlossen, über die ich mich schon oft geärgert habe.‹ Mit einem Grinsen auf dem Gesicht und wachsamen Blicken auf die Regale rechts und links schob er seinen Einkaufswagen weiter.

Nach dem Durchqueren der Eisenwarenabteilung waren ein Dübel-Sortiment und zwei Packungen Schrauben zu den Werkzeugkäufen hinzugekommen. Dübel und Schrauben konnte man als Hausbesitzer nie genug haben. In Haus und Garten gab es schließlich immer irgendetwas zu befestigen.

›Nun sollte ich mich aber langsam um die Schlauchkupplung für unseren Rasensprenger kümmern‹, rief sich Moritz selbst zur Raison.

Zielstrebig steuerte er das Gartencenter an, nicht ohne den ein oder anderen Zwischenstopp einzulegen. Sicherlich würde sich Anna über die neuen Sitzkissen für ihre Gartenstühle freuen, die wie durch Zauberhand auf der unteren Ablagefläche des Einkaufswagens ihren Platz gefunden hatten. In den oberen Drahtkorb passten erfreulicherweise noch zwei Topfblumen neben das Werkzeugsortiment. Die derzeit im Eingangsbereich ihres Hauses stehenden waren verblüht. Im Vorbeischieben nahm Moritz einen der rechts des Weges gestapelten weißen Übertöpfe in die Hand. Ein Sonderangebot! Zudem passten sie perfekt zu den Topfblumen im Drahtkorb. Gekauft.

Mit nachdenklicher Miene blieb er vor den Laubsaugern stehen. Der Markt bot eine breite Palette dieser nützlichen Geräte an. Modelle aller Marken, Größen, Farben und Preisklassen.

»Mit dem Laubsauger LX 21 von Wunff lassen sich Laub und kleinere Äste mühelos von Rasenflächen und Gehwegen entfernen.« Die einschmeichelnde, musikuntermalte Stimme schien von links zu kommen. Moritz brauchte einen Moment, bis er den winzigen Monitor entdeckt hatte, auf dem ein Werbefilm lief.

»Der Herbst steht vor der Tür und mit ihm wirbelnde Blätter, die Garten und Gehwege bedecken. Ein unschöner Anblick und zugleich gefährlich. Denn nasse Blätter sind ein Risiko!« Crescendo der Hintergrundmusik. »Für Unfälle durch rutschiges Laub haften Sie als Haus- und Gartenbesitzer.« Pause. »Lassen Sie es nicht soweit kommen. Der Laubsauger LX 21 *von Wunff befreit Rasenflächen und Gehwege schnell und gründlich selbst von nassem Laub. LX 21 von Wunff – kraftvoll, gründlich und schnell! Jetzt zugreifen! Unser Sonderangebot gilt bis zum 22. August.«*

›Der Mann hat recht‹, dachte Moritz. ›Nasse Blätter sind ein Risiko. Man sollte wirklich ernsthaft über die Anschaffung eines Laubsaugers nachdenken. Vor allem bei diesem einmaligen Sonderangebot.‹

Wie durch Zauberhand hielt er unvermittelt einen LX 21 in der Hand. Auf dem Monitor lief der Werbefilm bereits ein weiteres Mal. Doch Moritz hörte nicht mehr zu. Er war in Gedanken bereits einen Schritt weiter. ›Dazu brauchte ich noch eine Schutzbrille und einen Gehörschutz.‹ Erfreulicherweise war beides gleich neben dem Laubsauger-Regal platziert.

›Hm, fragt sich nur, wie ich Anna den Kauf schmackhaft machen kann‹, überlegte Moritz. ›Frauen fehlt einfach der Sinn für die Zweckmäßigkeit elektrischer Geräte bei Gartenarbeit.‹

Als er sich umdrehte, um das erstaunlich handliche Laubsauger-Modell und einen Arbeitsschutz-Set im Einkaufstrolley unterzubringen, stapfte ein Mann den Gang hinunter, der ihm bekannt vorkam. Tattoos auf den Armen, schwarze Kleidung, Springerstiefel – das war doch der Elektriker vom Falkenhof, »*die Karikatur eines Rechtsradikalen*«, wie er ihn Anna gegenüber bezeichnet hatte. »Mohn« hatte auf dem Kastenwagen gestanden, mit dem er vom Hof gefahren war.

Heimlich folgte Moritz dem Mann mit den Augen. Der ging zielstrebig auf einen Tresen zu, hinter dem – eine Ausnahme dem auf beratungslose Selbstbedienung ausgerichteten Baumarkt – ein Angestellter in hellgrauem Kittel auf Kundschaft wartete. Im Glasschrank hinter dem Tresen standen Flaschen, Dosen und Tüten, viele davon in Warnfarben und mit einem aufgedruckten Totenkopf versehen. Hier konnten Tierhalter und Hobbygärtner nach vorhergehender Beratung Unkraut- und Schädlingsvernichtungsmittel erwerben.

Nach einer kurzen Begrüßung befand sich Mohn bald darauf im intensiven Gespräch mit dem Angestellten, der die »Giftabteilung« des

Baumarktes betreute. Auf der Theke zwischen den beiden Männern sammelten sich nach und nach verschiedene Packungen, auf deren Vorderseite Mäuse abgebildet waren. Offenbar handelte es sich um Giftköder zur Beseitigung der grauen Nager. Der Verkäufer erklärte gestenreich deren Anwendung, und zwar so laut, dass Moritz keine Mühe hatte, dem Gespräch zu folgen: »Die Köder enthalten alle ein sogenanntes Antikoagulans, einen Blutgerinnungshemmer. Die Mäuse nehmen den Köder auf und sterben dann an inneren Blutungen.«

»Sind die Mittel auch für Menschen gefährlich?«

»Das hängt von der aufgenommenen Ködermenge ab. Aber prinzipiell schon. Sie sollten deshalb jeden unnötigen Kontakt mit dem Mittel vermeiden.«

»Wie viel braucht es denn, um einen Menschen zu töten?«

»Also so genau … wollte das bisher noch nie … kann ich das nicht sagen«, stotterte der Verkäufer. »Auf keinen Fall darf der Köder in die Hände von Kindern gelangen. Beim Auslegen sollten Sie zudem Handschuhe tragen und nachher Ihre Hände sorgfältig waschen. Aber das ist in Corona-Zeiten ja sowieso Standard.«

»Hm, ich nehme die Packungen.«

»Alle fünf?«

»Genau. Wenn Sie noch mehr haben, dann auch noch mehr.«

Der Verkäufer war sichtlich irritiert. »Ihr Mäuseproblem muss ja ganz schön massiv sein.« Ein wenig zögerlich, so schien es Moritz, entnahm er dem abschließbaren Glasschrank hinter sich drei weitere Packungen mit einem grauen Nager auf dem Etikett. »Das wären alle Mäuseköder, die wir aktuell auf Lager haben.«

»Danke.«

Mit acht Schachteln im Drahtkorb seines Einkaufwagens machte sich der Elektriker mit dem Stoppelhaarschnitt auf den Weg zur Kasse. Moritz folgte ihm unauffällig.

Kurz vor dem Erreichen des Kassenbereiches erklang von rechts ein juchzendes Kinderlachen. Aus dem Seitengang stürmte ein Junge, vielleicht acht oder neun Jahre alt, und prallte in vollem Lauf gegen den Einkaufswagen des Elektrikers. Mit einem lauten Scheppern kippte dieser zur Seite und aus dem Drahtkorb schlitterten die Packungen mit dem Mäusegift unter die Regale und zwischen die Ständer voller Mitnahmeartikeln, die den an der Kasse anstehenden Kunden zu Impulskäufen zu verlocken versuchten.

»Scheiße! Kannst du denn nicht aufpassen, verdammt noch mal!«, brüllte der Elektriker.

Ein gleichalteriges Mädchen, wie der Junge von brauner Hautfarbe und mit pechschwarzem Haar, wartete eingeschüchtert im Seitengang. Die beiden hatten sich wohl ein Rennen geliefert, während ihre Eltern irgendwo in den Weiten des Baumarktes ihre Einkäufe tätigten.

»Weg von den Schachteln! Kruzitürken, Finger weg, habe ich gesagt!«

Die beiden Kinder verschwanden, den Tränen nahe, in Richtung der Werkzeugabteilung. Behutsam sammelte Mohn die Mäusegiftpäckchen ein. Dabei murmelte er etwas vor sich hin, von dem Moritz nur Bruchstücke verstand: »Migranten … Kinder! … vergiften … das sind jetzt alle.«

Moritz' Gedanken überschlugen sich. War Mohn eventuell das, was sein Äußeres nahelegte: ein Rechtsextremist? Könnte es sein, dass er mit seiner Vermutung doch recht hatte und der Elektriker tatsächlich in den Falkenhof-Fall verwickelt war? Dass er gar der Mörder Diabatés war? Und plante er gerade etwa einen weiteren fremdenfeindlichen Anschlag, dieses Mal mit Mäusegift? Möglicherweise lautet die Antwort auf alle diese Fragen: »Ja!« Schon das Äußere des Mannes sprach Bände! Auch die Verbrecher des NSU hatten teilweise der Skinhead-Szene angehört.

Moritz Mey holte tief Luft. Er glaubte, nein, er war überzeugt, einer großen Sache auf der Spur zu sein.

Inzwischen hatte Mohn die Kasse erreicht. Moritz musste eine Entscheidung treffen. Und er traf sie. Seinen Einkaufswagen parkte er in einem der Seitengänge nahe der Lampenabteilung. Ohne Wagen und Waren zwängte er sich durch den Gang an der rechten Kasse, als Mohn an der linken seine Einkäufe bezahlte. In Bar, wie Mey registrierte. Ein weiteres Puzzleteil, das passte. Möglicherweise wollte der Mann vermeiden, Name und Kontoinformationen im System zu hinterlassen.

Unauffällig folgte Moritz dem Elektriker bis zu dessen weißem Kastenwagen mit dem Slogan »Elektro Mohn – mit uns funkt's«. Dieser stand nur drei Parkplätze von seinem Ford entfernt. Beide Fahrzeuge wurden fast zeitgleich gestartet und fädelten sich hintereinander in den fließenden Verkehr ein. Über die Bodelschwinghbrücke, die Salzbergener und die Neuenkirchener Straße ging es stadtauswärts. Mohn pflegte einen recht forschen Fahrstil, sodass Moritz teilweise Mühe hatte ihm zu folgen. Glücklicherweise war der Lieferwagen des Elektrikers derart auffällig, dass er ein Abreißen des Kontaktes verhindern konnte.

Unter Missachtung des vorgeschriebenen Tempolimits passierten sie die Stadtgrenze, durchquerten kurz darauf Neuenkirchen und fuhren weiter in Richtung Wettringen. Moritz ließ teilweise einige schnellere Fahrzeuge zwischen sich und den Kastenwagen einfädeln. Er hoffte, die Observierung damit so unauffällig zu gestalten, wie er es aus unzähligen Tatort-Folgen kannte.

Hinter Maxhafen bog der weiße Kastenwagen nach links in eine schmale Bauerschaftsstraße ein. Die Gegend war ländlich. Hier gab es ansonsten keinen Autoverkehr und Moritz ließ sich ein wenig zurückfallen, um unentdeckt zu bleiben. Kurze Zeit später bog Mohn rechts ab, um nach einigen hundert Metern in einer Hofeinfahrt zu verschwinden.

Moritz ließ den Wagen ausrollen und stoppte am Straßenrand, vorsichtshalber mit laufendem Motor. Er wartete gespannt. Nichts geschah. Der weiße Kastenwagen war und blieb verschwunden. Langsam wurde Mey unruhig. Er musste herausfinden, was der Elektriker mit seiner Giftfracht vorhatte. Sich nach allen Seiten umsehend stieg er aus, schloss leise die Wagentür und schlich geduckt zur Hofeinfahrt. Zwischen zwei backsteingemauerten Pfeilern führte der asphaltierte Torweg auf einen ungeteerten Hof. Den Kastenwagen konnte er nirgends entdecken. Rechter Hand lag unter einer mächtigen Kastanie ein Fachwerkhaus, das erkennbar schon bessere Zeiten gesehen hatte. Fenster und Türen benötigten dringend einen neuen Anstrich. Im Dach war ein Loch nur notdürftig abgedeckt worden. Menschen waren keine zu sehen. Linker Hand lag ein niedrigeres Gebäude, das Mey als Scheune einstufte.

Wie ein Donnerschlag brüllte es plötzlich aus genau dieser Richtung auf. Dröhnende Glocken und dann ein Moritz vertrautes, düsteres Gitarrenriff. Er brauchte nur einen Moment, um die markante Eingangspassage von *Hells Bells* zu identifizieren, eines der bekanntesten Stücke der australischen Hard-Rock-Band AC/DC. So plötzlich wie die Musik aufgebrandet war, verstummte sie auch wieder. Erneut lag der Bauernhof still und verlassen dar.

»Das kam aus der Scheune. Dort ist etwas im Gange und ich muss wissen, was«, murmelte Moritz im leisen Selbstgespräch.

Geduckt hastete er an der Klinkermauer entlang. An deren Ende befand sich ein mächtiges hölzernes Scheunentor, in das eine Tür eingelassen war.

Wie konnte er ins Innere der Scheune gelangen, ohne entdeckt zu werden? Fieberhaft ging Moritz die Möglichkeiten durch. Das Scheunentor fiel aus. Zwar lief es, wie ihm ein Blick nach oben zeigte, auf Rollen und ließ sich als Ganzes zur Seite schieben, doch war es zu schwer und zu laut. Die hölzerne Tür hingegen besaß ein Kastenschloss und einen Türgriff. Sie stand zudem einen Spalt offen. Hier war seine Chance! Moritz konzentrierte sich auf die Tür.

Zu spät registrierte er tapsende Schritte, die sich von hinten näherten. Erst das Kratzen schwerer Krallen auf dem steinigen Boden ließ ihn herumfahren. Mit einem mächtigen Satz schnellte ein riesiger, schwarzer Körper auf ihn zu und warf ihn zu Boden. Moritz' vor Schreck geweitete Augen blickten aus nächster Nähe in den geifernden Rachen eines hünenhaften Hundes, der, ohne einen Laut von sich zu geben, breitbeinig und mit gefletschten Zähnen über ihm stand.

RÜGE VOM CHEFREDAKTEUR

Anna saß am Schreibtisch und tippte sich mit dem Bleistift gegen die Unterlippe. Wie sollte sie in der nächsten Woche in der neuen Klasse fünf in den Mathematikunterricht einsteigen? So wie gewohnt mit einer Aufgaben-Rallye, bei der sich ganz en passant ein Bild vom Kenntnisstand der Klasse gewinnen ließ? Oder mit einem Einstieg, der mehr auf die aktuelle Corona-Situation zugeschnitten war? Und wie könnte ein solcher Einstieg aussehen? Das Klingeln des Telefons riss sie aus ihren Gedanken.

»Anna Mey.«

»Nickel hier, *Rheiner Allgemeine Zeitung*. Ich möchte Moritz sprechen.«

›Ganz schön ruppig, der Herr. Charmant und freundlich geht anders‹, dachte Anna. Laut aber sagte sie: »Mein Mann ist unterwegs. Er stellt gerade Nachforschungen zum Dionysius-Evangeliar an. Kann ich Ihnen eventuell weiterhelfen?«

Schweigen. Ein Räuspern am anderen Ende der Leitung. Dann erneut die Stimme des Redaktionsleiters, ein wenig gepresst, wie mit unterdrückter Wut: »Stimmt es, dass Sie und Moritz zugegen waren, als heute Morgen im Falkenhof die Leiche einer Reinigungskraft gefunden wurde? Dass sie beide die Leiche sogar als Erste entdeckt haben?«

»Das stimmt. Aber …«

»Und wieso erfahre ich erst durch eine Pressemitteilung der Kriminalpolizei davon? Wieso habe ich nicht längst den Livebericht meines Mitarbeiters vor Ort auf meinem Schreibtisch liegen? Und mit dem ›Mitarbeiter vor Ort‹ meine ich nicht irgendeinen Reporter, sondern Ihren Mann!« Nickel war von Satz zu Satz lauter geworden. Die letzten Worte schrie er fast ins Telefon.

Anna Mey atmete langsam aus und wieder ein. Vor ihrem inneren

Auge erschien das Bild des korpulenten Chefredakteurs mit hochrotem Kopf. Ein Choleriker vor dem Herrn. »Herr Nickel«, antwortete sie betont ruhig, »wie haben zwar den Toten während unserer Führung durch Herrn Brockmann entdeckt. Doch die Kriminalpolizei hat uns ausdrücklich gebeten, darüber Stillschweigen zu bewahren. Sie hätten die Informationshoheit, hieß es. Es geht wohl darum, Details des Leichenfundes und des Tatortes, die allein dem Täter bekannt sind, zumindest für einige Zeit zurückzuhalten.«

»Verstehe«, knurrte Nickel. »Sie wollen verhindern, dass wir Täterwissen preisgeben und damit die Fahndung gefährden.« Er schnaufte in den Hörer und bemerkte dann in fast flehentlichem Ton: »Sie hätten mich aber wenigstens über den Fund informieren können. Ach, was sag ich, informieren müssen, hätten Sie mich. Dann hätte ich jemand anderen zum Interview mit einem der Kommissare oder für einen Livebericht vorbeischicken können. Mensch, wie steht die RAZ denn nun da? Hat einen Reporter am Tatort eines der seit Jahrzehnten spektakulärsten Verbrechen in Rheine und kann in ihrer nächsten Ausgabe nicht mehr bringen als die dürre Pressemitteilung der Kripo.«

Anna ließ diesen Vorwurf unkommentiert. »Moritz wird in jedem Fall einen ausführlichen Bericht verfassen, sobald die Kriminalpolizei grünes Licht gibt. Oberkommissar Rumphorst hat versprochen, uns sofort zu informieren, wenn die Nachrichtensperre aufgehoben ist.«

»Exklusiv?« Das Zauberwort in Zeitungskreisen.

»Exklusiv«, bestätigte Anna.

»In Ordnung.« Nickel wirkte jetzt aufgeräumt. »Dann begnügen wir uns fürs Erste mit dem Polizeikommuniqué. Moritz soll sich aber direkt bei mir melden, wenn er wieder zu Hause ist.«

Was, so wurde Anna in diesem Augenblick bewusst, eigentlich längst der Fall hätte sein sollen. Mit einem Mal begann sie sich Sorgen zu machen.

MULTICOLOURED

Moritz Mey lag auf dem Rücken und wagte nicht, auch nur ein Glied zu bewegen. Über ihm stand der riesige Hund. Aus seinem gewaltigen Maul tropfte der Sabber. Sein heißer, fauliger Atem schlug ihm ins Gesicht.

Mit kühler Präzision analysierte der rationale Teil seines Gehirns die Situation: ›Ein ausgewachsener Rottweiler, darauf trainiert, ungebetene Gäste zu stellen und erbarmungslos festzunageln. Eindringlinge wie mich.‹

Im emotionalen Teil herrschte derweil die blanke Angst. Wie hypnotisiert starrte Moritz auf die gebleckten Reißzähne der Bestie.

In diesem Augenblick drang aus seiner Hosentasche eine leise, aber unverkennbare Melodie: Das *Miss-Marple-Theme*, die Titelmelodie der gleichnamigen Filme, die er auf seinem Smartphone als Klingelton für Annas Anrufe installiert hatte. Sie beide liebten die Filme mit Margaret Rutherford als kauzige Hobbydetektivin. Der Klingelton schwoll an, wurde laut und immer lauter.

Der Rottweiler knurrte, blieb aber ungerührt stehen.

›Das Smartphone!‹, schoss es Moritz durch den Kopf. ›Die Chance, Anna auf meine grauenvolle Lage aufmerksam zu machen.‹ Vorsichtig schob er seine Hand in Richtung der rechten Hosentasche, aus der noch immer die Filmmelodie perlte. Vielleicht könnte er …

Seine Handbewegung erstarrte. Die Laute des Hundes hatten sich verändert. Das drohende Knurren ging in ein dunkles Grollen über und wandelte sich dann in ein kurzes Bellen, das irgendwie freudig klang. Zumindest in Moritz' Ohren.

»Ja, wen haben wir denn da? Gib frei, Cerberus! Gib frei!« Die Stimme kam aus der Höhe, was angesichts seiner horizontalen Lage auf dem steinigen Boden des Scheunenvorplatzes nichts Ungewöhnliches war. Sie klang höchst menschlich und doch erschienen die Worte Moritz wie die Verkündigung eines Himmelsboten.

Der Rottweiler gehorchte und bewegte sich langsam rückwärts. Fast glaubte Moritz, in seinen Augen ein bedauerndes Funkeln zu erkennen. In seiner Tasche erstarb der Klingelton des Handys mit einem letzten Triller. Die Mailbox schaltete sich an, doch Moritz beachtete sie nicht. Mit einem Stöhnen richtete er sich auf und wandte sich um. Vor ihm stand ein Mann mit langen, krausen Haaren. Seine Ohren waren gepierct, desgleichen seine Nase und die Lippen. An welchen weiteren Körperstellen er metallene Ringe trug, mochte Moritz sich gar nicht ausmalen.

»Sie wissen schon, dass dies ein Privatgelände ist und man hier nicht einfach so mir nichts, dir nichts herumspazieren darf?« Die mit sanfter Stimme vorgetragene Frage klang alles andere als bedrohlich. Allenfalls schwang ein leichter Vorwurf mit.

»Ich bin … ich wollte …«

»Na, nun stottern Sie mal nicht rum, Mann. Warum sind Sie hier?« Mit einem Mal huschte ein schuldbewusstes Lächeln über das Gesicht des Mannes. »Ach so, Sie wollen sich sicher beschweren. Unsere Musik ist wohl doch zu laut.«

»Nein … nein.«

»Nicht? Na dann ist es ja gut. Also kommen Sie mal rein.« Mit einer einladenden Handbewegung wies er in Richtung Scheunentor. »Cerberus hält hier die Stellung.« Er tätschelte den Kopf des Hundes, der diese Liebkosung mit einem wohligen Knurren quittierte.

Moritz klopfte sich den Dreck von der Kleidung und folgte dem Mann ins Innere der Scheune. Die wachsamen Augen des Rottweilers folgten ihm. Erst jetzt wurde ihm bewusst, dass der Mann mit den Piercings keinen Mund-Nasen-Schutz trug.

Als er die Scheune betrat, blieb er überrascht stehen. Links parkte der weiße Kastenwagen mit der Aufschrift »Elektro Mohn«, dem er von Rheine bis hierher gefolgt war. Auf der rechten Seite gab es eine Art Podest, von dem aus ihn vier Augenpaare erwartungsvoll anblickten. An beiden Seiten des Podestes standen klobige schwarze Lautsprecherboxen, mittig im Raum war ein Mischpult aufgebaut.

»Also … ähm … hi, zusammen!«, stotterte Moritz.

»Einer unserer Fans«, stellte ihn der gepiercte Hundebesitzer mit einem breiten Grinsen vor, als er zu den übrigen vier auf das Podest stieg und sich an das dort stehende Keyboard setzte. Der Rest des Quintetts grinste ebenfalls, was die Situation nicht unwesentlich entspannte.

»Dann wart ihr das, die eben *Hells Bells* gespielt habt?«

»Fuck, vergiss es, Mann. Die Version eben kam vom Band. AC/DC«, antwortete Mohn und zupfte an seiner E-Gitarre, die er an einem breiten Stoffgurt lässig über seine Schulter gehängt hatte. »Wir spielen das besser. Viel besser.« Er zwinkerte fröhlich.

»Wir?«

»Na klar, wir.« Mit einer weit ausholenden Handbewegung, so als wollte er die Musiker einem hundertköpfigen johlenden Publikum vorstellen, präsentierte er die Bandmitglieder: »Hinten links, das ist unser Drummer Obayana aus Nigeria! Black is beautiful, Mann! Und vorne, am Keyboard, der Alfred aus Wettringen. In der Mitte Rashid aus Pakistan und Juan Pablo aus Kolumbien an der E-Gitarre! Es fehlt übrigens noch der Mann am Mischpult, Piet, der kommt aus Oldenzaal und heute etwas später. Die A30 ist dicht. Na, und mich kennen Sie ja schon aus dem Falkenhof, Fritz Mohn, zu Diensten.«

Mohn nickte den beiden anderen Gitarristen zu. Sekunden später dröhnte das Intro-Riff zu *Smoke On the Water* von Deep Purple durch die Scheune.

»Wow, ihr seid aber international besetzt!«

»Klaro, der Name unserer Band ist eben Programm.«

»Euer Bandname?«

»Yepp. *Multicoloured.* Schön bunt eben.«

»Das hier ist euer Proberaum.« Moritz war beeindruckt. Während seiner Studienzeit hatte er Gitarre in einer Studentencombo gespielt.

Zumindest einige Monate lang. Dann aber hatten die vier Lehramts-studenten feststellen müssen, dass die Chemie zwischen ihnen nicht stimmte. Gerade einmal einen Auftritt hatten sie zustande gebracht, vor handverlesenem Publikum, alles Freunde, Verwandte, Claqueu-re, die keine Buh-Rufe wagten. Sehr begeistert von der Performance war das Publikum damals nicht gewesen, soweit er sich erinnerte. Die Gitarre war dann ein Opfer der Finanzkrise geworden. Seiner höchst persönlichen Finanzkrise. Kurz vor der Zwischenprüfung hatte er sie verkaufen müssen.

»Wir covern vor allem Rock der härteren Sorte: Deep Purple, Uriah Heep und Van Halen zum Beispiel«, ließ sich Mohn vernehmen und holte Moritz schlagartig ins Jetzt zurück. »Aber Sie wollen sich doch nicht über unsere laute Musik beschweren, oder? Also warum sind Sie wirklich hier?«

Ein wenig verlegen, weil ihm inzwischen dämmerte, dass sein Verdacht haltlos war und von Mohn möglicherweise als kränkend empfunden werden konnte, stellte Moritz seine Beobachtungen und Schlussfolgerungen vor, was die fünf Musiker mit Stirnrunzeln quit-tierten.

»Sie haben mir einen Mord zugetraut?«, fragte Mohn mit ungläu-bigem Staunen. »Noch dazu einen Mord aus rassistischen Motiven?«

Kopfschütteln. Unwilliges Brummen.

»Also die Situation im Baumarkt … «, setzte Moritz zu einer Erklä-rung an. Seine Gesichtsfarbe hatte ein intensives Rot angenommen.

»Nur damit auch die letzten Zweifel ausgeräumt sind«, unterbrach ihn Mohn. »Mein Alibi steht hier auf der Bühne. Wir haben gestern bis tief in die Nacht geprobt und danach einen gehoben. Anschließend konnte keiner von uns mehr fahren und wir haben im Bulli gepennt. Deshalb war ich heute Morgen so spät dran und hab' mir den Rüffel von Brockmann abgeholt.«

»Ich verstehe«, murmelte Moritz. Die Situation war ihm sichtlich peinlich.

»Okay, ich muss zugeben, meinen Einkauf im Baumarkt konnte man missverstehen«, fuhr Mohn nachdenklich fort. »Dann also hier die Erklärung: Bis April hatten wir einen Proberaum in Neuenkirchen. Ein Keller vom Feinsten. Etwas klein und eng vielleicht. Und genau das war der Knackpunkt. Als Corona kam, hat unser Vermieter kalte Füße bekommen und uns gekündigt. Wir dachten schon, das war's, und standen kurz davor, die Band aufzulösen. Denn finden Sie mal in diesen Zeiten einen ausreichend großen Proberaum für eine Rockband. Da hatte Alfred die Idee, bei seiner Tante hier in Wettringen nachzufragen. Die ist 81 und stocktaub. Mit einem großen Fresskorb und der Zusage, dass wir pünktlich unsere Miete zahlen, konnten wir sie überzeugen. Na ja, es muss wohl eher heißen: konnte ihr Lieblingsneffe sie überzeugen.«

Der Mann mit den Gesichtspiercings lächelte schelmisch.

»Also eigentlich alles bestens, wäre da nicht dieses kleine Problem: Die Scheune, in der wir jetzt proben, wurde seit Jahren nicht mehr genutzt – außer von dutzenden Mäusefamilien als Schlafplatz und Kinderstube. Also mussten wir hier nicht nur putzen und reparieren, sondern auch eine Lösung für das Mäuseproblem finden. Diese Lösung habe ich heute im Baumarkt besorgt, wie Sie ja mitbekommen haben.«

»Die Mäuseköder.«

»Genau. Bis die wirken, müssen wir unser Equipment allerdings in meinem Firmenwagen lagern.«

»Mensch, sorry, dass ich euch verdächtigt habe.«

»Entschuldigung angenommen. Laut mögen wir zwar sein, aber rechts sind wir mit Sicherheit nicht!«, lachte Mohn.

Die übrigen Bandmitglieder grinsten an ihren Instrumenten.

Eine Viertelstunde später ging Moritz, immer wieder wachsam nach links und rechts blickend, zurück zu seinem Wagen. Auf eine zweite Begegnung mit Cerberus, dem Höllenhund, legte er wahrlich keinen Wert. Erst als die Autotür ins Schloss gefallen war, atmete er auf.

»Moritz Mey, du bist ein Hornochse!«, schalt er sich selbst. »Aber das sollte dir eine Lehre sein. Ab jetzt heißt es: Schluss mit dem Detektivspielen. Himmel noch mal, du bist eben kein Polizist, also benimm dich auch nicht wie einer, noch dazu wie ein besonders dämlicher!«

In diesem Augenblick begann sein Smartphone zu blinken und es ertönte der Miss-Marple-Klingelton.

EIN LETZTER SCHRECK
DES TAGES

Die Standpauke seiner Frau hatte Moritz erwartet. Ihre Vorwürfe waren, bei Licht besehen, nur zu berechtigt. »Du kannst doch nicht auf eigene Faust in einem Mordfall ermitteln!« und »Warum hast du dich nicht wenigstens gemeldet? Es gibt doch das Smartphone!« – nichts, was er sich nicht schon selbst vorgehalten hatte. Mit dem altbewährten Hundeblick und einigen reumütig vorgetragenen Entschuldigungen gelang es ihm erstaunlich schnell, Anna zu besänftigen. Wahrscheinlich war sie einfach nur froh, dass Moritz seine Eskapade heil überstanden hatte.

Heikler war das Gespräch mit seinem Chefredakteur gewesen. Nickel interessierte der Ausflug nach Wettringen, wodurch auch immer dieser motiviert gewesen war, in keinster Weise. Immer wieder pochte er darauf, dass ein Reporter, der als Erster am Tatort eines Mordes eintraf – ein Glücksfall für jeden Journalisten, wie er nachdrücklich versicherte, worin Moritz ihm allerdings nur bedingt zustimmen konnte –, in einer solchen Situation in jedem Fall direkt einen Artikel zu verfassen und der Redaktion zu übermitteln habe. Natürlich müsse man der Bitte der Polizei nachkommen und ermittlungstechnisch sensible Details aussparen. Aber ein Livebericht sei einfach unverzichtbar. Als Moritz das Telefonat nach fast zwanzig Minuten mit hochrotem Kopf beendet hatte, atmete er tief durch. Geschafft. Dann erst kam ihm in den Sinn, dass er im Gespräch mit Nickel seine ersten das Dionysius-Evangeliar betreffenden Rechercheerfolge mit keinem Wort erwähnt hatte. Der Chefredakteur hatte allerdings auch nicht danach gefragt.

Anna hatte derweil einen kleinen Imbiss auf der Terrasse vorbereitet. Mit dem Sonnenuntergang klang die Hitze des Tages ab und wandelte sich in eine angenehme Abendwärme. Anna öffnete eine

Flasche Riesling, der seine erfrischende Temperatur der vorausschauenden Lagerung im Kühlschrank verdankte. Dazu trug sie diverses Fingerfood auf. Cocktailtomaten, Weintrauben, Käse und frisch aufgebackenes Baguette bildeten auf dem mit bunten Sets bedeckten Terrassentisch ein appetitliches Arrangement.

»Wie bist du mit Nickel verblieben?«, fragte Anna, nachdem sich beide gesetzt hatten. »Schreibst du ihm den heiß ersehnten Livebericht zu unserem Leichenfund im Falkenhof?«

»Ich hatte keine Chance, ›nein‹ zu sagen«, seufzte Moritz und schob sich eine Weintraube in den Mund. »Also gibt es den Bericht für die Montagsausgabe. Vorher muss ich noch mit der Kripo sprechen, welche Details eventuell nicht erwähnt werden dürfen.«

Plötzlich setzte Anna sich auf. »Was ist eigentlich mit den Fotos, die du am Tatort gemacht hast?«

»Was soll mit denen sein? Ich glaube kaum, dass die Polizei ihr Okay zur Veröffentlichung von Fotos des Tatortes oder des Toten gibt.« Moritz brach sich das krosse Endstück des Baguettes ab und bestrich es mit Walnusskäse. Mit Bedacht wählte er eine Cocktailtomate und beäugte sie von allen Seiten, bevor er sie genussvoll zwischen seinen Zähnen zermalmte. »Ich würde das auch auf keinen Fall wollen.«

»Auf den PC ziehen solltest du die Bilder aber schon, bevor du oder ich sie versehentlich in der Kamera löschen.«

»Kann ich machen«, brummte Moritz. »Aber ansehen willst du dir die Fotos heute Abend doch wohl nicht mehr. So bleich wie du heute Morgen im Falkenhof warst, wäre das keine gute Idee.«

»Stimmt. Als Basis für angenehme Träume sind die Bilder bestimmt nicht geeignet.« Anna schnitt sich eine kräftige Scheibe vom Goudastück ab. »Also lasse ich heute Abend die Finger davon und schaue sie mir frühestens morgen an.«

»Wo wir schon bei Fotos sind: Hat Brockmann eigentlich schon die Bilder des Dionysius-Evangeliars gemalt, die er uns versprochen hat?«

»Keine Ahnung, ich habe deine Mails heute noch nicht gecheckt.«

»Dann schaue ich gleich mal in mein Postfach. Aber vorher nehme ich gerne noch ein Glas Riesling.« Anna schenkte ihm ein und Moritz probierte genussvoll einen Schluck. »Hm, schmeckt sehr schön fruchtig. Der Wein ist genau das Richtige für einen lauen Sommerabend.«

Eine halbe Stunde später saß Moritz am PC. Brockmann hatte sein Versprechen gehalten. Die Fotos des Evangeliars waren in seinem E-Mail-Postfach und von allerbester Qualität. Wahrscheinlich hatte der Ausstellungsleiter sich einfach aus dem Bilderfundus bedient, der von professionellen Fotografen für den Ausstellungskatalog erstellt worden war.

›Inwieweit das legal ist, möchte ich jetzt mal gar nicht wissen‹, dachte Moritz.

Die Bilder gaben die einzigartige Pracht der edelsteinbesetzten goldenen Buchhülle eindrucksvoll wieder. Der Schöpfer dieses Kunstwerkes musste einer der Großen seiner Zunft gewesen sein. Diese Erkenntnis erinnerte Moritz daran, dass Anna Kontakt mit der Urgroßnichte von Wilhelm Uppkampp aufnehmen wollte. Er musste daran denken, sie zu fragen, ob sie bereits ein Treffen vereinbart hatten und wenn ja, wann.

In seiner Brusttasche knisterte der Zettel, den ihm Brockmann gegeben hatte. Moritz zog ihn heraus und strich ihn glatt.

›Hm, sehr schön, damit habe ich immerhin einige konkrete Daten für meine Artikel. Die Gestaltung der Buchdeckel ist schon interessant‹, überlegte Moritz. ›Wer hatte wohl als Erster die Idee, einen Holzkern mit Goldblech zu umkleiden und als Buchdeckel zu verwenden? Bestimmt gibt es andere Bücher mit einer ähnlichen Konstruktion der Hülle. Ich sollte das googeln.‹ Er gähnte. ›Aber nicht mehr heute. Morgen ist auch noch ein Tag.‹

Moritz wollte den Zettel schon beiseitelegen, da fiel ihm das letzte dort vermerkte Datum ins Auge: In den Kirchenschatz von

St. Dionysius überführt wurde es am 25. Juli 1914. Als Historiker brauchte er weder Wikipedia noch den Brockhaus, um dieses Datum einordnen zu können. Denn am Dienstag, dem 28. Juli 1914, also ganze drei Tage später, hatte der Erste Weltkrieg begonnen. Eine solches Zusammentreffen von Daten konnte natürlich Zufall sein – bot aber eventuell auch einen vielversprechenden Ansatz für weitere Nachforschungen. Man würde sehen.

Gerade noch rechtzeitig vor dem Herunterfahren des PCs erinnerte sich Moritz an Annas Bitte die Fotos aus dem Falkenhof betreffend. Mit wenigen Handgriffen verband er Kamera und Rechner und startete die Übertragung der Bilddateien in den PC. Die erste Aufnahme erschien auf dem Bildschirm, groß, scharf und schockierend: die Leiche Adama Diabatés. Die Aufnahme zeigte den Kranz von Blutspritzern, der den Toten umgab, und die ausgedehnte Blutlache links von seinem Kopf- und Halsbereich. Aus seinem Hals ragte, gut erkennbar, der Griff der Schere. Offenbar steckte sie in einem Muskelstrang.

Moritz schloss die Augen. In seinem Kopf begann ein Film abzulaufen: Adama Diabaté, der, von tödlichen Stichen getroffen, in Zeitlupe zu Boden sank. Die spitze Schere, die wieder und wieder in seinen Hals gerammt wurde. Klaffende Wunden. Blut, das wie eine Fontäne aus zerfetzten Adern spritze. Diabaté am Boden, röchelnd und sich krümmend im Todeskampf, dann erstarrt, während der heiße Blutstrom, der aus seinen Wunden quoll, Stoß um Stoß schwächer wurde, im Rhythmus des Herzschlages, und schließlich nach einem letzten Zucken versiegte. So plastisch waren diese Bilder, dass sie nicht verschwinden wollten, als Moritz seine Augen öffnete.

»Es ist sehr gut«, murmelte er, »dass Anna sich diese Bilder heute Abend nicht mehr ansieht. Besser noch, sie sieht sie sich gar nicht an.«

Doch Moritz selbst klickte weiter, Bild um Bild, wie ein Junkie, der Faszination des Grauens erlegen. Neun Bilder waren es insgesamt, Aufnahmen, die den Gewölbekeller als Ganzes zeigten, Großaufnahmen des Toten und Detailaufnahmen vom Kopfbereich der Leiche.

Anders als das erste Bild waren die weiteren Aufnahmen allerdings teilweise von eher mäßiger Qualität. Beim letzten Bild stutzte Moritz, vergrößerte die Aufnahme in mehreren Stufen mit der Zoomfunktion des Bildbearbeitungsprogrammes, bis er sich sicher war: Am Rande der Blutlache links neben dem Leichnam lag ein goldener Kettenanhänger in Form eines A.

Als Moritz auf die Terrasse zurückkehrte, war Anna bereits eingenickt. Sie hatte sich eine Fleecedecke über die Beine gelegt, obgleich die Luft noch immer sommerlich warm war. Die Mauern, die ihre Terrasse zur Hälfte umgaben, hatten den Sonnenschein des Hochsommertages aufgesogen und strahlten ihn nun als Wärme wieder ab. Als Moritz sich in seinen Gartenstuhl setzte, wachte Anna auf und rekelte sich.

»Und? Sind die Fotos des Evangeliars angekommen?«, frage sie gähnend.

»Das sind sie. Sehr gute Aufnahmen, hervorragende Bildqualität. Die müssen von einem Profi-Fotografen stammen.«

»Und die darfst du für deine Artikel verwenden?«

Moritz zuckte die Schultern. »Ich werde vorsichtshalber Brockmann fragen.« Bedächtig nahm er die letzten Weintrauben aus der Glasschale und steckte sie sich in den Mund. »Übrigens: Ich habe auch unsere Fotos aus dem Falkenhof auf den PC gezogen. Ausleuchtung und Schärfe sind bei den meisten nicht ganz so überzeugend.«

»Bei den schwierigen Lichtverhältnissen im Kellergewölbe und dann ohne Blitz … Was will man da schon erwarten?«, meinte Anna.

Moritz nickte. »Auf dem letzten Bild habe ich aber trotzdem etwas Interessantes entdeckt: In der Blutlache neben dem Toten lag ein goldener Kettenanhänger. Zumindest sieht das Schmuckstück nach einem Kettenanhänger aus. Ein ›A‹ mit drei glitzernden Steinen.«

Mit einem Mal war Anna wieder hellwach. »Sicherlich stammt der Anhänger vom Mörder. Vielleicht sollten wir die Polizei …«

Entschieden schüttelte Moritz den Kopf. »Die Polizei benötigt wohl kaum unsere Hilfe, um ein solch auffälliges Indiz am Tatort zu entdecken. Außerdem haben wir den Beamten gegenüber nicht erwähnt, dass ich Fotos vom Tatort geschossen habe. Sicherlich wären sie nicht erfreut, wenn sie davon wüssten. Wir sollten die Kripo also besser nicht mit der Nase darauf stoßen, meine Meinung.«

»Ich glaube, du hast recht«, räumte Anna ein. Und nachdenklich fügte sie hinzu: »Es könnte sein, dass wir sonst dazu verpflichtet werden, die Bilder zu löschen.«

»Genau das ist zu befürchten. Sagen wir dagegen nichts, bleiben die Fotos zunächst einmal auf unserem PC und ich kann sie beim Schreiben meines Artikels für die Montagsausgabe als Gedächtnisstutze nutzen.«

Anna gähnte erneut. »Für mich wird es Zeit. Bleibst du noch sitzen?«

»Nein, ich komme mit.« Auch Moritz spürte mit einem Mal eine bleierne Müdigkeit.

Die Abendzeremonie im Bad beschränkten beide heute auf das Nötigste und so lagen sie wenig später ausgestreckt und ohne Überdecke auf dem Bett. Laut Wetterbericht sollte es sich in der Nacht kaum abkühlen.

»Ach, übrigens: Ich habe mir vorgenommen, morgen mit meinen Recherchen im Archiv der RAZ weiterzumachen. Möglicherweise finde ich in alten Ausgaben der RAZ ja Informationen, die mir helfen, diesen Peter Körner und seine Stiftung mit Leben zu füllen. Wie sieht dein Plan für den Freitag aus?«

»Oh, sorry, das hätte ich in dem ganzen Trubel fast vergessen dir zu sagen: Ich treffe mich morgen früh mit Maggie Uppkampp. Du weißt schon, der Urgroßnichte des Goldschmiedes, der …«

»… das Evangeliar hergestellt hat. Ich weiß«, winkte Moritz müde ab. »Prima, dann könnten wir morgen Abend alle notwendigen Fakten beisammenhaben und ich könnte am Samstag meine Artikelserie beginnen.«

»Das sind ganz schön viele Konjunktive. Außerdem ist da noch dein Livebericht vom Tatort, den du für Nickel schreiben musst«, erinnerte ihn Anna.

»Ja, ja, den Livebericht, den ich eigentlich gar nicht schreiben will und aus Polizeisicht bestimmt auch nicht schreiben sollte. Falls ich es vergesse, erinnere mich bitte morgen früh daran, dass ich diesen Kommissar Rumphorst anrufe, um sein Okay für den Bericht einzuholen.«

»Mache ich. Aber wenn mich nicht alles täuscht, muss es ›Oberkommissar Rumphorst‹ heißen.« Anna gähnte herzhaft. »Schlaf gut.«

»Du auch. Gute Nacht.« Moritz schloss die Augen. ›Worauf Frauen alles achten‹ dachte er.

Dann durchzuckte ihn ein gelindes Erschrecken: Der volle Einkaufswagen! Er hatte ihn kommentarlos im Baumarkt stehen lassen. Hoffentlich hatte der herrenlose Trolley keine Suche nach seinem verloren gegangenen Besitzer ausgelöst. Oder gar einen Bombenalarm! Zerknirscht nahm er sich vor, gleich morgen im Baumarkt nachzufragen und sich gegebenenfalls zu entschuldigen. Mit dem tröstlichen Gedanken, dass ein guter Vorsatz bereits die halbe Tat war, schloss er die Augen und war wenig später eingeschlafen.

EINE FOLGENSCHWERE
ENTSCHEIDUNG

Entscheidungen zu treffen fiel Agnetha Löchte nicht leicht, im beruflichen wie im privaten Bereich. Was daran liegen mochte, dass sie diese in aller Regel nicht impulsiv traf. Vielmehr waren ihre Entschlüsse das Ergebnis eines ausgiebigen Überlegungsprozesses, bei dem sie versuchte, Konsequenzen abzuschätzen, Komplikationen vorauszusehen und Alternativen abzuwägen. Was sie, zu ihrem Leidwesen, manches Mal dazu brachte, eine Entscheidung so lange hinauszuzögern, bis sie durch den Fortgang der Ereignisse überflüssig geworden war. »Wer zu spät kommt, den bestraft das Leben.« Dieser Michail Gorbatschow zugeschriebene Ausspruch traf auf sie mindestens ebenso zu, wie auf die Machthaber in der DDR am Ende der 1980er-Jahre.

Ihr Hang, Entscheidungen auszuweichen, hing auch damit zusammen, dass sie in ihrer lebhaften Fantasie Fallstricke an Stellen vermutete, an denen es definitiv keine gab. Möglicherweise auch in diesem speziellen Fall. Denn hier waren ihre Eindrücke so schemenhaft und vage, dass sie sich manchmal fragte, ob sie das Ganze nicht einfach nur geträumt hatte.

Allein in einem war sie sich sicher: Adama hatte sie geliebt.

Als der Polizist ihr am Nachmittag mitteilte, dass er tot sei, hatte sie geglaubt, ihr Herz würde stehen bleiben. Schwindel erfasste sie und für einen Moment war ihr so, als sei sie über eine Abrisskante getreten und befinde sich nun taumelnd im freien Fall. Sekunden später waren ihr Tränen in die Augen geschossen, Tränen der Trauer und Tränen der Wut. Denn der Mann, den sie liebte, war nicht einfach gestorben, er war ermordet worden.

Adama! Direkt beim ersten Treffen im Falkenhof hatte es bei ihr gefunkt. Sie musste erst 46 Jahre alt werden, um zu erfahren, dass Dichter und Sänger mit ihrer Beschreibung eines solchen Momentes recht hatten: Die Liebe war mit einem Mal da, wie ein Blitz, der sie traf, wie ein Orkan, der sie herumwirbelte, der ihrem Leben eine gänzlich neue Richtung gab.

Sie hatten beide denselben Arbeitsplatz: das Falkenhof-Museum. Und wenn auch ihre Arbeitszeiten verschieden waren – Adama arbeitete nach dem Schließen des Museums, sie davor –, so ergaben sich doch viele Gelegenheiten, sich zu sehen. Zunächst tauschten sie nur ein Lächeln, ein freundliches Wort aus, dann kleine Präsente, eine Blume zum Geburtstag. Im Januar lud Adama sie zum ersten Mal ins Kino ein. Er hatte die Karten besorgt und sie ihr früh morgens, vor Beginn ihrer Schicht, auf den Tresen gelegt. »Hast du heute Zeit für mich?«, hatte er mit seinem unnachahmlich süßen französischen Akzent gefragt. Ihr Herz hatte einen Sprung getan. Sie hätte laut jubeln können. Stattdessen hatte sie nur gelächelt und mit belegter Stimme »Ja« geantwortet, so als stünden sie bereits vor dem Traualtar.

Das perfekte Geheimnis hatte sich als Filmkomödie mit Elyas M'Barek und Florian David Fitz entpuppt. Es war ein unvergesslicher Kinoabend geworden, woran allerdings weder die attraktiven Hauptdarsteller noch der durchaus amüsante Inhalt des Films Anteil hatten. Allein seine warme Hand, sein verlangender Mund und die endlosen Küsse blieben ihr in Erinnerung. Zu schade, dass Adama im Anschluss noch einen Einsatz als Reinigungskraft im Kloster Bentlage hatte. Wer weiß, wie diese Nacht sonst geendet hätte?

Seither hatten sie sich mehr oder weniger regelmäßig getroffen. Allerdings gab es ein Problem, wie Adama ihr nach dem ersten Kinobesuch gestand: Er war in einer anderen Beziehung gebunden. Doch er hatte versprochen, alles zu tun, um wieder frei zu sein. Frei für sie. Dass sich dies so quälend lange hinziehen würde, hatte keiner von ihnen geahnt. Adama trug daran keine Schuld. Und nun war er tot und ihre Lebensplanung lag in Scherben.

Sie hätte ununterbrochen heulen können. Doch stattdessen fasste sie einen Plan: Durch einen puren Zufall hatte sie heute Morgen eine Beobachtung gemacht, die ihr zu diesem Zeitpunkt zwar überraschend, doch letztlich unspektakulär erschienen war. Jetzt, im Licht der von der Polizei mitgeteilten Fakten, stellte sich diese gänzlich anders dar. Mit einem Mal bot sich ihr die einmalige Chance, jemanden für den Mord an Adama bezahlen zu lassen. Und Agnetha wusste nun auch, wen.

Ganz entgegen ihrem Naturell war sie grimmig entschlossen, diese Chance beherzt und ohne langes Überlegen zu nutzen.

Der erste Schritt zur Umsetzung ihres Planes war ein Anruf. Ein Blick aus dem Fenster zeigte ihr, dass sie damit nicht länger warten sollte, denn draußen begann es bereits zu dämmern. Ihr Herz pochte. Ihr Hals war trocken. Himmel noch mal, sie war einfach zu unerfahren in solchen Dingen!

Mit zitternden Fingern drückte sie die Tasten ihres Festnetztelefons. Aus dem Telefonhörer drang der Freiton. Dann ein Klacken. Am anderen Ende hatte jemand das Telefongespräch angenommen.

»Ja?«

»Hier ist Agnetha Löchte, die Kassiererin aus dem Falkenhof-Museum.«

»Aha, ja, und Sie wünschen?«

»Sie wissen vielleicht schon, dass es im Falkenhof einen Todesfall gegeben hat.«

Stille im Hörer.

»Oder sollte ich präziser sagen: einen Mord?«

Aus dem Hörer drang nur statisches Rauschen.

»Den Mord an Herrn Diabaté, den Raumpfleger im Falkenhof.«

Sie glaubte, einen Laut zu hören, der wie ein unterdrückter Fluch klang.

»Sind Sie noch dran?«

Schweres Atmen. Ein Räuspern.

»Nun«, fuhr Agnetha Löchte unbeirrt fort, »für morgen elf Uhr bin ich zu einer Befragung in die Rheiner Polizeistation geladen worden. Ich werde dort meine Aussage machen, werde alles zu Protokoll geben, was ich über Adama, ähm, über Herrn Diabaté weiß. Und natürlich auch alles, was einen Hinweis auf den Mörder darstellen könnte.«

»Schön, tun Sie das.« Die Stimme am anderen Ende der Leitung klang so, als bemühe sich jemand um Contenance. »Aber was wollen Sie eigentlich von mir?«

»Nun, ich jogge regelmäßig im Bentlager Busch. Immer sehr früh, vor Arbeitsbeginn, im Sommer so gegen halb sieben. Als ich heute Morgen aus der Haustür trat, Sie müssen wissen, ich wohne in der Tiefen Straße, fast genau gegenüber dem Torhaus des Falkenhofes, also als ich vor die Haustür trat, da habe ich jemanden vor dem Falkenhof stehen gesehen. Es muss so gegen zehn nach sechs gewesen sein. Die Sonne war gerade aufgegangen.« Löchte machte eine kurze Pause, ließ ihre Worte wirken. »Interessiert Sie das eigentlich, was ich gerade erzähle? Oder langweile ich Sie?«

»Reden Sie weiter«, kam es knurrend aus der Leitung.

›Volltreffer!‹, dachte Löchte. Laut aber sagte sie: »Dieser Jemand verschwand kurz darauf im Eingang zum Westflügel. Er muss also einen Schlüssel gehabt haben. Im Westflügel, das sollten Sie wissen, wurde später Herr Diabaté gefunden. Ermordet.«

Ein Räuspern. »Wer sagt denn, dass dieser Jemand etwas mit dem Mord zu tun hat?«, krächzte es aus dem Hörer.

»Natürlich sagt das niemand. Doch ich denke, die Polizei wird sich schon dafür interessieren, wer dieser Jemand war, der zu so früher Stunde den Falkenhof betreten hat, dieser Jemand, der um eine solch frühe Uhrzeit dort eigentlich nichts zu suchen hatte.«

»Vielleicht hatte er ja dort heute Morgen doch etwas zu suchen. Woher wollen Sie wissen, dass dem nicht so war?«

›Der Fisch ist an der Angel‹, dachte Löchte. ›Er zappelt aber noch ein wenig.‹ Sie wartete einen Moment, um ihrem nächsten Satz mehr

Gewicht zu verleihen. »Die Polizei befragt nur diejenigen, die einen Schlüssel für den Falkenhof haben.«

Pause. Am anderen Ende der Leitung brauchte man offenbar einen Moment, um das Gehörte einzuordnen.

»Einmal angenommen, Ihre Beobachtung ist real und keine Fata Morgana, was konkret erwarten Sie dann von mir?« Die Stimme klang jetzt anders, fast ein wenig besorgt.

»Können Sie sich das nicht denken? Sie wissen doch sicher, dass man als Kassiererin nicht gerade üppig verdient. Dazu noch die Kurzarbeit jetzt in der Corona-Zeit. Und die Ausgaben werden nicht weniger. Die Miete, das Auto, die Versicherungen …«

»Ich verstehe. Machen wir es kurz: wie viel?« Das klang nach Resignation, nach Aufgabe, nach Kooperationsbereitschaft.

»Sehr gut, dass Sie so vernünftig reagieren. Auf diese Weise werden wir uns bestimmt schnell einig. Ich dachte an 300 Euro, in bar. Übergabe morgen Früh um zehn Uhr auf dem Marktplatz«, gab Löchte mit betont geschäftsmäßiger Stimme vor. »Ich werde draußen vor dem ›Café Echtzeit‹ sitzen.«

»300 Euro? Das wäre alles?«

»Aber sicher, man ist doch kein Unmensch. Ich weiß ja, dass auch Sie von Corona gebeutelt sind.«

»Also 300 Euro. Um zehn Uhr vor dem ›Echtzeit‹. Ich werde da sein.«

Der Besetzt-Ton im Hörer signalisierte Agnetha Löchte, dass ihr Gesprächspartner aufgelegt hatte. Gedankenverloren tat sie Gleiches. Es erstaunte sie, wie bereitwillig man auf ihre Geldforderung eingegangen war. Hätte sie eine höhere Summe fordern sollen? Oder gleich weitere Forderungen ankündigen? Denn natürlich sollten die 300 Euro nur eine erste Rate sein, die erste von vielen. – Nein, die eingeschlagene Taktik war die richtige: Mit kleinen Summen beginnen, steigern konnte man das Ganze dann immer noch. So kannte Löchte es aus unzähligen Krimis und Filmen.

Langsam verflog die Euphorie, mit der sie ihren Racheplan ohne Zögern in die Tat umgesetzt hatte. Die Trauer kehrte zurück. Adama war und blieb tot, egal wie viel Geld sie auch immer erpressen würde.

Erpressen. Welch ein hässliches Wort. Doch man mochte es drehen und wenden, wie man wollte: Sie war im Begriff eine lupenreine Erpressung durchzuziehen und damit selbst eine Straftat zu begehen. Auch wenn sie ihr Tun vor ihrem Gewissen als Wiedergutmachung rechtfertigte, so blieb es doch ein Verbrechen.

Zudem, so wurde ihr mit einem Mal siedend heiß bewusst, bestand die Gefahr, dass sich der Erpresste zur Wehr setzte. ›Ich muss höllisch vorsichtig sein‹, dachte Löchte. ›Gut, dass ich den Marktplatz als Ort für die Übergabe des Geldes vorgegeben habe. Ein belebter Platz bietet immerhin ein gewisses Maß an Sicherheit. Auch gut, dass wir uns kennen. So braucht es den Firlefanz eines Erkennungszeichens nicht.‹

Zumindest in diesem Punkt war ihr Plan stimmig. Dennoch quälte Löchte hartnäckig und bohrend die Befürchtung, dass sie bei ihrer Planung etwas übersehen hatte.

DRITTER TEIL

Rheine / Münster,
Freitag, 7. August 2020

JOGGINGTOUR

Ihre Fitnessuhr zeigte fünf vor halb sieben. Feuerrot stand die aufgehende Sonne am Morgenhimmel. Die Luft war angenehm frisch. Doch für die Mittagsstunden waren wieder ein wolkenloser Himmel, Sonne pur und bis zu 34 °C angesagt. Das Joggen in die frühen Morgenstunden zu legen, war also definitiv eine gute Entscheidung.

Um nichts in der Welt hätte Agnetha Löchte ihren Morgenlauf durch den Bentlager Busch ausfallen lassen wollen. Mehr denn je brauchte sie heute die Gleichförmigkeit und Ruhe der Bewegungen. Es war herrlich, einfach nur Arme und Beine arbeiten zu lassen und an nichts zu denken. Schon gar nicht an Adama, der kalt und bleich im Leichenschauhaus lag oder, noch schlimmer, auf dem Seziertisch in der Rechtsmedizin. Auch nicht an sein Grab, zu dem sie nun bald würde gehen müssen, sein Grab, das auch das Grab ihrer Hoffnung auf eine glückliche gemeinsame Zukunft war. Heute Morgen würde sie an ihre Grenzen gehen, das Tempo bis zum Limit steigern, sich auspowern. Ausgepumpt würde sie dann hoffentlich die Nervosität nicht mehr spüren, die sie seit dem Telefonat gestern nicht mehr verlassen hatte, die sie zittern ließ, als stünde sie permanent unter Strom. Ja, selten hatte sie so nach Bewegung gegiert wie heute.

Um diese Tageszeit war der große Parkplatz am NaturZoo weitgehend leer. Ganze fünf Automobile verloren sich in den Weiten der Parkbuchten. Agnetha Löchte nahm einen letzten Schluck aus ihrer Wasserflasche und verstaute diese dann im Türfach ihres Golfs. Langsam spazierte sie in Richtung der Saline Gottesgabe. Aufwärmen war angesagt, ein Einstimmen der Muskeln auf die sechs Kilometer lange Laufstrecke, die am letzten Gradierwerk mit der Passage entlang des Salinenkanals begann.

In einiger Entfernung trabten zwei Menschen in die gleiche Richtung, eine Frau in einem schrillen, neongelben Jogging-Outfit und eine Person im mausgrauen Hoodie, die sich trotz der angenehm warmen Temperaturen die Kapuze ihres Sweatshirts über den Kopf gezogen hatte. Beide wirkten in ihren Bewegungen eher behäbig und lustlos.

Ein routinierter Fingerdruck aktivierte ihren MP3-Player. Aus den In-Ear-Kopfhörern erklangen die ersten Akkorde von *Born To Run*. Bruce Springsteens harter Sound passte zum ungestümen Tatendrang, den sie jetzt in sich fühlte. Mit einem leisen »Go« gab sie sich selbst das Startzeichen.

Kurze Zeit später hatte sie ihren Lauf- und Atemrhythmus gefunden. Die Strahlen der Morgensonne drangen durch das Geäst der Bäume und zeichneten zitternde Lichtmuster auf den Weg. Gefühlt einen Wimpernschlag später erreichte sie die Auffahrt zum Kloster Bentlage. Sie passiere das schmiedeeiserne Tor zwischen den beiden Torhäusern. Vor ihr lag der lang gestreckte Westflügel des Klosters. Durch eine Baumallee lief sie auf die Fensterfront mit den markanten grasgrünen Fensterläden zu.

›Wie es hier wohl im 15. Jahrhundert ausgesehen haben mag, als die Mönche des Ordens vom Heiligen Kreuz das Kloster gegründet haben?‹, fragte sie sich nicht zum ersten Mal, als sie nach rechts abbog. Auf Höhe des ehemaligen Klostergartens kam ihr in den Sinn, dass das Kloster auch Sitz der Europäischen Märchengesellschaft war. ›Trolle und Elfen passen perfekt zu diesem alten Gemäuer‹, dachte sie, während sie vorbei am »High-Tea-Café«, das um diese frühe Stunde selbstredend geschlossen war, den schmalen Weg hinunter zur Ems nahm. Vor ihr lief die Frau in Neongelb.

Vorsichtig folgte sie ihr. Vor gut zwei Jahren hatte sie an dieser Stelle eine Bodenunebenheit übersehen. Ein verstauchter Knöchel und acht Wochen Laufpause waren die Folge gewesen. Nach einer kurzen Strecke durch offenes Gelände joggte sie nun unter Bäumen, deren Kronen den Weg wie grüne Schirme überspannten. Hier begann der eigentliche Bentlager Busch. Auf der rechten Seite begleitete sie die Ems, ein majestätisch dahingleitendes Wasserband, glitzernd in der Morgensonne.

Das Gleichmaß ihrer Schritte war wie das Ticken eines Metronoms. Auf diesem Abschnitt der Laufstrecke gab es keine Steigungen. Der Weg wand sich in leicht geschwungenen Bögen durch das Grün des Waldes. Agnetha atmete ruhig und rhythmisch. Die Läuferin im gelben Outfit war verschwunden. Offensichtlich war ihr Lauftempo ein höheres. Dies war der abgelegenste Teil des Waldes. Selten begegnete man hier zu solch früher Stunde anderen Läufern oder Fahrradfahrern. Auch heute war Agnetha allein.

Der Weg verbreitete sich, die Bäume standen lichter und in den Kopfhörern brandete Falcos *Rock Me Amadeus* auf. Unwillkürlich beschleunigte Agnetha ihre Schritte. Die Bäume flogen vorbei, fast glaubte sie abzuheben. Ja, da war er, der Endorphin-Kick!

Nach einer langen Geraden bog sie in deutlich gemächlicherem Lauftempo in den schmalen Seitenweg entlang des Salinenkanals ein. Ihre Augen brauchten einen Augenblick, um sich an das dämmrige Dunkel des hier wieder dichteren Waldes zu gewöhnen. Die Landschaft, obgleich vom Menschen geformt, wirkte wild und urwüchsig. Das Gewässer hatte sich tief in den dunklen Waldboden eingegraben. Bäume krallten ihre Wurzeln in die Uferböschung. Laub bedeckte den Boden, gefallen vor seiner Zeit. Ein Tribut an den auch in diesem Jahr wieder außerordentlich trockenen Sommer. An verschiedenen Stellen bildeten tote Bäume, gefällt durch Sturm oder Schädlingsbefall, Brücken quer über den Wasserlauf.

Es war angenehm, auf dem weichen, elastischen Waldboden zu laufen. Ihre federnden Schritte verursachten so gut wie kein Geräusch. An einer Weggabelung spürte sie, dass sich das Schuhband ihres rechten Laufschuhs gelockert hatte. Agnetha nahm die Kopfhörer aus den Ohren. Der kurze Moment der Ruhe tat gut. Sie bückte sich und schnürte den Schuh neu. Ihr Blick fiel auf eine niedrige Steinmauer,

die irgendjemand wie einen Miniatur-Staudamm in den trockenge-
fallenen Seitenarm des Salinenkanals gemauert hatte.

›Schräg‹, schoss es ihr durch den Kopf. ›Wer baut an einer solch
einsamen Stelle eine Mauer? Und wozu? Die Welt ist wirklich ein
merkwürdiger Ort.‹

Sie bückte sich ein zweites Mal und kontrollierte ihren linken Lauf-
schuh. Aus dem Augenwinkel registrierte sie eine Bewegung.

»Ach, Sie …«

Der lautlose Schlag traf sie gänzlich unvorbereitet. Die Wucht des
Hiebes ließ sie rückwärts taumeln. Sie verlor das Gleichgewicht. Pa-
nisch griffen ihre Hände ins Leere. Mit einem schrillen Schrei rutsch-
te sie die Böschung hinunter, überschlug sich und prallte mit dem
Kopf auf die Steinmauer. Es gab ein hässliches, dumpfes Geräusch.
Dann herrschte Stille.

Beschattet von der Kapuze eines mausgrauen Hoodies starrten zwei
Augen auf die verkrümmt am Boden des Bachbettes liegende Gestalt,
so als wollten sie sich einer bestimmten Sache vergewissern. Schließlich drehte sich der Kapuzenträger um und verschwand, ohne sich ein
einziges Mal umzusehen, in Richtung Ems.

Agnetha Löchte aber lag in einer seltsam unnatürlichen Haltung re-
gungslos am Fuß der Mauer. Aus ihrer klaffenden Kopfwunde sickerte
Blut und tränkte das Laub.

MORGENDLICHER DISPUT

Ich sage dir, er ist ein trojanisches Pferd!«, ereiferte sich Bär.

Auf dem Weg zur Dienstbesprechung der Mordkommission »Falkenhof« hatte Rumphorst einen kleinen Umweg in Kauf genommen und den Kollegen an seiner Wohnung in Altenberge abgeholt. Kollegialer Fahrdienst, sozusagen. Bärs Frau benötigte den Familienwagen für eine Fahrt zu den Eltern und der Kommissar war damit aktuell auf öffentliche Verkehrsmittel angewiesen. Oder auf die Hilfe eines Kollegen. Auf seine Hilfe.

Vorsichtig steuerte Rumphorst den Dienstwagen, einen silbergrauen 3er BMW, über die Laerstraße in Richtung B54n. Um diese morgendliche Stunde war der Verkehr immer besonders dicht. Rushhour in Richtung Münster.

»Ein trojanisches Pferd!«, wiederholte Bär.

»Ach ja.«

»Die Russen haben alles darangesetzt, ihn zu installieren.«

»Mit ›ihn‹ meinst du Donald Trump, den Präsidenten der USA?«, vergewisserte sich Rumphorst.

»Genau den. Der in den letzten Tagen mal wieder behauptet hat, die USA stünde dank seines Krisenmanagements in der Corona-Pandemie besser da als irgendein Land weltweit. Und das bei fast 200.000 Corona-Toten, den mit Abstand meisten pro 100.000 Einwohnern weltweit. Ja, ich meine Donald Trump.« Bär sprach den Namen mit erkennbarem Widerwillen aus. »Ich meine den amerikanischen Präsidenten, der alles daransetzt, bestehende Bündnisse und Vertragsverpflichtungen infrage zu stellen und auszuhebeln. Der dabei ist, die USA in einen Bürgerkrieg zu führen.«

»Aber bitte, Jakob, das ist doch etwas zu heftig«, versuchte Rumphorst den Kollegen zu beruhigen, während er auf der Einfädelungsspur beschleunigte. Wenig später hatte er sich in die Schlange der Lkw auf der B54n eingereiht.

»Zu heftig? Das kann man gar nicht heftig genug darstellen!«, echauffierte sich Bär.

»Ein trojanisches Pferd also«, lenkte Rumphorst ein. »Wie kommst du auf die Idee, dass Trump eine Marionette der Russen sein könnte?« Er setzte den Blinker. Ein letzter abschätzender Blick in den Rückspiegel, dann scherte er nach links aus.

»Als der Kommunismus unterging und die Sowjetunion zerfiel, sah so mancher die USA als einzigen Sieger unter den Großmächten. Man glaubte, Russland sei am Ende. Bye, bye Weltmachtstatus! In dieser prekären Situation hatte der Kreml eine geniale Idee. Am einfachsten gegenhalten ließe sich dadurch, so glaubte man in Moskau, dass man die USA dazu brächte, sich selber zu zerlegen. Sie dazu brächte, sich sozusagen von innen zu zerfleischen.«

»Jakob! Deine Wortwahl!« Rumphorst hatte fünf Lastwagen überholt und scherte kurz vor dem Ende der Überholspur wieder nach rechts ein.

»Aber es stimmt doch. Vor Trump war die USA als Weltmacht unangefochten, der anerkannte Leader in vielen internationalen Organisationen, von der NATO bis zur UN. Trump hat dann allen möglichen Verbündeten vor den Kopf gestoßen, ist aus wichtigen Verträgen und vielen multinationalen Organisationen ausgestiegen. Hat Zwietracht und Streit gesät, vor allem auch in den USA selber, sodass man sich dort praktisch mit nichts anderem mehr beschäftigt als mit sich selbst. Teilweise gibt es dort bürgerkriegsähnliche Zustände wie bei den Protesten nach dem Tod von George Floyd. Und was tut der Präsident? Er gießt permanent Öl ins Feuer, heizt die Ausschreitungen sogar noch an, statt etwas dafür zu tun, die Beteiligten aller Seiten zu besänftigen. Und ich sage dir: Das ist noch nicht das Ende. Da kommt noch mehr, viel mehr. Sollte Trump im Herbst nicht wiedergewählt werden, dann gnade Gott Amerika.«

Vor ihnen fuhr ein besonders behäbiger Lastwagen. Da die Fahrspur der B54n in Richtung Münster an dieser Stelle einspurig war, sah sich Rumphorst gezwungen, in Schleichfahrt hinter diesem her zu zuckeln.

»Trump ist eine Geißel für die Welt im Allgemeinen und die USA im Besonderen. Da musst du mir doch zustimmen, Luke.«

»Es gibt viele, die das anders sehen. Vor allem die Millionen Amerikaner, die ihn wählen.«

»Pah«, schnaubte Bär. »Das ist alles noch immer eine Folge der Gehirnwäsche durch Russland.«

»Gehirnwäsche?«

Die Auffahrt zur Autobahn kam in Sicht und damit die Möglichkeit, den langsam fahrenden Lastwagen zu überholen. Rumphorst nutzte sie.

»Ja, Gehirnwäsche. So hat Russland nämlich Trump ins Amt gebracht.« Bär wartete einen Moment, doch Rumphorst konzentrierte sich auf den Überholvorgang und schwieg. Daher spann Bär seinen Faden weiter: »Das Zauberwort lautet ›social bots‹. Kennst du, oder?«

»Hmhm.« Rumphorsts Antwort blieb vage. Er fuhr soeben in die 80er-Zone im Bereich der Auffahrt zur A1 ein und bemühte sich, die vorgegebene Geschwindigkeit einzuhalten. Offenbar als einziger Verkehrsteilnehmer, denn der BMW wurde sowohl rechts als auch links überholt. Sogar auf der Abbiegespur zur Autobahn waren 80 Stundenkilometer manchem Automobilisten offenbar zu langsam.

»Ein Blitzer an dieser Stelle könnte Hunderttausende Euros einbringen«, knurrte Rumphorst.

Bär ignorierte den Einwurf und fuhr unbeirrt fort: »Social bots sind kleine Computerprogramme, die zum Beispiel in sozialen Netzwerken unterwegs sind. Sie spähen im Netz Personen anhand bestimmter Kennwörter aus, zum Beispiel Kennwörter, die darauf hindeuten, dass man befürchtet, Opfer eines Verbrechens zu werden. Haben die Bots jemanden mit diesen Eigenschaften identifiziert, schalten sie sich auf Twitter oder Facebook in dessen Kommunikation ein, antworten auf seine Posts mit programmierten Antworten, die zum Beispiel dessen Angst vor dem Verlust der öffentlichen Sicherheit noch verstärken und zudem auf eine bestimmte Partei, Gruppierung oder Person hinweisen, die hier angeblich eine Lösung anbietet.«

»Okay, das habe ich verstanden. Vielleicht sollten wir …«

Doch Bär war, einmal in Fahrt, nicht so leicht zu bremsen. »Das perfide ist: Die Bots nutzen dabei durchaus reale Nachrichten, etwa über Verbrechen und Terror. Sie machen nichts anderes, als aus den täglichen Meldungen diejenigen herauszufiltern, die die Furcht der Zielperson verstärken und vergrößern können. Diese und eben nur diese leiten sie an die Zielperson weiter. Für die scheint es so, als nehme Gewalt und Terror stetig zu, als werde die Welt ein zunehmend unsicherer Ort und als gebe es nur einen, der diese Entwicklung aufhalten könnte: Trump. Man nennt das ›Manipulation durch gezielte Auswahl der Informationen‹. Bots können auch Fake News verbreiten. So wie auch manche Politiker. Und auch hier ist Trump ein unrühmliches Beispiel.«

»So wie auch ein gewisser Boris Johnson«, warf Rumphorst ein und dachte dabei an dessen Brexit-Kampagne.

»Stimmt. Aber bleiben wir bei den Bots: Sie alle täuschen per Fake Account vor, eine menschliche Identität zu haben. Das macht sie so vertrauenswürdig. Solche Bots können die Meinung Hunderttausender, ja Millionen Nutzer gleichzeitig in eine ganz bestimmte Richtung steuern. Genau das haben russische Bots vor der Präsidentenwahl in den USA 2016 massenhaft getan und damit die Wahl in den entscheidenden Swing States in Richtung Trump gelenkt. Es steht zu befürchten, dass sie das bei der nächsten Präsidentenwahl wieder versuchen werden.« Bär unterbrach seine Ausführungen und warf Rumphorst einen kritischen Blick zu. »Hörst du mir überhaupt noch zu? «

»Ja, ja.«

Eine Autofahrt mit Bär war selten langweilig. Im Verlauf unzähliger gemeinsamer Dienstfahrten hatten die beiden Kommissare manch interessantes Gespräch geführt, manchen Disput ausgefochten und manch krude Theorie erörtert. Meist ging es dabei um den gerade untersuchten Fall. Doch beileibe nicht immer. So wie auch gerade.

Normalerweise machte es Rumphorst Spaß, ihre Diskussion durch provokante Einwürfe zu befeuern. Jetzt aber hielt er sich zurück, denn sie hatten soeben das Ortsschild von Münster passiert und standen in der Warteschlange vor der Ampel am Leonardo-Campus. Bis zum Polizeipräsidium war es nicht mehr weit und damit wurde es Zeit, von den Bizarrerien made in USA wieder zu ihrem aktuellen Fall zurückzukehren. Absonderlichkeiten hatte dieser zweifellos ebenfalls reichlich zu bieten.

»Lass uns auf dem Boden der Tatsachen bleiben«, versuchte Rumphorst daher den Redefluss seines Kollegen zu stoppen.

»Aha, du glaubst also, ich spinne und habe mir das alles nur ausgedacht? Dabei ist es genau das, was verschiedene Untersuchungen in den USA belegen.«

»Es gibt also Beweise für diese Vermutungen?«

»Indizien und die in Hülle und Fülle.«

»Beweise«, drängte Rumphorst.

»Mensch, Luke, du weißt doch selber, wie schwierig es in diesen Bereichen ist, konkrete Beweise«, Bär sprach das Wort betont deutlich und mit einer gewissen Schärfe aus, »zu bekommen. Erst recht, wenn die Server in Russland stehen.«

»Lass gut sein, Jakob. Ich glaube dir ja.«

Bär schwieg. Möglicherweise war er beleidigt.

»Der amerikanische Präsident ein Trojanisches Pferd der Russen. Eine sehr interessante … Theorie«, bemühte sich Rumphorst um einen versöhnlichen Abschluss des Gespräches. »Leider dürfte die uns im Falkenhof-Fall aber kaum weiterhelfen.«

»Wer weiß … Trojanische Pferde gibt es … ach, du kannst mich mal, Luke!«

Wortlos bog Rumphorst vom Friesenring auf den Parkplatz des Polizeipräsidiums ab. Geschickt bugsierte er den Dienstwagen in eine schmale Lücke zwischen zwei parkenden Streifenwagen.

›Jammerschade, dass unsere Dienstfahrten regelmäßig mit einem Missklang enden‹, dachte er resigniert und nahm sich zum wiederholten Male vor, den Umgang mit bärbeißigen Kollegen bei der nächsten Supervision zum Thema zu machen.

MORDKOMMISSION
»FALKENHOF«

Das sechsstöckige Gebäude am Friesenring stammte aus den frühen 1960er-Jahren. Mit seinem gliedernden Gitternetz aus weißen Rahmen wirkte die Fassade auch heute noch modern und freundlich. Leider nur die Fassade. Denn inzwischen war das Gebäude in die Jahre gekommen. Bei jeder dienstlichen Veranstaltung fielen Rumphorst neue bauliche Mängel auf. Zu kleine, enge Räume. Fenster, durch die der Wind pfiff. Ausfälle in den elektrischen Anlagen. Eine mangelhafte Schallisolierung der Räume. Einmal hatten sie eine Besprechung der Mordkommission im zweiten Stock sogar abbrechen müssen, weil im Schießstand im Keller trainiert wurde und der Lärm der Schüsse ein Gespräch unmöglich gemacht hatte. Gut, dass der Neubau des Polizeipräsidiums nun endlich beschlossen worden war.

Die Besprechung der Mordkommission »Falkenhof« fand im Raum 417 statt.

»Ohne Kaffee geht nichts«, brummte Bär und steuerte direkt auf den Kaffeeautomaten vor dem Besprechungsraum zu. Mit Erleichterung bemerkte Rumphorst, dass der Kollege den Zwist auf der Autofahrt offenbar verwunden hatte. Unter Zischen und Röcheln schoss ein Schwall schwarzer Flüssigkeit in den Pappbecher, Kaffee, zumindest dem Namen nach.

Rumphorst und Bär stellten ihre Coffe-to-go-Becher vor sich auf den Tisch. Aufatmend registrierten sie, dass die Leiterin der Mordkommission, Kriminalhauptkommissarin Merle Rubin, noch nicht da war.

›Es ist immer gut, nicht als Letzter anzukommen‹, dachte Rumphorst. Er grüßte in die Runde. Zwei junge Kolleginnen von der KTU sowie zwei Kollegen vom Erkennungsdienst aus Greven grüßten zurück. Die beiden Kollegen waren gestern zur Spurensicherung am Tatort gewesen. Eigentlich konnte man sie kaum verwechseln, der eine schmächtig, mit deutlich mehr Haar im Gesicht als auf dem Kopf, der andere ein fülliger Endvierziger, dessen Locken selbst mit einem Kamm nur schwer zu bändigen waren. Zufällig aber trugen sie beide denselben Nachnamen: Voss. Und so wurden sie, um Missverständnissen vorzubeugen, im Kollegenkreis grundsätzlich nur mit ihren Vornamen angesprochen: Jörn und Josef.

Unter der Decke des Besprechungszimmers hing als Zugeständnis an das digitale Zeitalter ein Beamer. Eine der Kolleginnen, Susanne Neiße, wenn sich Rumphorst recht an den Namen erinnerte, schloss gerade einen Laptop an den Projektor an. Die zweite Kollegin fahndete nach der Fernbedienung, die sie schließlich unter einem Stoß mehrseitiger Handouts entdeckte, die, wie das Deckblatt verriet, die Teilnehmer des Kurses »Profiling – Täter gezielt entschlüsseln« hier vergessen hatten.

Bär klappte sein Tablet auf, Rumphorst sein marineblaues Notizbuch. Die Masken hatten sie vor sich auf den Tisch gelegt. Im geräumigen Besprechungsraum war der Mindestabstand problemlos einzuhalten. Zudem standen beide Fenster offen. Glücklicherweise lagen die Temperaturen heute Morgen noch im erträglichen Bereich.

Auf die Minute pünktlich erschien Merle Rubin, bedachte alle Anwesenden mit einem grüßenden Kopfnicken und wählte ihren Platz mit Bedacht vis-à-vis der Projektionsleinwand.

»Meine Damen und Herren, lassen Sie uns beginnen.«

Stühle scharrten, dann hatten alle Platz genommen.

»Willkommen zur Dienstbesprechung der Mordkommission ›Falkenhof‹. Da wir in dieser Konstellation nicht zum ersten Mal zusammenarbeiten, denke ich, kann die Vorstellungsrunde entfallen und wir können gleich zum Rapport der Fakten kommen.« Rubin blickte in die Runde. Nicken. Zustimmung allenthalben. »Gut. Wir stehen mit unseren Ermittlungen noch am Anfang. Daher wird es heute zunächst darum gehen, eine Bestandsaufnahme der bisher gesicherten Spuren vorzunehmen. In einem zweiten Schritt sollten wir dann unsere weitere Ermittlungsarbeit koordinieren. Vorab sollten wir aber für alle hier in der Runde nochmals den Rahmen des Falls abstecken. Oberkommissar Rumphorst, bitte.«

Rumphorst räusperte sich. „Gestern Morgen gegen 10.20 Uhr wurde im Falkenhof-Museum in Rheine die Reinigungskraft Adama Diabaté tot aufgefunden. Der Fundort war, präziser gesagt, der Gewölbekeller im Westflügel des Museums. Der Tote lag vor einer Vitrine, in welcher sich das sogenannte Dionysius-Evangeliar befand, eines der wertvollsten Objekte aus dem Kirchenschatz der Rheiner Stadtkirche St. Dionysius, das im Rahmen der in Kürze beginnenden Ausstellung ›Bürgersinn und Seelenheil‹ im Falkenhof-Museum ausgestellt wird.

Die Auffindung der Leiche erfolgte durch den Leiter dieser Ausstellung, Doktor Andreas Brockmann, sowie den Journalisten Moritz Mey und seine Frau Anna. Mey arbeitet für die *Rheiner Allgemeine Zeitung* und war von Doktor Brockmann zu einer Vorabbesichtigung der Ausstellung und hier speziell des Dionysius-Evangeliars eingeladen worden.

Der Tote, Adama Diabaté, stammt ursprünglich aus Mali. Er ist anerkannter Asylbewerber und letztlich seit gut fünf Jahren in Deutschland. Sein Tod wurde unzweifelhaft durch Fremdeinwirkung herbeigeführt. Der Tote wies mehrere Stiche im Halsbereich auf. Das wahrscheinliche Tatwerkzeug, eine Schere, steckte noch im Hals des Toten, als die Polizei vor Ort eintraf. Eine Obduktion wurde angeordnet und dürfte in diesem Augenblick in der Rechtsmedizin des UKM stattfinden. Der Kollege Faltermeyer, ebenfalls ein Mitglied dieser Mordkommission, wohnt der Obduktion bei. Ergebnisse gibt es dann in unserer nächsten Dienstbesprechung ..."

»... für die ich Sie hiermit alle heute zu 18 Uhr einlade«, unterbrach ihn Rubin.

Rumphorst notierte den Termin und fuhr dann fort: »Der Kollege Bär und ich waren gegen elf Uhr am Falkenhof. Erfreulicherweise hatten die uniformierten Kollegen den Tatort bereits abgesperrt. Kurze Zeit später begann der Erkennungsdienst mit der Spurensicherung. Soweit in groben Umrissen der aktuelle Stand der Ermittlungen.« Rumphorst lehnte sich zurück und nickte Rubin zu.

»Danke. Damit geht die Frage an die Kollegen vom Erkennungsdienst: Wie ist die Spurenlage?«

Jörn Voss übernahm den Report: »Zunächst zum potenziellen Tatwerkzeug. Könnte ich bitte das entsprechende Bild haben?«

Susanne Neiße tippte kurz auf ihren Laptop. Die Projektion leuchtete auf.

»Wie man sieht, handelt es sich dabei um eine Schere mit sehr spitzem, geradem Scherenblatt und langen Schenkeln, die in ovalen Griffen münden. Unsere Werkzeugspezialisten sind sich einig, dass dies eine Goldblechschere ist, wie sie etwa von Juwelieren für filigrane Arbeiten mit Gold- oder Silberblechen verwendet wird. Auf dem Scherenblatt erkennt man den Schriftzug *Hector*.«

»Hektor war einer der Heerführer Trojas während des Trojanischen Krieges«, flüsterte Bär seinem Kollegen zu. Unwirsch winkte Rumphorst ab.

»Nach unseren Recherchen«, fuhr Jörn Voss fort, »handelt es sich dabei um den Namen eines Herstellers für Spezialscheren in Solingen. Das Besondere ist allerdings: Die Firma existierte nur bis 1918. Nach dem Tod des letzten Inhabers wurde das Unternehmen kurz vor Ende des Ersten Weltkrieges abgewickelt. Geht man von der Größe der Firma aus, dürfte die bis dahin produzierte Zahl an Goldblechscheren nicht besonders groß gewesen sein, aber immer noch im Bereich von einigen Tausend liegen, die teilweise auch im Ausland vertrieben wurden.«

»Eine Frage an Sie, Kollege Rumphorst«, schaltete sich Hauptkommissarin Rubin ein. »Stammt die Schere aus den Beständen des

Falkenhof-Museums? Immerhin wäre eine solch alte Schere in einem Museum nicht unbedingt etwas Außergewöhnliches.«

»Wir haben Doktor Brockmann diese Frage gestellt. Er hat sie vehement verneint. Dies auch mit dem Hinweis, dass der Falkenhof erst seit den 1960er-Jahren ein Museum ist. Um den Ersten Weltkrieg herum wurde das Gebäude gänzlich anders genutzt.«

»Hm, damit stellt sich die Frage, wer heute noch im Besitz einer solch alten Goldblechschere sein könnte.«

»Diese Frage zu klären, könnte schwierig sein. Scheren dieser Art werden im Netz in verschiedenen Foren und auf diversen Verkaufsplattformen für gebrauchte Werkzeuge angeboten.«

»Sie haben recht, die Herkunft der Schere zu klären, ist wahrscheinlich schwierig. Trotzdem sollten wir die Frage im Kopf behalten. Bitte fahren Sie fort.«

Voss blickte kurz in seine Aufzeichnungen und nahm dann den Faden seines Vortages wieder auf: »Im Gewölbekeller und den angrenzenden Räumen konnten wir eine Fülle von Fußspuren, Fingerabdrücken und Haaren sicherstellen. Nach einer ersten Auswertung gehören sie zu mindestens vierzig Personen. Die Zuordnung läuft noch. Eigentlich ist das Museum ja momentan geschlossen. Die Erklärung für die vielen Spuren ist, dass am Tag zuvor, also am Mittwoch, ein Test des Hygienekonzeptes für die anstehende Ausstellung mit etwa zwanzig Personen stattgefunden hat. Zudem sind in den Räumlichkeiten bis vor Kurzem Handwerker tätig gewesen, unter anderem haben sie die Vitrinen aufgestellt. Es kann also bezweifelt werden, dass diese Spuren uns aktuell weiterhelfen.«

»Gibt es auffällige Spuren im engeren Umkreis der Leiche?«

»Tatsächlich gibt es zwei Auffälligkeiten. Da wäre zunächst einmal das Muster der Blutspuren. Erlauben Sie, dass ich dazu etwas aushole.«

»Oha, das kann sich hinziehen«, raunte Rumphorst Bär zu. Die Detailversessenheit und Akkuratesse des Kollegen Voss waren weit über den Kreis der Kriminalpolizei in Greven hinaus sprichwörtlich. Möglicherweise handelte es sich dabei allerdings um eine Berufskrankheit aller Erkennungsdienstbeamten.

Mit einem missbilligenden Blick auf die tuschelnden Kollegen fuhr Voss fort: »Die frei stehenden Ausstellungsvitrinen im Gewölbekeller des Falkenhofes sind im Prinzip alle gleich aufgebaut. Sie besitzen einen metallverkleideten Sockel aus schwer entflammbarem Material mit einem oben aufgesetzten Stahlrahmen. Auf diesem Stahlrahmen ist dann eine Haube aus Acrylglas befestigt. In jeder Vitrine gibt es des Weiteren spezielle Einrichtungen, die für eine konstante Luftfeuchtigkeit innerhalb der Haube sorgen, was insbesondere bei empfindlichen Ausstellungsobjekten von großer Bedeutung ist ...«

»... und auf deren dezidierte Vorstellung wir an dieser Stelle aus Zeitgründen verzichten sollten«, merkte Hauptkommissarin Rubin trocken an.

»Ähm, ja, natürlich. Nur so viel noch: Die Glashauben sind durch zwei spezielle Schließvorrichtungen gesichert. Diese befinden sich jeweils auf der Rückseite der Vitrine und sind derart in den Sockel integriert, dass sie in der Oberfläche plan mit dem Metall des Stahlrahmens und dem Acrylglas der Haube abschließen. Dazu das nächste Bild bitte.«

Das Foto der Schlösser blendete auf. Es war unschwer zu erkennen, dass diese intakt waren.

»Der Tote lag vor der Vitrine, in der sich das Dionysius-Evangeliar befindet. Wie man im Bild sehen kann, gab es augenscheinlich keinen Versuch, die Schlösser der Vitrine gewaltsam zu öffnen. Es bleibt also festzuhalten: Die Vitrine und deren Inhalt waren zum Tatzeitpunkt unversehrt.«

»Das haben wir verstanden, Kollege Voss.« Hauptkommissarin Rubin zeigte erste Anzeichen von Ungeduld. »Kommen Sie jetzt bitte zu den Blutspuren.«

»Ähm, ja ... also, die Blutspuren. Das im Umkreis der Leiche gefundene Blut – es handelt sich um massive Blutspritzer und eine größere Blutlache –, stammt laut Doktor Nottendorf eindeutig von Herrn Diabaté. Wenn wir das nächste Foto bitte sehen könnten.«

Auf der Leinwand erschien ein Bild der Leiche, von oben fotografiert. Die Blutspuren waren gut zu erkennen.

»Auf diesem Bild erkennt man deutlich eine Besonderheit: Die Blutlache im Kopf- und Halsbereich von Herrn Diabaté entspricht in Form und Größe in etwa dem, was bei einer solchen Tat zu erwarten war. Blutspritzer gibt es hingegen nur im Bereich links von der Leiche und am Sockel der Vitrine. Der Bodenbereich vor und rechts von der Vitrine hingegen weist keinerlei Blutspuren auf.«

»Das könnte bedeuten«, überlegte Rumphorst laut, »dass die Bereiche ohne Blutspuren zum Tatzeitpunkt bedeckt waren.«

»Korrekt. Dies ist auch unsere Vermutung. Das würde zudem erklären, warum wir keine blutigen Fußspuren gefunden haben. Offenbar hat der Täter oder die Täterin auf der Abdeckung gestanden. Nach der Tat hat er oder sie diese dann zusammengerafft und konnte so über den darunterliegenden blutfreien Bodenbereich und die Rampe den Raum sauberen Fußes verlassen.«

»Warum um alles in der Welt sollte jemand den Boden vor der Vitrine abdecken? Und womit? Mit einer Plane? Einer Decke?«, grübelte Rumphorst. »Gab es Fasern oder andere Spuren einer möglichen Abdeckung am Tatort?«

»Im Bereich um die Vitrine haben wir mehrere hellbraune Wollfasern sicherstellen können. Was die Hypothese erhärtet, dass zum Tatzeitpunkt vor beziehungsweise neben der Vitrine eine Wolldecke gelegen hat.«

»Eine Wolldecke, die, wenn ich Sie recht verstehe, Blutspritzer abbekommen haben müsste«, merkte Merle Rubin an.

»Korrekt.«

»Damit stellt sich die Frage, was nach der Tat mit dieser Decke passiert ist.«

»Im Falkenhof sowie in dessen Umgebung haben wir keine solche Decke gefunden«, stellte Voss klar.

»Dann dürfte der Täter sie mitgenommen haben.« Merle Rubin vermerkte eine kurze Notiz in der aufgeschlagenen Kladde, die vor ihr lag. »So weit, so gut. Lassen wir dies zunächst einmal als Hypothese stehen. Es gab noch eine zweite Auffälligkeit, sagten Sie?«

»Ja. Am Rande der Blutlache haben wir eine interessante Entdeckung gemacht. Bitte das Bild des Kettenanhängers.«

Das 𝔄 füllte die Leinwand aus.

»Susanne, möchtest du etwas zum Anhänger sagen?«

»Einen Moment«, schaltete sich Rumphorst ein. »Bevor du fortfährst, Jörn, könnte es Sinn machen, zwei weitere Spuren vorzustellen. Könnte ich bitte das Foto des zweiten Schmuckstücks haben?«

Es dauerte eine Weile, bis Neiße das Bild auf ihrem Laptop gefunden hatte. Dann erschien das Bild der Anhänger in Form eines 𝔄, den Bär und Rumphorst in der Wohnung des Toten gefunden hatten.

»Dieses Schmuckstück haben wir zusammen mit einer goldenen Kette im Mülleimer in Diabatés Wohnung in Rheine gefunden. Vielleicht können wir ja für den Vergleich beide Anhänger nebeneinander projizieren. Danke. Susanne, du bist dran.«

Umständlich schlug die Schmuckspezialistin ihre Notizen auf, suchte lange, bis sie das richtige Blatt gefunden hatte, rückte sorgfältig die Brille zurecht und räusperte sich.

Bär ging das pedantische Gehabe der Kollegin sichtlich auf die Nerven. Angesichts der Anwesenheit seiner Vorgesetzten, wäre es sicherlich angezeigt gewesen, den Mund zu halten. Doch das brachte der Kommissar nicht fertig. »Geht es auch etwas schneller, Frau Kollegin. Wir haben nicht ewig Zeit!«

Der strenge, rügende Blick Merle Rubins ließ ihn verstummen.

›Mist‹, dachte er. ›Da habe ich mir wohl gerade einen Eintrag in meine Personalakte eingehandelt. Warum geht mein vorlautes Mundwerk auch immer wieder mit mir durch?‹

Ungerührt begann die KTU-Beamtin ihre Erkenntnisse auszubreiten: „Wir haben es hier mit zwei Schmuckanhängern zu tun, die auf den ersten Blick eine Reihe von Ähnlichkeiten aufweisen. Tatsächlich sind die Unterschiede aber wesentlich größer als die Gemeinsamkeiten.

So ist der Anhänger aus dem Keller mit rund 2 Zentimetern kleiner als der aus der Wohnung des Toten, der etwa 2,6 Zentimeter hoch ist. Zudem ist die Wertigkeit der beiden Schmuckstücke eine andere: Der Anhänger aus dem Gewölbekeller besteht aus Silber, das lediglich vergoldet wurde. Die drei Steine sind Zirkonia. Der Anhänger aus der Wohnung hingegen ist, wie auch die dazu passende Kette, aus 585er Gold gefertigt. Die vier Steine im Querbalken sind Brillanten. Wenn ich eine Schätzung abgeben sollte, dann würde ich den Wert des Anhängers aus dem Gewölbekeller bei etwa 25 bis 40 Euro ansiedeln, den Wert des Schmuckstücks aus der Wohnung des Toten bei etwa 250 bis 400 Euro. Einen ähnlichen Wert hat die dazu passende goldene Panzerkette.

Zusammenfassend kann man sagen, dass es sich bei dem kleineren Exemplar aus dem Keller um Modeschmuck handelt. Der aufgebogene Ring an seiner Spitze dürfte zudem ein Hinweis darauf sein, dass man diesen Anhänger mit Gewalt von einer Kette oder einem Armband abgerissen hat. Der goldene Anhänger nebst Kette aus der Wohnung des Opfers ist dagegen deutlich wertvoller."

»Eine Nachfrage: Tragen auch Männer solche Ketten?« Bär wirkte jetzt ehrlich interessiert.

»Eher selten. Eigentlich handelt es sich hierbei um ein typisch weibliches Schmuckstück, schon gar in dieser filigranen Ausführung. Aber Ausnahmen bestätigen die Regel. So gibt es durchaus eine Gruppe von Männern, bei denen man Ketten dieser Art häufiger findet.«

»Und das sind?«

»Homosexuelle. Bei schwulen Männern sind solche Ketten weit verbreitet«, antwortete die Schmuckexpertin.

»Der Kollege Faltermeyer«, schaltete sich Rumphorst in das Gespräch ein, »hat am Eingang zum Keller des Ostflügels eine zerrissene Goldkette gefunden, die der von uns in der Wohnung des Toten entdeckten Kette recht ähnlich sieht.«

»Wir haben diese beiden Schmuckstücke anhand typischer und signifikanter Merkmale miteinander verglichen. Ohne sie an dieser Stelle mit Details zu langweilen: Material und Machart stimmen überein. Die beiden Goldketten sind identisch«, stellte die Schmuckspezialistin fest.

»Dann könnte es sich bei den beiden Panzerketten plus den beiden Anhänger also um Schmuckstücke handeln, die zwei homosexuelle Männer als Liebeszeichen getragen haben?«

»Im Prinzip ja. Es gibt aber Indizien, die gegen eine solche Annahme sprechen: Zwar sind die Panzerketten Zwillinge, könnten also durchaus von einem Paar, Frauen wie Männern, getragen worden sein. Die Anhänger sind jedoch, wie ich eben schon ausgeführt habe, sehr verschieden in ihrer Gestaltung und ihrem Wert. Dies spricht meines Erachtens deutlich gegen die Hypothese, es handele sich hier um Anhänger, die sich zwei Freunde oder Freundinnen als Partnerschmuck gekauft haben.«

»Bitte korrigiere mich, wenn ich falsch liege«, spann Rumphorst den Faden weiter, »aber die Tatsache, dass die beiden Ketten in auffälliger Weise identisch sind, spricht doch dafür, dass zur Kette, die wir am Kellereingang des Falkenhofes gefunden haben, ein ebensolcher Anhänger gehört, wie wir ihn in der Wohnung des Toten gefunden haben.«

»Aus meiner Sicht ist diese Annahme zutreffend«, pflichtete ihm die KTU-Beamtin bei.

»Diesen Anhänger haben wir bisher nicht gefunden. Er müsste also wahrscheinlich noch im Besitz des Täters sein.«

»Sofern er nicht an anderer Stelle verloren gegangen ist. Oder auch nie existiert hat.«

»Richtig. Aber zum Anhänger, den wir in der Nähe des Toten gefunden haben, gehört definitiv eine andere Kette, eine Kette, die wir ebenfalls nicht gefunden haben.«

»Hier muss ich dich korrigieren«, schaltete sich Susanne Neiße ein. »Der kleinere Anhänger aus der Blutlache könnte auch zu einem Bettelarmband gehören.«

»Zu einem was?«, fragte Bär überrascht.

»Einem Bettelarmband, auch Charm-Armband genannt.«

»Den Begriff habe ich noch nie gehört. Was ist das?«, fragte Bär irritiert.

»Ein Armband, an dem man kleine Anhänger befestigt, sogenannte Charms. Das am Tatort gefundene $\mathcal{A}$ könnte ein solcher Anhänger sein.«

»Charms sind also Buchstaben?«

»Möglicherweise ja, aber keineswegs immer. Charms können eigentlich alles darstellen, was man sich nur denken kann: ein Herz, einen Schlüssel, ein Buch, ein Kleeblatt der den Eiffelturm. Natürlich auch Buchstaben, etwa die Anfangsbuchstaben des Namens eines Freundes oder die Buchstaben seines eigenen Namens.«

»Warum heißt ein solches Geschmeide ›Bettelarmband‹?«, hakte Bär nach.

Verwundert schaute Rumphorst seinen Kollegen an. Dessen plötzliches Interesse an Schmuck erstaunte ihn. Er hatte ihn bisher in diesem Punkt für eher unbedarft und ignorant gehalten. Aber womöglich stand der Geburtstag seiner Frau oder der Hochzeitstag vor der Tür. Kauft man heutzutage zu solchen Anlässen seiner Frau überhaupt noch Schmuck oder eher ein neues Smartphone? Nicht dass Rumphorst hier als passionierter Single Erfahrung gehabt hätte … Der Oberkommissar schreckte aus seinen Grübeleien auf. Fast hätte er die Antwort der KTU-Expertin verpasst.

»Der Name soll davon herrühren, dass die Besitzerinnen eines solchen Armbandes, meist sind es tatsächlich Frauen, sich die Anhänger nach und nach schenken lassen, sich den Charm-Bestand praktisch ›zusammenbettelt‹. Der Name …«

»Danke soweit. Wir beenden, so denke ich, an dieser Stelle den Exkurs in die Welt des Schmucks«, unterbrach sie Kriminalhauptkommissarin Rubin mit frostiger Stimme. »Es sei denn, es gibt noch Fragen.« Ein Blick in die Runde. »Keine. Nun, gibt es noch weitere Spuren?«

»Ja«, stellten Bär und Rumphorst fast gleichzeitig fest.

Mit einer Handbewegung signalisierte Rumphorst seinem Kollegen, dass er ihm den Vortritt ließ, und so fuhr Bär fort: »Zum einen gibt es keinerlei Einbruchsspuren an den Fenstern und Türen des Museums. Der Täter oder die Täterin muss also einen codierten Chip-Schlüssel für die Schließanlage des Falkenhofes besessen haben.«

»Oder Diabaté hat ihn oder sie selber in das Gebäude gelassen«, ergänzte Rumphorst. »In jedem Fall waren laut Aussage des Ausstellungsleiters Doktor Brockmann alle Türen verschlossen, als er morgens zum Museum kam. Bitte weiter, Jakob.«

»Vor der Kellertür zum Ostflügel waren Pflanzen niedergetreten«, nahm Bär den Faden seines Berichtes wieder auf. »Der Kellereingang wird normalerweise kaum genutzt, so Brockmann, daher wuchern hier in den Fugen zwischen den Pflastersteinen Wildkräuter. Dass diese zertreten sind, könnte ein Indiz dafür sein, dass sich der Täter an dieser Stelle Zugang zum Gebäude verschafft hat. Dafür spricht möglicherweise auch, dass wir, genauer der Kollege Faltermeyer, hier zwei weitere Spuren entdeckt haben. Zum einen, wie eben schon erwähnt, eine zerrissene Goldkette und zum anderen einen Hemdknopf. Vielleicht kann uns die KTU zu diesem Knopf noch etwas sagen.«

Die angesprochene Kollegin brauchte einen kleinen Moment, bis sie die entsprechende Stelle in ihren Aufzeichnungen gefunden hatte. »Der Hemdknopf ist aus Perlmutt gefertigt und dürfte aufgrund seiner edlen Ausführung zu einem Business-Hemd oder einer entsprechenden Bluse gehören.«

»Auch wenn wir natürlich nicht wissen, ob diese außerhalb des Tatortes gefundenen Spuren in direkter Beziehung zum Tötungsdelikt stehen«, merkte Rumphorst einschränkend an, »so kann solches doch mit hoher Wahrscheinlichkeit angenommen werden. Gleiches gilt für die weiteren Funde in der Wohnung des Toten. Bitte, Jakob.«

Bär schaute kurz auf sein Tablet. »Zum einen fanden wir im Sekretär des Toten eine wertvolle Schweizer Uhr samt Kaufbeleg. Die Kaufsumme von 5000 Euro übersteigt in jedem Fall das Vermögen Diabatés, wie die Kontoauszüge belegen. Bisher konnten wir noch nicht feststellen, woher der Betrag zum Kauf der Uhr stammt.«

Mit ein wenig Verspätung hatte die Kollegin aus der KTU das entsprechende Bild gefunden und blendete die *Gauthier*-Uhr ein, was in der Runde ein »Ah« der Überraschung und, zumindest bei einigen der Anwesenden, auch ein »Ah« der Begeisterung auslöste.

»Die Uhr hat also 5000 Euro gekostet?«, vergewisserte sich Rubin.

»Laut Rechnungsbeleg.«

»Wenn Diabaté selber finanziell nicht zum Kauf einer solch teuren Uhr in der Lage gewesen ist, gibt es dann Hinweise darauf, wer ihm das Geld hat zukommen lassen?«

»Bisher keine. Wir bleiben aber dran. Eventuell kann uns Doktor Brockmann weiterhelfen. Er scheint Diabaté ganz gut gekannt zu haben.«

»In Ordnung.« Rubin vermerkte eine Notiz in ihrer Kladde. »Und die weiteren Spuren?«

»Ein Schwung luxuriöser Männer-Unterwäsche im Wäscheschrank des Toten. Die steht in krassem Gegensatz zu der ansonsten eher einfachen und abgetragenen Kleidung, die wir in der Wohnung des Toten gefunden haben.«

»Vielleicht hat er sie von einer Freundin geschenkt bekommen.« Susanne Neißes Einwurf kam wie aus der Pistole geschossen. Aus der Runde trafen sie überraschte Blicke. »Ich … ich kenne das …«, stotterte sie und wurde rot dabei.

Schweigen. Man merkte, wie die Gedanken der Männer in eine bestimmte Richtung drifteten. Die Röte im Gesicht der KTU-Beamtin vertiefte sich.

»Bisher konnten wir niemanden ermitteln, der als Schenkender infrage kommt«, beeilte sich Rumphorst, den Gedanken weiterzuführen, um die peinliche Pause zu beenden. »Aber auch hier bleiben wir dran.«

»Wäre es das, meine Damen und Herren? Gut. Dann sollten wir dazu kommen, die Aufgaben für die weitere Ermittlungsarbeit zu verteilen. Ich halte zunächst einmal fest: Der Tatort wie auch die Wohnung des Getöteten bleiben versiegelt. Damit muss die Vorbereitung dieser Ausstellung …«

»›Bürgersinn und Seelenheil‹.«

»Danke, ›Bürgersinn und Seelenheil‹, bis auf Weiteres ruhen. Was haben Sie«, die Frage ging an Rumphorst, »für heute in die Wege geleitet?«

»Erstens eine Befragung der Anwohner rund um den Falkenhof durch die Kolleginnen und Kollegen der Schutzpolizei. Vielleicht hat jemand zur Tatzeit, die laut Doktor Nottendorf zwischen fünf Uhr dreißig und sieben Uhr am Donnerstagmorgen liegt, etwas gehört oder gesehen. Zweitens …«

Ein Klopfen unterbrach ihn. In der Tür stand eine Polizeibeamtin.

»Entschuldigen Sie die Störung, aber ich müsste einen von Ihnen sprechen.«

»Kommissar Bär«, dirigierte Rubin den Kollegen mit einer Handbewegung in Richtung Tür. »Bitte führen Sie das Gespräch draußen auf dem Flur.«

Bär erhob sich, folgte der Polizistin auf den Gang und schloss die Tür.

»Fahren Sie fort, Rumphorst.«

»Also zweitens erwarten wir die Ergebnisse der Obduktion, bei der, wie schon erwähnt, der Kollege Faltermeyer anwesend ist. Drittens wird der Kollege Bär den Juwelier aufsuchen, bei dem die Uhr gekauft wurde. Vielleicht erinnert der sich an den Kunden. Auch zu den Goldketten werden sie bei den Juwelieren in Rheine Nachforschungen anstellen. Möglicherweise wurde sie ja dort gekauft. Und schließlich haben wir alle Personen, die einen Chip-Schlüssel für das Falkenhof-Museum besitzen und sich aktuell in Rheine aufhalten, zu einer Befragung in die Polizeiwache geladen. Zwei der Schlüsselbesitzer befinden sich derzeit zweifelsfrei im Urlaub auf Rügen und Fehmarn, wie unsere Nachforschungen ergeben haben. Ich denke, diese beiden können wir bei unseren weiteren Untersuchungen außen vor lassen.«

In diesem Moment kam Bär zurück in den Besprechungsraum. Mit versteinertem Gesicht nahm er wieder Platz.

Fragend schaute ihn Rumphorst an. Als Bär stumm blieb, fuhr er in seinen Ausführungen fort: »Für elf Uhr habe ich die Kassiererin Agnetha Löchte zur Befragung geladen, für zwölf Uhr Herrn Markus Klein, die zweite Reinigungskraft, und für vierzehn Uhr schließlich den Ausstellungsleiter Doktor Andreas Brockmann.«

»Die Befragung von Frau Löchte müssen wir verschieben«, meldete sich Bär zu Wort. »Soeben hat uns die Wache in Rheine darüber informiert, dass sie heute Morgen beim Joggen im Bentlager Busch niedergeschlagen wurde. Sie befindet sich auf der Intensivstation und kann aktuell auf keinen Fall befragt werden.«

An den Gesichtern in der Runde ließen sich Überraschung und Betroffenheit ablesen.

»Möglicherweise«, fuhr Bär fort, »hat unser Täter also ein zweites Mal zugeschlagen.«

»Möglicherweise«, echote Rumphorst.

Einen Moment war es still im Raum. Allein das Kratzen des Stiftes, mit dem Merle Rubin die letzten Informationen in ihrer Kladde festhielt, war zu hören. Schließlich legte die Hauptkommissarin den Stift beiseite.

»Gibt es weitere Spuren? Nein?« Rubin lehnte sich zurück. »Dann, liebe Kolleginnen und Kollegen, möchte ich zum Abschluss unserer

Dienstbesprechung den Blick auf einen Punkt lenken, den wir bisher noch gar nicht angesprochen haben: die Frage nach dem Motiv.« Die Hauptkommissarin machte eine dramatische Pause. »Warum befand sich der Täter zu einer solch frühen Stunde im Falkenhof-Museum? Warum wurde Adama Diabaté getötet und warum Agnetha Löchte überfallen? Gibt es möglicherweise eine Verbindung zwischen den beiden Taten?« Mit einer energischen Geste schloss Rubin ihre Kladde. »Diese Fragen scheinen mir ein, wenn nicht der Schlüssel zur Lösung des Falles zu sein. Wir sollten sie daher bei unseren weiteren Ermittlungen unbedingt im Auge behalten.«

Wenig später verließen Rumphorst und Bär das Polizeipräsidium. Auf der Fahrt nach Rheine ging dem Oberkommissar das Schlusswort der Leiterin der Mordkommission nicht aus dem Kopf. Die Frage nach dem Mordmotiv beschäftigte ihn.

Offenbar ging es Bär nicht anders. »Warum tötet jemand einen einfachen Putzmann an seiner Arbeitsstelle?«, fragte er unvermittelt.

»Habgier und materielle Bereicherung kommen angesichts der finanziellen Verhältnisse Diabatés wohl kaum infrage. Damit fallen in meinen Augen zwei der häufigsten Mordmotive weg.«

»Das sehe ich auch so, trotz der wertvollen Uhr und Kette, die Diabaté besessen hat.«

»Immerhin aber war er nicht nur Putzmann, sondern ein Putzmann mit Migrationshintergrund.«

»Du denkst an einen Mord aus Hass gegenüber Fremden?«

»Genau. Natürlich kommen auch all die übrigen klassischen Motive in Betracht, wie Kränkung und Verletzung des Selbstwertgefühls, Rache, Eifersucht oder verschmähte Liebe.«

»Für eine sexuelle Komponente beim Mordmotiv spricht die gewagte Unterwäsche und die Goldkette mit dem 𝔄 als Anhänger, die wir in der Wohnung gefunden haben. Vielleicht sollten wir uns bei der Motivsuche tatsächlich vorrangig auf den Komplex Liebe und Eifersucht konzentrieren.«

»Hmhm«, brummte Rumphorst. Ja, es sprach einiges dafür, dass der Tötungsgrund in diesem Bereich zu suchen sein könnte. Doch irgendetwas in ihm weigerte sich, eine solche Festlegung zu akzeptieren.

Unvermittelt kam ihm Bärs Theorie in den Sinn: Trump als Trojanisches Pferd der Russen. Das Trojanische Pferd, eine Hülle, die im Inneren etwas ganz anderes verbarg, als man vom Äußeren her vermuten würde. Was wäre, wenn dieses auch auf ihren Fall zuträfe? Wenn sie bei ihren Ermittlungen bisher nur die äußere Hülle, nicht aber den eigentlichen Kern des Ganzen erfasst hätten? Wenn Diabaté nur ganz zufällig zum Opfer geworden wäre und es in ihrem Fall in Wahrheit um etwas ganz anderes ging?

Sein Bauchgefühl signalisierte ihm, dass sie etwas Wichtiges übersehen haben könnten. Die Frage war nur: was?

MOTORENGERÄUSCH ...

Polizeiobermeister Bockstedt drückte den Klingelknopf neben dem von Hand beschrifteten Namensschild. Seine Armbanduhr zeigte 8.40 Uhr. Er wandte sich der weißen Haustür zu und wartete. An vier Türen hatte er bereits vergeblich geklingelt. Die Bewohner gingen offenbar ihrer Arbeit nach, nicht weiter verwunderlich, wenn man die Uhrzeit in Betracht zog. Dennoch hatte Bockstedt gute Laune. Die Haus-zu-Haus-Befragung war in jedem Fall eine angenehme Abwechslung in der Streifendienstroutine. Er mochte es, eine fremde Wohnung zu betreten, quasi als Gast, sich dort umzusehen und neben den unumgänglichen Fragen zum Sachverhalt einen netten Plausch mit den Bewohnern zu halten. Unter Umständen wurde man dabei auch schon mal zu einem Kaffee genötigt, gerne auch in Verbindung mit einem belegten Brötchen oder einem Stück selbst gebackenem Kuchen. Bockstedt schmunzelte und strich sich über den prallen Bauch, der sich deutlich unter seiner Uniform abzeichnete.

Er hatte die Häuserreihe an der Vorderseite des Falkenhofes übernommen, seine Kollegin Azra Ceylan die Häuser an der Museumsrückseite. Erneut drückte er den Klingelknopf. Auf dem Namensschild stand in elegant-antiquierter Handschrift »Röhrig«. Offenbar wohnte hier eine ältere Person, für die Schönschrift noch ein wesentlicher Teil ihrer schulischen Ausbildung gewesen war.

»Ja bitte?«, drang eine dünne Stimme aus der Gegensprechanlage. Es folgte ein Knacken.

»Hier ist die Polizei, Polizeiobermeister Bockstedt. Wir führen eine Befragung zu einem Todesfall im Falkenhof durch. Hätten Sie einen Augenblick Zeit, meine Fragen zu beantworten?«

»Zeit hätte ich schon«, knarzte es aus dem Lautsprecher. »Aber:

Polizei? Das kann ja jeder behaupten. Ich lasse doch nicht einfach so wildfremde Menschen in meine Wohnung, junger Mann.«

»Ich trage Uniform. Außerdem kann ich mich ausweisen«, versuchte Bockstedt überzeugend zu klingen.

»Genau davor wird in der Zeitung immer wieder gewarnt«, krächzte es aus der Gegensprechanlage. »Betrüger in falschen Polizeiuniformen.«

So langsam verlor Bockstedt die Geduld. »Es ist sehr gut, dass Sie vorsichtig sind, gnädige Frau, aber geben Sie mir doch wenigstens die Chance, Ihnen meinen Ausweis zu zeigen.«

Der Lautsprecher neben der Tür blieb stumm. Gerade wollte sich Bockstedt resignierend abwenden, da ertönte der Türsummer. Der Polizeiobermeister betrat den Hausflur und stand nach wenigen Schritten vor einer weiteren Tür, die sich einen Spalt breit öffnete. Zwei Sicherungsketten verhinderten ein weiteres Aufschwingen. Durch die schmale Öffnung blickte ein Augenpaar, das seinen Ausweis kritisch begutachtete. Offenbar hatte dieser die Prüfung bestanden, denn die Sicherungsketten wurden gelöst. Bockstedt betrat die Wohnung, in der eine pedantische Ordnung herrschte. Es gab keine herumliegenden Zeitschriften, keine leeren Tassen auf dem Wohnzimmertisch und sicherlich auch kein Körnchen Staub unter dem Sofa. Die Stühle am Esstisch waren parallel zueinander ausgerichtet und Häkeldeckchen auf Armlehne und Rückenteil von Couch und Sessel garantierten die Schonung des Bezugsstoffes, der sicherlich schon Jahrzehnte alt war. Eine wahrhaft preußische Ordnung.

Mit der ihm eigenen Intuition erkannte Polizeiobermeister Bockstedt auf Anhieb, dass ihm hier kein Platz angeboten werden würde, geschweige denn ein Kaffee. Die Bewohnerin, eine gebeugt gehende Mittachtzigerin, stellte sich als »Fräulein Röhrig« vor. Sie absolvierte die Befragung tatsächlich im Stehen.

Ja, sie war in der fraglichen Zeit zwischen halb sechs und sieben Uhr am Donnerstagmorgen bereits auf gewesen. »Natürlich, junger Mann, was denken Sie, ich bin doch keine Schlafmütze.« Ihre Entrüstung war echt. Nein, sie hatte in dieser Zeit nichts Ungewöhnliches beobachtet. »Ja, glauben Sie denn, dass ich Zeit habe, stundenlang am Fenster zu stehen?« Gehört habe sie allerdings schon etwas.

Bockstedt spitzte die Ohren. Kurz nach halb sieben war ein Auto mit durchdrehenden, unangenehm quietschenden Reifen von der Mühlenstraße in die Tiefe Straße eingebogen und mit hoher Geschwindigkeit in Richtung Ring gefahren. Als Bockstedt bei der detaillierten Schilderung der Geräuschkulisse skeptisch dreinblickte, erteilte die alte Frau ihm postwendend einen Rüffel.

»Schauen Sie nicht so, junger Mann, ich höre noch sehr, sehr gut und kann genau erkennen, in welche Richtung ein Automobil fährt.« Sonst, so betonte die Zeugin, führen Fahrzeuge zu solch einer frühen Stunde in der Regel höchst gesittet, um möglichst wenig Lärm zu verursachen. Daher sei ihr dieses Auto besonders unangenehm aufgefallen.

»Die Uhrzeit haben Sie geschätzt?«

Empörtes Schnaufen. »Natürlich nicht. Ich höre morgens immer WDR 2 und um halb sieben senden sie dort WDR aktuell. Die Moderatoren stellen die Themen des Tages vor. Als das Automobil vorbeiraste, hatten die Sprecher gerade begonnen, das erste der wichtigen Ereignisse des Donnerstages vorzustellen. Ich glaube, es ging um eine Festnahme im Zusammenhang mit der Explosion im Hafen von Beirut. Logischerweise muss es also kurz nach halb sieben gewesen sein.«

Bockstedt notierte sich die Aussage, was ein befriedigtes Lächeln auf das Gesicht der alten Dame zauberte.

»Danke, Sie haben uns sehr geholfen. Wenn es noch weitere Fragen gibt, dürfen wir doch auf Sie zurückkommen?«

»Aber selbstverständlich, junger Mann.« Dann lud ihre Handbewegung den Polizisten unmissverständlich zum Verlassen der Wohnung ein. Die Audienz war beendet.

... UND EINE ERSTE SPUR

Azra Ceylans Geburtsort war Rheine. Hier hatte sie die Grundschule besucht, ihr Abitur am Kopernikus-Gymnasium abgelegt und hier hatte sie sich auch entschieden, Polizistin zu werden. Der Grund für diese Entscheidung, so wurde ihr heute Morgen einmal mehr klar, lag in ihrem Aussehen.

Bei der Morgenbesprechung hatte Azra Ceylan sich für die Haus-zu-Haus-Befragung im Zuge der Ermittlungen im Tötungsfall Diabaté gemeldet. Ihr waren dabei die Häuser an der Museumsrückseite zugefallen. An dieser Stelle war in früheren Zeiten der nördliche Abschnitt der steinernen Stadtbefestigung verlaufen, die sogenannte Thiemauer, was noch heute am Namen der sich hier hügelauf führenden Straße erkennbar war.

Die Befragung der Anwohner hatte Ceylan am östlichen Ende der Straße begonnen, wo der wuchtige Bau eines in den 1930er-Jahren errichteten, ehemaligen Getreidespeichers in den Himmel ragte. Dessen Südseite trug noch immer das 1938 vom Maler Karl Wenzel gestaltete überlebensgroße Bild eines Sämannes mit der heute kaum noch erkennbaren Unterschrift »Die Sicherheit des täglichen Brotes ist die Voraussetzung für die Freiheit eines Volkes«, einem Hitler-Zitat. Wie sich Ceylan aus dem Geschichtsunterricht erinnerte, hatte es in Rheine eine kontroverse Diskussion über die Zukunft dieses Gebäudes gegeben. Schließlich hatte man beschlossen, das Gebäude zu erhalten, Bild und Schriftzug aber verblassen zu lassen. Ceylan hatte noch die Worte ihres Geschichtslehrers im Ohr: »Das Bild verblassen zu lassen ist in Ordnung. Doch mit den Erinnerungen an die Gräuel der Nazi-Zeit darf das niemals passieren!« Engagiert und mit viel Herzblut hatte der junge Pädagoge versucht, den Schülerinnen und Schülern seines Grundkurses die Geschichte ihrer Heimatstadt nahezubringen. Mit nur mäßigem Erfolg, wie sich Ceylan heute schamvoll erinnerte. Mit 16 waren Konzerte, Partys und Knutschen eben wichtiger gewesen als historische Ereignisse, selbst wenn diese die eigene Stadt betrafen.

Heute befand sich im Obergeschoss des denkmalgeschützten Getreidesilos eine Wohnung. Eine originell gestaltete, luxuriöse Wohnung, wie es hieß. Ceylan hatte bisher noch keine Möglichkeit gehabt, dieses nachzuprüfen. Auch heute würde sich eine solche Gelegenheit nicht ergeben, denn ihr Türläuten blieb ohne Erfolg. Nicht besser erging es ihr bei den nächsten Häusern. Auch deren Bewohner waren offenbar außer Haus oder öffneten unangemeldeten Besuchern um diese Zeit nicht die Türe. Verdrossen stapfte Ceylan den steil ansteigenden Gehweg hinauf in Richtung Falkenhof.

Am Haus Thiemauer 15 war der Polizeikommissarin dann ein erster Erfolg vergönnt. Auf ihr Klingeln hin ertönte das summende Geräusch des Türöffners. Erleichtert betrat sie den Hausflur. Direkt gegenüber öffnete sich eine der Wohnungstüren. Im Rahmen erschien ein bebrillter junger Mann in kurzer Lederhose und mit einem Trachtenhemd bekleidet.

›Was für ein Aufzug. Als käme er direkt vom Oktoberfest‹, ging es Ceylan durch den Kopf.

»Sie wünschen?« Seine Frage war begleitet von einem intensiven, abschätzenden Blick. Der Mann musterte ihr Gesicht, ihre Figur und ganz besonders ihren Oberkörper. Offensichtlich gefiel ihm, was er sah. Wegen der Hitze, die auch um diese Tageszeit schon spürbar war, hatte Ceylan auf Uniformjacke und Polizeimütze verzichtet. Ohne den Blick abzuwenden, sagte der junge Mann mit einem breiten Grinsen: »Komm doch herein.«

Unwillkürlich wich Ceylan einen Schritt zurück. Bei ihr schrillten die Alarmglocken. Wenn eine offizielle Befragung damit begann, vom Befragten geduzt zu werden, verhieß dies in aller Regel Schwierigkeiten, Stress und Ärger.

»Gestern hat es ein Tötungsdelikt im Falkenhof gegeben.« Ceylan blieb betont ruhig und sachlich. »Vielleicht haben Sie davon bereits gehört. Ich führe eine Befragung der Anwohner durch. Es geht darum, ob Sie am gestrigen Donnerstag zwischen halb sechs und sieben Uhr etwas beobachtet haben, das eventuell Hinweise auf die Tat oder den Täter geben könnte.«

»Um die Zeit hatte ich Besuch, weiblichen Besuch und ganz bestimmt keine Gelegenheit, nach draußen zu schauen, wenn du verstehst, was ich meine.« Sein Lachen klang meckernd.

»Sie haben im fraglichen Zeitraum also nichts beobachtet oder gehört, das im Zusammenhang mit dem Tötungsdelikt im Falkenhof stehen könnte?«

»Nein, hab' ich doch schon gesagt«, entgegnete er in ruppigem Ton. »Aber komm doch rein, ich mache uns gerne ein Sektchen auf.«

»Vielen Dank. Ich wünsche Ihnen noch einen guten Tag«, verabschiedete sich Ceylan kühl und dreht sich um.

»Ach, du weißt wohl einen guten deutschen Mann nicht zu schätzen«, klang es leise, doch vernehmlich hinter ihrem Rücken. »Dann mach's dir doch selber, du Schlampe.«

Ihr Ausbilder auf der Polizeischule hätte in solch einem Fall sicherlich geraten, sich nicht provozieren zu lassen, den Ausspruch einfach zu ignorieren. Doch das brachte Ceylan nicht fertig. Sie fuhr herum und trat einen Schritt auf den zurückweichenden Mann zu. »Danke für die Empfehlung!«, zischte sie. »Und hier noch ein kostenloser Tipp«, ihre Stimme triefte vor Sarkasmus. »Ziehen Sie sich für unser nächstes Treffen auf der Wache in jedem Fall etwas Kleidsameres an. Sonst könnte man auf die Idee kommen, Sie hätten noch gar nicht bemerkt, dass der Karneval schon seit einem halben Jahr vorüber ist.«

Ohne ein weiteres Wort ließ sie den verblüfften Lederhosenträger stehen und die Haustür hinter sich ins Schloss fallen.

Machos wie dieser erinnerten Ceylan immer wieder aufs Neue daran, warum sie Polizistin geworden war: um genau solchen Typen die Stirn bieten zu können und ihnen ihr mieses Handwerk zu legen.

Schon in der Schule hatten ihr langes schwarzes Haar, die braunen Augen und der sanft dunkle, olivfarbene Teint ihres Gesichtes die Jungen zu sexistischen Kommentaren und unzweideutigen Angeboten gereizt. Bei Azra Ceylan hatten diese Erfahrungen dazu geführt, dass sie schon früh begonnen hatte, dem männlichen Teil der Menschheit mit Ablehnung und einer gewissen Verachtung zu begegnen. Männliche Annäherungsversuche blockte sie ab. Das entschlossene »Nein« an dieser Stelle wurde zu ihrem Markenzeichen. Sie besuchte Kurse zur Selbstverteidigung und entschied sich schließlich für den Beruf der Polizistin. Heute galt sie unter Kollegen als hart und unnahbar, als dunkle, orientalische Schönheit, um die man besser einen Bogen machte. Sicherlich war dies einer der Gründe, warum sie bis heute Single geblieben war. Ceylan straffte ihren Rücken und hob ihr Kinn. Weiter im Text.

Noch lagen etliche Befragungen vor ihr. Doch bereits die nächste sollte den Durchbruch bringen. Die altertümliche Tür des Hauses Thiemauer 19 öffnete ein liebenswerter Herr mittleren Alters, der sich als Robert Moska vorstellte. Er betrieb ein Versicherungsbüro und wohnte hier seit seiner Kindheit, wie er Ceylan gleich zu Beginn ungefragt mitteilte.

»Donnerstagmorgen, sagten Sie, so gegen halb sechs bis sieben. Hm, morgens gehe ich gewöhnlich meine Runde mit dem Hund. Einmal um das Falkenhof-Carré und dann noch ein Stückchen an der Ems entlang bis zur Bodelschwinghbrücke. Dort gibt es einen herrlichen Grasstreifen, für den Hund, für sein Geschäft. Also gestern Morgen war ich sehr früh unterwegs. Es waren doch so hohe Temperaturen angekündigt, so wie heute auch.«

»Und auf Ihrer Runde haben Sie etwas beobachtet, das mit dem Todesfall im Falkenhof in Zusammenhang stehen könnte?«, lenkte Ceylan den Fokus des redseligen Versicherungsagenten wieder auf ihre eingangs gestellte Frage.

»Ja natürlich, ich beobachte sehr genau! Morgens sind noch so wenige Menschen unterwegs. Meist Hundebesitzer wie ich und auch der ein oder andere Jogger. Oder die ein oder andere Hundebesitzerin oder Joggerin, wir wollen doch genau bleiben. Bei so wenigen Menschen, die einem begegnen, achtet man schon aufeinander.«

»Und da ist Ihnen jemand aufgefallen?«

»Ja doch, aber nicht irgendein Jemand! Gestern Morgen habe ich gegen halb sieben mit meiner Leica, eine reinrassige Australian-Shepherd-Dame übrigens, die Abkürzung direkt vorbei am Falkenhof-Museum genommen. Auf dem Parkplatz am gläsernen Aufzugstrakt stand ein Auto. Das ist um diese Zeit höchst ungewöhnlich, müssen Sie wissen. Denn wer geht schon vor Sonnenaufgang in das Museum? Eventuell mal die Reinigungskraft, Herr Diabaté, der ja nun tot ist, Friede sei seiner Seele. Welch ein freundlicher Mensch. Ich bin ihm manchmal …«

»Sie haben also ein Auto auf dem Parkplatz am Museum gesehen, was ungewöhnlich war«, unterbrach die Polizistin den Redefluss des Mannes. »Können Sie das Fahrzeug beschreiben?« Ceylan hatte ihren Notizblock gezückt. Ihr Stift schwebte über einer leeren Seite.

»Besser, Frau Wachtmeisterin, viel besser! Ich kenne das Kennzeichen des Wagens und dessen Besitzer!«

Azra Ceylans Blutdruck begann zu steigen.

OBDUKTION

Ein Gutes hatten die Räumlichkeiten im Institut für Rechtsmedizin am Universitätsklinikum Münster: Sie waren angenehm kühl. Ein klarer Pluspunkt angesichts der draußen herrschenden 30 °C. Allerdings auch der einzige, den sie in Faltermeyers Augen zu bieten hatten.

Weiß gekachelte Wände, Oberflächen aus kaltem, silbrigem Metall, all dies vermittelte den Eindruck, sich in einem sterilen Operationssaal zu befinden. An der Wand eine massive Kühleinheit. Zwölf Stahltüren verdeckten zwölf Kühlfächer. Davor zwei stählerne Seziertische, metallene Waschbecken und Abfallbehälter, eine Organwaage, jedes Detail durch das grelle Neonlicht messerscharf ausgeleuchtet. Der Sektionsraum enthielt nichts Überflüssiges. Hier war alles reine Funktionalität.

Bei Faltermeyer verursachte dies ein Gefühl der Beklemmung. Mehr noch als die frostige Atmosphäre des Raumes jedoch machte ihm der Geruch zu schaffen.

Vor Jahren hatten er und seine damalige Freundin auf einer Waldlichtung in der Nähe des Nassen Dreiecks gepicknickt. Schon beim Ausbreiten der Decke und Auspacken des Picknickkorbes war ihm ein ungewohnter Geruch in die Nase gestiegen – ein süßlicher, moschusartiger Duft, dermaßen beißend, dass er am liebsten Reißaus genommen hätte. Seine Freundin hatte ähnliche Empfindungen, doch im Gegensatz zu ihm diese auch ausgesprochen: »Hier stinkt es ja bestialisch. Komm, wir suchen uns einen anderen Platz.« Faltermeyer hatte, obwohl der Geruch äußerst unangenehm und penetrant war, gezögert. Er war eben Kriminalist und es gewohnt, den Dingen auf den Grund zu gehen. Nach einigem Suchen hatte er die Ursache des Gestanks entdeckt: Am Rande der Lichtung lag ein toter Rehbock, verendet vor deutlich mehr als einem Tag.

Dieses war Faltermeyers erster Kontakt mit dem »Duft des Todes« gewesen, wie eine Boulevardzeitung den Verwesungsgeruch einmal reißerisch genannt hatte. Inzwischen gehörte dieser Geruch berufsbedingt zu seinen ständigen Begleitern. Er konnte sich nicht mehr erinnern, in wie vielen Wohnungen er diese bitter-süßliche, stechende Ausdünstung bereits wahrgenommen hatte. Daran gewöhnt hatte er sich noch immer nicht.

Im Sektionsraum vermochte es selbst der scharfe Geruch der hier täglich zum Einsatz kommenden Desinfektions- und Reinigungsmittel nicht, den Verwesungsgeruch zu übertünchen, der diesen Ort wohl erst nach dem Abriss des Gebäudes wieder verlassen würde. Denn hier wurden alle Obduktionen durchgeführt, die ein Gericht oder die Staatsanwaltschaft für Todesfälle aus dem Münsterland anordnete. Somit auch die Obduktion von Adama Diabaté, dem Toten aus dem Falkenhof in Rheine.

Kaum irgendwo, so empfand es Faltermeyer, kam man dem Phänomen »Tod« näher als in den Sektionsräumen der Pathologie und der Rechtsmedizin. Im Alltag versuchte jedermann Gevatter Tod so weit wie möglich auszublenden. In diesen Räumlichkeiten tat man das Gegenteil: Man stellte den Toten in den Mittelpunkt, betrachtete ihn von allen Seiten, untersuchte ihn akribisch und emotionslos.

»Nun ja, auch bei einer Obduktion bleiben Emotionen nicht immer außen vor«, korrigierte sich der Kommissar und dachte dabei an die Wut, die die Obduktion einer geschändeten Kinderleiche in ihm ausgelöst hatte.

Das zehnjährige Mädchen war tot in der Nähe des Dortmund-Ems-Kanals aufgefunden worden. Die Obduktion bestätigte, dass sich der Täter an dem Kind vergangen hatte, und förderte zudem einen Schädelbasisbruch zutage, was den Verdacht nahelegte, dass das Kind erschlagen worden war. Faltermeyer erinnerte sich des Gefühls hilfloser Wut, das ihn bei dieser Obduktion erfüllt hatte. Weil er damals erst am Beginn seiner Dienstzeit als Kriminalkommissar stand, hatte Oberkommissar Rumphorst ihn in die Rechtsmedizin begleitet. So gab es jemanden, mit dem er im Anschluss direkt über den Fall und seine Gefühle sprechen konnte, wofür er noch heute dankbar war.

Den Täter hatte man drei Wochen später gefasst, übrigens aufgrund zweier eher unscheinbarer Details, die der Rechtsmediziner bei der Obduktion der Leiche entdeckt hatte: Auf der Kleidung des Mädchens befanden sich Fischschuppen, deren Herkunft nicht zu erklären war, und in den Spermaspuren unter der Kleidung des Kindes haftete ein Faden, der nach Struktur und Farbe einer speziellen Hose zugeordnet werden konnte, wie sie vorwiegend in fischverarbeitenden Betrieben getragen wird. Beide Spuren führten schließlich zu einem Fischhändler, der mit seinem Verkaufswagen verschiedene Wochenmärkte in der Umgebung des Tatortes besuchte. Seither war Faltermeyer von der hohen Bedeutung der forensischen Medizin für die kriminalistische Arbeit überzeugt.

Der Kommissar rückte seine FFP2-Maske zurecht und blickte auf die Wanduhr. Eigentlich hätte die Obduktion vor gut fünf Minuten beginnen sollen. Adama Diabaté lag bereits auf der stählernen Tischplatte des Seziertisches. Ein hellgrünes Laken bedeckte seinen Körper und ließ nur den Kopf und die Halspartie frei.

Das schmale Gesicht des Toten wirkte friedlich, fast entspannt. Seine dunklen Augenbrauen kontrastierten mit dem melierten Grau der kurz geschnittenen Haare. Hohe Wangenknochen und ein markantes Kinn betonten die Männlichkeit seiner Physiognomie. Die vollen Lippen seines symmetrischen Mundes wirkten lebendig, als wollten sie sich im nächsten Augenblick öffnen. Trotz der Fahlheit seiner braunen Haut, so musste Faltermeyer neidlos anerkennen, war Adama Diabaté selbst im Tod ein attraktiver, ja ein schöner Mann. Allein die hässlichen, breiten Wundmale am schmalen Hals waren eine nicht zu übersehende Erinnerung daran, dass es sich bei dem Körper auf dem Stahltisch um einen Leichnam handelte.

Durch die weiß gestrichene Tür betraten Doktor Nottendorf und sein Team den Sektionsraum. Die Rechtsmediziner waren unter ihren Schutzbrillen und Mund-Nasen-Masken kaum zu erkennen. Ganzkörperanzug und Kopfhaube in Standardgrün wie auch die wasserdichten Einmalschürzen ließen sie wie Wesen von einem anderen Stern erscheinen.

»Meine Herren«, wandte sich Nottendorf an Faltermeyer und Staatsanwalt Wahlbrinck. Seine Stimme klang dumpf unter der Gesichtsmaske. »Der Beginn der Obduktion hat sich verzögert, da wir auf das Ergebnis des Sars-Cov-2-Testes warten mussten.« Er machte eine Pause und Faltermeyer hegte bereits die Befürchtung, dass er und Wahlbrinck wegen einer Covid-19-Erkrankung des Toten von der Obduktion ausgeschlossen würden. Doch dann fuhr Nottendorf mit klangloser Stimme fort: »Herr Diabaté war nicht mit Sars-Cov-2 infiziert, mithin Corona-negativ. Die Obduktion kann daher wie vorgesehen stattfinden.«

Der Sektionsassistent schlug das Tuch zurück, das den toten Diabaté bedeckte. Nackt und bloß lag der Leichnam im grellen Licht der Neonleuchten.

Per Fingerdruck setzte Nottendorf das Diktiergerät in seiner Hand in Gang. »Die männliche Leiche wurde polizeilicherseits als Adama Diabaté, geboren am 5.7.1974 in Tessalit, Mali, identifiziert. Der Tote weist eine Körperhöhe von 1,70 Meter und ein Körpergewicht von 65,1 Kilogramm auf. Er ist von athletischem Typus mit einem geringfügigen Bauchansatz. Die Leiche ist aktuell unbekleidet. Die Untersuchung der Kleidung wurde vom kriminaltechnischen Dienst vorgenommen. Absatz. Wir beginnen nun mit der äußeren Besichtigung der Leiche. Der Ernährungs- wie auch der Pflegezustand sind als gut einzustufen. …«

Interessiert verfolgte Faltermeyer das Tun des Rechtsmediziners.

Bei der Untersuchung der Hände des Toten stutzte Nottendorf. »Die Lupe, bitte.«

Der Sektionsgehilfe reichte ihm ein Vergrößerungsglas. Nottendorf schaltete das LED-Licht der Lupe an und beugte sich über die rechte Hand des Toten. Kurze Zeit später richtete sich der Rechtsmediziner wieder auf und fuhr in seinem Diktat fort: »Unter den Nägeln von Mittel- und Zeigefinger der rechten Hand des Toten befinden sich Gewebespuren. Möglicherweise handelt es sich dabei um Hautpartikel des Täters. Erklärungsansatz: Bei Abwehrversuchen könnte das Opfer dem Täter Kratzverletzungen zugefügt haben. Die unbedeckten Hautpartien der oberen Extremitäten und / oder des Gesichts- und Halsbereiches des Täters dürften in diesem Fall Kratzwunden aufweisen.«

Faltermeyer war elektrisiert. Trafen die Vermutungen Nottendorfs zu, dann gab es dank der DNA-Spur und der eventuellen Hautverletzungen des Täters die Möglichkeit, diesen eindeutig zu identifizieren.

»Schere.«

Bedächtig schnitt Nottendorf die Fingernägel des Toten ab und ließ sie einzeln in Asservatenbeutel fallen, die der Sektionsassistent bereithielt. Im Anschluss rieb er die Fingernagelreste sorgfältig mit angefeuchteten Wattetupfern ab. Auch diese wurden einzeln eingelagert.

Derweil kreisten die Gedanken des Kommissars noch immer um die Möglichkeit, den Täter anhand von Kratzspuren an Armen oder im Gesicht zu ermitteln. Welch ein Glück, dass Sommer war und gerade eine Hitzewelle das Land überzog. So hatte der Täter keine Chance, eventuelle Kratzspuren unter einem Schal oder einem langärmeligen Kleidungsstück zu verbergen, ohne aufzufallen. Damit müsste es eigentlich leicht möglich sein, den Kreis der Verdächtigen einzugrenzen. Wenn denn die Verletzungen deutlich genug waren.

»Maßband.«

Über sein Nachgrübeln hätte Faltermeyer fast den nächsten Schritt der Obduktion verpasst: die Untersuchung der Stichwunden am Hals des Toten. Doktor Nottendorf vermerkte die bereits von der Besichtigung der Leiche am Tatort her bekannten sieben Einstiche im Halsbereich. Dazu drei weitere Stiche sowie Hämatome am rechten

Unterarm Diabatés, was die These, dieser habe sich heftig gegen den Angreifer gewehrt, erhärtete. Jede dieser Verletzungen wurde ausführlich vermessen und beschrieben. Die Angaben zur Form, Größe und Ausdehnung der Stichwunden, die der Rechtsmediziner in sein Diktiergerät sprach, deckten sich dabei nach Faltermeyers Dafürhalten mit dem bereits Bekannten. Alle Wunden waren offensichtlich durch Stiche mit der am Tatort gefundenen Blechschere entstanden. Die teilweise geringe Tiefe der Wunden legte den Schluss nahe, dass nicht alle dem Opfer in Tötungsabsicht beigebracht wurden.

Faltermeyer hatte das Bild eines eher kopflos auf sein Opfer einstechenden Täters vor Augen. Oder einer Täterin, wie er sich selbst rasch korrigierte. Er stöhnte auf, als die Leiche auf den Bauch gedreht wurde. Weniger der Lage und Ausdehnung der Totenflecken wegen, die durchaus dem zu Erwartenden entsprachen, sondern weil der Rücken Diabatés übersät war mit Narben.

»Auf dem Rücken der Leiche finden sich 26 teils wulstige Narben, deren Länge zwischen 4 und 21 Zentimeter beträgt. Keine der Narben weist Entzündungsmerkmale auf. Verlauf und Beschaffenheit der Narben lassen auf eine längere Zeit zurückliegende Auspeitschung als Ursache schließen.«

Was bedeutete, dass Adama Diabaté vor seiner Flucht nach Europa brutal misshandelt worden war. Faltermeyer schauderte es.

»Absatz. Wir beginnen mit der inneren Leichenschau. Zunächst wird die Kopfhöhle geöffnet«, fuhr der Rechtsmediziner unerbittlich fort.

Faltermeyer schluckte. Er wusste, was ihn nun erwartete: der vom Anblick wie vom Geruch her unangenehmste Teil der Obduktion. Er schloss kurz die Augen.

Gut eineinhalb Stunden später war der Kommissar entlassen. Er nahm drei wesentliche Befunde mit nach Rheine. Zum einen: Diabaté war bei seiner Ermordung gesund und in guter körperlich Verfassung gewesen. Ad zwei: Todesursache war ein akuter Blutverlust, in Kombination mit einer Luftembolie infolge der ihm zugefügten Halsstichverletzung. Und schließlich die wohl wichtigste Erkenntnis: Beim Versuch, die Stiche des Angreifers abzuwehren, hatte Diabaté dem Täter offenbar Kratzverletzungen im Bereich der Arme, des Halses oder der Gesichtspartie zugefügt. Dabei waren unter seinen Fingernägeln Hautpartikel des Täters verblieben, deren rasche Analyse Doktor Nottendorf zugesagt hatte.

Gerade der letzte Befund, so Faltermeyers Hoffnung, würde helfen, den Täter zu überführen.

EINE NEUE KOLLEGIN?

Die erste Zeugenbefragung in Rheine stand erst um zwölf Uhr an. Der Ausfall von Agnetha Löchte hatte ihnen eine unverhoffte Auszeit beschert. Rumphorst nutzte sie für einen ausgiebigen Spaziergang entlang der Ems. Die mächtigen Bäume am Timmermanufer boten Schatten. Hier war ein Spaziergang erstaunlicherweise selbst in der heißen Mittagszeit angenehm. Im Gegensatz zum Fußmarsch zurück zur Polizeiwache an der Hansaallee, den Rumphorst über schattenlose Bürgersteige bewältigen musste. Gleichwohl hatte ihm der Spaziergang gutgetan. Als Kriminalpolizist erledigte man einen Großteil seiner Arbeit im Sitzen: am PC, im Auto, in Dienstbesprechungen, Zeugenbefragungen oder Verhören. Jede Gelegenheit, sich zu bewegen, war damit höchst willkommen.

Bär, den er im Dienstwagen mit nach Rheine genommen hatte, kümmerte sich derweil um die Befragung der Juweliere. Fotos von Uhr und Halskette aus der Wohnung des Opfers trug er bei sich. Es blieb zu hoffen, dass sich einer der Schmuckwarenhändler an die näheren Umstände des Verkaufs der wertvollen Gegenstände erinnerte. Eventuell sogar an den Käufer, falls es sich bei diesem nicht um Adama Diabaté selbst gehandelt haben sollte. Rumphorst hatte seinen Kollegen am Bahnhof abgesetzt. Wie er Bär kannte, würde dieser die Befragung zur Mittagszeit durch eine ausgiebige Pause unterbrechen. Sein Credo »Ich muss auf meine Linie achten« zielte auf den Erhalt seiner sanften Bauchrundungen ab, nicht etwa auf deren Reduzierung. Rumphorst rechnete daher erst zur Nachmittagszeit mit Ergebnissen.

Die Rheiner Polizeiwache war in einem vierstöckigen, roten Backsteingebäude untergebracht. ›Ein warmer, fast anheimelnder Bau‹, dachte Rumphorst. ›Zumindest in meinen Augen. Die Damen und

Herren aus der Täterfraktion könnten dies allerdings etwas anders sehen‹, räumte er schmunzelnd ein.

Im dritten Stock stand ihnen für die Befragung das Besprechungszimmer E 3 zur Verfügung. Nicht gerade der größte Raum, doch bot er immerhin Platz für einen quadratischen Tisch und vier Stühle. Das Fenster ging zum Parkplatz hinter der Polizeiwache hinaus. Bis zur ersten Befragung war es noch gut eine halbe Stunde. Hauptkommissarin Rubin war noch nicht eingetroffen. Möglicherweise hatte sie die Zeit für einen schnellen Mittagssnack genutzt, etwas, das Rumphorst, wie ihm angesichts seines knurrenden Magens klar wurde, vielleicht besser auch hätte tun sollen.

Statt für einen gehetzten Gang zum Bäcker in einem nahen Baumarkt entschied sich der Kommissar jedoch, die Zeit für ein Telefonat mit dem Mathias-Spital zu nutzen. Er kannte Doktor Henrik Sommer, den Leiter der Intensivstation, von verschiedenen vorherigen Ermittlungen. Nach einer kleinen telefonischen Odyssee durch Rezeption, Stationssekretariat und Vorzimmer des Stationsleiters erreichte er den Arzt an seinem Schreibtisch.

»Sommer.«

»Luke Rumphorst, Kriminalpolizei Greven. Schön, Sie endlich am Telefon zu haben. Sie sind ja schwerer zu erreichen als die Bundeskanzlerin.«

Sommer lachte leise. »Herr Rumphorst, wir haben uns ja ewig nicht gesprochen. Was kann ich für Sie tun?«

»Es geht um eine Ihrer Patientinnen, Agnetha Löchte. Sie ist eventuell eine wichtige Zeugin im Rahmen unserer Ermittlungen im ›Todesfall Falkenhof‹.«

»Von dem ich gelesen habe, heute Morgen, in der Zeitung.«

»Wir wurden vom Mathias-Spital informiert, dass Frau Löchte sich eine, sagen wir, gravierende Verletzung zugezogen hat. Können Sie mir Näheres über die Art und Schwere dieser Verletzung sagen?«

»Sie werden sicherlich verstehen, Herr Oberkommissar, dass ich am

Telefon keine konkreten Auskünfte zu einer meiner Patientinnen geben kann.«

Erstaunt registrierte Rumphorst, dass ihn der Arzt mit dem korrekten Dienstgrad ansprach. Doktor Sommers Gedächtnis musste phänomenal sein, denn soweit Rumphorst sich erinnerte, hatte er nach seiner Beförderung erst ein einziges Mal dienstlich mit dem Mediziner zu tun gehabt.

»Natürlich. Ich möchte Sie auch gar nicht dazu bewegen, Ihre ärztliche Schweigepflicht zu verletzen. Allerdings wäre es für unsere Ermittlungen sehr hilfreich, wenn wir wüssten, wann Frau Löchte ungefähr wieder vernehmungsfähig sein wird.«

»Nun, kurz gesagt, nicht vor Montag früh. Aktuell haben wir sie in ein künstliches Koma versetzt.«

»Stimmt die Auskunft, die wir, wie ich betonen möchte, auf offiziellem Wege vom Mathias-Spital erhalten haben, dass«, Rumphorst las aus seinen Aufzeichnungen ab, »Frau Löchte heute Morgen beim Joggen im Bentlager Busch zusammengeschlagen wurde?«

Doktor Sommer räusperte sich und Rumphorst befürchtete schon, dass er sich ein weiteres Mal auf seine ärztliche Schweigepflicht berufen würde. »Auf eine solche Formulierung würde ich mich an dieser Stelle nur ungerne festlegen lassen, Herr Oberkommissar. Fakt ist, dass die Patientin im Bentlager Busch unterwegs war, dass sie auf Höhe der Notfallbank 33 eine Böschung hinabgestürzt und mit dem Kopf auf eine dort in einem trockenen Bachbett stehende Steinmauer aufgeschlagen ist. In der Folge erlitt sie ein mittelschweres gedecktes Schädel-Hirn-Trauma. Nach ihrer Einlieferung bei uns hatte die Patientin Lähmungserscheinungen in den Beinen, visuelle Störungen – sie sah Doppelbilder – und Probleme beim Sprechen. Zudem mussten wir bei ihr eine retrograde Amnesie diagnostizieren.«

»Eine retrograde Amnesie?«

»Exakt. Einen Gedächtnisverlust für die Zeit vor dem schädigenden Ereignis. Konkret heißt das: Die Patientin kann sich an nichts erinnern, was am Morgen vor ihrem Sturz geschehen ist. Bei einem mittelschweren Schädel-Hirn-Trauma ist ein solcher Gedächtnisverlust nichts Ungewöhnliches.«

»Ist die Amnesie reversibel?«

»Durchaus, durchaus. Allerdings braucht dies Zeit und hängt zudem ganz vom Heilungsverlauf ab. Auch aus diesem Grund benötigt die Patientin aktuell absolute Ruhe. Daher das künstliche Koma.«

»Lassen ihre Wunden auf Fremdeinwirkung beim Sturz schließen?«

»Nun, ich bin kein Pathologe, aber nach meinem Dafürhalten kann sich die Patientin alle festgestellten Verletzungen durchaus beim Sturz in den Graben und beim Aufprall auf die Steinmauer zugezogen haben.«

»Dann war Jakob wohl ein wenig voreilig, als er von ›zusammengeschlagen‹ gesprochen hat«, murmelte Rumphorst.

»Wie belieben?«

»Ähm, nichts, nichts Herr Doktor.« Rumphorst überlegte einen kurzen Moment und formulierte dann mit Sorgfalt seine abschließende Frage: »Wenn ich Sie recht verstanden habe, spricht aus Ihrer Sicht bei Frau Löchte also alles für einen Unfall infolge eines Fehltritts beim Joggen in unebenem Gelände?«

»›Zum Beispiel infolge eines Fehltritts‹, würde ich sagen. Es könnte durchaus auch der Rempler eines anderen Läufers gewesen sein, der ihren Sturz ausgelöst hat. An dieser Stelle würde ich mich nicht festlegen wollen. In jedem Fall hat die Patientin ungeheures Glück gehabt, dreifaches Glück sozusagen.«

»Dreifaches Glück?«

»Zum Ersten joggte sie auf einer gut besuchten Laufstrecke im Bentlager Busch und wurde so sehr schnell von einem anderen Läufer gefunden. Zum Zweiten trug dieser ein Handy bei sich und konnte sofort einen Notruf absetzen. Und zum Dritten lag die Unfallstelle direkt an einer der Notfallbänke, sodass der Rettungsdienst die Verletzte in Rekordzeit bergen und auf meine Station bringen konnte.

Was nach meinem Dafürhalten die große Bedeutung des Systems der nummerierten Notfallbänke in Waldgebieten unterstreicht.«

»Ich danke Ihnen für Ihre Auskünfte, Herr Doktor.«

»Und ich wünsche Ihnen Erfolg bei Ihren Ermittlungen im ›Mordfall Falkenhof‹, Herr Oberkommissar.«

Rumphorst tippte auf den roten Beenden-Button und legte das Smartphone nachdenklich auf den Tisch. Mit der Befragung von Agnetha Löchte würde er also definitiv bis Montag warten müssen. Dann grinste er. ›So kann es also aussehen, wenn ein Arzt keine konkreten Auskünfte zu einer seiner Patientinnen gibt‹, dachte er. ›Aber in diesem Fall werde ich einen Teufel tun, mich über die Offenheit des Doktors zu beschweren.‹

Als Hauptkommissarin Rubin wenige Minuten später eintraf, riss sie als Erstes das Fenster auf. Rumphorst hatte gar nicht bemerkt, wie stickig und heiß es im Raum geworden war. Die durch das geöffnete Fenster einströmende Luft war allerdings kaum kühler.

»Wir sollten unsere Befragungen in meinem Dienstwagen vornehmen. Der hat wenigstens eine funktionierende Klimaanlage«, versuchte Rumphorst zu scherzen.

»Ich habe die Pforte angewiesen, Herrn Klein direkt in den Raum E 3 zu bringen. Bitte bereiten Sie alles für die Vernehmung vor.«

›Oha‹, dachte Rumphorst mit einem schiefen Lächeln. ›Selten ist einer meiner Scherze so schnell verpufft. Bleiben wir also sachlich.‹

Er überprüfte die Funktionsfähigkeit des digitalen Tonaufzeichnungsgerätes, das in der Mitte des quadratischen Tisches stand, rückte die Stühle zurecht, zwei zur Fensterseite, einen diesen gegenüber. So würden sie, das Licht im Rücken, die Mimik und Gestik der Zeugen gut beobachten können. Den überzähligen vierten Stuhl platzierte Rumphorst vor der Tür auf dem Flur. Dann hieß es Warten.

Längst hatte der Stundenzeiger seiner Armbanduhr die Zwölf passiert, doch Markus Klein war noch immer nicht aufgetaucht. Gut eine

Viertelstunde nach dem angesetzten Gesprächstermin hörten die beiden Kripobeamten schließlich ein lautes Keuchen auf dem Flur. Mit einer inzwischen routinierten Handbewegung überprüften Rubin und Rumphorst fast synchron den Sitz ihrer Mund-Nasen-Maske. Kurz darauf stolperte ein verschwitzter Mann in das Vernehmungszimmer. Sein Atem ging schwer. Der Mund-Nasen-Schutz saß schief. Seine Nase war unbedeckt.

»'Tschuldigung. Bin wohl etwas spät«, nuschelte Klein, während er seine Maske hochzog.

»Nehmen Sie Platz.« Mit einer knappen Geste wies Hauptkommissarin Rubin auf den einzeln stehenden Stuhl. Sie wirkte wie eine strenge Schulleiterin.

Rumphorst schaltete das digitale Tonaufzeichnungsgerät in der Tischmitte an.

»Zunächst möchte ich Sie darauf aufmerksam machen, dass wir dieses Gespräch zu Dokumentationszwecken aufzeichnen. Haben Sie dagegen Einwände?«

»Nein … nein, natürlich nicht.« Markus Klein lehnte sich zurück.

»Gut, dann darf ich Ihnen Kriminaloberkommissar Luke Rumphorst vorstellen.« Rumphorst nickte freundlich. »Mein Name ist Merle Rubin und ich leite als Kriminalhauptkommissarin die Untersuchung im ›Todesfall Falkenhof‹.«

Klein nickte stumm.

»Wir schreiben den 7. August 2020, es ist exakt 12.18 Uhr. Rumphorst, bitte fahren Sie fort.«

»Sie sind Markus Klein, geboren am 7. Mai 1995, wohnhaft in Rheine?«

»Genau.«

»Wir haben Sie, Herr Klein, zu einer Befragung in die Polizeiwache gebeten, weil sie nach unseren Informationen im Besitz eines Schlüssels zum Falkenhof-Museum in Rheine sind. Stimmt dies?«

»Ja, ich habe einen Schlüssel. Aber ich habe keine Ahnung, was das …«

»Einen Moment bitte. Bevor wir mit dem Gespräch beginnen, muss ich Sie noch darauf hinweisen, dass Sie in dieser Befragung die Pflicht haben, die Wahrheit zu sagen. Andernfalls können Sie sich strafbar machen, etwa wenn Sie jemanden zu Unrecht belasten, absichtlich die Bestrafung eines Straftäters vereiteln oder einem Straftäter bewusst Hilfe leisten. Andererseits sind Sie nicht verpflichtet, sich durch ihre Aussage selbst zu belasten. Haben Sie das verstanden?«

»Habe ich«, knurrte Klein. »Kenn ich schon aus jeder Menge Tatort-Filmen.«

»Gut, dann können wir mit der Befragung beginnen. Sie haben also einen Schlüssel zum Falkenhof?«

»Klaro. Brauch' ich ja, wenn ich dort als Putze arbeiten will.«

»Putzen Sie dort jeden Tag?«

»Nä. Jetzt bei Corona eigentlich gar nicht mehr. Der Laden ist ja zu. Vorher zusammen mit Ada dreimal die Woche, vielleicht auch viermal.«

»Ada?«

»Na ja, Adama heißt er wohl offiziell, Adama Diabaté. Ein feiner Kerl. Immer hilfsbereit und freundlich.«

»Sie haben sich also mit Herrn Diabaté gut verstanden?«

»Was man so ›gut‹ nennt. Wir waren eben Kollegen, wenn Sie verstehen, was ich meine.«

»Kommen wir zum gestrigen Donnerstag, dem Tag, an dem Herr Diabaté getötet wurde. Was haben Sie gestern zwischen fünf Uhr dreißig und sieben Uhr gemacht?«

»Geschlafen.«

»In Ihrem eigenen Bett?«

»Ich weiß zwar nicht, was Sie das angeht, aber verdammt, ja, in meinem eigenen Bett.«

»Kann das jemand bezeugen?«

»Zeugen ist gut«, grinste Markus Klein. »Als ich eingeschlafen bin, lag meine Freundin ganz dicht neben mir.«

»Wann sind Sie denn eingeschlafen?«

»Weiß ich nicht genau, war 'ne intensive Nacht, wenn Sie wissen, was ich meine.«

»Ihr Liebesleben interessiert an dieser Stelle ganz und gar nicht«, fauchte Hauptkommissarin Rubin, der Kleins nassforsche Art zunehmend auf die Nerven ging. »Eine ungefähre Uhrzeit werden Sie doch wohl angeben können. Vor zwölf? Vor zwei? Vor vier?«

»Na so gegen drei vielleicht«, knurrte Klein.

»Sehen Sie, geht doch.«

»Würden Sie uns bitte den Namen Ihrer Freundin nennen?«, schaltete sich Rumphorst ein.

»Maggie«, brummte Klein und schob, als er die unwillige Geste der Hauptkommissarin wahrnahm, rasch nach, »na is ja gut, offiziell heißt sie Margarete Uppkampp, aber Margarete nennt sie kein Mensch.«

»Dann haben Sie und Ihre Freundin also die Nacht zusammen verbracht?«, fragte Rumphorst mit betont freundlicher Stimme.

Mit einem Mal wirkte der Befragte unsicher. »Als ich aufgewacht bin, also, da war … war Maggie bereits gegangen.« Bevor noch einer der Kommissare eine Nachfrage stellen konnte, fuhr Klein hastig fort: »Sie wollen bestimmt wissen, wann das war … also ich bin so gegen neun aufgewacht und da war ich allein im Bett. Maggie war gegangen.«

»Gegangen?«

»Ja, in ihre eigene Wohnung gegangen. Wir leben noch nicht zusammen.«

»Das heißt, Ihre Freundin kann nicht bezeugen, dass Sie im Zeitraum von halb sechs bis sieben in Ihrem Bett geschlafen haben?«

»Fuck, wie soll ich das wissen? Ich habe schließlich geschlafen. Fragen Sie sie doch selber!«

»Genau das werden wir auch tun. Ihre Adresse haben Sie ja wohl für uns und eventuell sogar ihre Telefonnummer?«

»Na klar. Hab' ich sogar im Kopf«, erklärte Klein stolz. »Trakehner Weg 17 und die Handynummer …«

»… schreiben Sie uns bitte auf. Hier sind Papier und Stift.« Rumphorst entnahm seinem Notizbuch ein lose einliegendes Blatt und schob es zusammen mit einem Kugelschreiber über den Tisch.

Klein kritzelte die Telefonnummer auf den Zettel. Mit einem Grinsen gab er ihn dem Kommissar zurück. »Na, das is mal 'ne Nummer, die man sich merken kann, was?«

»Kommen wir zu Ihrem Schlüssel für den Falkenhof«, setzte Oberkommissar Rumphorst das Gespräch fort, ohne auf die Bemerkung Kleins einzugehen. »Den würde ich gerne einmal sehen.«

»Ähm, ja … natürlich … hab' ich aber … hab' ich gerade nicht dabei«, stotterte Klein. Sofern überhaupt möglich, dunkelte seine Gesichtsfarbe um weitere Nuancen. Auf seiner Stirn bildeten sich Schweißperlen, was offenkundig nicht an den hohen Temperaturen im Vernehmungsraum lag.

»Als wir gestern miteinander telefoniert haben, habe ich Sie gebeten, Ihren Schlüssel des Falkenhof-Museums zur Befragung mitzubringen. Diese Ansage haben Sie schon verstanden, oder?«, grollte Rumphorst.

»Ich … also gestern Morgen … als ich aufgewacht bin … da …«

»Machen wir es kurz: Können Sie Ihren Schlüssel vorweisen, ja oder nein?« Die Stimme Merle Rubins klang kalt und schneidend.

Unter den starren Blicken der beiden Polizisten schien Markus Klein um Jahre zu altern. Er schluckte und schluckte und blieb stumm.

Ein scharfes Klopfen unterbrach die Stille. Irritiert schaute Rumphorst zur Tür.

»Herein!«, bellte Rubin.

Im Türrahmen erschien eine junge Polizistin, die Rumphorst noch nie gesehen hatte. Sonst, da war er sich sicher, wäre sie ihm im Gedächtnis geblieben. Schlank, mit kurzen schwarzen Haaren und bronzefarbenem Teint – eine atemberaubende Erscheinung.

»Entschuldigen Sie die Störung, ich müsste einen von Ihnen kurz sprechen.« Ihr Blick wanderte zwischen den beiden Kripobeamten hin und her.

»Fürs Protokoll: Unterbrechung der Befragung um 12.52 Uhr«, verkündete Rubin und winkte Rumphorst, den Raum zu verlassen.

Der Oberkommissar brauchte einen Moment, bis er begriff, dann stand er auf und schloss die Tür hinter sich. Auf dem Flur stand er einer der aufregendsten Frauen gegenüber, die er je in seinem Leben getroffen hatte. Sein Herz begann zu pochen, seine Wangen röteten sich. Einen Moment stand er der jungen Polizistin stumm und wie gelähmt gegenüber.

»Ja, was gibt es?«, stieß er dann heiser hervor. Etwas Besseres fiel ihm nicht ein. Sein Hals war wie ausgedörrt.

»Sie sind doch Luke Rumphorst, Oberkommissar Luke Rumphorst?«

»Ja, der bin ich.«

»Dann habe ich drei Meldungen für Sie, die innerhalb der letzten halben Stunde bei uns eingelaufen sind.«

»Bitte.« Seine Stimme war belegt. Er war irritiert darüber, wie sehr ihn die junge Kollegin aus der Fassung brachte.

Sie reichte ihm eine Mappe, in der sich offenbar mehrere Schreiben befanden. Rumphorst nahm die Mappe entgegen, ohne sie aufzuschlagen. Wortlos starrte er die junge Polizistin an.

»Wollen Sie die Informationen nicht lesen?«, half ihm diese auf die Sprünge, wobei ihr spöttisches Lächeln hinter der Maske zu erahnen war.

»Ähm, natürlich, natürlich.«

Er schlug die Mappe auf. Sie enthielt zwei Polizeiprotokolle, die er rasch überflog. Es handelte sich um die Berichte zweier Beamten, die heute Morgen die Anwohner rund um den Falkenhof befragt hatten. Einer Anwohnerin war offenbar aufgefallen, dass zur ungefähren Tatzeit ein Auto mit hoher Geschwindigkeit davongerast war. Ein zweiter Zeuge hatte kurz zuvor ein vor dem Hintereingang des Falkenhof-Museums parkendes Fahrzeug bemerkt, dessen Anwesenheit zu dieser Zeit an diesem Ort sehr ungewöhnlich war. Der Mann war sich sicher: Besitzer dieses Fahrzeuges war Andreas Brockmann, der Leiter der Ausstellung »Bürgersinn und Seelenheil«.

Verblüfft schaute Rumphorst auf. Die Polizistin war zwei Schritte zurückgetreten. Eineinhalb Meter Abstand, wie vorgeschrieben, dachte er und wünschte sich zugleich, der Abstand zwischen ihnen wäre kleiner. Ihre Blicke trafen sich. Die junge Frau hatte herrlich große, dunkelbraune Augen. Für Luke Rumphorst schien die Welt einen Augenblick stillzustehen.

»Die Aussage des Zeugen ist glaubhaft. Ich habe ihn selber befragt.« Offenbar deutete die Kollegin Rumphorsts Schweigen als Zweifel.

»Sicher, sicher«, beeilte sich dieser zu sagen. »Es ist der Name, den der Zeuge genannt hat, der mich überrascht.«

Nachdenklich blätterte er weiter. Auf dem dritten Blatt war ein Telefonat vermerkt, eingegangen heute, 12.40 Uhr, also vor gut zehn Minuten. Der Kollege Bär hatte in der Wache angerufen, da er wohl ihre Zeugenbefragung nicht durch einen Telefonanruf stören wollte. Die kurze Notiz des Beamten in der Telefonzentrale lautete: »Ergebnis Befragung der Juweliere auf der Emsstraße: Armbanduhr wie auch zwei goldene Halsketten mit einem Schmuckanhänger in Form eines ›A‹ wurden von ein und derselben Person gekauft. Identifizierung des Käufers als Andreas Brockmann.«

In Rumphorsts Kopf überschlugen sich die Gedanken. Das war es! Das war der Durchbruch! Der Fall war gelöst!

Hastig wandte er sich zur Tür. Die Hand schon auf der Klinke kam ihm ein Gedanke. Er drehte sich um und lächelte die junge Kollegin an, die noch immer im Flur stand.

»Danke, vielen Dank! Das hier«, er wedelte mit der Aktenmappe, »ist Gold wert. Hervorragende Arbeit, Kollegin!« Er zögerte einen winzigen Moment. »Würden Sie mir Ihren Namen verraten?«

»Azra Ceylan.« Die junge Frau wirkte verblüfft. »Polizeikommissarin Azra Ceylan. Mein Name steht auch auf dem zweiten Bericht in der Mappe.«

»Ach, na klar, gewiss, selbstverständlich, habe ich doch gelesen«, versicherte Rumphorst, trat ins Vernehmungszimmer und ließ eine kopfschüttelnde Kollegin im Flur zurück.

Wenig später hatte er Hauptkommissarin Rubin von den neuen Entwicklungen in Kenntnis gesetzt. Ein sichtlich erleichterter Markus Klein wurde, nachdem er seine Mobilfunknummer angegeben hatte, mit der Auflage entlassen, in den kommenden Tagen erreichbar zu bleiben.

Dann überlegten Rubin und Rumphorst die nächsten Schritte.

»Brockmann müsste gleich hier auftauchen«, stellte die Leiterin der Mordkommission nach einem Blick auf ihre Uhr fest. »Sollte er bis Viertel nach zwölf nicht erschienen sein, lasse ich ihn zur Fahndung ausschreiben.«

Rumphorst nickte. Mit dieser Entscheidung seiner Vorgesetzten ging er d'accord.

»Bis dahin bliebe gerade noch Zeit für eine Tasse Kaffee«, verkündete Rubin.

»Tasse ist gut. Der Automat im Erdgeschoss spuckt nur Plastikbecher aus. Und als Kaffee kann man das Getränk allenfalls mit ganz viel Wohlwollen bezeichnen. Doch was soll's, das ist Meckern auf hohem Niveau. Bei der Hitze heute ist mir jede Flüssigkeit recht. Mein alter Deutschlehrer zitierte immer einen Spruch, den er angeblich aus der russischen Kriegsgefangenschaft mitgebracht hatte: ›Was gut ist gegen Kälte, ist auch gut gegen Wärme.‹ In dem Sinne also: Hauptsache, der Kaffee ist heiß.«

Rubin runzelte ihre Stirn und sah den Kollegen erstaunt an. So redselig kannte sie Rumphorst bisher gar nicht. Er wirkte beschwingt, fast euphorisch. War ihm der schnelle Erfolg beim Lösen dieses Falles etwa zu Kopf gestiegen?

»Na, dann kommen Sie einmal mit«, sagte sie. »Ich gebe Ihnen eine Runde Kaffee aus oder wie immer Sie dieses Heißgetränk nennen wollen.«

ARCHIVARBEIT

Das Archiv der *Rheiner Allgemeinen Zeitung* befand sich im Keller des dreistöckigen Redaktionsgebäudes an der Poststraße. Hier lagerten Tausende von Zeitungsexemplaren, sauber geheftet und nach Jahrgängen geordnet.

Dabei war das Archiv dem Bombenhagel der Kriegsjahre nur durch einen glücklichen Zufall entgangen. Um es genau zu sagen: durch die Tatkraft eines einzelnen Mannes. Vor dem Zweiten Weltkrieg war das Zeitungsarchiv im Stammhaus der RAZ in Dutum, dem Stadtteil »hinter der Bahn«, untergebracht. Betreut wurde es von einem eigens angestellten Archivar, dem »einäugigen Tom«, mit bürgerlichem Namen Thomas Wasista, einem Kriegsversehrten des Ersten Weltkrieges. Als Rheine und sein für den Gütertransport wichtiger Rangier- und Verschiebebahnhof im Verlauf des Krieges wiederholt in das Visier der britischen und amerikanischen Bomberverbände gelangte, beschloss Wasista, die ihm anvertrauten Zeitungsbestände vor Feuer und Zerstörung zu schützen. Mit Genehmigung der Redaktionsleitung transportierten er und seine beiden halbwüchsigen Söhne die Stapel alter Zeitungen auf Handkarren in die Scheune eines befreundeten Bauern in Neuenkirchen. Dank dieses Einsatzes befand sich der größte Teil des RAZ-Archivs in Sicherheit, als Dutum am 5. Oktober 1944 bei einem verheerenden Angriff der 8. amerikanischen Luftflotte fast dem Erdboden gleich gemacht wurde.

An diesen legendären Mitarbeiter, dem die RAZ bei seinem Tode sogar eine eigene Sonderseite gewidmet hatte, musste Moritz Mey denken, als er die 21 Stufen in das Archiv im Keller des Redaktionsgebäudes hinunterstieg. Längst gab es bei der Zeitung keinen Archivar mehr. Schon in den 1970er-Jahren war dessen Stelle dem Sparzwang zum Opfer gefallen, den die Ölkrise ausgelöst hatte. Allerdings, so erfuhr Moritz in der Redaktion, arbeitete seit gut drei Monaten eine Studentin unentgeltlich im Archiv, eine Historikerin, die hier angeblich Material für ihre Masterarbeit sammelte und nebenbei einzelne Jahrgänge der RAZ digitalisierte. Womit das Archiv der RAZ dann endlich auch im digitalen Zeitalter angekommen wäre. Moritz war gespannt, sie kennenzulernen.

Als er die schwere Eisentür des Archivraumes öffnete, schlug ihm ein Geruch nach altem Papier, nach Druckerschwärze und Staub entgegen, garniert mit einem Hauch Moder. Matt leuchtende Deckenlampen tauchten den riesigen Raum mit seinen verschachtelten Gängen und deckenhohen Regalen in dämmriges Licht. In den Regalen lagerten staubige Folianten, die zahllose gebundene Jahrgänge der RAZ enthielten, jeder Foliant sorgfältig beschriftet mit Jahreszahl und Monatsangabe, jeder Foliant eine geballte Portion Geschichte.

»Guten Morgen.« Moritz' Gruß klang dumpf und das nicht nur wegen des Mund-Nasen-Schutzes, den er trug. Offenkundig absorbierten die Papiermassen in den Gestellen den Schall recht effektiv.

»Guten Morgen«, wiederholte er, lauter dieses Mal.

Im hinteren Teil des Raumes meinte er eine Bewegung wahrzunehmen. Begleitet von einer kleinen Staubwolke schälte sich eine untersetzte Gestalt aus dem Dämmerlicht.

Eine Frau – kaum größer als einen Meter sechzig – khakifarbene Bluse, blaue Jeans – unscheinbares rundes Gesicht – volle Lippen und Stupsnase – wache blaue Augen. Dies war die Abfolge der Eindrücke, die Moritz Mey von seinem Gegenüber gewann, bevor die junge Frau hastig ihre Maske aufsetzte, die sie aus der Gesäßtasche ihrer Jeans zog.

»Hi, was machst denn du hier?« Eine angenehme, volle Stimme, in der ein leicht spöttischer Unterton mitschwang.

»Ich …«, Moritz räusperte sich, »ich … bin zur Zeitungsrecherche hier.« Warum nur verunsicherte ihn diese junge Frau mit dem raspelkurzen dunkelblonden Haar so?

»Ach, in diesen heiligen Hallen hätte ich kaum anderes erwartet.«
Ein schelmisches Blitzen in ihren Augen. »Bediene dich. Einhundertzwanzig Jahre gedrucktes Wort steht dir zur Verfügung.«

»Vielleicht sollte ich mich erst einmal vorstellen: Ich bin Moritz
Mey, arbeite als freier Mitarbeiter bei der RAZ und suche gerade nach
Informationen zu einer bestimmten Person aus den Zehnerjahren des
zwanzigsten Jahrhunderts.«

»Okay, ich bin Julia Kampel, gelernte Archivarin, derzeit Studentin
der Geschichte an der Westfälischen Wilhelms Universität zu Münster und, bevor du nachfragst, ja, ich bin bereits einunddreißig. Eine
Spätberufene.«

»Was verschlägt eine Geschichtsstudentin aus Münster in das Zeitungsarchiv der RAZ?«

»Die reine Wissenschaft definitiv nicht. Obwohl: Eigentlich recherchiere ich natürlich auch, so wie du. Allerdings nach Informationen zur Geschichte der Juden in Rheine zwischen dreiunddreißig
und fünfundvierzig. Neunzehnhundert, versteht sich. Hauptsächlich
aber verdiene ich mir hier das Geld, um meine Miete zahlen zu
können.«

»Ich wusste gar nicht, dass die RAZ einen Job im Archiv anbietet.«

»War auch mehr Zufall, dass ich davon erfahren habe. Na ja, und ein
wenig Nachhilfe von Onkel Bernd. Der arbeitet nämlich als Redakteur bei der RAZ. Sportredaktion, Schwerpunkt Fußball.«

»Was arbeitest du hier?« Automatisch hatte Moritz das kumpelhafte »Du« benutzt, wie unter Studenten üblich. Er beschloss dabei zu
bleiben. »Entstaubst du die Folianten?«

»Viele von denen hätten das durchaus nötig«, lachte Julia. »Aber
nein, ich digitalisiere alte Ausgaben der RAZ ab dem Jahr 2019 zeitabwärts.«

»Und dafür hat die RAZ Geld?!« Moritz dachte an das geringe Honorar, das ihm auch mit Verweis auf die angespannte Finanzlage der
Zeitung für seine Artikel gezahlt wurde.

Julias blaue Augen zwinkerten verschmitzt. »Es gibt einen Deal: Ich arbeite jeden Tag vier Stunden an der Digitalisierung der Archivbestände und recherchiere dann vier Stunden für meine Masterarbeit. Dafür bezahlt mir mein Onkel die Miete. Aus welcher Kasse, habe ich nicht gefragt und ist mir ehrlich gesagt auch total egal.«

»Solch einen Onkel hätte ich auch gerne«, seufzte Moritz. »Nur interessehalber: Wie läuft die Digitalisierung eigentlich ab?«

»Wenn du magst, zeige ich dir das gerne mal. Ich benutze einen Aufsichtscanner. Der steht da hinten.« Julia wies mit dem Daumen in den Gang hinter sich. »Du darfst mir auch gerne helfen. Handschuhe hätte ich schon für dich.« Die Studentin deutete auf das Regal rechts von ihr, in dem mehrere Paar dünner weißer Baumwollhandschuhe lagen, wie sie Archivare und Museumsbedienstete tragen.

»Prinzipiell gerne«, druckste Moritz. »Doch ich bin zum Mittagessen mit meiner Frau verabredet und vorher sollte ich mit meiner Recherche wenigsten angefangen haben.«

»Wie du meinst. Wonach genau suchst du eigentlich?«

»Um das zu erklären, müsste ich etwas ausholen.«

»Kein Problem, mein Scan kann warten.«

Einige Minuten später hatte Mey die Studentin ins Bild gesetzt.

»Wahnsinn! Du hast also ein Mordopfer gefunden und darfst nicht darüber sprechen?«

»Darüber sprechen schon, nur nicht darüber schreiben. Zumindest bis Sonntagabend.«

»Krass, das Ganze klingt wie der Plot für einen Krimi.«

»Auf den ich gerne verzichtet hätte. Glaube mir, es ist grauenhaft, plötzlich in einem Museumskeller vor einer Leiche zu stehen.«

Pietätvoll ließ Moritz einige Sekunden der Stille verstreichen, bevor er auf sein eigentliches Anliegen zurückkam: »Ich denke, ich lege dann mal mit meiner Suche nach Informationen zu Peter Körner los.«

»Schade, dass ich mit der Digitalisierung der alten Jahrgänge noch nicht bis in die 1910er-Jahre vorgedrungen bin.« Die Maske verdeckte ihr spitzbübisches Lächeln. »Warte doch mit deiner Recherche einfach zwei Jahre, dann bin ich soweit, und du kannst alle Ausgaben der RAZ zu Hause am Laptop durchforsten.«

»Würde ich gerne. Aber: *Hic Rhodus, hic salta!* Hier und heute gilt es!«

»Ach herrjeh, ein alter Lateiner. Na, dann nimm dir zwei Handschuhe und komm mal mit. Ich kann dir zumindest zeigen, wo du die Jahrgänge 1911 bis 1914 findest.«

Mey folgte der Studentin durch das Labyrinth der Gänge. Je weiter sie in die Regalwelt vordrangen, desto stärker wurde der Eindruck von Tristesse und Melancholie. Regale voller alter Zeitungsfolianten waren wenig dazu angetan, freudig zu stimmen. Außer man war Archivar. In der linken Ecke des Raumes angekommen, wies Julia auf ein Regal, in dem sich zwei dünnere Folianten fast verloren.

»Das sind die Jahrgänge 1911 bis 1914.«

»Nicht gerade üppig.«

»Da ist wohl einiges im Zweiten Weltkrieg verloren gegangen. Sagt Onkel Bernd.«

»Und der muss es ja wissen«, knurrte Mey. Er sah seine Felle bereits davonschwimmen. »Immerhin dürfte meine Suche nicht durch eine zu üppige Materialbasis erschwert werden.«

»Stimmt, die Nadel im Heuhaufen findet sich leichter, wenn der Heuhaufen klitzeklein ist. Sofern es denn überhaupt eine Nadel im Heuhaufen gibt.«

»Sehr witzig. Mut machst du mir damit nicht gerade.«

»Was hoffst du eigentlich genau zu finden?«

»Irgendeine Information, die Peter Körner alias Pierre Kohn oder das Dionysius-Evangeliar betrifft. Vielleicht einen Bericht über das Eintreffen des Evangeliars in Rheine. Immerhin ist das Buch schon spektakulär.«

»Da wünsche ich viel Erfolg! Ich bin dann mal weg.«

»Du machst Schluss für heute? Schon um zehn?«

»Natürlich nicht«, lachte Julia. »Ich gehe nur rasch Brötchen kaufen. Mein zweites Frühstück steht an.«

»Hey, dann bring mir auch etwas mit, am liebsten ein Brötchen mit Käse belegt.«

»Wird gemacht. Kaffee kochen können wir übrigens hier unten. In der Ecke rechts vom Eingang steht meine Kaffeemaschine.«

»Fantastisch. Was wäre das Leben ohne Kaffee!«

»›Nur eins ist besser als eine Tasse guter Kaffee: zwei Tassen guter Kaffee‹, soll der deutsche Theologe Detlev Fleischhammel einmal gesagt haben.«

»Wen du alles kennst. Aber recht hat der Mann.«

»Ciao, bis gleich.« Auf dem Weg zur Tür nahm Julia Kampel die Maske vom Gesicht, sodass Moritz ihr breites Grinsen erkennen konnte.

Als die Stahltür des Archivraumes ins Schloss fiel, streifte Moritz die weißen Baumwollhandschuhe über und wandte sich den beiden Folianten zu. Behutsam öffnete er den ersten Band, auf dessen Vorderseite in fetter schwarzer Schrift die Zahlen 1911, 1912, 1913 und 1914.1 prangten. Die oberste abgeheftete Ausgabe war die *Rheiner Allgemeine Zeitung* vom 3. Februar 1911. Vorsichtig blätterte Moritz weiter. Das nächste Exemplar stammte vom 29. November 1911.

»Puh, die Lücken sind aber gewaltig«, stöhnte er.

Mit Bedacht suchte er weiter, um kurze Zeit später ernüchtert festzustellen, dass es ganze sechs Ausgaben der RAZ aus dem Jahr 1911, ganze zwölf aus dem Jahr 1912 und gar nur vier Ausgaben aus dem Jahre 1913 gab. In ihm keimte der schreckliche Verdacht auf, dass seine Suche an dieser Stelle eigentlich schon beendet war. Denn in den wenigen erhalten gebliebenen Zeitungsexemplaren eine Spur von Peter Körner zu entdecken, schien alles andere als wahrscheinlich. Immerhin war der Packen Zeitungen aus dem Jahr 1914 deutlich dicker. Zudem gab es da noch den zweiten Folianten mit der Kennzeichnung 1914.2 auf dem Einband. Damit, so schien es, hatte zumindest ein Großteil der Ausgaben der RAZ aus dem ersten Kriegsjahr die Zeiten überdauert. Das machte Hoffnung. Moritz beschloss, die Gazetten chronologisch zu durchforsten.

Er blätterte zurück zur ersten abgehefteten Ausgabe, der RAZ vom 3. Februar 1911, einem Freitag. Die Zeitung umfasste zwei Blätter, ganze vier Seiten. Dafür kostete das Abonnement, durch Boten frei Haus geliefert, auch nur 50 Pfennige pro Monat, wie eine umrahmte Notiz auf der ersten Seite den Leser informierte. Das vergilbte Papier fühlte sich rau an, dünn und irgendwie brüchig. Die Ränder wiesen Risse auf.

›Eigentlich hat sich am Aufbau der Zeitung seit damals wenig geändert‹, ging es Moritz durch den Kopf. ›Die erste Seite gehört den Schlagzeilen aus der internationalen und nationalen Politik, dann folgen regionale und lokale Nachrichten und schließlich die Werbeanzeigen.‹

Moritz blätterte die vier Seiten ein weiteres Mal durch. Im unteren Abschnitt der ersten Seite war ein Auszug aus dem Fortsetzungsroman *Ein seltsames Vermächtnis* eines gewissen Erich Friesen abgedruckt, von dem Moritz noch nie gehört hatte. Fotos gab es in der Zeitung keine. Dafür enthielten die Werbeanzeigen Strichzeichnungen und grafische Elemente, die man heute als Icons bezeichnen würde. Hier wurde unter anderem für das 10-Pfennig-Paket *Kathreiners Malzkaffee* geworben oder für *Doktor Thomson's Depilatorium* in Pulverform zur »Beseitigung von Haaren an Stellen, wo man solche nicht wünscht«, in Rheine zu haben bei Willy Pretz, Schwanen-Drogerie in der Münsterstraße 27. Die Vorher-Nachher-Zeichnungen in der Werbeanzeige legten nahe, dass damit wohl insbesondere der Damenbart gemeint war. Gleichfalls in Rheine bot das Bilder-Einrahmungsgeschäft Ludwig Huesmann auf der Ibbenbürener Straße seine Dienste an und warb mit dem Slogan »Der beste Schmuck eines jeden Zimmers ist ein schön gerahmtes Bild«.

›Spannend‹, dachte Mey. ›Damals standen zweifelsohne andere Waren im Fokus des Interesses als heute.‹

Dann stutze er. Unten auf der letzten Seite befand sich ein Inserat der Firma HECTOR, in dem diese für »Spezialscheren aus Solingen – Dauerhaft, präzise, unübertroffen« warb. Die Annonce enthielt die Zeichnung einer Schere, die ihm mehr als bekannt vorkam. Eine Schere mit solch auffälligen Griffen und eleganten Proportionen hatte er erst vor Kurzem gesehen – im Hals des Toten im Falkenhof! Moritz' Irritation wurde noch größer, als er die Namen der im unteren Abschnitt der Werbeanzeige angegeben Referenzpersonen las: Gleich als erste Person, »die nur beste Erfahrungen mit dem Gebrauch von HECTOR-Scheren gemacht hat« tauchte dort Wilhelm Uppkampp auf, Goldschmied in Rheine.

Moritz Mey schloss die Augen. Könnte es eine Verbindung geben zwischen der Tatwaffe aus dem Falkenhof und dem Schöpfer des Dionysius-Evangeliars? Und wenn ja, welcher Art könnte diese sein? Wilhelm Uppkampp kam wohl kaum als Täter infrage – außer man glaubte an Zombies und Wiedergänger. Könnte es aber sein, dass seine Schere …?

»Na, träumst du oder sieht Arbeiten bei dir immer wie Dösen aus?«, lachte Julia Kampel. Als sie Moritz' verwirrten Blick sah, ergänzte sie: »Ich sage nur: zweites Frühstück!« Dabei schwenkte sie zwei Tüten mit einem aufgedruckten großen gelben L.

»Prima … ich …«, stotterte Moritz, »ich brauche noch zwei Minuten.«

»Dann koche ich schon mal Kaffee. Allerdings musst du den aus einer meiner Tassen trinken. Wir können sie aber vorher mit heißem Wasser desinfizieren.«

»Geht in Ordnung, mache ich gleich selber. Wie gesagt, nur zwei Minuten.«

»Okay, okay, ich will dich gar nicht hetzen. Notfalls verputze ich die Brötchen eben allein«, schmollte Julia und verschwand mitsamt der Brötchentüten hinter den Regalen in Richtung Kaffeemaschine.

Moritz konzentrierte sich erneut auf das Inserat. Es gab keinen Zweifel, die gezeichnete Schere entsprach genau der Waffe, die den

Putzmann im Falkenhof vom Leben zum Tod befördert hatte. Wie viele solcher Scheren mochte es heute noch geben? Sicherlich nur eine sehr, sehr überschaubare Zahl. Wie also um alles in der Welt war ein so ausgefallenes Werkzeug in die Hände des Täters gelangt? Wilhelm Uppkampp hatte offensichtlich eine HECTOR-Schere besessen. War dies belanglos oder war es im Gegenteil bedeutsam für die Aufklärung des Mordes? Anna traf sich gerade mit der Urgroßnichte des Goldschmiedes. Vielleicht konnte sie Maggie Uppkampp ja nach der Schere fragen.

Er beschloss, die Werbeanzeige abzufotografieren und seiner Frau per WhatsApp zuzusenden. Mit der Zoom-Funktion seiner Smartphone-Kamera wählte er einen passenden Bildausschnitt. Trotz des eher trüben Lichtes war die Qualität der Schwarz-Weiß-Aufnahme ausreichend. Zur Sicherheit machte er ein weiteres Foto, dieses Mal von der gesamten unteren Hälfte der Zeitungsseite. Dabei fiel ihm unter dem Inserat der Firma HECTOR eine kleine Annonce auf, die er vorher übersehen hatte:

```
Am heutigen Tage eröffnet an der Hovestraße das
Tuch- und Manufacturwarengeschäft PIERRE KOHN
            - en gros & en detail -
   Feinste Stoffe aus Deutschland & Frankreich
```

Wenig später saß er am Ecktisch rechts neben dem Eingang. Julia Kampel hatte ihm eine Tasse mit dem Bild einer maskierten Kaffeebohne und dem Aufdruck »Corona-free Coffee – Trinken ohne Maske erlaubt« hingestellt, aus der es verführerisch duftete. Moritz riss die Brötchentüte auf, die neben der Tasse lag.

»Käse, wie bestellt«, nuschelte Julia mit vollem Mund.

»Ein großes Merci.«

»Dafür nicht. Na, bist du inzwischen fündig geworden?«

»Tatsächlich, auf den letzten Drücker vor unserer Kaffeepause sozusagen.«

»Und?«

»Ich habe die Werbeannonce eines gewissen Pierre Kohn gefunden, seines Zeichens Tuch- und Manufakturwarenhändler, der 1911 sein Geschäft in der Hovestraße eröffnet hat.«

»Klingt nicht gerade spektakulär.«

»Ist es einerseits auch nicht – aber andererseits dann doch. Zumindest macht die Anzeige deutlich, dass der Stifter des Dionysius-Evangeliars aus der Sicht völkisch-patriotisch denkender Rheiner Kaufleute drei große Fehler hatte: Er war gebürtiger Franzose, er war Jude und er war in der Textilstadt Rheine ein neuer Konkurrent für alle Händler mit ähnlicher Geschäftsausrichtung. Na, und dass er hier ausgerechnet französische Stoffe anbot, dürfte seine Beliebtheit unter den Garn- und Tuchfabrikanten vor Ort auch nicht gerade gesteigert haben.«

»Jude zu sein reichte möglicherweise bereits als Grund für Anfeindungen. Schon vor dem Ersten Weltkrieg war ein latenter Antisemitismus in Deutschland weit verbreitet, auch hier in Rheine.«

»Hier im gut katholischen Rheine?«

»Aber ja! Unsere Stadt war mit Sicherheit keine Insel der Glückseligen. Nimm zum Beispiel den Professor der katholische Theologie August Rohling. Gebürtig kam der aus Neuenkirchen, ist in Rheine aufs Gymnasium gegangen und Priester geworden. 1871 – das Jahr kann ich mir gut merken, weil genau einhundert Jahre später meine Schwester Renate geboren wurde – 1871 also erschien sein unsäglicher Band *Der Talmud-Jude*, eine antisemitische Hetzschrift, die noch die Nazis zitiert haben. Von 1871 bis in die Zwanzigerjahre ist das Machwerk in 22 Auflagen erschienen. Teilweise haben es katholische Vereine kostenlos an ihre Mitglieder verteilt. Solche Bücher haben ihre vergiftende Wirkung mit Sicherheit auch in Rheine entfaltet.«

»Gibt es dafür konkrete Belege? Für Antisemitismus in Rheine vor 1914, meine ich.«

»Gibt es. Da ist zum Beispiel die Antwort des Bürgermeisters Sprickmann auf eine Anfrage der jüdischen Gemeinde in Rheine aus den 1870er-Jahren. In ihrer Eingabe bat die jüdische Gemeinde darum, ihr übergangsweise für einige Monate einen Raum in der katholischen Schule zu vermieten, da sie ihr altes Schulgebäude räumen musste. Bürgermeister Sprickmann antwortete darauf sinngemäß: Daraus wird nichts, denn wenn jüdische Kinder und Kinder katholischen Glaubens täglich miteinander in Berührung kommen, kann dieses nur zu unausgesetzten Reiberein und Zwistigkeiten führen. Diese Antwort ist entlarvend, finde ich. Ein Rheiner Bürgermeister sähe jüdische Mitbürger am liebsten isoliert und aus dem öffentlichen Leben entfernt und deshalb verweigert er ihnen selbst übergangsweise die Nutzung eines städtischen Gebäudes. Ich nenne das: Antisemitismus. Oder nimm die vielen Spottverse und Spottlieder, die Juden verunglimpfen. Oder das Verwehren einer Vereinsmitgliedschaft, aus dem einzigen Grund, weil der Kandidat jüdischen Glaubens ist. All das nur kleine Nadelstiche, aber zugleich Zeichen für eine immer wieder aufblitzende Verachtung und Ausgrenzung der Juden im Alltag, Zeichen für einen kaum noch verschleierten Antisemitismus!« Julia Kampel hatte sich in Rage geredet. Jetzt machte sie eine Pause und holte tief Luft. »Ich könnte dir noch weitere Beispiele nennen, aus denen klar hervorgeht: Der offene Antisemitismus nach dem Ersten Weltkrieg und besonders nach dreiunddreißig hatte tiefe Wurzeln. Und die reichen zurück bis in die Zeit lange vor dem Ersten Weltkrieg.«

»Mannomann, da hat jemand Ahnung. Ganz schön fit die Dame!«

»Klar doch.« Da sie keine Maske trug konnte Moritz erkennen, wie Julia Kampel breit grinste. »Schließlich schreibe ich meine Masterarbeit über das Thema.«

»Kein Wunder, dass Pierre Kohn versucht hat, dem Stigma, Jude zu sein, durch Übertritt zum katholischen Glauben und durch Änderung seines Namens zu entkommen.«

»Letzteres dürfte gar nicht so einfach gewesen sein. Denn eine solche Namensänderung musste vom Innenministerium genehmigt werden. Und eine Genehmigung auch anlässlich der Taufe zu bekommen, war in den Jahren vor dem Ersten Weltkrieg alles andere als einfach.«

»Pierre Kohn scheint es aber irgendwann geschafft zu haben. Zumindest taucht er mit neuem Namen als Stifter des Evangeliars auf.«

»Als Tuchgroßhändler und Stifter eines wertvollen Buches zählte er bestimmt nicht zu den ärmeren Rheinensern und der schnöde Mammon öffnete auch damals schon so manch verschlossene Tür.«

»Ob ihm die Namensänderung gesellschaftlich genutzt hat?«, überlegte Moritz.

»Ich glaube, eher nicht. In einer Kleinstadt wie Rheine kannte praktisch jeder jeden. Zur Zeit Pierre Kohns gab es in der Stadt vielleicht gerade mal 140 Juden. Damit war allen Rheinensern klar, welche Person sich hinter dem frisch gebackenen Peter Körner verbarg. Viele werden dabei so gedacht haben wie ein Abgeordneter im preußischen Landtag, der im Jahre 1900 sinngemäß gesagt hat: Ein ›Schmuhl‹ bleibt ein ›Schmuhl‹, auch wenn er sich jetzt ›Götze‹ nennt. Ein Jude mag sich also einen neuen Namen geben, in seinem inneren Wesen aber bleibt er immer ein Jude.«

»Chapeau! Du bist ja ein wandelndes Lexikon, was die Geschichte der Juden in Deutschland angeht.«

»Bedanke dich bei Professorin Mechtild Strotmann, Wintersemester 2019/2020, Vorlesung ›Namensrecht im Wandel der Zeit‹. Wenn du sie sprichst, kannst du ihr gerne auch deine positive Einschätzung meines Wissensstandes mitteilen«, seufzte Julia. »Bei der letzten Klausur war sie diesbezüglich leider deutlich anderer Meinung.«

»Damit das bei deiner Masterarbeit anders wird, heißt es nun: husch, husch zurück an die Arbeit«, grinste Moritz und knüllte seine leere

Brötchentüte zusammen. »Reichen fünf Euro für Brötchen und Kaffee?«

»Mehr als.«

»Gut.« Moritz klemmte seinen Schein unter die Kaffeetasse. »Auf geht's.«

»Um halb drei habe ich allerdings einen Termin. Da ich hier die Schlüsselgewalt habe, heißt das dann auch für dich: Ab ins Wochenende!«

Lachend stand Moritz auf. »Wahrscheinlich kann ich bis dahin eh keine Zeitungen mehr sehen.«

FOTOSCHAU IM GARTEN

Ein Fotoalbum unter den Arm geklemmt stand Maggie Upp-kampp vor der Eingangstür der weiß getünchten Villa in der Grosfeldstraße 12. Ein wenig Herzklopfen hatte sie schon. Die Abi-turprüfung lag zwar etliche Jahre zurück, doch noch immer löste ein Besuch bei ihrer ehemaligen Mathematiklehrerin in ihr ein diffuses Gefühl der Beklommenheit aus. Irgendwie blieb man sein Leben lang die Schülerin, sobald man einem seiner alten Pauker gegenüberstand.

Ding-Dong-Dong! Die Türglocke im Hause Mey hatte einen dunklen, angenehm melodischen Klang.

»Kommen Sie direkt in den Garten! Einfach den Weg an den La-vendelsträuchern entlang und dann durch das Gartentörchen!« Die Stimme kam von links und es handelte sich unverkennbar um die Stimme ihrer ehemaligen Lehrerin, kraftvoll und klar in der Ansa-ge, als müsse, um einen Arbeitsauftrag zu erteilen, das Gemurmel in einem Grundkurs mit dreißig Schülerinnen und Schülern übertönt werden. Zumindest klang dies in Maggies Ohren so. Sie folgte den Anweisungen und gelangte über einen Steinweg zur einer Garten-pforte, an der Anna Mey bereits auf sie wartete.

»Hallo Maggie, schön Sie nach so vielen Jahren einmal wiederzu-sehen.«

»Das hier ist also Ihr Reich?« Neugierig blickte Uppkampp sich um.

»Na ja«, lächelte Mey, »eigentlich ist es mehr das Reich meines Mannes. Gartenarbeit ist sein Metier. Es ist Ihnen doch recht, wenn wir auf der Terrasse bleiben?«

»Ich habe zwar eine leichte Sonnenallergie ... aber solange wir im Schatten bleiben, ist draußen sitzen aber schon in Ordnung.«

»Ich verstehe«, nickte Mey und meinte damit auch das Faktum, dass Uppkampp trotz der Hitze eine langärmelige Bluse trug.

»Sie wohnen schön hier. Eine alte Villa mit großem Garten wäre auch mein Traum.«

»Wir hatten das Glück zu erben. Anders hätten wir uns dies alles nicht leisten können. Die Villa gehörte den Großeltern meines Mannes.«

»Arbeiten Sie inzwischen am Gymnasium Dionysianum?«

»Sie meinen, weil ich dann nur hundert Schritte zwischen Haustür und Lehrerzimmer zu gehen hätte?«, lachte Anna Mey. »Nein, auch wenn die Aussicht verlockend wäre. Ich unterrichte weiterhin am Rosalind-Franklin. Das Kollegium dort ist nach wie vor nett und die Schülerinnen und Schüler sind es erst recht – aber wem sage ich das.«

»Mein Abitur liegt schon einige Jahre zurück. Seither haben sich die Schüler doch bestimmt verändert.«

»Haben sie. Für viele ist es schwierig, sich länger auf eine Sache zu konzentrieren. Erst recht, wenn es sich dabei um Mathematikaufgaben handelt. Aber freundlich sind die meisten immer noch. Zumindest am Rosalind-Franklin.«

Sie hatten die Sitzgruppe auf der Terrasse erreicht, Holzmöbel mit dicken, weichen Sitzkissen in freundlichen Sommerfarben.

»Bitte nehmen Sie doch Platz. Darf ich Ihnen etwas zu trinken anbieten? Wasser, Orangensaft, einen Kaffee?«

»Ein Orangensaft wäre fein.«

Durch die offene Terrassentür trat Anna Mey in die Küche, um Gläser und Saft zu holen. Maggie Uppkampp legte das mitgebrachte Fotoalbum auf den Gartentisch und sah sich um. Der Garten der Meys war von einer mannshohen Buchenhecke umgeben. Bunte Sommerblumen in den Beeten und Kübeln boten eine üppige Vielfalt an Farben und Formen. Die zwei Apfelbäume in den Ecken des Gartens trugen grün-gelbe Früchte.

Saftkaraffe und Gläser auf einem Tablett balancierend kam Mey zurück aus der Küche. Als sie Maggie einschenkte, zitterte ihre Hand, sodass Organgensaft auf die Tischplatte tropfte.

»Entschuldigung«, murmelte sie, während sie den Saftfleck mit einem Papiertaschentuch wegwischte. »Mir sitzt noch immer der Schock in den Knochen.«

»Schock?«

»Vielleicht haben Sie vom Mord im Falkenhof gehört?«

»Habe ich«, nickte Uppkampp. »Der Bericht stand heute Morgen in der Zeitung.«

»Was nicht in der Zeitung stand, ist, dass mein Mann und ich die Leiche gefunden haben.«

»Wie schrecklich.« Uppkampps Wangen röteten sich.

»Wie Sie wissen, schreibt mein Mann eine Artikelserie über das Dionysius-Evangeliar. Daher durften wir die Ausstellung ›Bürgersinn und Seelenheil‹ schon vorab besuchen und dabei sind wir auf den Toten gestoßen.«

»Wie schrecklich«, wiederholte Uppkampp. »Weiß man schon Näheres über den Täter?«

»Ich glaube nicht. Allerdings hatten wir seit unserer Befragung gestern Mittag keinen weiteren Kontakt zur Polizei. Ob die inzwischen mit ihren Ermittlungen weitergekommen ist, kann ich nicht sagen.« Mey trank einen Schluck Orangensaft. »Doch lassen Sie uns nicht weiter über dieses furchtbare Ereignis reden. Ich kann nur hoffen, dass man den Täter schnell fasst.«

Die beiden Frauen schwiegen einen Augenblick.

»Kommen wir zu Ihnen, liebe Maggie. Danke, dass Sie sich die Zeit genommen haben, meinem Mann bei seinen Recherchen zum Dionysius-Evangeliar zu unterstützen. Er ist übrigens gerade im RAZ-Archiv und sucht nach Zeitungsartikeln zum Evangeliar.«

»Die Zeit nehme ich mir doch gerne. Wenn ich im Moment eines in Hülle und Fülle habe, dann Zeit.«

»Ich habe beim Einkauf in der Innenstadt gesehen, dass Ihr Nagelstudio geschlossen ist. Das tut mir leid für Sie.«

Maggie Uppkampp zucke die Schultern. »Lockdown bedeutet eben keine Kunden, und keine Kunden bedeutet keine Einnahmen.«

»Wann wollen Sie das Studio wieder öffnen?«

»Vorerst gar nicht. Wer weiß, wie diese Pandemie weitergeht. Alle reden von einer zweiten Welle im Winter. Vielleicht gibt es dann einen neuen Lockdown. Alles ist so unsicher. Ich werde mich daher beruflich umorientieren. In der Pflege werden händeringend Kräfte gesucht. Beim Arbeitsamt hat man mir bereits eine entsprechende Umschulung angeboten. Aber vorher mache ich noch mal ausgiebig Urlaub. Campen an der Nordsee. Den Wagen habe ich schon gepackt. Heute Nachmittag geht's los.«

»Das machen Sie richtig. Moritz und ich planen in den Herbstferien für eine Woche in die Berge zu fahren. Zumindest Stand heute.« Anna lächelte wehmütig. »Noch vor einem halben Jahr hätte ich völlig unbekümmert gesagt: ›Wir fahren in den Herbstferien für eine Woche nach Meran.‹ Jetzt spreche ich nur vage von ›wir planen‹ und ›Stand heute‹.«

»Ja«, seufzte Maggie, »wenn Corona uns eins gezeigt hat, dann, dass das Leben letztlich nicht planbar ist.«

»Darum: Nutzen Sie den Augenblick und genießen Sie Ihren Urlaub an der See. Ich bin Ihnen in jedem Fall sehr dankbar, dass Sie sich vor ihrer Abreise die Zeit genommen haben, hier vorbeizuschauen. Wie ich sehe, haben Sie ein Album mitgebracht. Mit Fotos von Ihrem Urgroßonkel, nehme ich an.«

Maggie nickte. »Ich habe einiges über Urgroßonkel Wilhelm herausbekommen.« Dann berichtete sie in knappen Worten über den Fund auf dem Dachboden ihres Elternhauses.

Anna Mey war elektrisiert. »Ein Tagebuch! Fantastisch. Können Sie uns das für die Artikelserie überlassen? Moritz wäre sicherlich begeistert.«

»Sorry, ich denke … lieber nicht«, druckste Maggie. »Das Tagebuch ist doch sehr persönlich. Ich würde es nur ungern in fremde Hände geben.«

»Wie schade.«

»Eigentlich hatte ich vor, Ihnen heute Fotos zu zeigen und dazu ein wenig über Urgroßonkel Wilhelm zu erzählen. Aber ich könnte Ihnen auch einzelne Seiten aus dem Tagebuch kopieren, wenn bestimmte Eintragungen für Sie von besonderem Interesse sein sollten«, beeilte sich Maggie zu versichern. »Sie dürfen sich auch gerne einige der Fotos aus dem Album für den Artikel Ihres Mannes ausleihen. Wäre das so okay für Sie?«

»Absolut okay, natürlich. Moritz wird begeistert sein, wenn er Originalfotos aus der Entstehungszeit des Evangeliars in seine Artikel einbinden kann.«

»Dann lassen Sie uns loslegen.«

Maggie griff nach dem Fotoalbum. Mit einer Geste, als präsentiere sie einen Zaubertrick, schlug sie die erste Seite auf, auf der sich nur eine einzelne, mit schwarzen Fotoecken befestigte Postkarte befand. Diese zeigte im Vordergrund ein Reiterdenkmal, dahinter ein Gebäude mit Säulen und rechts eine Straße mit Straßenbahnschienen, die um das Gebäude herumführten. »Aachener Theater, vom Theaterplatz aus gesehen«, stand in Sütterlinschrift unter der Postkarte vermerkt.

»Der imposante Bau hier ist das Aachener Theater«, bestätigte Maggie überflüssigerweise. »Das Denkmal vor dem Theater zeigt Kaiser Wilhelm I. Hab' ich in Wikipedia nachgesehen. Das Theater selber, finde ich, sieht ein bisschen aus wie ein antiker Tempel. Hinter dem Theater beginnt die Theaterstraße und dort hat mein Urgroßonkel im Haus Nummer 23 als Untermieter bei der Witwe Cäcilia Cornrade gewohnt.«

Behutsam blätterte Uppkampp den Bogen Spinnenpapier um, der als Trennblatt zwischen den schwarzen Fotokartonblättern eingefügt war. Auf der nächsten Seite gab es zwei Fotografien. Beide zeigten dieselbe Person, einen Mann mit weichem, eher rundlichem Gesicht, wässrigen Augen und Schnauzbart. Auf dem linken Bild hatte er einen Strohhut mit breiter Krempe und dunklem Hutband auf dem

Kopf. Das rechte Bild zeigte sein schon schütter werdendes Haar. Auf beiden Fotografien trug er unter Jackett und Weste ein weißes Oberhemd mit einem engen, hohen Stehkragen. Die einfarbige, dunkle Krawatte zierte eine perlenbesetzte Krawattennadel.

»Mein Urgroßonkel Wilhelm Uppkampp im Jahre 1911, kurz nachdem er seine Arbeit als Goldschmiedemeister in der Werkstatt August Witte in Aachen aufgenommen hatte. Dort ist er dann …«

Die beiden Frauen arbeiteten sich durch das Album, betrachteten Dutzende von Fotos, mal mit glattem, mal mit Büttenrand, allesamt Schwarz-Weiß-Aufnahmen. Dank Maggies Kommentaren begann sich für Anna das Bild des Menschen zu runden, der in aufwendiger Handarbeit das »Dionysius-Evangeliar« geschaffen hatte.

Gut eine Stunde später klappte Maggie das Buch zu. »Die restlichen fünf Blätter sind leer«, erklärte sie.

»Vielen Dank, Maggie, Sie erzählen wirklich sehr spannend. Ihr Urgroßonkel muss eine faszinierende Persönlichkeit gewesen sein.«

Gedankenverloren strich Maggie mit einer fast zärtlichen Geste über das schwarze Leder des Albumeinbandes.

Nach einem Moment des Schweigens stellte Anna Mey eine Frage, die ihr angesichts der leer gebliebenen letzten Seiten des Fotoalbums in den Sinn gekommen war, auch wenn sie aus Pietätsgründen gezögert hatte, sie zu stellen: »Wann ist Ihr Urgroßonkel eigentlich gestorben?«

»In der Nacht auf den 18. April 1912. Es gibt eine kurze Zeitungsnotiz, die hab'ich doch … irgendwo hier …« Uppkampp schlug die letzte Seite des Albums auf. Unter dem Spinnenpapier lag eine mehrfach gefaltete und arg verblichene Zeitung. Auf der ersten Seite oben links war das Datum `Freitag, 19. April 1912` aufgedruckt. »Da ist sie ja.«

Maggie schlug die Zeitung auf. Mit der Hand strich sie das Papier glatt und wies auf einen kurzen Artikel unten auf der Seite drei.

»Diesem Artikel nach ist Urgroßonkel Wilhelm irgendwann in der

Nacht über die Burtscheider Brücke gegangen. Dabei muss er sich aus unerfindlichen Gründen so weit über das Geländer der Brücke gebeugt haben, dass er das Übergewicht bekam und hinabgestürzt ist. Wahrscheinlich hat er sich beim Aufprall das Genick gebrochen. Auf jeden Fall hat ihn am nächsten Morgen ein Arbeiter tot neben dem Gleis der Bahnstecke nach Oostende gefunden. Im Zeitungsartikel heißt es: *Der Tote war offenbar alkoholisiert. Er wies keine Spuren äußerer Gewalt auf. Auch hatte er Brieftasche und Taschenuhr bei sich. Die Polizei geht von einem bedauerlichen Unfall aus. Dieser Unfall lenkt erneut den Blick auf die den Behörden gegenüber schon mehrfach angemahnte zu geringe Höhe der Brüstungen der Burtscheider Brücke.*«

»Friede seiner Seele«, murmelte Anna Mey respektvoll und nachdenklich fügte sie hinzu: »Ein tragisches Ende für solch einen begnadeten Goldschmied.«

In diesem Moment ertönte ein helles Pling-Plong-Pling.

»Entschuldigen Sie, mein Smartphone. Vielleicht ist das eine Nachricht von meinem Mann.«

»Sehen Sie ruhig nach.«

»Hm, tatsächlich eine Nachricht von Moritz. Er hat ein Foto geschickt. Komisch, das sieht aus wie eine Werbeanzeige.« Ratlos blickte Anna auf.

Ein erneutes »Pling« zeigte den Eingang einer weiteren Nachricht an. »*Aus der RAZ vom 3. Februar 1911*«, las Anna und konnte sich noch immer nicht erklären, was es mit dem Foto auf sich hatte. Neugierig vergrößerte sie das Bild und plötzlich verstand sie: »Ach so, das ist ja interessant. Moritz hat mir eine Werbeanzeige für Spezialwerkzeug aus dem Jahr 1911 geschickt, die er in der RAZ gefunden hat, und darin wird ihr Urgroßonkel erwähnt.«

»Das gibt es doch nicht.«

»Doch, hier bitte.« Mey reichte Maggie ihr Smartphone.

»Tat …tatsächlich. Hier ist mein Onkel aufgeführt … ähm, mein Urgroßonkel natürlich.«

Maggie gab Anna das Smartphone zurück, als eine weitere Nachricht auf dem Bildschirm erschien. Dieses Mal enthielt sie eine Frage.

»Mein Mann fragt: *Sieht die Blechschere in der Werbung nicht aus wie die Blechschere beim Toten im Falkenhof?*«, las Anna laut vor. Sie scrollte hoch zur Werbeanzeige und vergrößerte die Annonce erneut. »Das ist tatsächlich merkwürdig. Diese Schere sieht … Maggie, was ist mit Ihnen?«

Maggie Uppkampp war bleich geworden. Sie zitterte und klappernd schlugen ihre Zähne aufeinander. »Mir … mir ist … etwas übel. Hätten Sie vielleicht … einen Scheibe Brot für mich? Ich habe heute noch nichts gefrühstückt.«

»Ja, Mensch, warum haben Sie das denn nicht gesagt? Ich hätte Ihnen doch gerne eine Kleinigkeit … ach was, ich lade Sie als Dankeschön zum Mittagessen ins ›Café Echtzeit‹ am Markt ein. Da gibt es einen fantastischen Salat mit Hähnchenbruststreifen und frischem Baguette. Und danach ein Tiramisu vom Allerfeinsten! Wie wäre das?«

»Göttlich. Das Angebot nehme ich gerne an. Mir läuft schon das Wasser im Mund zusammen.«

»Na dann, nichts wie los!«

GESTÄNDNIS

Auf dem einsamen Stuhl neben der Tür des Besprechungsraumes E 3 saß Andreas Brockmann. Ein Andreas Brockmann, der wenig mit dem Mann gemein hatte, den die beiden Kripobeamten von ihrem gestrigen Zusammentreffen in Erinnerung hatten. Der Ausstellungsleiter des Falkenhof-Museums schien um Jahre gealtert.

»Ich möchte eine Aussage machen.« Seine Stimme klang gepresst.

»Ein Geständnis, meinen Sie!« Merle Rubin war stets dafür, die Dinge klar beim Namen zu nennen.

»Wenn Sie wollen, können Sie es auch ein Geständnis nennen«, sagte Brockmann müde.

»Gut, dann kommen Sie bitte herein.«

Die obligatorische Belehrung wie auch die Ankündigung, dass das Gespräch aufgezeichnet würde, ließ Brockmann mit unbewegter Miene über sich ergehen.

»Sie hatten eine intime Beziehung zu Adama Diabaté?«, eröffnete Merle Rubin die Befragung, wobei ihre Frage eher wie eine Feststellung klang.

»Eine intime Beziehung! Wie das klingt. Ich habe Adama geliebt! Er war ein ganz besonderer Mann, ein feiner Mensch. Kultiviert, interessiert, auch an meiner Arbeit, liebevoll und sinnlich. Der beste Partner, den man sich wünschen kann.«

»Warum haben Sie diese Beziehung dann verheimlicht? Denn offiziell waren sie doch kein Paar, oder?«

»Nein. Und ja, es ist korrekt, dass wir nichts unternommen haben, um unsere Beziehung öffentlich zu machen. Aus tausend guten Gründen. Wissen Sie, was ein Coming-out in meiner Position bedeutet hätte?! Die Kolleginnen und Kollegen sind ja alle so tolerant, die Presse natürlich ebenfalls und auch alle meine Bekannten. Sie alle sind so tolerant – solange es nicht jemanden betrifft, den sie persönlich kennen.« Brockmann wurde bitter. »Dann nämlich hätten sie mit unserer Beziehung plötzlich ein Problem gehabt. Die einen, weil Adama ein Mann ist, die anderen, weil er nur als Reinigungskraft arbeitet. Und dann sind da noch die, für die es ein Problem gewesen wäre, dass er Ausländer und Asylant ist. Glauben Sie mir, ich habe in meiner Position inzwischen genug Erfahrung mit übler Nachrede und Mobbing gesammelt, um zu wissen: Für Adama und mich wäre das die Hölle gewesen!«

»Ihre Beziehung war also eine heimliche, aber glückliche?«

»Sie war glücklich. Sehr glücklich sogar. Bis vor zwei Tagen.« Brockmann wirkte elend und verzweifelt.

»Was ist am Mittwoch geschehen?«, fragte Rumphorst sanft.

»Wir haben uns am späten Nachmittag in seiner Wohnung getroffen und Adama hat Schluss gemacht. Einfach so. Aus heiterem Himmel. ›Ich kann das nicht mehr mit einem Mann‹, hat er gesagt. ›Ich liebe doch eigentlich Frauen. Wir müssen unsere Beziehung beenden.‹ Ich war konsterniert, wie betäubt. Meine Gefühle für Adama waren doch noch immer da, waren doch immer noch dieselben.«

»Sie haben Ihre Gefühle zuvor auch dadurch zum Ausdruck gebracht, dass Sie Herrn Diabaté Geschenke gemacht haben?«

»Er konnte sich ja nichts leisten bei seinem Gehalt. Und er liebte Uhren so sehr. Also habe ich ihm seinen Herzenswunsch erfüllt und eine *Gauthier* gekauft.«

»Für 5000 Euro!«

»Ja, für 5000 Euro. Na und? Was ist schon Geld? Ich habe Adama geliebt und hätte ihm noch ganz anderes gekauft, wenn er den Wunsch danach gehabt hätte.«

»Wie die Freundschaftsketten mit dem goldenen 𝔄?«

»Ah, die Freundschaftsketten.« Brockmanns Augen leuchteten. »Die Ketten waren meine Idee. Das goldene 𝔄 für ›Adama‹ und für ›Andreas‹. Ringe konnten wir ja schlecht tragen. Wir wollten doch nicht auffallen. Eine Halskette hingegen ließ sich gut verbergen. Schließlich trage ich normalerweise ein geschlossenes Hemd mit Fliege.«

»Am Mittwoch aber wollte Herr Diabaté Ihnen seine Freundschaftskette zurückgegeben?«

»Ja«, sagte Brockmann düster. »›Ich will die Kette nicht zurück‹, habe ich gesagt, ›sie ist ein Zeichen unserer Liebe. Behalte sie.‹ Aber Adama wollte nicht. ›Ich will sie nicht mehr. Denn ich habe für dich keine Liebe mehr‹, hat er geantwortet und die Kette in den Mülleimer geworfen. In den Mülleimer! Das hat wehgetan, verdammt wehgetan.« Brockmann atmete schwer. Sein Gesicht hatte sich gerötet. »Ich habe versucht ihn umzustimmen, habe gebettelt, gefleht. Vergebens. Schließlich bin ich gegangen, ohne ein Abschiedswort, wie in Trance.«

Rubin nickte Rumphorst zu. Die beiden Kommissare glaubten zu verstehen. Eine klassische Konfliktsituation, in der auch stärkere Persönlichkeiten zu extremen Handlungen fähig sind. Rubin entschied sich, das Gespräch in Richtung des Mordes zu lenken: »Wann haben Sie Herrn Diabaté wiedergesehen?«

»In der Nacht zum Donnerstag habe ich ihn angerufen. Wir haben noch einmal geredet. ›Vernünftig müssen wir jetzt sein‹, meinte Adama, und dass er seine Stelle kündigen und Rheine verlassen würde. Aber dann habe ich so lange auf ihn eingeredet, bis er sich bereit erklärt hat, mich im Falkenhof zu treffen. Gleich und direkt vor seiner Morgenschicht.«

Brockmann schwieg einen Moment.

»Sie sind also mit Ihrem Wagen zum Falkenhof gefahren?«, animierte ihn Rumphorst, in seinem Bericht fortzufahren.

»Ja. Ich habe auf meinem Parkplatz am Museum geparkt und bin zum Kellereingang gegangen. Dort kamen mir Zweifel. Was sollte unser Gespräch noch bringen? Adama schien so unnachgiebig, so fest in seiner Entscheidung, so …«, Brockmann suchte nach dem richtigen Wort, »… entschlossen. Wie hätte ich ihn umstimmen können? Als ich im Halbdunkel vor der Kellertür stand, wurde mir mit einem Mal bewusst, dass unsere Beziehung tatsächlich zu Ende war. Unwiderruflich. Der Gedanke schnürte mir die Kehle zu. Ich … ich habe versucht meinen Kragen zu öffnen, doch der Kragenknopf hatte sich irgendwie verhakt. Da habe ich wohl am Kragen gerissen.«

»Wobei sich der oberste Hemdknopf gelöst hat und ihre Freundschaftskette zerriss.«

»Was ich nicht bemerkt habe. Ich war mit einem Mal so …«

»Wütend«, half ihm Rumphorst auf die Sprünge.

»Nein, eher müde, mutlos, resigniert. Ich wollte die Sache nur noch beenden. Also bin ich durch die Kellertür in das Museum und dann durch die hintere Tür in den Gewölbekeller gegangen. Und dort lag Adama am Boden und da war Blut, so viel Blut. Ich … ich habe mich umgedreht, bin zurück zu meinem Wagen gerannt und einfach losgerast. Ich wollte nur noch weg.«

Rubins Augen glitzerten: »Sie haben eines vergessen, Herr Brockmann: nämlich zu schildern, wie Sie Herrn Diabaté getötet haben.«

»Nein!«, schrie Brockmann gellend und sprang auf.

Oberkommissar Rumphorst schnellte ebenfalls hoch, legte ihm seine Hand auf die Schulter und drückte ihn energisch zurück auf den Stuhl. »Bitte setzen Sie sich!«

»Ich habe Adama nicht getötet«, wimmerte Brockmann. »Er war bereits tot, als ich in den Keller kam, das müssen Sie mir glauben. Ich habe ihn nicht getötet!«

»Beruhigen Sie sich! Schildern Sie uns, was geschah, als Sie in den Gewölbekeller kamen.«

»Das habe ich Ihnen doch schon geschildert!«

»Natürlich haben Sie das. Aber falsch!«, fuhr ihn Rubin scharf an. »War es nicht so, dass Herr Diabaté noch lebte, als Sie in den Keller kamen? Dass er nicht auf Ihre Vorschläge zur Fortsetzung der Beziehung eingehen wollte? Sie dann die Frustration und der Zorn übermannten? Sie in Ihrer Jackentasche die Schere spürten, die Sie immer bei sich tragen, für den Fall, dass es bei der Einrichtung einer

Ausstellung etwas zu schneiden, zu kappen gibt? Dass Sie diese Schere dann herausgerissen und Herrn Diabaté in den Hals gestoßen haben? Wieder und immer wieder? War es nicht so? War es nicht so?!« Rubins Stimme war immer lauter geworden.

»Nein, nein, nein«, wimmerte Brockmann und schlug die Hände vors Gesicht.

Im Raum breitete sich Schweigen aus. Selbst das Jammern des Verdächtigen verebbte.

»Was haben Sie dann getan?«, fragte Rumphorst ruhig und sachlich.

»Ich … ich bin nach Hause gefahren, habe mich verkrochen wie ein waidwundes Tier. Dann habe ich überlegt … und mich entschieden, so zu tun, als wäre ich gar nicht im Museum gewesen … als hätte ich nichts gesehen.«

›Als hätte ich Diabaté nicht getötet, müsste es wohl eher heißen‹, dachte Rubin. Doch laut sagte sie: »Was heißt das konkret?«

»Für den Morgen war ein Treffen mit einem Vertreter der Presse geplant, der einen Exklusivbericht über das Dionysius-Evangeliar schreiben will. Er sollte das Evangeliar vorab fotografieren dürfen. Dazu mussten wir in den Gewölbekeller gehen. Ich … ich fand es eine gute Idee, den Pressevertreter vorausgehen und Adama … den Toten finden zu lassen. Dass der Reporter seine Frau mitbringen würde, konnte ich ja nicht ahnen.«

Rubin erhob sich. »Doktor Andreas Brockmann, ich verhafte Sie unter dem Verdacht, Ihren Geliebten Adama Diabaté am Morgen des 6. August 2020 getötet zu haben. Es steht Ihnen frei, sich zu dieser Beschuldigung zu äußern oder nicht zur Sache auszusagen. Für die weitere Vernehmung können Sie einen von Ihnen gewählten Verteidiger hinzuziehen.«

Das Gesicht Brockmanns wurde aschfahl. Er versuchte zu protestieren, aber seinem trockenen Hals entrang sich nur ein unverständliches Krächzen.

»Rumphorst, bitte sorgen Sie dafür, dass Herr Brockmann in Gewahrsam genommen und zur weiteren Vernehmung nach Münster verbracht wird.«

COCKTAILS UND
EIN MITTAGSSNACK

Die Atmosphäre auf dem neu gestalteten Marktplatz erinnerte an Mailand oder Venedig. Die gleißende Sonne strahlte von einem wolkenlosen Himmel. Es herrschten über 30 °C im Schatten, geradezu mediterrane Temperaturen. Sonnenschirme in Rot, Ocker und Gelb bildeten ein farbenfrohes Fleckenmuster und ein Gewirr aus niedrigen Bistrotischen und Korbstühlen vermittelte den Eindruck lässiger Unaufgeräumtheit. Der ganze Platz schien ein einziges Freiluftbistro zu sein. Im östlichen Teil plätscherten neu installierte Wasserspiele und über allem thronte, wie seit nunmehr 500 Jahren, die Stadtkirche St. Dionysius.

Nur mit Mühe fanden Anna und Maggie zwei freie Plätze im »Café Echtzeit«. Neben ihnen war, so schien es, halb Rheine auf die Idee gekommen, einen Mittagssnack am Marktplatz einzunehmen. Die Bedienungen wirkten angesichts des Ansturms leicht genervt. Es dauerte eine ganze Weile, bis die beiden Frauen ihre Bestellung aufgeben konnten. Ausreichend Zeit, die ausliegenden Speisekarten zu studieren. Dabei entdeckten sie, dass das Café auch alkoholfreie Cocktails anbot.

»Für mich wäre ein Virgin Sunrise perfekt«, meinte Maggie. »Grenadine, Orangen-, Ananas- und Zitronensaft, aber definitiv kein Alkohol – genau das Richtige für eine Autofahrerin an einem solch heißen Tag.«

»Prima, ich schließe mich an.«

»Zweimal das Mittagsgericht und zwei Virgin Sunrise«, orderte Anna, als die Bedienung endlich an ihren Tisch kam. »Die Cocktails können Sie gerne auch schon vor dem Essen servieren.«

Natürlich wurden die Cocktails und der Salat mit den köstlich duftenden Hähnchenbruststreifen zeitgleich serviert. Angesichts des mürrischen Gesichtsausdrucks der Kellnerin verzichtete Anna auf einen Kommentar. Maggie machte sich heißhungrig über die kross aufgebackenen Baguettescheiben her.

»Hey, wenn mein Mann uns jetzt so sehen könnte, würde er vor Neid erblassen«, merkte Anna aufgeräumt an. »Der Arme wühlt sich sicherlich noch immer durch endlose Stapel staubiger alter Zeitungen.«

»Schicken Sie ihm doch ein Selfie«, ermunterte sie Maggi und schob sich ein weiteres Stück Baguette in den Mund.

»Super Idee … Achtung: SMILE. So, jetzt noch eine nette Unterschrift … und ab die Post!«

»Sie sollten das Essen nicht vergessen. Die Senf-Honig-Soße am Salat ist göttlich.«

DER TEUFEL IM DETAIL

Einige Hundert kleinbedruckter Zeitungsseiten hatte Moritz Mey schon überflogen. Seine Augen waren müde und brannten. Im Hals kitzelte der Staub eines ganzen Jahrhunderts. Inzwischen war er in seiner Recherche bei den RAZ-Ausgaben aus dem August 1914 angelangt.

Der Erste Weltkrieg war erst wenige Tage alt, aus den Meldungen und Artikeln sprachen Kriegsbegeisterung und Siegeszuversicht. Die Schrecken des Stellungskrieges, der Schützengräben und der Gasangriffe lagen noch in weiter Ferne. Verdun war für die meisten Zeitungsleser nichts anderes als eine idyllische Kleinstadt im Nordosten Frankreichs.

Moritz fiel auf, dass unter allen abgedruckten Berichten die Meldungen über Spione und Spionage einen breiten Raum einnahmen. Täglich wurde über die Verhaftung tatsächlicher oder vermeintlicher Agenten berichtet. Moritz entdeckte sogar mehrere Kurzmitteilungen über Lynchjustiz an Spionen oder an Menschen, die die Menge für solche hielt. In der RAZ vom 7. August 1914 fand sich dann ein bemerkenswertes Bulletin der deutschen Reichsregierung. Unter der Überschrift Zur Bekämpfung der Spionage hieß es dort:

Berlin, 6. August. Mit dankenswerter Hingabe hat sich die Bevölkerung der Aufgabe angenommen, an der Sicherheit des Vaterlandes durch Fahndung auf feindliche Spione mitzuwirken. Im Übereifer sind aber mehrfach Maßnahmen getroffen worden, die nicht zweckmäßig waren. … Es ist zwar durchaus notwendig, daß von der schärfsten Aufmerksamkeit nicht um Haaresbreite abgewichen wird. Man enthalte sich aber jeder Tätlichkeit.

Zumindest für einen Menschen kam dieses Bulletin jedoch offenkundig zu spät, wie im Lokalteil derselben Ausgabe der RAZ zu lesen war. In reißerischer Sprache wurde dort vom Tod eines »Mannes aus Rheine« berichtet. Dieser, ein Tuchhändler, dessen Name lediglich als »Peter K.« angegeben wurde, war angeblich von einem Müllergesellen nahe Gronau dabei beobachtet worden, wie er von einem Weizenfeld aus motorisierte militärische Einheiten des kaiserlichen Heeres observierte. Auf die lauten Rufe des Müllers hin hatte eine zunehmend größer werdende Rotte von Bauern ihn verfolgt, nach einer gnadenlosen Jagd kurz vor dem Erreichen seines Automobils gestellt und mit Dreschflegeln und Mistgabeln zu Tode gebracht. Seine Papiere wiesen ihn als deutschen Staatsbürger, aber gebürtigen Franzosen aus, was eine Spionagetätigkeit für alle Beteiligten plausibel erscheinen ließ.

Moritz Mey richtete sich auf. Sein Blick ging ins Leere. Im August 1914 war das Dionysius-Evangeliar kommentarlos in den Tiefen des Kirchentresors der Dionysius-Gemeinde verschwunden. Nun wusste er, warum.

Gedankenverloren schloss er den Folianten mit der aufgedruckten Jahreszahl 1914.2 und legte ihn zurück an seinen angestammten Platz im Regal. Ein letzter Blick – er legte Wert darauf, das Archiv so zu verlassen, wie er es vorgefunden hatte.

»Julia?!«

»Ach, der Herr ist fertig.«

»Mit den Nerven und der Recherche.«

»Und? War Letztere erfolgreich?«

»Ich denke, schon. Zumindest habe ich klare Indizien für das Ende von Peter Körner und eine Erklärung für den verschämten Umgang mit dem von ihm gestifteten Evangeliar gefunden.«

In knappen Worten berichtete Moritz von den Zeitungsartikeln, die er entdeckt, und den Schlussfolgerungen, die er aus deren Inhalt gezogen hatte.

»Peter Körner ist also ein Opfer der Zeitumstände geworden«, meinte Julia nachdenklich.

»Entschuldige, wenn ich dir an dieser Stelle widerspreche, aber niemand wird ein Opfer von Zeitumständen. Man wird immer ein Opfer von Menschen und ihres Handelns, von Menschen, die, meinetwegen, von ihrer Zeit geprägt sind, im Guten, wie im Schlechten.«

Ein markanter Glockenton signalisierte Moritz das Eintreffen einer WhatsApp-Nachricht. Er zögerte einen Moment.

»Geh ruhig ran.«

»Sorry«, murmelte Moritz, während er seine Geheimzahl eingab und den sich öffnenden Startbildschirm fixierte. Die Messengernachricht von Anna enthielt ein Bild mit der Unterschrift: »Lieben Gruß ins dunkle Archiv … und ein Foto von Maggie und mir. Na, neidisch?«

Das lichtdurchflutete Selfie war offenkundig unter einem ockerfarbenen Sonnenschirm aufgenommen worden. Im Hintergrund war der Turm der Stadtkirche zu erkennen. Anna und eine ihm unbekannte Frau, Maggie Uppkampp, wenn er die Bildunterschrift richtig deutete, saßen an einem runden Bistrotisch. Beide schienen bester Laune. Vor ihnen standen zwei bunte Salatteller, in der Mitte des Tisches ein Weidenkörbchen mit geschnittenem Baguette. Maggie Uppkampp hielt ein Cocktailglas in ihrer linken Hand. Sie schien ihm zuzuprosten. Der bunte Strohhalm und das Papiersonnenschirmchen leuchteten in der Sonne.

›Na super, die Damen lassen es sich gut gehen, während ich mich durch Berge alter Zeitungen quäle‹, dachte Moritz. Dann stutzte er.

Die junge Frau an Annas Seite trug eine luftige, langärmelige Bluse – nicht unbedingt ein Kleidungsstück erster Wahl an solch einem heißen Sommertag. Aber mehr noch als die Bluse irritierte Moritz das Armband, das, durch die Selfie-Perspektive merkwürdig verzerrt, an Maggies linkem Handgelenk glitzerte. Ein Bettelarmband mit Buchstaben-Anhängern. Moritz konnte ein M und zwei G identifizieren. Doch dort, wo er angesichts des Namens der Armbandträgerin zwischen dem M und den beiden G ein A erwartet hätte, klaffte eine Lücke.

Mey durchfuhr ein Adrenalinstoß. Das war es! Das entscheidende Detail! Jetzt kannte er die Mörderin vom Falkenhof.

Dann schoss ihm das Blut in den Kopf. Denn gleichzeitig mit dieser Erkenntnis wurde ihm bewusst, dass sich seine Frau in höchster Gefahr befand.

DER SCHWARZE KOFFER

Er hatte kein Wort gesprochen, als zwei uniformierte Polizisten ihn in ihre Mitte nahmen. Das Hinzuziehen eines Anwaltes hatte er kopfschüttelnd abgelehnt. Nun befand sich Doktor Andreas Brockmann auf dem Weg in die JVA Münster.

»Der Fall dürfte geklärt sein.« Mit einem zufriedenen Lächeln lehnte sich Hauptkommissarin Rubin zurück. »Brockmann hatte ein Motiv, das Mittel und die Gelegenheit, den Mord zu begehen.«

»Beim Motiv stimme ich Ihnen zu. Verschmähte Liebe und Zurückweisung, beides klassische Mordmotive. Die Gelegenheit ergibt sich aus dem Besitz des Schlüssels zum Falkenhof-Museum wie auch aus den Beobachtungen der Zeugen, die Brockmanns Wagen zum wahrscheinlichen Tatzeitpunkt am Falkenhof gesehen haben.«

»Zudem leugnet er nicht, zur fraglichen Zeit im Gewölbekeller gewesen zu sein.«

»Richtig. Aber beim Tatmittel bin ich nach wie vor skeptisch.«

»Wieso das?«, fragte Rubin verblüfft.

»Es handelt sich dabei doch um eine altertümliche Blechschere. Wie sollte Brockmann in den Besitz eines solchen Werkzeuges gelangt sein?«

»Meine Güte, Rumphorst, der Mann arbeitet in einem historisch ausgerichteten Museum. Hier gibt es jede Menge Altertümer. Warum nicht auch altes Werkzeug. Wetten, dass wir, wenn wir die Museumswerkstatt durchforsten, ähnlich alte Gerätschaften finden, wie die Tatwaffe?«

»Mag sein.« Rumphorst blieb skeptisch. »Ein Beweis wäre das aber immer noch nicht. Solange Brockmann den Besitz der Schere leugnet und ebenso die Tat …«

»Ja, ja, Herr Kollege, selbstverständlich hat er so lange als unschuldig zu gelten. Aber wir werden die Schere erneut und penibel auf Fingerabdrücke hin untersuchen und den Boden um die Fundstelle der Leiche auf Fußspuren. Wenn es weitere Indizien gibt, die Brockmann belasten, dann werden wir sie finden! Und dann wird der Herr Ausstellungsleiter die Tat gestehen, da bin ich mir sicher!«

In diesem Augenblick läutete Rumphorsts Smartphone. Mit einer entschuldigenden Geste in Richtung Rubin nahm er das Telefongespräch an.

»Rumphorst.«

»Nottendorf.«

»Ja?«

»Nein.«

»Nein?«

»Ja!«

»Doktor! Was immer es ist, das Sie mir mitteilen wollen, lassen Sie die Spielchen und kommen Sie zur Sache.«

»Gut, dann also hier der Klartext: Nein, die DNA-Analyse ist noch nicht abgeschlossen. Aber ja, die zytologische Untersuchung schon.«

»Herr Doktor Nottendorf«, in Rumphorsts Stimme schwang deutlich erkennbarer Ärger mit, »ich habe keine Ahnung, wovon Sie reden. Welche DNA-Analyse und welche zytologische Untersuchung meinen Sie?«

»Aha, ich beginne zu verstehen: Sie haben den Bericht Ihres Kollegen Faltermüller zur Obduktion der Leiche aus dem Falkenhof in Rheine noch gar nicht gelesen.«

»Faltermeyer«, korrigierte Rumphorst mechanisch, während es in seinem Kopf arbeitete. Offenbar war die Obduktion der Leiche Diabatés in der Rechtsmedizin abgeschlossen und Faltermeyer hatte eine entsprechende Aktennotiz verfasst und weisungsgemäß auf seinem Schreibtisch in Greven abgelegt. So weit, so verständlich.

»Entschuldigen Sie, Doktor, aber worum genau geht es bei den von Ihnen durchgeführten Analysen eigentlich?«

Nottendorf seufzte. »Dann also hier nochmals die Kurzfassung zum Mitschreiben für die Herren von der Kriminalpolizei: Unter den Fingernägeln des Toten habe ich Hautpartikel gefunden. Er muss das Gegenüber im Zuge seiner Abwehrversuche gekratzt haben. Wahrscheinlich an dem Arm, mit dem die Stiche ausgeführt wurden. Dabei ist Hautgewebe unter seine Fingernägel geraten. In durchaus ausreichender Menge, um eine DNA-Analyse vorzunehmen. Die derzeit in Arbeit ist. Zudem habe ich mir einige der Hautpartikel unter dem Mikroskop angeschaut.«

»Und das Ergebnis?«, fragte Rumphorst gespannt.

»Zwei X-Chromosomen.«

»Wie bitte?«

»Nun, die vom Toten gekratzte Person war in jedem Falle weiblich.«

»Unser Täter ist also eine Frau?«, schrie Rumphorst.

»Mit der größten Wahrscheinlichkeit.«

»Danke, Doktor. Sie haben uns sehr geholfen.«

»Stets zu Diensten.«

Rubin hatte wesentliche Teile des Telefonates mitgehört. Wortlos starrten sie und Rumphorst sich an. Beiden dämmerte die Erkenntnis eines fundamentalen Fehlers. Sie hatten die falsche Person verhaftet.

»Wenn Brockmann also doch die Wahrheit gesagt hat …«, überlegte Rumphorst.

»Wovon nach neuer Faktenlage auszugehen ist.«

»… wenn er also tatsächlich erst in den Gewölbekeller gekommen ist, nachdem der Mord stattgefunden hat, dann muss der Mörder … nein, dann muss die Mörderin vor ihm im Keller gewesen sein.«

»Um dazu in der Lage zu sein, benötigte sie einen Schlüssel zum Falkenhof.«

»Den hat aber außer der im Koma liegenden Agnetha Löchte …«

»Die wir durchaus noch nicht aus dem Kreis der Verdächtigen entlassen sollten.«

»… nur noch Markus Klein, die zweite Reinigungskraft.«

»Der uns eben in der Befragung diesen Schlüssel nicht vorzeigen wollte.«

»Oder nicht vorzeigen konnte! Wir Hornochsen!«

»Rufen Sie Klein an. Sofort!«

Mit hektischen Tippbewegungen wählte Rumphorst die Handynummer, die ihm der Putzmann am Ende seiner Befragung gegeben hatte.

»Hallo, hier ist der Markus.«

»Kriminaloberkommissar Rumphorst. Wo sind Sie, Herr Klein?«

»Ähm … in der Wohnung meiner Freundin. Warum?«

»Trakehner Weg 17, korrekt?«

»Ja doch. Aber warum wollen Sie das wissen?«

»Bleiben Sie, wo Sie sind. Wir sind in zehn Minuten bei Ihnen.«

»Wozu das denn? Äh, Mann, was für ein Stress! Können Sie mich nich' in Ruhe lassen?«

»Wir haben neue Erkenntnisse im Mordfall Diabaté und diese könnten dazu führen, dass Sie auf der Liste unserer Verdächtigen ganz nach oben rutschen. Also, bleiben Sie gefälligst in der Wohnung Ihrer Freundin, wenn Sie nicht wollen, dass wir Sie zur Fahndung ausschreiben!«

»Okay, ist ja okay, ich bleibe schon hier.«

Wenige Minuten später waren Rubin und Rumphorst in einem Streifenwagen, wenngleich ohne Signalhorn und Blaulicht so doch mit hohem Tempo, in Richtung Dorenkamp unterwegs. Sicherheitshalber hatte die Hauptkommissarin bei der Staatsanwaltschaft in Münster telefonisch die Erlaubnis zur Durchsuchung der Wohnung eingeholt.

Der Trakehner Weg entpuppte sich als ruhige Sackgasse, an deren Ende das Haus Nummer 17 lag, ein geräumiger Bungalow mit Einliegerwohnung. Auf den Klingelschildern standen die Namen Pötter und Uppkampp. Doch die Klingel zu betätigen war unnötig. Markus Klein erwartete sie.

»Ich habe nichts mit dem Mord zu tun«, beteuerte er bereits an der Türe, während er die Polizisten nach links in die Einliegerwohnung führte. Die Wohnung bestand aus zwei Zimmern und war spärlich möbliert. Weiße Furniermöbel, die nicht unbedingt einen wertigen Eindruck machten, dazu verschlissene Polstermöbel – die Wohnungseinrichtung legte den Schluss nahe, dass die Mieterin nicht eben gut betucht war.

Markus Klein fläzte sich auf einen der beiden abgewetzten Sessel und forderte Rubin und Rumphorst mit einer lässigen Handbewegung auf, gleichfalls Platz zu nehmen. Der uniformierte Beamte, der die beiden Kriminalbeamten ins Haus begleitet hatte, blieb demonstrativ an der Wohnungstür stehen.

»Sie haben also einen Schlüssel zur Wohnung Ihrer Freundin«, eröffnete Rubin das Gespräch.

»Nä, hab' ich nicht, aber Frau Pötter hat mich reingelassen.«

»Frau Pötter ist die Vermieterin?«

»Korrekt. Die kennt mich. War schließlich schon x-mal hier.«

»Warum sind Sie nach unserem Gespräch in die Wohnung Ihrer Freundin gefahren?«

»Deshalb!« Mit einer großspurigen Geste wies Klein auf den Couchtisch, auf dem ein rundlicher Chip-Schlüssel lag.

»Ihr Schlüssel für den Falkenhof«, stellte Rumphorst lakonisch fest.

»Ja, mein Schlüssel, den diese Bitch mir gemopst hat! Nach unserer letzten Nacht muss sie ihn von meinem Schlüsselbund abgemacht und mitgenommen haben. Ich habe ihn gestern den ganzen Nachmittag gesucht.«

»Und auf die Idee, Ihre Freundin anzurufen und nach dem Schlüssel zu fragen, sind Sie nicht gekommen?«, fragte Rubin mit einem spöttischen Unterton.

»Hey, natürlich bin ich das! Hab' mir die Finger wundgetippt. Telefon, WhatsApp, Facebook, alle Kanäle, Mann. Aber die Bitch hat einfach nicht geantwortet. Also hab' ich weitergesucht. ›Vielleicht hab' ich ihn ja auch verbaselt, hab' ich gedacht. Manchmal bin ich eben ein bisschen verpeilt. Aber dann ist mir heute beim Verhör klar geworden, wie wichtig das Ding ist.«

»Im Anschluss an unser Gespräch sind Sie also zur Wohnung Ihrer Freundin gefahren und da lag der Schlüssel dann einfach so herum. Welch ein glücklicher Zufall«, höhnte Rubin. »Mann, erzählen Sie uns keine Märchen! Den Schlüssel haben doch die ganze Zeit Sie gehabt! Diese ganze Show hier ist doch nur für uns inszeniert!«

»Nein. Es war wirklich so. Na gut, der Schlüssel lag hier nicht einfach so rum. Aber ich kenn' doch Maggies Verstecke. Ich hab' ihn in einem eingerollten Paar Söckchen in ihrer Wäscheschublade gefunden«, grinste Klein.

Rumphorst kam eine Idee. »Haben Sie bei Ihrer Suche vielleicht etwas Ungewöhnliches entdeckt. Oder ist Ihnen etwas aufgefallen, das anders war als sonst?« Gespannt blickte der Oberkommissar den jungen Mann an.

»Eigentlich nicht. Bis auf … bis auf den schwarzen Lederkoffer unten im Kleiderschrank. Sieht ziemlich alt aus, das Teil. Hab' ich hier vorher noch nie gesehen.«

Die beiden Kommissare schauten sich kurz an. Beide dachten sie dasselbe.

»Wären Sie so freundlich, uns diesen Koffer einmal zu zeigen? Bitte.« Rubin war mit einem Mal die Höflichkeit selbst.

»Warum nicht«, brummte Klein und verließ das Zimmer.

Die Beamten hörten im Nebenraum das Quietschen eines Türscharniers. Dann kam Klein mit einem schwarzen, durch zwei Riemen gesicherten Lederkoffer in der Hand aus dem Schlafzimmer zurück.

»Bitte sehr.«

Rubin und Rumphorst hatten Einmalhandschuhe übergestreift. Vorsichtig löste der Oberkommissar die beiden Riemen und betätigte die Kofferschließen. Sie ließen sich geschmeidig öffnen. Augenscheinlich waren sie erst vor Kurzem geölt worden. Langsam öffnete er den Deckel. Im Koffer lag eine beige-braun-karierte Wolldecke, über und über bedeckt mit blutroten Sprenkeln.

»Unser fehlendes Beweisstück: die Abdeckung am Fuß der Vitrine im Falkenhof zum Zeitpunkt des Mordes«, konstatierte Rubin mit belegter Stimme.

»Womit feststehen dürfte«, schlussfolgerte Luke Rumphorst mit messerscharfer Logik, »dass der Name der Mörderin Margarete Upp-kampp lautet.«

IN DER SACKGASSE

D er Cocktail schmeckte köstlich. Genau das Richtige an Tagen
wie diesen. Beherzt griff Anna auch beim Baguette zu. Die
knusprige Kruste knisterte, als sie ein Stück abbrach und es sich genussvoll in den Mund schob. In diesem Moment gab ihr Smartphone
ein weiteres Mal ein Pling-Plong-Pling von sich.

»Herrjeh, hat man denn niemals Ruhe?«, stöhnte sie und verdrehte
ihre Augen.

»Handys können eine Plage sein«, bemerkte Maggie kauend und
stieß ihre Gabel beherzt in den Krautsalat.

»Eine Plage, aber auch ein Segen«, ergänzte Anna, legte das Baguette auf ihren Teller und griff zum Smartphone. »Entschuldigen Sie,
ich checke nur kurz die WhatsApp-Nachricht. Sie könnte von Moritz
sein. Vielleicht hat er mit seiner Recherche abgeschlossen und möchte
zu uns stoßen.«

»Das Selfie mit Cocktails und Salat hat ihm bestimmt Appetit gemacht«, grinste Maggie und schob sich eine Gabel Krautsalat in den
Mund.

Die eingegangene Nachricht stammte tatsächlich von Moritz. Sie
war so kurz wie alarmierend: »Fehlendes A an Uppkampps Armband
ist A aus Blutlache im Falkenhof!«

»Na, wichtige Neuigkeiten?«

Anna schaute von ihrem Smartphone auf. Sie brauchte einen Moment, doch dann hatte sie verstanden. Unwillkürlich wanderte ihr
Blick zu Maggies linkem Arm, an dessen Handgelenk ein Bettelarmband blinkte. »M-G-G-I-E«, entzifferte sie. Ihr lief ein Schauer über
den Rücken. Das »A« fehlte! Moritz hatte recht!

Als habe sie Annas Blick wie einen sengenden Strahl gespürt, griff
Maggie Uppkampp sich an das linke Handgelenk und drehte ihr

Armband, sodass die Buchstaben aus Annas Blickfeld verschwanden. Dann hob sie den Kopf.

Wortlos sahen sich die beiden Frauen an. In Maggies Augen blitzte die Erkenntnis auf: Ihr Spiel war aus. Röte überzog ihr Gesicht. Sie schluckte und stotterte: »Ich … ich muss gehen. Ein … wichtiger Termin. Der ist mir gerade erst wieder eingefallen.« Abrupt stand sie auf. Mit einem hässlichen Kratzen schob sie den Stuhl zurück, so heftig, dass dieser umkippte.

»Warten Sie, ich möchte mich noch bedanken … Das Album, Sie haben das Fotoalbum vergessen …«, rief Anna. Doch ihre Worte trafen nur noch den Rücken der Davoneilenden. Hastig begann sie in ihrer Handtasche zu kramen. ›Mein Portemonnaie, wo ist nur mein Portemonnaie?‹ Endlich hatte sie es im Chaos zwischen Erfrischungstüchern, Brillenetui und Lutschbonbons gefunden, riss eine 20-Euro-Note aus dem Scheinfach und knallte sie auf den Tisch. »Stimmt so«, rief sie der Bedienung zu, die gerade am Nebentisch kassierte, und spurtete Maggie hinterher.

Die junge Frau hatte sich bereits einen Vorsprung im Gewirr der Tische erarbeitet, die auf dem Pflaster des Marktplatzes eine Art Hindernisparcours bildeten. Ihr Ziel war augenscheinlich die St. Dionysius-Kirche, deren Turm vor ihnen aufragte. Ohne sich umzusehen, spurtete sie auf das seitliche Portal der Kirche zu. Heftig zerrte sie an der schweren bronzenen Tür, ohne den seitlich angebrachten Taster für die automatische Türöffnung zu beachten.

Als Anna das Südportal erreichte, hatte sich die Kirchentür bereits wieder geschlossen. Maggies Vorsprung betrug also immerhin gut zehn Sekunden. Anna drückte den Öffner und die Tür schwang auf. Nach dem grellen Sonnenschein draußen brauchten ihre Augen einen Moment, um sich an das sanfte Dämmerlicht im Inneren der Kirche zu gewöhnen. Gemessenen Schrittes betrat sie den Ehrfurcht gebietenden Kirchenraum. Himmelan strebende Säulen trugen in luftiger Höhe ein helles, mit Weinranken geschmücktes Gewölbe. Die hohen, buntverglasten Kirchenfenster brachen die Sonnenstrahlen, filterten sie, sodass das Kircheninnere in ein mildes, freundliches Licht getaucht war.

Anna sah sich um. Maggie Uppkampp war nirgends zu entdecken. Suchte die junge Frau etwa Zuflucht unter dem Dach der Kirche? Anna kam der Begriff »Kirchenasyl« in den Sinn. Gab es dieses heute noch und wenn ja, galt es auch für eine Mörderin?

Sie wandte sich nach links, passierte den Schriftenstand und bewegte sich vorsichtig in Richtung des Westportals. Lautlos umrundete sie einen der mächtigen Pfeiler, die an dieser Stelle den Turm der Kirche trugen.

»Fuck, verdammt!« Der kaum unterdrückte Fluch kam vom Westportal her. Maggie stand vor den schweren Bronzetüren und versuchte verzweifelt deren rechte zu öffnen. Allerdings war das Portal wie üblich fest verschlossen. Besonders gut schien sich die Mörderin in der Stadtkirche nicht auszukennen. Dass sie das entsprechende Hinweisschild zwischen den beiden Türen übersehen hatte, war hingegen angesichts der fiebrigen Aufregung, in der sie sich befand, durchaus verständlich.

Voller Panik rüttelte sie erneut ungestüm am bronzenen Türgriff. Im gleichen Augenblick entdeckte sie Anna. Fluchend sah sie sich um, dann stürzte sie in Richtung des Seitenausganges davon. Plötzlich stoppte Maggie. Aus dem Augenwinkel hatte sie in der Ecke zwischen einem der Turmpfeiler und dem Opferlichttisch vor der Pietà eine offen stehende, dunkle Holztür entdeckt. Ein Weg ins Freie! Eine Möglichkeit zu entkommen! Abrupt änderte sie ihre Laufrichtung, schlüpfte behände durch die Tür und zog sie mit einem heftigen Ruck hinter sich zu.

›Das ist doch der Aufgang zum Kirchturm‹, schoss es Anna durch den Kopf. ›Damit sitzt Maggie in der Falle. Oder gibt es einen zweiten Zugang zum Turm? Vielleicht über das Dachgeschoss? Verdammt, ich weiß es nicht!‹

Vorsichtig drückte sie den Griff der Tür herunter. Mit einem ächzenden Knarren schwang diese auf und gab den Blick auf die ersten Stufen einer steinernen Wendeltreppe frei, die nach oben führte. Eine einzelne schummrige Wandleuchte erhellte den Turmaufgang mit ihrem matten Licht. Anna holte tief Luft. Über sich hörte sie hastige Schritte und keuchendes Atmen. Maggie Uppkampp befand sich auf dem Weg in die oberen Stockwerke. Entschlossen begann auch Anna den Aufstieg.

Die ausgetreten Steinstufen der engen Wendeltreppe waren nicht eben einfach zu begehen. Schon nach kurzer Zeit begann sie zu schnaufen. Schweiß stand ihr auf der Stirn. Von oben kam ein schriller Schrei. Anna blieb stehen und lauschte.

»Hey, Sie! Was soll das? Bleiben Sie stehen! Das ist kein öffentlicher Aufgang! Da dürfen Sie nicht rauf! Ughh – Auuuu!«

Offenbar befand sich eine zweite Person im Turm. Dies erhöhte die Chancen, Maggie zu fassen. Keuchend hastete Anna weiter. Endlich erreichte sie die erste Geschossebene. Ein rascher Rundblick. Rechts führte eine hölzerne Treppe ins nächste Geschoss. Daneben eine Holzhütte, in der sich das kunstvolle mechanische Räderwerk der Kirchturmuhr gleichmütig drehte. In der gegenüberliegenden Wand gab es eine neuzeitliche Stahltür, die offen stand. Durch sie gelangte man in den Dachraum der Kirche. Anna erhaschte einen Blick auf das Gewirr der Dachbalken. Ein von Holzgeländern eingefasster Bretterpfad führte über das Kirchengewölbe wie ein Steg über ein erstarrtes Meer aus grauen Wellen. Maggie war nirgends zu sehen.

Indes krümmte sich vor der Uhrenhütte eine Frau in einer schwarzen Soutane am Boden. Die Küsterin von St. Dionysius. Mit schmerzverzerrtem Gesicht hielt sie sich den Bauch. Offenbar hatte sie einen Schlag in die Magengrube bekommen.

»Sie ist da hinauf«, presste sie stöhnend hervor und zeigte auf die Holztreppe, die ins zweite Obergeschoss führte.

Anna wischte sich über die schweißnasse Stirn. »Rufen Sie die Polizei. Die Frau ist eine Mörderin!« Dann folgte sie Maggie Uppkampp entschlossen nach oben.

Das nächste Geschoss war menschenleer. Vorsichtig erklomm Anna die Stufen einer weiteren Holztreppe, stets auf der Hut vor einem überraschenden Angriff. Doch der blieb aus. Anna erreichte das Glockengeschoss. Durch die mit Lamellen versehenen Schallöffnungen fiel das Sonnenlicht auf fünf mächtige Bronzeglocken, deren älteste bereits bei der Fertigstellung des Turmes vor 500 Jahren im eichenen Glockenstuhl aufgehängt worden war. Auch hier, stellte Anna beklommen fest, von Maggie keine Spur. Damit blieb als Zufluchtsort nur noch das oberste Turmgeschoss, erreichbar über eine wackelige, leiterartige Holztreppe.

Schwer atmend verhielt Anna am Fuß der Treppe und lauschte. Von oben drang ein kreischendes Quietschen, so als würde ein Fenster mit schlecht geölten Angeln geöffnet. Vorsichtig machte sich Anna an den Aufstieg, angstvoll bemüht, jedes Geräusch zu vermeiden. Geduckt hob sie den Kopf über das Niveau des aus groben Holzbrettern gezimmerten Fußbodens. Die oberste Turmstube war leer – bis auf eine weibliche Gestalt, die an einer der rechteckigen Fensteröffnungen stand. Sie hatte den hölzernen Laden aufgezogen. Durch die Luke war ein Stück blauen Himmels zu erkennen. Behände nahm Anna die letzten Treppenstufen, dann stand sie mit beiden Beinen auf dem Holzfußboden des Turmgelasses.

»Hallo Maggie.« Annas Stimme klang rau und spröde.

»Bleiben Sie, wo Sie sind, oder ich springe!«

»Mensch, machen Sie sich nicht unglücklich!«

Maggie Uppkampp lachte gezwungen. »Unglücklich bin ich schon. Unglücklicher kann ich gar nicht mehr werden.«

»Ich möchte Ihnen helfen.« Anna machte einen Schritt auf die am Fenster stehende Gestalt zu.

»Bleiben Sie stehen! Keinen Schritt weiter!«, gellte es ihr entgegen.

»In Ordnung, okay, ich bleibe ja schon stehen.« Krampfhaft versuchte sich Anna daran zu erinnern, welche Strategie der Coach in ihrem letzten Fortbildungskurs »Deeskalation im Klassenraum« in solch einer brenzligen Situation empfohlen hatte. Doch in ihrem Kopf war nur Panik und Leere.

»Sie wissen es, jetzt wissen Sie es alle. Die ganze Welt weiß es. Ich bin am Ende, am Ende!«

›Reden‹, dachte Anna, ›einfach weiterreden und auf einen günstigen Moment hoffen, um beherzt eingreifen zu können.‹ Etwas Bessres wollte ihr in dieser Situation partout nicht einfallen.

»Ich verstehe nicht. Was weiß denn jeder?«

»Dass ich eine Mörderin bin. Eine Mörderin!« Die letzten beiden Worte schrie Maggie schrill, fast hysterisch durch die offene Fensterluke nach draußen. Der ganze Marktplatz musste sie gehört haben.

»Vielleicht … vielleicht war es ja gar kein Mord, sondern ein Unfall, ein unglücklicher Unfall.«

Maggie lachte erneut und drehte sich mit einer abrupten Bewegung zu Anna um. »Sie versuchen doch nur, mich einzulullen. Sie waren ja nicht dabei!«

»Nein, das war ich nicht. Aber Sie waren dabei. Sie wissen genau, was im Falkenhof geschehen ist.«

»Ja.« Ein Wort wie ein Stoßseufzer. »Ja, das weiß ich.« Maggies Blick schien in weite Ferne zu gehen. »Eigentlich sollte um diese Zeit niemand im Falkenhof sein, so früh am Morgen. Doch dann war plötzlich Adama da. Früher als sonst, verdammt, viel früher als sonst, zu früh! Ich stand da mit der Schere in der Hand und er kam auf mich zu, fragte mich, was ich mache. Ich habe nur gestottert und er … er fing an von Einbruch und Polizei zu faseln. Ich habe geschrien, er solle aufhören, ich würde ihm alles erklären. Aber er«, Maggies Stimme wurde bitter, »er musste den Gesetzestreuen herauskehren, korrekt bis in die Haarspitzen, deutscher als jeder Deutsche, er, ein Flüchtling.« Maggie senkte ihre Stimme zu einem Flüstern. »Er bestand darauf, die Polizei zu holen, direkt und sofort. Als er sein Handy aus der Kitteltasche nahm und den Bildschirm aktivierte, sind bei mir die Sicherungen durchgebrannt. Eigentlich wollte ich nur verhindern, dass er die Polizei anruft.«

Jetzt sprach Maggies ganzer Körper, führte Anna die Szene im Falkenhof plastisch vor Augen.

»Ich hab' ihm das Handy weggerissen. Er aber fing an zu schreien und wollte einfach nicht damit aufhören und da hab' ich zugeschlagen, auf seinen Hals, wieder und immer wieder. Er sollte einfach nur ruhig sein, einfach nur ruhig!«

Maggie sackte in sich zusammen und schluchzte. Dann straffte sich ihr Oberkörper und sie fuhr mit sachlicher Stimme fort. »Dass ich eine Schere in der Hand hielt, hatte ich total vergessen. Das nächste, an das ich mich erinnern kann, war die Stille. Und das Blut, das viele Blut. Überall war Blut! Auf dem Boden, an meiner Hose, an der Schere in meiner Hand. Überall Blut!« Maggie verstummte. Sie atmete schwer.

»Dann war es also eigentlich doch ein Unfall«, versuchte Anna sie zu beruhigen.

»Ach, Sie verstehen nichts, gar nichts! Es geht doch nicht allein um Adama. Dies war doch meine große Chance! Und die ist nun dahin, für immer dahin.« Mit einem klagenden Laut schlug Maggie ihre Hände vors Gesicht.

›Sie hat recht, ich verstehe tatsächlich nichts‹, dachte Anna verwirrt. Laut aber sagte sie: »Womöglich ist sie ja gar nicht dahin, Ihre große Chance. Vielleicht glauben Sie nur in einer Sackgasse zu sein. Möglicherweise gibt es einen Weg aus Ihrem Dilemma.«

Maggie ließ ihre Hände sinken. Mit einem Gesichtsausdruck zwischen Resignation und Hoffnung schaute sie Anna an.

»Es gibt immer einen Weg, Maggie. Kommen Sie!«

Anna streckte ihre Hand aus. Maggie schien zu überlegen.

»Es gibt immer einen Weg«, wiederholte Anna.

Zögernd ergriff Maggie ihre Hand. Dann ging alles blitzschnell. Mit einem heftigen Ruck zog die junge Frau Anna ganz nahe zu sich.

Wirbelte sie herum. Und mit einem Mal stand nun Anna mit dem Rücken zum Fenster, vor sich das verzerrte, hasserfüllte Gesicht ihrer ehemaligen Schülerin, deren Blick ihr das Blut in den Adern gefrieren ließ. Maggies heftiger Stoß traf ihre Brust und ließ sie unwillkürlich zwei Trippelschritte nach hinten machen. Auf Höhe ihrer Hüfte spürte sie die steinerne Brüstung, dahinter nichts als Leere.

»Hey, was soll das, Maggie? Maaaggie!«

NOTRUF

Der Schreck stand ihm ins Gesicht geschrieben. »Maggie eine Mörderin? Das kann nicht sein. Auf keinen Fall. Verdammt, das – kann – nicht – sein!« Verzweifelt hieb Markus Klein auf die Lehne der Couch.

»Mäßigen Sie sich, junger Mann!« Unter Rubins strengem Blick verstummte er.

Im Raum breitete sich Stille aus.

»Wenn Frau Uppkampp die Täterin ist ...«, begann Rubin.

»... dann stellt sich die Frage, wo sie sich derzeit aufhält. In ihrer Wohnung ist sie auf jeden Fall nicht«, stellte Rumphorst lapidar fest.

»Ich lasse sie zur Fahndung ausschreiben. Haben Sie ein Foto Ihrer Freundin?«

Bevor Klein die an ihn gerichtete Frage beantworten konnte, schellte es an der Wohnungstür. Der Streifenbeamte verließ den Raum und kam kurz darauf mit seinem Kollegen zurück, der im Polizeiwagen gewartet hatte.

»Frau Hauptkommissarin, wir haben einen Einsatz in der Stadtkirche! Laut Zentrale hat die Küsterin von St. Dionysius das widerrechtliche Eindringen zweier weiblicher Personen in den Turm der Kirche gemeldet. Bei einer der Frauen soll es sich um eine ›Mörderin‹ handeln!«

Die beiden Kripobeamten sahen sich an.

»Könnte eine der Frauen Margarete Uppkampp sein?«

»Möglicherweise.« Rubin überlegte kurz und gab dann klar und sachlich ihre Anweisungen: »Rumphorst, Sie fahren mit den Kollegen zur Stadtkirche. Währenddessen unterhalte ich mich noch ein wenig mit diesem ... diesem jungen Mann hier.«

Rumphorst nickte.

Sekunden später raste ein Polizeiwagen mit rotierendem Blaulicht und heulendem Martinshorn in Richtung Innenstadt.

UM JEDE SEKUNDE!

Wie schnell läufst du die hundert Meter?«, hatte ein Klassenkamerad Moritz in der Umkleidekabine der schuleigenen Turnhalle gefragt, als sie sich in der elften Klasse auf den Erwerb des Sportabzeichens vorbereiteten. War es jugendliche Unüberlegtheit gewesen oder der vielen Halbstarken eigene Hang, mit erkennbar illusionären Leistungen zu prahlen? Was auch immer, Moritz' Antwort hatte jedenfalls in einem lässig dahingeworfenen »Unter zwölf, und zwar locker!« bestanden. Womit er Sekunden meinte. Der anschließende Hundert-Meter-Lauf brachte ihm dann eine der bittersten Niederlagen ein, an die er sich erinnern konnte. Und auch später war es ihm selbst nach intensivem Training nie gelungen, der selbst vorgegebenen Schallmauer von zwölf Sekunden auch nur nahezukommen. Heute wünschte er sich mehr denn je, er wäre.

Keuchend stürmte Moritz über die Poststraße in Richtung Marktplatz. Er lief wie durch einen Tunnel, blind für alles und alle, an denen er vorbeirannte. In seinem Kopf hämmerten unbarmherzig Gedanken der Verzweiflung und der Angst: ›Anna sitzt am Tisch mit einer Mörderin!‹, ›Anna ist in höchster Gefahr!‹ und ›Hoffentlich komme ich nicht zu spät!‹ Mit flatternden Lungen jagte er über die Marktstraße, hetzte über den lang gezogenen Marktplatz und erreichte mit bebendem Puls das »Café Echtzeit«. Schweiß rann ihm über Stirn und Rücken.

Seine Augen huschten von Tisch zu Tisch. Irgendwo hier hatte Anna das Selfie aufgenommen. An einem dieser Tische mussten die beiden gesessen haben! Doch wohin Moritz auch blickte, sah er nur unbeschwert lachende, sonnengebräunte Menschen. Anna war nicht darunter.

»Sie suchen einen freien Tisch?«, sprach ihn die Bedienung freundlich an, wobei sie geschickt ein Tablett mit Getränken auf ihrer rechten Hand balancierte.

»Keinen Tisch. Ich suche meine Frau«, stieß Moritz nach Atem ringend hervor. »Meine Frau und deren … Freundin. Waren … die beiden hier?«

»Zwei Frauen? Davon bediene ich jeden Tag dutzende. Geht's vielleicht etwas genauer?«, erwiderte die Bedienung spitz und nahm das Tablett in beide Hände.

»Sie sind … eventuell etwas … überstürzt … aufgebrochen.«

»Ach, diese beiden Frauen. Eine ist einfach losgerannt und die andere ihr kurz darauf gefolgt.«

Moritz holte tief Luft. Ruhig bleiben. Mit gepresster Stimme fragte er: »Wohin sind sie gelaufen?«

»In diese Richtung.« Der ausgestreckte Arm der Kellnerin wies in Richtung St. Dionysius. »Zur Kirche.«

Das »Danke« rief Moritz ihr bereits im Laufen zu. An der Kirchentüre kam ihm die Küsterin entgegen.

»Die Kirche ist im Moment geschlossen. Bleiben Sie stehen! Hey, hier können Sie nicht herein!«

»Meine Frau ist da drin. Zusammen mit einer … einer Mörderin!«

Die Küsterin zögerte kurz. »Die beiden Frauen sind im Turm.«

Mit angstverzerrtem Gesicht hastete Moritz durch den leeren Kirchenraum, während die Küsterin die schweren bronzenen Türen des Seitenportals hinter ihm schloss. Damit waren Anna und er in der Kirche gefangen, zusammen mit einer Mörderin.

Moritz schickte ein stilles Stoßgebet zum Himmel: ›Herr im Himmel, lass Anna nichts passieren!‹ Dank des Ortes, an dem er sich gerade befand, war er sich der Übermittlung seiner Bitte sicher. Den Aufgang zum Kirchturm kannte er aus einer früheren Turmführung mit dem Kirchenschweizer der Dionysius-Kirche. Er zerrte die Holztür zum Turmaufstieg auf. Die steinerne Wendeltreppe nahm er mit Riesenschritten.

Das erste Obergeschoss.

Kein Blick für die Faszination des Uhrwerkes der Kirchturmuhr. Vorwärts, weiter, nach oben! Die Stufen der hölzernen Treppe knarrten unter seinen wuchtigen Tritten.

Zweites Obergeschoss.

Niemand zu sehen. Weiter.

Glockengeschoss.

Bronzene Majestät. Moritz schenkte ihr keine Beachtung.

Sie müssen ganz oben, im obersten Stockwerk sein. In seiner Hast verfehlte er die unterste Stufe der leiterartigen Treppe. Es gab einen dumpfen Schlag, als sein rechtes Knie gegen das Holz schlug. Er biss die Zähne zusammen. Nur jetzt kein Laut!

Mit pochendem Herzen lauschte er. Über sich hörte er Stimmen. Dann ein Schrei: »Maaaggie! Neiein!«

Jetzt ging es um jede Sekunde!

AM ABGRUND

Anna stand eng an die halbhohe steinerne Brüstung gepresst. Ein weiterer Schritt nach hinten war unmöglich. Dort gähnte die Tiefe.

Wieder traf sie ein Stoß an der Brust. Dann krallten sich Finger schmerzhaft in Annas Oberarme. Mit brutaler Gewalt drückte Maggie sie nach hinten, dem Abgrund entgegen. Anna drohte das Gleichgewicht zu verlieren. Ihre Hände suchten Halt in der Fensterlaibung, die Fingernägel kratzten über den blanken Stein, splitterten, brachen. In schierem Entsetzen schloss sie die Augen.

»Maaaggie! Neiein!«

Gedämpft, wie durch Watte, drang ein hässliches, splitterndes Geräusch an ihre Ohren. Mit einem Mal hörte der Druck auf ihrer Brust auf. Keuchend ließ sich Anna nach vorne in die rettende Sicherheit des Turmzimmers sinken. In ihren Ohren rauschte das Blut.

Als sie die Augen öffnete, erblickte sie Moritz, der mit rührender Fürsorglichkeit ihr Gesicht streichelte. »Anna, meine Anna! Geht es dir gut?«

»Ich ... bin ... okay.« Ihr Mund fühlte sich trocken und pelzig an. Nur mühsam kamen ihr die Worte über die Lippen. »Was ... ist mit Maggie?«

Moritz stand auf und gab den Blick auf eine am Boden liegende Gestalt frei, die sich aufstöhnend den Kopf hielt. Neben ihr lagen, in Tausende Splitter zerbrochen, zwei Dachpfannen.

»Ich hatte gerade nichts anderes zur Hand«, grinste Moritz lausbubenhaft, als er Annas fragenden Blick sah. »Die Dachpfannen waren neben der Treppenluke gestapelt. Gerade handgerecht, um damit der Uppkampp eins über den Schädel zu ziehen.«

Maggie quittierte diese Worte mit einem qualvollen Stöhnen.

In diesem Augenblick tauchte im Treppenaufgang ein hochrotes Gesicht auf. Sekundenbruchteile später schob sich der massige Körper von Kriminaloberkommissar Rumphorst durch die Bodenluke. Ihm folgten zwei uniformierte Polizeibeamte. Mit einem Blick hatte Rumphorst die Situation erfasst.

»Margarete Uppkampp?«

Stöhnend setzte Maggie sich auf und nickte müde.

»Ich verhafte Sie wegen des Verdachtes, Adama Diabaté am Morgen des 6. August durch mehrere Stiche mit einer Schere getötet zu haben.«

»Und wegen des Versuches, Anna Mey aus dem Turmfenster der Dionysius-Kirche in die Tiefe zu stürzen«, ergänzte Moritz.

Maggie Uppkampp sagte nichts.

ZUR FALSCHEN ZEIT
AM FALSCHEN ORT

D rei schlanke Deckenleuchten tauchten den Besprechungsraum
E 3 in helles Neonlicht. Noch immer staute sich hier die Hitze des Tages, auch wenn die Temperaturen in diesen frühen Abend-
stunden langsam unter die 30°C-Marke rutschten. Tisch und Stühle
standen in der gleichen Formation wie am Vormittag, so als habe der
Raum im Dornröschenschlaf auf die Rückkehr der Beamten und die
Fortsetzung der Vernehmungen gewartet.

Mit unbewegter Miene beobachteten Hauptkommissarin Rubin
und Oberkommissar Rumphorst, wie eine uniformierte Kollegin
Maggie Uppkampp die Handschellen abnahm. Eine Polizistin der
Wache, eine ausnehmend hübsche, dunkelhaarige Person, wie Rubin
mit einem raschen Seitenblick feststellte, servierte ihnen Kaffee. Nicht
die labbrige Automatenbrühe, die in den meisten Polizeidienststel-
len zum Standardrepertoire der Gästebewirtung gehörte, sondern
frisch aufgebrühter Mokka, der nach dem turbulenten Nachmittag
eine willkommene Auffrischung der Lebensgeister versprach. Oberkommissar Rumphorst bedankte sich überschwänglich und half der
Kollegin, Tassen, Milch, Zucker und zwei Teller mit Keksen auf dem
Tisch zu verteilen. Seine Blicke, so fand Rubin, ließen dabei ein wenig
die dienstliche Distanz vermissen. Was sie am heutigen Abend zu
übersehen beschloss.

Nachdem alle mit Kaffee versorgt waren, begann Rubin das Verhör:
»Vernehmung von Frau Margarete Uppkampp, geboren am 8. Mai
1995. Frau Uppkampp, Ihnen wird vorgeworfen, in den Morgenstunden des 6. August 2020 die Reinigungskraft Adama Diabaté im
Gewölbekeller des Falkenhof-Museums zu Rheine durch Stiche mit
einer Blechschere in den Hals getötet zu haben. Nach dem Gesetz

steht es Ihnen frei, sich zu der Beschuldigung zu äußern oder nicht zur Sache auszusagen. Zudem können Sie einen von Ihnen gewählten Verteidiger zur Vernehmung hinzuziehen. Möchten Sie von letzterer Möglichkeit Gebrauch machen?«

Uppkampp schüttelte den Kopf.

»Sie müssen bitte vernehmbar mit ›ja‹ oder ›nein‹ antworten, da unser Gespräch aufgezeichnet wird.«

»Nein … ich möchte … reinen Tisch machen.« Uppkampp hielt ihren Kopf gesenkt. Sie sprach stockend und leise.

»Gut. Dann erzählen Sie uns mit Ihren eigenen Worten, was gestern Morgen im Falkenhof geschehen ist.«

Der Bericht, den die Kommissare, immer wieder vom Schluchzen der Verdächtigen unterbrochen, zu hören bekamen, entsprach dem, was Maggie Uppkampp im Turm der Stadtkirche bereits Anna Mey gegenüber zugegeben hatte. Am Ende des Geständnisses schwieg sie erschöpft.

Rumphorst war der Erste, der wieder das Wort ergriff: »Frau Uppkampp, bei der Schere, mit der Sie zugestochen haben, handelt es sich nach den Recherchen der Kollegen in der KTU um eine altertümliche Blechschere der Firma HECTOR. Wie sind Sie zu dieser Schere gekommen?«

»Als Frau Mey mich anrief und nach Urgroßonkel Wilhelm fragte, hatte ich keine Ahnung, was ich ihr hätte erzählen können. Ich wusste nichts über ihn. Gar nichts. Darum bin ich zu meiner Mutter gegangen. Die hat mir dann einiges über Urgroßonkel Wilhelm erzählt und mich auf den Dachboden geschickt. Dort gab es einen Koffer mit seinen Hinterlassenschaften, zu denen auch diese vermaledeite Schere gehört.«

»Einen schwarzen Lederkoffer, gesichert durch zwei Riemen?«

»Ja. Woher wissen Sie …?«

»Wir haben den Koffer in Ihrer Wohnung gefunden.«

»Mit dem, was darin ist«, murmelte Uppkampp tonlos.

»Mit dem, was darin ist.«

»Ach … das ist jetzt auch egal.« Mit einer resignierenden Bewegung legte sie ihren Kopf auf den Tisch.

»Wozu haben Sie die Wolldecke mit in den Falkenhof genommen?« Stille.

»Korrigieren Sie mich, wenn ich falsch liege«, sagte Rumphorst. »Sie haben die Wolldecke auf dem Boden ausgebreitet.«

Keine Reaktion.

»Als sie auf Adama Diabaté eingestochen haben und das Blut in alle Richtungen spritzte, haben sie auf der Decke gestanden.«

Ein klagender Seufzer, mehr nicht.

»Nach der Tat haben Sie die Decke zusammengefaltet. Der Boden darunter war frei von Blut. Auf diesem Weg haben Sie dann den Keller verlassen.«

Die in sich zusammengesunkene Gestalt blieb stumm.

»Himmel noch einmal«, grollte Rubin verärgert. »Sie sind doch kein Dummkopf. Sie erkennen doch, wann ein Spiel verloren ist. Die Gewalttat haben Sie bereits zugegeben, da macht es doch keinen Sinn, mit den Details hinter dem Berg zu halten. Es sei denn … ja, es sei denn, es ist jemand Zweites beteiligt. Also: Hatten Sie einen Mittäter?«

»Fuck, hören Sie endlich auf mit dem Scheiß!«, brauste Uppkampp auf. »Sehen Sie nicht: Ich bin fertig. Fertig! Lassen Sie mich doch einfach in Ruhe!«

»Hatten Sie einen Mittäter?«, fragte Rubin mit schneidender Stimme ein zweites Mal.

»Nein, verflucht, nein!«

»Na also, geht doch. Und jetzt setzen Sie sich richtig hin, Mensch, zeigen Sie Haltung! Wer zu so einer Tat fähig ist, der sollte auch bereit sein, die Konsequenzen zu tragen. Sie sind doch kein Teenager mehr, sondern eine erwachsene Frau!«

»Möchten Sie eine Pause?«, schaltete sich Rumphorst in das Verhör ein.

Uppkampp schüttelte stumm den Kopf.

»Eine gute Entscheidung, denn je schneller Sie unsere Fragen beantworten, desto eher haben Sie es hinter sich.«

Uppkampp schaute den Oberkommissar mit großen Augen an.

»Mich würde interessieren, wie Sie in den Falkenhof gelangt sind. Sie hatten doch keinen Schlüssel?«

Zum ersten Mal in der Vernehmung huschte ein Lächeln über das Gesicht der Tatverdächtigen. »Ich hatte einen Schlüssel«, sagte sie stolz, fast triumphierend.

»Ach, woher?«

»Von meinem … Freund. Er arbeitet als Reinigungskraft in den städtischen Museen und hat einen der Schlüsselchips, mit denen man in den Falkenhof gelangen kann. Oft genug hat er mit seinem dicken Schlüsselbund geprahlt, um zu zeigen, wie furchtbar wichtig er ist. Hahaha, wichtig, er, ein Putzmann!« Den letzten Satz spie sie förmlich aus, die Stimme voller Verachtung.

»Nur interessenhalber: Wie sind Sie in den Besitz des Chips gelangt?«

»Markus und ich, wir hatten eine wilde Nacht zusammen, wenn Sie verstehen, was ich meine. Ich habe ihn geritten, wieder und wieder. Nach dem dritten Mal war er fertig, total geschafft, ist einfach eingeschlafen. So konnte ich den Chip unbemerkt von seinem Schlüsselbund nehmen. Eigentlich wollte ich ihn nach meinem … Besuch im Falkenhof zurückbringen.«

»Warum haben Sie das nicht getan?«

»Fuck, haben Sie schon mal jemanden umgebracht? Da ist man ganz schön durch den Wind, kann ich Ihnen sagen. Ich konnte keinen klaren Gedanken mehr fassen. Bin rausgefahren ins Emsdettener Venn und dort stundenlang planlos herumgerannt. Ich wollte den Kopf freibekommen, habe auf irgendeine Idee gehofft, wie es weitergehen könnte.«

»Und hatten Sie eine solche Idee?«

»Nein, in drei Teufels Namen, nein! So bin ich schließlich zurück in meine Wohnung. Ich dachte, es sei das Beste, so zu tun, als ob bei mir alles ganz normal wäre. Zugleich habe ich meine Sachen gepackt. Der Vermieterin habe ich gesagt, ich würde für einige Tage an die Nordsee fahren. Mein Plan war jedoch, irgendwo unterzutauchen, wo mich niemand kennt. In Schweden oder Russland oder Südamerika, egal wo, Hauptsache: weit weg von Rheine. Heute Mittag wollte ich eigentlich losfahren.«

»Und Ihr Freund? Hat sich der nicht bei Ihnen gemeldet?«

»Schon. Dutzende Male hat der sich auf dem Handy gemeldet. Ich habe ihn einfach weggedrückt. Seine Facebook-Posts habe ich ignoriert. Fuck, was hätte ich ihm auch sagen sollen? Vielleicht ›Danke, dein Schlüssel war mir eine große Hilfe bei einem Mord.‹ oder ›Sorry, hab' gerade keine Zeit für dich, bin auf der Flucht.‹?« Uppkampp lachte, doch ihr Lachen klang bitter.

»Eine Frage hätte ich noch«, meldete sich Rubin zu Wort, die während der letzten Minuten geschwiegen hatte. »Warum waren Sie eigentlich im Falkenhof? Wenn ich Sie richtig verstanden habe, hatten Sie nicht geplant, Adama Diabaté zu töten. Es war eher so, dass dieser Mann zur falschen Zeit am falschen Ort war. Warum aber waren Sie an diesem Ort?«

Erwartungsvoll schauten die beiden Polizeibeamten Maggie Uppkampp an.

»Na, wegen der Urkunde, der Urkunde im Deckel des Dionysius-Evangeliars.«

ZU EINER ANDEREN ZEIT,
AN EINEM ANDEREN ORT ...

Aachen
Tagebuch des Wilhelm Uppkampp

Samstag, 13. April 1912

Welch ein denkwürdiger Tag! Zwei Sprichworte sind es, die mir in den Sinn kommen, um ihn zu beschreiben: »Das Paradies beginnt bereits auf Erden« und »Man soll den Tag nicht vor dem Abend loben«.

Doch der Reihe nach.

Wie an jedem Samstag endete die Arbeit bereits um vier Uhr. So blieb ausreichend Zeit, sich auf einen vergnüglichen Abend vorzubereiten, den ich wie gewöhnlich mit meinem Kollegen Paul Grothues in unserem Stammlokal »Zur Lokomotive« an der Burtscheider Straße zu verbringen gedachte, nichts von dem ahnend, was heute noch auf mich zurollen sollte ...

»Vorsicht, die Herren!«

Die Hände durch rot-weiß-karierte Topflappen geschützt balancierte Jupp Behrens, der Wirt des Gasthofes »Zur Lokomotive«, zwei Teller mit Aachener Sauerbraten durch das Gedränge der neu ankommenden Gäste.

»Wünsche euch einen guten Appetit!« Mit wohltrainiertem Schwung landeten die beiden Teller auf dem blank gescheuerten Holztisch in der Ecknische.

»Danke«, kam wie aus einem Munde die Antwort der beiden Männer, die hier, zwei inzwischen leere Biergläser vor sich, auf ihr Abendessen warteten.

»Machst du uns noch zwei Bier?«

»Aber gerne, die Herren.«

»Dies ist mir der liebste Beginn des Wochenendes.«

Genüsslich entfaltete Wilhelm Uppkampp die vor ihm liegende Serviette, natürlich ein Tuch aus feinstem Damast, und breitete sie über seinen Schoß. Er schnupperte geräuschvoll.

»Hm, das riecht köstlich!«

Auf seinem Teller lagen drei Scheiben Sauerbraten mit reichlich Soße, dazu Kartoffelknödel, Rotkohl und eine Löffelportion Apfelmus. Uppkampp meinte bereits den typischen süß-sauren Geschmack auf der Zunge zu spüren, der bei der Aachener Variante des Sauerbratens durch die Verwendung von Rosinen und der Zugabe Aachener Printen seinen besonderen Pfiff erhielt.

»Na dann, lass es dir schmecken.« Paul Grothues griff zu Messer und Gabel.

Jupp brachte zwei Decker-Bier mit feiner Blume, gebraut in der Kapellenstraße in Burtscheid, gerade einmal zehn Minuten Fußweg entfernt. »Und Prost, wa!«

Die beiden Männer aßen schweigend. Der wahre Genießer schätzt ein Mahl in Stille. Schließlich waren Braten, Knödel und Rotkohl verspeist. Mit einem wohligen Gefühl des Gesättigtseins lehnte sich Uppkampp zurück und strich mit der Hand über den Bauch, der im Verlauf des letzten Jahres eine immer rundlichere Form angenommen hatte.

»Na, die Luft in Aachen scheint dir ja gut zu bekommen«, lachte Grothues, als er die Geste seines Freundes wahrnahm.

»Weniger die Luft als vielmehr das gute Essen«, schmunzelte Uppkampp.

»Bereust du es, nach Aachen gekommen zu sein?« Grothues fingerte ein silbernes Zigarettenetui aus der Innentasche seines Sakkos. Behutsam ließ er es aufschnappen und entnahm ihm einen Zigarillo. Genießerisch schnupperte er an der filigranen Zigarre.

»Hm, bester Havanna-Cuba-Tabak. Genau das Richtige nach einem guten Essen. Gibst du mir bitte die Streichhölzer?«

Uppkampp schob den vor ihm stehenden messingfarbenen Streichholzhalter über den Tisch. ›Immerhin ist Rauchen ein Laster, das ich nicht habe‹, dachte er.

Grothues fischte ein Streichholz aus der Streichholzschachtel und sog wenig später ein erstes Mal genüsslich den Rauch ein.

»Um aber auf deine Frage zu antworten: Nein, ich bereue es nicht.«

»Na, das ist doch mal eine klare Ansage«, schmunzelte Grothues. »Zudem eine Ansage, die mich freut.«

Es war fast ein Jahr her, dass er Wilhelm Uppkampp, seinem alten Bekannten aus Lehrlingstagen, einen Brief geschrieben hatte, in dem er von seinen guten Arbeitserfahrungen in Aachen berichtete. Seit zwei Jahren arbeitete er als Goldschmied in der Firma August Witte GmbH. Nun stand hier ein großes Werk an: Für die Gebeine der Heiligen Corona und des Heiligen Leopardus sollten ein Reliquienschrein in Form eines Baldachinaltars angefertigt werden. Ein enorm großer und wichtiger Auftrag, für dessen Umsetzung der Firmeninhaber Bernhard Witte weitere fähige Goldschmiede einzustellen gedachte. Ob sich Wilhelm nicht vorstellen könnte, eine der bei Witte neu eröffneten Meisterstellen anzutreten. Die Entlohnung wäre mit fast 42 Mark pro Woche nicht der schlechtesten eine.

Uppkampp, seinerzeit bei einem Juwelier in seiner Heimatstadt Rheine angestellt, hatte zunächst gezögert und sich dann doch für den Sprung aus der Provinzstadt Rheine in die Großstadt Aachen entschieden. Und diese Entscheidung war, da war sich Uppkampp heute sicher, die richtige gewesen, nicht nur was die Entlohnung anbelangte.

»Ich glaube, es wird langsam Zeit für unsere Abendunterhaltung.

Lambert und Egidius sind gerade schon nach hinten gegangen.« Grothues zerdrückte den Rest seines Zigarillos im Aschenbecher.

»Ich hatte eigentlich gedacht, unsere Kartenrunde heute ausfallen zu lassen«, murmelte Uppkampp.

Doch Grothues hatte den Satz trotz des hohen Geräuschpegels im Lokal sehr wohl gehört. »Du willst was? Ich glaube, ich höre nicht recht. Hast du nicht immer behauptet, unsere Pokerabende seien dein größtes Vergnügen, etwas, das du um keinen Preis verpassen möchtest?«

Uppkampp wirkte verlegen. »Dem ist ja auch so. Aber es gibt Situationen …«

»Raus mit der Sprache: Was hat dir den Spaß am Pokern verhagelt?« Doch in dem Moment, in dem er die Frage stellte, kannte Grothues die Antwort bereits: »Ach, natürlich, deine Pechsträhne.«

Jeden ersten Samstag im Monat trafen sich die beiden Goldschmiede mit einigen anderen Aachener Honoratioren zum Kartenvergnügen im Gasthof »Zur Lokomotive«. In diesem Monat hatte sich der Termin allerdings um eine Woche verschoben, da am vorherigen Wochenende das Osterfest gefeiert wurde. Bei ihren Pokerrunden wurde um Geld gespielt – offizielles Glücksspielverbot hin oder her. In den vergangenen Monaten jedoch war Fortuna Uppkampp nicht eben hold gewesen. Um der Wahrheit die Ehre zu geben: Er hatte beständig verloren, durchaus auch einmal größere Summen.

»Meine Reserven sind aufgebraucht, Paul. Ich brauche eine Atempause.«

»Hm, das kann ich verstehen«, meinte Grothues. Dann kam ihm ein Gedanke: »Aber da ist doch unsere Ostergratifikation.« 30 Mark hatte die August Witte GmbH jedem angestellten Goldschmied als Bonus zu Ostern ausgezahlt. »Davon könntest du doch …«

Uppkampp wirkte unschlüssig. »Quirin, Erckens und Koelges haben ein ganz anderes Polster. Für die sind 30 oder 40 Mark Verlust allenfalls Petitessen. Für mich ist das jedes Mal ein Wochenlohn!«

Grothues überlegte fieberhaft. Einerseits konnte er die missliche

Lage seines Freundes nachempfinden, andererseits wollte er ihn gerne weiterhin in ihrer Kartenrunde wissen. Schließlich war es immer eine Freude, sich am Samstag mit einem guten Abendessen auf das Kartenspiel einzustimmen und dann am Sonntag den Pokerabend bei einem Bier oder auch zweien nachzuschmecken.

»Setze dir doch einfach eine Grenze für deinen Verlust, sagen wir 20 Mark. So kannst du beim Kartenspiel dabei sein und verlierst nicht mehr, als du stemmen kannst.«

Uppkampp zögerte noch immer. Er wusste um seine Schwächen. Eine solche Grenze wäre nicht mehr als ein Band aus Papier. Im Rausch des Spiels würde sie kaum Bestand haben.

»Mensch, komm, sei wenigstens heute Abend kein Spielverderber. Wenn du unbedingt willst, kannst du ja in der Runde gleich deinen Ausstieg zum nächsten Monat bekanntgeben.«

»Nun denn, sei es drum«, nickte Uppkampp. Und bereute seine Zusage im gleichen Moment. So würde er niemals vom Glücksspiel freikommen.

Grothues stand auf. »Jupp, für mich ein Bier und einen Karlsbrand«, orderte er im Vorbeigehen beim Wirt. »Wir gehen nach hinten.«

»Für mich dasselbe«, schloss sich Uppkampp mit einer müden Geste an.

»Zwei Jedecke für die Herren, ist recht.«

Durch eine Holztür im hinteren Teil der Gaststätte verließen die beiden Männer die Wirtsstube und betraten einen engen Flur. Über den vom matten Licht der Straßenlaternen, das durch ein blindes Seitenfenster sickerte, nur notdürftig beleuchteten Korridor erreichten sie eine weitere Holztür, hinter der Stimmen erklangen. Grothues, der vorangegangen war, klopfte viermal in schneller Folge. Das Stimmengewirr erstarb und jemand fragte durch das Holz der Tür: »Wer ist da?«

»Wir sind's, Paul Grothues und Wilhelm Uppkampp.«

»In Ordnung, einen Moment, ich öffne.«

Man hörte einen Schlüssel sich im Schloss drehen und die Tür schwang auf.

»Hervorragend, die Herren, damit sind wir fast komplett.«

Die Kammer war nicht besonders groß. Von der dunklen Balkendecke hing ein mit Gas betriebener fünfarmiger Leuchter. Bis in diesen hinteren Teil der Gaststätte war die Elektrifizierung noch nicht vorgedrungen. Im unteren Teil der Wände verdeckte eine gleichfalls dunkel gebeizte Holzverkleidung das Mauerwerk. Oberhalb der Wandverkleidung schmückten Reh- und Hirschgeweihe die unverputzten Backsteine, Hornkunst, die den Charakter des Raumes als Jagdzimmer unterstrich, als welches er im Jargon der Gaststätte firmierte.

An der Stirnseite des karg möblierten Raumes bollerte ein Gasofen. In der Mitte stand ein runder, mit grünem Samttuch bespannter Tisch, um den sechs Stühle gruppiert waren. Bereits beim ersten Besuch war Uppkampp aufgefallen, dass an den Wänden ein sonst in jeder guten deutschen Gaststube üblicher Bilderschmuck fehlte: ein Porträt des allerdurchlauchtigsten Kaisers. Dies verschaffte ihm tatsächlich eine gewisse Art von Erleichterung. Denn im Deutschen Reich war Glückspiel strikt verboten. Genau diesem aber frönten er und seine Mitspieler hier im Jagdzimmer an fast jedem Samstagabend und es wäre Uppkampp gar nicht recht gewesen, wenn seine Majestät ihnen bei diesem rechtswidrigen Treiben zugesehen hätte, und sei es auch nur aus einem Bilderrahmen heraus.

Vom nahen Hauptbahnhof klang das Fauchen einer Dampflokomotive und wenig später das schrille Kreischen ihrer Bremsen herüber und kündigte die Ankunft des Abendzuges aus Lüttich oder Brüssel an. Grothues trat ans Fenster, zog den Vorhang zu und sperrte damit den profanen Alltag aus.

»Paul, kommst du? Wir möchten beginnen.«

Die drei Herren hatten sich ihrer Sakkos entledigt und diese über die Lehnen der Stühle gehängt. Grothues tat es ihnen gleich. Auf dem grünen Tuch lag das Kartenspiel, 52 Karten mit französischem Blatt.

»Losen wir den ersten Kartengeber aus, wie immer?«, fragte Egidius Erckens, seines Zeichens Besitzer einer Nadelfabrik im Aachener Westen. Er gehörte damit zu jenen Fabrikanten, welche die Tuchindustrie in Aachen wie auch weltweit mit Nadeln aller Varietäten versorgten. »Nadelbarone« nannte sie der Volksmund. In vorausgehenden Jahrzehnten hatten sie maßgeblich zum Aufschwung der Industrie in Aachen beigetragen.

In diesem Augenblick klopfte es viermal an der Tür.

»Das wird Jupp mit den Getränken sein«, mutmaßte Uppkampp und öffnete. Tatsächlich schob sich eilends der Wirt in den Raum. Hastig stellte er das gut gefüllte Tablett, das er vor sich hertrug, auf den Tisch. Erleichtert wischte er sich die Hände an seiner Schürze ab. Hinter ihm traten zwei weitere Männer aus dem Dunkel des Flures.

»Mensch, Heinrich, schön, dass du es doch noch geschafft hast!«

Heinrich Koelges, Inhaber dreier Kolonialwarenläden in der Innenstadt, grinste breit.

»Ich habe sogar noch jemanden mitgebracht.« Er wies auf den elegant gekleideten Herren, der in seinem Gefolge ins Jagdzimmer getreten war.

Egidius Erckens Augenbrauen schnellten nach oben.

»Hatten wir nicht ausgemacht, dass alleine wir fünf …«

»Entschuldige, Egidius, auf ein Wort.«

Koelges neigte sich über den Tisch und senkte seine Stimme.

»Das ist Johannes Oprée, Im- und Export en gros, aus Berlin. Er hat beste Verbindungen in die deutschen Schutzgebiete, insbesondere nach Afrika, und versorgt mich aus erster Hand mit Kolonialwaren aus Kamerun, Ostafrika und Deutsch-Südwest. Johannes ist absolut vertrauenswürdig. Ich bürge für ihn. Zudem«, er senkte seine Stimme noch weiter, »ist er sehr potent, wenn ihr versteht, was ich meine. Er wäre damit durchaus eine Bereicherung unserer Runde.« Dabei zwinkerte Koelges verschwörerisch.

Die vier am Tisch sitzenden Herren blickten sich an. Ein kurzes Nicken signalisierte Zustimmung.

»Na dann, herzlich willkommen in unserem bescheidenen Spielekreis«, begrüßte Lambert Quirin den neuen Gast.

Wenig später saßen sie zur sechst um den grünbetuchten Tisch und stießen mit einer ersten Runde Karlsbrand an.

»Zum Wohle, die Herren, diese Runde geht auf mich«, verkündete Oprée. Er sprach langsam und seltsam gedehnt. »Danke, dass Sie mir die Gelegenheit geben, Ihre Runde zu bereichern.« Sein kurzes, dröhnendes Lachen entblößte eine Reihe von Goldzähnen, die im Licht der Gaslampe aufblitzten.

›Bereichern‹ ist ein großes Wort. Schauen wir einmal, wer sich heute Abend in dieser Runde bereichert‹, dachte Uppkampp.

»Was hat Sie aktuell aus Berlin in unsere schöne Stadt verschlagen?«, fragte Erckens, während er die Spielkarten mischte.

»Geschäfte«, antwortet Oprée mit einem abweisenden Gesichtsausdruck, der wohl weiteren Fragen vorbeugen sollte.

»Aha«, bemerkte Lambert Quirin wenig geistreich. »Nun, ich habe uns etwas mitgebracht.« Er griff in die rechte Tasche seiner Anzugjacke und zog eine Packung Printen heraus.

»Deine neue Kreation?«

»Genau. Brandneu und ab Montag in meinen Läden zu kaufen.« Lambert Quirin gehörten fünf Printen-Geschäfte in der Aachener Innenstadt. Sein Slogan »Lass niemanden aus Aachen zieh'n ohne Meisterprinten von Quirin!« prangte auf Tausenden Printen-Tüten, die Tag für Tag in Aachen gekauft oder von hier in alle Welt versandt wurden.

»Ich möchte, dass ihr meine neuen Printen versucht. Mit Mandeln und einem Zartbitter-Schokomantel. Aber der Clou ist die Marzipan-Rum-Füllung.« Er reichte jedem am Tisch eine Printe.

»Nun?« Sein rundes Apfelgesicht glänzte vor Stolz. Gespannt wartete er auf das Urteil der Runde.

»Sehr gut.« Erckens formulierte sein Urteil kurz und knapp.

»Wirklich sehr gut. Besonders die Marzipanfüllung ist köstlich«, ergänzte Koelges.

»Zu süß«, merkte Oprée trocken an.

Quirin schaute irritiert.

»Ähm, Printen müssen süß sein. Marzipan-Printen schon gar.« Er schaute Unterstützung heischend in die Runde.

»Die Printen sind eine Delikatesse«, versicherte Grothues und warf dem Gast aus Berlin einen bösen Blick zu.

»Ich werde sie ›Kaiserprinten‹ nennen und seiner Majestät widmen.«

»Seine Majestät verabscheut süße Speisen.« Oprée lehnte sich zurück und verschränkte die Arme vor der Brust.

»Sie kennen den Kaiser persönlich?«

»Man sieht sich ab und an. In Berlin. In kolonialen Angelegenheiten.«

Die bewundernden Blicke der Runde nahm Oprée entgegen wie eine Huldigung.

»Vielleicht sollten wir jetzt endlich spielen«, meldete sich Erckens.

»Welche Poker-Variante wird an diesem Tische gespielt?«

»Five-Card-Draw.«

»Ach, dieser alte Hut«, bemerkte Oprée mit einer geringschätzigen Handbewegung.

»Immerhin ist es die klassische Poker-Variante«, verteidigte sich Erckens. Seine Augenbrauen zogen sich drohend zusammen. »Zudem: Es wird niemand gezwungen, an diesem Tisch mitzuspielen.«

»Hm«, knurrte Oprée. »Hoffentlich stimmt wenigstens der Einsatz. Oder gibt es etwa ein Limit?«

»Nein, es gibt kein Limit. An diesem Tisch steht es einem jeden frei zu setzen, was immer er mag, sofern er denn über die entsprechenden finanziellen Möglichkeiten verfügt«, antwortete Grothues scharf. »Denn Schuldscheine werden nicht akzeptiert.«

»Aber meine Herren, Contenance«, sah sich Koelges zu einer Inter-

vention veranlasst, immerhin hatte er den Gast in die Runde einge-
führt. »Lassen Sie uns spielen.«

Erckens gab jedem verdeckt eine Karte. Zeitgleich drehten sie diese
um. Quirins König erwies sich als höchste Karte in der Runde.

»Na, dann bin ich wohl heute Abend der erste Kartengeber.« Quirin sammelte die Karten ein, mischte sie routiniert und teilte jedem
Mitspieler fünf Karten aus.

An diesem Abend erwies sich Fortuna als recht parteiisch. Zwölf
Runden waren gespielt und in zehn dieser zwölf Runden lagen zum
Schluss mehr als 80 Mark im Pot, was nicht zuletzt den risikofreu-
digen Einsätzen Johannes Oprées zu verdanken war. Allerdings hatte sich diese Courage bisher für ihn nicht ausgezahlt. Denn in allen
zehn Partien erwiesen sich am Ende die Blätter Wilhelm Uppkampps
als die besseren. Zehnmal war er der Spieler mit der höchsten Hand
und damit bislang der Gewinner des Abends. Seine Pechsträhne der
vergangenen Wochen schien fürwahr zu Ende zu sein. Schmunzelnd
nahm er Mal um Mal die in der Tischmitte liegenden Scheine an
sich und verstaute sie sorgfältig in seiner Brieftasche, in der sich nun
fast neunhundert Mark befanden, für Uppkampp ein Vermögen, das
beinahe fünf seiner aktuellen Monatsgehälter entsprach.

Inzwischen war die Luft des Jagdzimmers geschwängert von Tabak-
rauch. Mehrfach hatte Jupp Behrens die leeren Bier- und Korngläser
abgeräumt und für Getränkenachschub gesorgt. Bei seiner letzten Visite kündigte der Wirt mit Nachdruck die Sperrstunde an.

»Dann ist dies wohl für heute unsere letzte Runde«, stellte Egidius
Erckens fest. Er mischte die Karten und ließ Quirin abheben. »Den
Einsatz, bitte«

Grothues, der links von ihm saß, setzte eine Mark. Dann war es an
dem links von diesem sitzenden Uppkampp, den Einsatz zu verdop-
peln. Damit lagen drei Mark im Pot und Erckens teilte die Karten aus.

Peinlich darauf achtend, dass kein Mitspieler seine Karten einsehen
konnte, nahm Uppkampp sein Blatt und fächerte es auf. Karo-Drei,

Pik-Drei, Herz-Neun, Kreuz-Bube und ein Karo-As. Kein überragendes Blatt, aber ein durchaus ausbaufähiges.

»Ich gehe mit«, leitete Koelges den Fortgang der ersten Wettrunde ein. Am Ende der Runde lagen 23 Mark in der Tischmitte. Oprée hatte den Einsatz auf drei Mark erhöht. Ausgestiegen war noch niemand.

»Neue Karten, die Herren?«, frage Erckens.

Uppkampp überlegte. Sein Blick wanderte die Mitspieler entlang. Er versuchte in ihren Gesichtern zu lesen. Doch was er sah, war lediglich verbissene Konzentration. Also konzentrierte auch er sich wieder auf seine Karten.

›Die sichere Variante wäre es, drei Karten zu tauschen‹, dachte er. ›Doch heute war mir das Glück bisher so hold, da kann ich schon einmal etwas mehr riskieren.‹ Seine Finger schwebten kurz über der Herz-Neun und dem Kreuz-Buben. Er zögerte und entschied sich dann doch für das Abwerfen des Buben und des Asses. Laut sagte er: »Ich nehme zwei neue Karten.«

»Zwei neue Karten, bitte sehr.«

Für einen Moment hielt Uppkampp die Luft an, als er die Karten aufnahm. Gerade noch rechtzeitig dachte er daran, seinem Gesicht einen stoischen Ausdruck zu geben – und hätte doch im gleichen Moment laut jubeln können. Herz-Drei und Pik-Neun! Damit hielt er jetzt ein Full House auf der Hand, das viertstärkste Poker-Blatt.

Grothues, Quirin und Erckens tauschten jeweils vier Karten – hatten also in der ersten Runde offensichtlich wenig auf der Hand gehabt. Koelges tauschte zwei. Oprée gar nur eine. Uppkampp schien es zudem so, als habe dieser bei der Aufnahme der Karte kurz gelächelt. Kein gutes Zeichen. Oprée war eindeutig der gefährlichste Gegner.

»Ich steige aus«, verkündete Grothues und eröffnete damit die finale Wettrunde.

Nun war es an Uppkampp und der entschied sich, aufs Ganze zu gehen. Mit einer fast theatralischen Geste zog er seine Brieftasche und entnahm ihr ein Bündel Scheine, sein Gewinn des heutigen Abends.

»Ich setze alles«, sagte er mit harter Stimme und blätterte die Banknoten auf den Tisch. »885 Mark.«

Im Jagdzimmer wurde es totenstill. Selbst die Rauchschleier, die der Havanna von Lambert Quirin entquollen, schienen für einen Moment wie festgefroren in der Luft zu stehen. Einen solchen Einsatz hatte es in all den gemeinsamen Pokerpartien noch nicht gegeben.

Koelges war der Erste, der aus der Erstarrung erwachte und reagierte: »Ich bin raus.« Mit einer müden Handbewegung legte er seine Karten verdeckt auf den Tisch.

Als nächster in der Runde war es an Oprée zu setzen. Sein säuerlicher Gesichtsausdruck verriet, dass er über den hohen Wetteinsatz Uppkampps nicht eben glücklich war. Er tastete in seinem Jackett nach der Brieftasche. »Meine finanziellen Möglichkeiten …«

»Das ist bedauerlich«, ließ sich Grothues vernehmen. »Doch wie schon gesagt, Schuldscheine werden in dieser Runde nicht akzeptiert.«

»Sie haben mich nicht ausreden lassen. Zugegeben, aktuell verfüge ich nicht über einen ausreichenden Barbetrag, um mithalten zu können. Doch ich hätte hier ein Äquivalent, das hoffentlich Gnade vor den Augen dieser Runde finden wird.«

Mit spitzen Fingern entnahm er der Brieftasche ein Pergament und entfaltete es.

»Diese Urkunde macht seinen Besitzer zu einem reichen Mann. Sie dürfte als Sicherheit hinreichend sein – selbst in dieser Runde«, bemerkte Oprée spitz.

Er legte das Dokument auf den Banknotenberg in der Mitte des Tisches und blickte seine Mitspieler herausfordernd an.

Gebannt starrten fünf Augenpaare auf das Papier. Zunächst zögernd, dann nachdrücklich nickte Mann um Mann.

»Gut. Dann gehe ich also mit.«

»Ich bin raus.« Quirin legte seine Karten auf den Tisch.

»Desgleichen«, verkündete Erckens.

»Dann … Showdown, meine Herren!«

Betont langsam legte Uppkampp seine erste Karte vor sich auf den Tisch: die Pik-Neun.

Oprée konterte mit dem Pik-As.

Uppkampp wurde es heiß und kalt. Hatte er Fortuna überfordert? War seine Glückssträhne hier zu Ende? Mit zitternden Fingern platzierte er die Herz-Neun neben die Pik-Neun.

Oprée lächelte süffisant und legte die Herz-As auf das grüne Samttuch.

Uppkampps Karo und Herz-Drei beantwortete Oprée mit dem Karo-Zwei und der Herz-Zwei.

Gebannt blickten die Mitglieder der Pokerrunde auf die präsentierten Blätter der beiden Spieler. Welche Hand hielten die beiden? Zwei Paare – einen Drilling – ein Full House?

Oprées Gesicht hatte einen ungesunden, krebsroten Farbton angenommen. Zum wiederholten Male atmete er schwer ein und aus.

Auf Uppkampps Stirn bildeten sich Schweißperlen. Immerhin ging es im Pot um mehr als ein Jahresgehalt. Er räusperte sich und legte dann bedächtig die Pik-Drei ab.

»Full House«, sagte er mit brüchiger Stimme.

Sofern überhaupt möglich vertiefte sich Oprées Gesichtsfarbe noch um einige Nuancen. Wütend warf er seine letzte Karte auf den Tisch. Sich überschlagend blieb diese mit der Bildseite nach oben liegen. Die Kreuz-Zwei.

Nach einem Moment atemloser Stille stieß der neben Oprée sitzende Koelges hervor: »Ein Full House! Wahrlich gleichfalls ein Full House!«

»Aber mit einem niedrigeren Drilling«, ergänzte Quirin. »Und der höhere Drilling gewinnt!«

»Damit gehört der Pot Uppkampp!«

»Mensch, was für eine Fortüne!«

»Ein Hoch auf den Glückspilz des heutigen Abends!«

»Wilhelm, ich gratuliere dir!«

Die Stimmen im Raum schwirrten durcheinander. Verschiedene der Spieler hielt es nicht mehr auf ihren Sitzen. Sie umarmten Uppkampp, schüttelten seine Hand, schlugen ihm auf die Schultern.

Allein Oprée saß verloren und in sich gekehrt am Tisch. Sein Gesicht war aschfahl …

Sonntag, 14. April 1912

Welch ein Triumph! Welch ein Reichtum! Welch eine glückselige Zukunft!

Welch ein Kopfschmerz!

Den ich wohl der Flasche Karlsbrand verdanke, die Paul und ich in der Hochstimmung nach meinem Gewinn gestern Abend geleert haben. Zwei Aspirin haben bisher keine Abhilfe geschaffen. Noch immer quält mich dieses grässliche Pochen hinter den Schläfen. Ich werde wohl eine weitere Tablette benötigen.

Im Grunde aber ist die Urkunde, die hier vor mir liegt, das beste Mittel gegen den Brummschädel. Die Urkunde, die mich zu einem reichen Mann macht, reicher, als ich es mir je erträumt habe.

Wenn ich morgen früh beim Kaiser-Wilhelm-Denkmal am Theaterplatz auf die 12 warte, dann ist dies eines der letzten Male. Denn natürlich fährt man wohlbetucht, wie ich es nun bin, nicht mehr Straßenbahn, sondern Automobil.

Ja, Automobil! Ich sehe meinen Traumwagen schon vor mir: Ein 471er Fafnir, ein Cabriolet mit dreißig PS. Dreißig PS! In Rot, das Verdeck sandfarben und Messingbeschläge allenthalben. Eine Augenweide. Natürlich als Herrenfahrzeug zum Selberlenken. Denn meinen Wagen werde ich keinem Chauffeur anvertrauen.

Vor einigen Monaten schon bin ich, zugegeben ein wenig übermütig geworden durch eine kleine Glückssträhne in Jupps Hinterzimmer, so vermessen gewesen, mich nach dem Preis eines Fafnir zu erkundigen. Ein blasierter Berater beschied mir, dass das einfachste Basismodell für den selbstfahrenden Herrn bereits 4100 Mark koste. Ein offener Phaeton mit 14 PS, ohne Extras wie etwa eine vordere Glasscheibe oder ein Verdeck aus Segeltuch. 4100 Mark! Fast zwei meiner Jahresgehälter. Ein wenig beschämt habe ich ihm gedankt und bin gegangen.

Ab heute ist das anders. Wie freue ich mich schon darauf, den Fafnir-Berater mit einer kleinen Unterschrift unter den Kaufvertrag für ein 471er Cabriolet davon zu überzeugen, dass ich mir nun ein solches Gefährt sehr wohl leisten kann! Inklusive aller nützlichen Extras, versteht sich.

Was mich daran erinnert, dass ich morgen einen Rechtsanwalt aufsuchen muss, um sicher zu gehen, dass meine Rechte verbrieft und gültig sind. Frau Cornrade ist hoffentlich im Besitz eines Adressbuches, in dem ich die Anschrift eines solchen nachschlagen kann. Und hoffentlich hat sie auch noch eine weitere Aspirin-Tablette gegen meine fürchterliche Kopfpein.

Montag, 15. April 1912

Am Ende des heutigen Tages bleibt mir einiges rätselhaft.

Es begann damit, dass ich heute Morgen erst die zweite Tram nehmen konnte, weil der erste Wagen voll besetzt war. Auch im zweiten standen wir dicht an dicht. Am Karlsgraben drängte alles zur Türe hin. Kaum stand ich im Ausstieg, als ich einen Stoß in meinem Rücken spürte. Ich stolperte und verlor für einen kurzen Augenblick jede Orientierung. Dann fühlte ich mich von starken Armen gehalten. Ein einsteigender Fahrgast verhinderte meinen Sturz. Ich bedankte mich bei ihm und er klopfte mir noch das Revers ab. Dann stieg er ein. Als die 12 in Richtung Vaals weiterfuhr, stand ich allein auf dem Trottoir.

Da durchfuhr mich ein Verdacht wie ein Blitz: Meine Brieftasche! Mit zitternden Fingern wollte ich den Mantel öffnen, um deren sicheren Verbleib festzustellen. Doch der Mantelknopf war bereits geöffnet. Desgleichen der oberste Knopf seines Jacketts – und dessen Innentasche war leer! Welch dreister Diebstahl!

Gut, am Elisenbrunnen oder einem anderen Orte, an dem sich Kurgäste tummeln, hätte ich einen solch dreisten Raub für möglich gehalten. Doch nicht am Karlsgraben. Zudem sah ich wahrlich nicht wie ein wohlhabender Kurgast aus.

Welch ein Glück, dass ich meinen wertvollsten Besitz, die am Samstag gewonnene Urkunde, nicht bei mir trage, sondern sicher in meinem Zimmer verwahrt habe!

Mit Erlaubnis von Herrn Witte habe ich mir die Zeit genommen, den Taschendiebstahl der Polizei anzuzeigen. Wie erstaunt war ich aber, als ich an meinen Arbeitsplatz zurückkehrte und dort meine Brieftasche vorfand. Ein Junge habe sie gebracht, sagte man mir. Näheres wusste niemand.

In der Brieftasche fehlte nichts. Unbegreiflich!

Den Termin beim Rechtsanwalt Wilhelm Kleinen, Karlsgraben 42 habe ich vereinbart: kommenden Freitag, um 6 Uhr des Nachmittags. Die Kanzlei ist von meiner Arbeitsstätte rasch zu erreichen. Auch zählt Kleinen nicht zu den großen Anwälten und stellt demzufolge hoffentlich nicht zu viele Fragen zum Erwerb des Dokumentes.

Dienstag, 16. April 1912

Man hat mein Zimmer durchsucht! Während ich meiner Arbeit nachgegangen bin, suchten heute Morgen zwei Männer meine Vermieterin auf, unter dem Vorwand, die Gaszähler ablesen zu wollen. Einer der Männer bat Frau Cornrade um ein Glas Wasser, welches sie ihm in der Küche reichte, während der zweite den Gaszähler ablas. Angeblich ablas, denn dieser zweite Mann muss währenddessen in meinem Zimmer gewesen sein! Bücher sind verlegt und Dokumente in meinem Sekretär durchsucht worden. Frau Cornrade beteuerte, meine Kammer heute gar nicht betreten zu haben. Auch habe das Gespräch mit dem – angeblichen! – Gasableser in der Küche nur kurze Zeit gedauert. Ha, wer glaubt einer Frau, dass sie sich mit einem kurzen Gespräch begnügt! Weitere Besucher gab es heute nicht, wie meine Vermieterin unter Schluchzen versicherte. Damit bleibt die Tatsache, dass jemand in meinem Zimmer gewesen ist, und dies kann nach Lage der Dinge nur einer der beiden »Gasableser« gewesen sein.

Der Brieftaschendiebstahl gestern, die Durchsuchung meines Zimmers heute – mir drängt sich der Verdacht auf, dass es jemand auf meine Besitztümer abgesehen hat. Oder, um es präzise zu sagen, auf eine bestimmte Urkunde in meinem Besitz. Wer steckt hinter diesen

dreisten Anschlägen? Etwa jemand aus unserer Poker-Runde? Ich
werde mich in jedem Fall vorsehen.

Mittwoch, 17. April 1912

Meine schlimmen Befürchtungen waren nur zu berechtigt. Heute hat
man mir ganz offen gedroht. In der Tram nahmen mich zwei Männer
in ihre Mitte. Sie zwangen mich, an der Jakobstraße auszusteigen
und zerrten mich in die Paugasse.

Dort erhielt ich das blaue Auge, welches bei meiner frühzeitigen
Rückkehr meine Zimmerwirtin so entsetzte, dass sie einer Ohnmacht
nahe war. Dazu verkündete der kräftigere der beiden Männer mir
einen Auftrag: »Bring die Urkunde heute um Mitternacht zum
Kaiser-Wilhelm-Denkmal vor dem Theater. Du allein.« Dabei stieß der
Sprecher mir so heftig gegen die Brust, dass ich nach Atem rang. »Dort
gibst du sie mir. Persönlich. Merke dir mein Gesicht. Solltest du nicht
am Theater auftauchen, dann ...« Mit der Hand fuhr er sich auf Höhe
der Halsmitte entlang. Eine unmissverständliche Geste. Danach ließen
mich die beiden gehen.

Das Gesicht des Mannes habe ich mir gemerkt – doch was nutzt dies,
wenn ich die Polizei nicht aufsuchen kann, ohne selber arrestiert zu
werden?

Nur mit Widerstreben erlaubte Herr Witte es mir, meinen
Arbeitsplatz für zwei Stunden zu verlassen. Jetzt sitze ich in meinem
Zimmer und denke nach. Die Urkunde ist noch immer unversehrt
an ihrem Platz. Doch scheint mir dieser nach meinen heutigen
Erfahrungen nicht mehr sicher zu sein.

Die Drohung der beiden Männer war unmissverständlich. Dabei bin ich der rechtmäßige Besitzer der Urkunde! Spielschulden sind Ehrenschulden! Wenn also Oprée hinter der Sache steckte, wäre dies mehr als schuftig.

Es gilt abzuwägen, Gewinn gegen Gefahr.

Nachtrag

Ich habe mich entschieden, die Urkunde zu behalten und die Angelegenheit heute Nacht ein für alle Mal zu klären, wenn nötig von Mann zu Mann. Allerdings braucht es bis dahin einen sicheren Ablageort für das Papier, sicherer, als es mein Zimmer sein kann, wie der gestrige »Besuch« beweist. Mir deucht, es gibt nur einen sicheren Platz, zu dem ich direkt Zugang habe: mein Arbeitsraum in der Werkstatt August Witte GmbH. Die Räumlichkeiten dort sind bestens gesichert, allein schon der wertvollen Edelmetalle wegen, die hier lagern. Gitter vor allen Fenstern. Verstärkte Türen. Dazu zwei Nachtwächter. Im Deckel des Evangeliars, an dem ich arbeite, wird das Dokument so geborgen sein wie in Abrahams Schoß, so lange, bis die Angelegenheit geklärt ist.

Es ist gut, eine Entscheidung getroffen zu haben.

VIERTER TEIL

Rheine, Dienstag, 11. August, bis
Donnerstag, 13. August 2020

ERINNERUNGEN KEHREN ZURÜCK

Es bereitete Agnetha Löchte eine gewisse Beklemmung, hilflos in einem Bett zu liegen, um das sich fünf Menschen in weißen Kitteln und mit OP-Masken vor Nase und Mund scharten. Unter den Augen des Chefarztes, des Assistenzarztes, zweier Krankenschwestern und eines Pflegeassistenten Rede und Antwort stehen zu müssen, erinnerte sie an längst überstanden geglaubte Prüfungssituationen.

Als die Visite nach den üblichen zwei bis drei Minuten vorüber war und die medizinische Phalanx das Krankenzimmer verlassen hatte, ließ sie sich aufatmend in die Kissen ihres Krankenbettes zurücksinken. Wenn sie die Ausführungen des Chefarztes richtig verstanden hatte, befand sie sich definitiv auf dem Wege der Besserung, und das war die Hauptsache. Seine Worte hatten allerdings nur das bestätigt, was ihr Körper ihr signalisierte. Dank der Schmerzmedikamente waren die Kopfschmerzen inzwischen erträglich. Doppelbilder sah sie keine mehr und ihre Beine trugen sie bereits wieder bis in den Stationsflur. Am Sonntag hatte sie die Intensivstation verlassen können, bei der Visite heute stellte ihr der Chefarzt die Entlassung aus dem Krankenhaus für übermorgen in Aussicht.

»Was die Aufhebung Ihrer Amnesie anbelangt, so können wir aktuell keine Prognose abgeben. Sie mag noch einige Tage oder Wochen andauern, Genaueres zum Zeitraum lässt sich derzeit bedauerlicherweise nicht sagen. Aber bleiben wir optimistisch«, hatte ihr der Doktor zum Schluss der Visite Mut zuzusprechen versucht.

Löchte musste lächeln. Sie war durchaus optimistisch, wenn auch in ganz anderer Weise, als es das Schlusswort des Arztes nahelegte. Erst recht, nachdem sie die heutige Ausgabe der *Rheiner Allgemeinen Zeitung* gelesen hatte.

Zum einen war die Erinnerung an die schrecklichen Sekunden vor ihrem Sturz in den Salinenkanal bereits gestern zurückgekehrt, was sie den Ärzten wohlweislich verschwiegen hatte. Das Schnüren der Laufschuhe – ein Geräusch in ihrem Rücken – Margarete Uppkampp, die mit einem Mal hinter ihr stand, das Gesicht, von Hass verzerrt – ein furchtbarer Hieb, der sie traf. All das war wieder präsent. Wenn sie ihre Augen schloss, vermeinte sie fast den heftigen Schlag gegen ihre Schläfe zu spüren, der sie rückwärts gegen die Steinmauer taumeln ließ. Zugleich durchströmte sie ein heißes Gefühl von Scham und Schuld. Wie hatte sie nur so naiv sein können, nicht vorherzusehen, dass Uppkampp ihren Erpressungsversuch keinesfalls sang- und klanglos hinnehmen würde? Uppkampp, die Adama brutal mit einer Schere erstochen hatte. Uppkampp, die Mörderin.

›Ich habe den Stein selber ins Rollen gebracht, der mich fast zermalmt hätte‹, dachte Löchte. Mit einem leichten Stöhnen suchte sie sich eine neue Liegeposition. Ihr Rücken schmerzte.

All das konnte sie den Ärzten und auch der Polizei gegenüber nicht zugeben, ohne sich selbst schwer zu belasten. Also hatte sie geschwiegen, als sich ihre Erinnerungslücke wieder schloss. Eine ärztlicherseits attestierte Amnesie war in jedem Fall besser als eine Anklage wegen versuchter Erpressung. Und es gab noch etwas Zweites.

Nach dem Aufwachen hatte sie zu ihrer großen Erleichterung feststellen dürfen, dass niemand ein Verlangen zu haben schien, sie intensiver zu befragen. Ihr Sturz im Bentlager Busch galt offiziell als Unfall. Dass es sich um einen Mordversuch gehandelt haben könnte, auf diese Idee schien niemand zu kommen. Es gab nur eine Person, die um die Hintergründe und die genauen Umstände dieses Sturzes wusste: Margarete Uppkampp. Solange diese aber schwieg, war Löchte aus dem Schneider.

Mit ängstlicher Anspannung hatte sie daher am Montag und Dienstag die *Rheiner Allgemeine Zeitung* aufgeschlagen. Der »Mörderin vom

Falkenhof«, wie die RAZ auf der ersten Lokalseite Uppkampp betitel-
te, und ihrer Tat waren mehrere Artikel gewidmet. Doch wie Löchte
feststellte, wurden weder sie noch ihr Erpressungsversuch erwähnt.
Kein Wort über die Ereignisse im Bentlager Busch. Offenbar hatte
Uppkampp ihren Mordversuch gegenüber den Behörden verschwie-
gen. Verständlicherweise. Warum auch sollte sie sich selbst belasten?
Dank Uppkampps Stillschweigen ließ sich in ihrer Krankenakte die
Unfallversion aufrechterhalten.

Was Agnetha Löchte blieb, war neben dem tröstlichen Gefühl,
gerade noch einmal davongekommen zu sein, die unendliche Trauer
über den Tod Adamas. Und die bittere Erkenntnis, dass nach ihrer
Entlassung aus dem Spital in der Wohnung allein die Einsamkeit auf
sie wartete.

IM INNEREN DES EVANGELIARS

Die Mühlen der Bürokratie, der weltlichen wie auch der kirchlichen, mahlen langsam, in Corona-Zeiten, so schien es, sogar noch ein wenig langsamer als sonst. So hatte es fast eine Woche gedauert, bis die Genehmigungen des bischöflichen Ordinariats sowie der Kirchengemeinde St. Dionysius zur Untersuchung des Dionysius-Evangeliars vorlagen. Nun war es an der Zeit, das Geheimnis des Buches zu lüften.

Jeder Rheinenser kannte den Morriensaal im Falkenhof als prachtvolle Kulisse für Konzerte, Empfänge und Preisverleihungen der Stadt Rheine. Heute war der Saal freigeräumt worden bis auf einen in der Mitte des Raumes stehenden großen Tisch, um den mit großem Abstand zueinander fünf Personen saßen. Neben Ausstellungsleiter Andreas Brockmann und den beiden Kriminalbeamten Rumphorst und Bär war auch der Pfarrer der Kirchengemeinde St. Dionysius zugegen. Moritz Mey vertrat die *Rheiner Allgemeine Zeitung*. Er hatte die Erlaubnis erhalten, die Öffnung des Evangeliar-Einbandes im Bild festzuhalten. Direkt am Tisch stand ein älterer Mann, Justus Wogenscheidt, Restaurator am LWL Museum für Kunst und Kultur in Münster.

Der in der Montagsausgabe der RAZ erschienene Artikel Meys zur Entlarvung der Falkenhof-Mörderin hatte eine große Resonanz gefunden, was sicherlich auch der detailgenauen Schilderung der dramatischen Minuten im Turm der Stadtkirche zu verdanken war. Moritz Mey hatte sie mit einem gewissen Stolz zu Papier gebracht. In einem Artikel beschreiben zu können, wie man mit eigener Hand einer Verbrecherin den Knock-out verpasste, eine solche Gelegenheit bot sich einem Reporter höchst selten.

Rumphorst blickte in die Runde. Die Augen aller anderen Anwesenden waren erwartungsvoll auf das Dionysius-Evangeliar in der Tischmitte gerichtet. Das goldglänzende Buch lag auf einem dunkelgrünen Samttuch, das, so ging es ihm durch den Kopf, die gleiche Funktion hatte, wie die Decke, die Margarete Uppkampp im Gewölbekeller vor der Vitrine ausgebreitet hatte: Es sollte den wertvollen Band vor Kratzern und Beschädigungen schützen. Neben dem Evangeliar lagen verschiedene Werkzeuge aufgereiht: Zangen, Scheren, Pinzetten, Feilen, die meisten davon fein, fast filigran, allesamt in die Werkstatt eines Uhrmachers oder Goldschmiedes passend.

Der Pfarrer von St. Dionysius nickte Rumphorst zu. Der räusperte sich und wandte sich dann an den Restaurator: »Ich denke, Sie können nun beginnen.«

Mit weiß behandschuhten Händen öffnete Wogenscheidt den vorderen Deckel des Evangeliars. Bedächtig strich er über die goldene Kante des Einbandes. Dann begann er, das nach innen gebogene Goldblech vorsichtig mithilfe einer feinen Zange und einer Blechschere aufzubiegen. Eine Viertelstunde später war die Längsseite des Holzkerns freigelegt. Langsam und sachte schob der Restaurator zwei flache gepolsterte Stäbe zwischen Goldblech und Holzkern. Mit einer Stabtaschenlampe leuchtete er in den dunklen Zwischenraum.

»Im Spalt steckt ein Umschlag.« Der durch die Maske gedämpften, heiseren Stimme des Restaurators merkte man die Erregung an.

»Bitte nehmen Sie den Umschlag heraus.« Auch Rumphorsts Herz schlug schneller. Er musste sich zwingen ruhig zu bleiben.

Vorsichtig tauchte der Restaurator eine lange, schlanke Pinzette in den Spalt und zog einen elfenbeinfarbenen Umschlag heraus. Behutsam legte er ihn auf den grünen Samt neben das Evangeliar.

»Sie dürfen ihn öffnen.« Rumphorsts Stimme zitterte. Dies war der Moment der Wahrheit.

Mit spitzen Fingern zog Wogenscheidt ein einzelnes Pergament aus dem Umschlag und legte es mit der beschriebenen Seite nach oben auf das Samttuch. Unwillkürlich hatten sich alle Anwesenden erhoben und traten an den Tisch, um besser sehen zu können. Sicherheitsabstände einzuhalten, daran dachte in diesem Moment niemand von ihnen.

Das Pergament war nur wenig größer als ein DIN-A5-Blatt. Es wies eine schmuckvolle Umrandung mit geometrischen Elementen auf. Innerhalb dieser prangte oben der Schriftzug *Schürfgesellschaft Kolmanskop Lüderitzbucht*. Darunter stand, in einer filigranen Umrahmung mit floralen Jugendstilelementen:

Anteil-Schein – No. 00111 – über 1000,- Mark (Tausend Mark) Der Inhaber dieser Urkunde ist an der Schürfgesellschaft Kolmanskop nach Maßgabe der Satzung mit einem Anteil über Tausend Mark beteiligt. Gesellschaftskapital Mk. 34.000.

Unten auf dem Blatt war links das handgeschriebene Datum 23. August 1908 vermerkt. Rechts standen unter dem Wort *Geschäftsführer* zwei unleserliche Unterschriften, die man mit Wohlwollen als »Kreplin« und »Schuster« deuten konnte.

Verwundert blickten sich Rumphorst und Bär an. In den vielen Jahren ihrer gemeinsamen Ermittlertätigkeit hatten sie schon manch eigentümliches Mordmotiv kennengelernt, doch dies war das mit Abstand skurrilste.

NACHBETRACHTUNG

Zum Abend hin hatte die Schwüle zugenommen, ein untrügliches Zeichen dafür, dass sich die Hitzewelle der letzten Tage dem Ende zuneigte. Dunkle Wolken schoben sich vor die untergehende Sonne. In der Ferne kündigte dumpfes Grollen ein aufziehendes Gewitter an. Die Fenster des *Veracruz* waren hell erleuchtet.

»Riskieren wir den Biergarten oder bleiben wir gleich drinnen?«, fragte Moritz mit einem besorgten Blick zum dunklen Westhimmel.

Die Meys standen wartend vor dem Eingang des Restaurants. Auf der Tiefen Straße fuhr langsam ein Auto vorbei. Aus dem Innern winkte der Fahrer den beiden zu.

»Das ist Rumphorst«, stellte Moritz überflüssigerweise fest. »Na, bis der einen Parkplatz gefunden hat, das kann dauern.«

Doch der Oberkommissar strafte Moritz Lügen. Kurze Zeit später stand er lachend vor ihnen. Vielleicht hatten Polizisten ja berufsbedingt einen siebten Sinn für freie Parkplätze. Oder die Lizenz zum Falschparken.

»Sie warten doch hoffentlich noch nicht lange. Der Verkehr«, entschuldigte sich Rumphorst. »Kann man hier draußen sitzen?«

»Das Veracruz hat einen Biergarten, sogar mit Blick auf den Falkenhof.«

Rumphorst lächelte schief. »Eigentlich wollte ich den heutigen Abend nicht unbedingt in Sichtweite eines Tatortes verbringen. Aber angesichts der Temperaturen wäre es mir schon lieb, im Freien zu sitzen.«

»Dann lassen Sie uns hoffen, dass im Hof ein Tisch frei ist.«

Im Veracruz herrschte rege Geschäftigkeit. Hohe Decken mit Jahrhunderte alten, freiliegenden Eichenbalken, eine elegant geschwungene Holztheke mit blank polierten Messingbeschlägen, kleine

Sitzgruppen im verwinkelten Gastraum, warmes Licht und an den Wänden Blechschilder mit mexikanischen Motiven – das Restaurant punktete mit urigem Ambiente. Zudem mit seiner vorzüglichen mexikanischen Küche. Kein Wunder, dass das *Veracruz* in aller Regel gut gefüllt war, so auch heute Abend. Anna und Moritz waren hier Stammgäste.

Die langen Haare zu einem Zopf gebunden, stand Mateo, der Wirt, hinter dem Tresen und schaufelte Nachos in zwei Holzschälchen.

»Schau an, die Meys, unsere Kirchturmhelden«, begrüßte er sie mit einer angedeuteten Verbeugung. »Ihr seid ja zu einer richtigen Berühmtheit geworden.«

»Auf diese Art von Berühmtheit hätte ich gerne verzichtet«, brummte Anna mit einem leicht säuerlichen Gesichtsausdruck.

»Hoffentlich ist für unsere Prominenten noch ein Platz im Biergarten frei«, schaltete sich Rumphorst ein und zwinkerte dem Wirt zu.

»Ihr habt Glück. Eben ist ein Tisch frei geworden. Mit Blick auf den Falkenhof«, grinste Mateo. »Den Weg kennt ihr ja.«

Der Tisch stand unter der ausladenden Krone einer mächtigen Buche. Kaum hatten die drei dort Platz genommen, stellte eine der jungen Bedienungen ungefragt Nachos und Tomaten-Salsa als pikante Appetithäppchen auf den Tisch.

»Wisst ihr schon, was ihr trinken wollt?«

Dreifaches Nicken. Kurze Zeit später waren die Bestellungen aufgegeben. Rumphorst hatte sich auf Anraten der Meys ebenfalls für »Pollo Santa Clara« entschieden, marinierte Hühnerbrust mit Kräuterkruste überbacken, dazu Reis und Salat.

»Auf einen entspannten Abend.« Der Kommissar und die Meys stießen mit mexikanischem Bier an, das sie stilecht aus der Flasche tranken, deren Etikett pikanterweise die Aufschrift »Corona Extra« trug.

»Wir bedanken uns ganz herzlich für Ihre Einladung.« Anna lächelte Rumphorst zu.

»Das ist doch das Wenigste, was ich Ihnen als Ausgleich für die überstandenen Ängste anbieten kann. Zugleich aber auch das Meiste. Mehr gibt unsere Portokasse nämlich nicht her«, grinste der Kommissar.

»Ist der Fall für Sie abgeschlossen?«

»Weitestgehend. Frau Uppkampp ist geständig, was die Aufklärung der letzten Details vereinfachen dürfte.«

»Wie geht es für Maggie weiter?«

»Ihr droht Anklage wegen Mordes und was den Angriff auf Sie betrifft, Frau Mey, zudem eine Anklage wegen versuchten Mordes.«

»Aber sie hat Herrn Diabaté doch gar nicht eigentlich töten wollen, oder? Sein Tod war eher ein Unfall«, warf Anna ein.

»Ich glaube nicht, dass der Staatsanwalt das so sehen wird. Denn immerhin hat sie ihn getötet, um den Diebstahl zu vertuschen, den sie gerade auszuführen versuchte. Juristisch nennt man das ›einen Mord mit Verdeckungsabsicht‹. Sie wollte einen Zeugen beseitigen, der ihre Straftat hätte anzeigen können.«

»Das heißt also, Sie geht für viele Jahre ins Gefängnis?« Anna schauderte.

»Mit ziemlicher Sicherheit.«

»Grässlich. In den wenigen Minuten im Falkenhof hat sie ihre ganze Zukunft verspielt.«

»Und in den Minuten auf dem Kirchturm von St. Dionysius«, erinnerte Moritz seine Frau.

»Streng genommen bereits in den Tagen davor«, wandte Rumphorst ein. »Denn den Einbruch ins Falkenhof-Museum hat Uppkampp akribisch geplant und mit einer durchaus hohen kriminellen Energie umgesetzt. Und der Einbruch war gewissermaßen schon der erste Schritt zum Mord an Adama Diabaté.«

Die Bedienung stellte ein Windlicht auf den Tisch. Der Himmel hatte sich weiter verfinstert. In der Ferne grollte Donner.

»Dreimal Pollo Santa Clara«, ließ sich Mateo vernehmen. »Ich wünsche einen guten Appetit.« Die überbackene Hühnerbrust duftete himmlisch.

Auf angenehme Art gesättigt lehnte sich Moritz eine gute Viertelstunde später zurück. Auch Anna und der Kommissar hatten ihr Besteck auf die leeren Teller gelegt.

»Sie nehmen doch einen Nachtisch?«, fragte Rumphorst.

»Gerne, einen Kaffee bitte.« Für Moritz war der Kaffee nach einem guten Essen ein absolutes Muss, selbst zu dieser späten Stunde.

»Für mich auch«, schloss sich Anna an.

»Na prima, dann bitte noch drei Kaffee«, gab Rumphorst die Bestellung auf, als das Geschirr abgeräumt wurde. Er wandte sich zum Falkenhof-Museum um.

An verschiedenen Stellen waren Strahler aufgeflammt und tauchten das Gebäude in ein überirdisch anmutendes Licht. Die weißen Wände leuchteten hell vor dem dunklen Abendhimmel.

»Das nenne ich Timing«, strahlte Rumphorst. »Genau die passende Illumination, um sie darüber zu informieren, was wir zu der Urkunde herausgefunden haben, die im vorderen Deckel des Dionysius-Evangeliars verborgen war.«

»Zu dem Anteilschein für die Schürfgesellschaft Kolmanskop im ehemaligen Schutzgebiet Deutsch-Südwestafrika, dem heutigen Namibia, meinen Sie.« Moritz konnte es sich nicht verkneifen, zu zeigen, dass er seine Hausaufgaben gemacht hatte.

Rumphorst nickte. »Wir haben gestern die Professorin Dagmar Mikola kontaktiert, eine Expertin für afrikanische Geschichte. Sie hat erst jüngst am Deutschen Historischen Museum in Berlin eine Dauerausstellung zur deutschen Kolonialgeschichte mitgestaltet. Der Name ›Kolmanskop‹ war ihr nicht unbekannt, so wie auch die ›Schürfgesellschaft Kolmanskop‹. Nach ihrer Auskunft handelt es sich bei dieser Gesellschaft um ein Konsortium von bürgerlichen Investoren, das die Schürfrechte im damaligen Schutzgebiet Deutsch-Südwestafrika besaß. Geschürft oder besser gesagt im Sand der Namib geschaufelt, gebaggert und gesiebt wurde nach Diamanten.«

»Oh,« raunte Anna.

»Die Gesellschaft, deren exakte Geschichte ich Ihnen an dieser Stelle erspare, beutete die reichen Diamantvorkommen rund um den Ort Kolmanskop oder zu Deutsch Kolmannskuppe aus. Sie gestatten.« Rumphorst zog einen Zettel aus seiner Hosentasche, auf dem verschiedene Zahlen vermerkt waren. »Bis zum Ausbruch des Ersten Weltkrieges wurden von der ›Schürfgesellschaft Kolmanskop‹ pro Jahr Diamanten im Wert von rund drei Millionen Mark verkauft. Nach heutigem Geld wären dies fast 16 Millionen Euro. Natürlich mussten davon Investitionskosten, Arbeitslöhne und Steuern abgezogen werden. Dennoch dürfte bis Kriegsbeginn in jedem Jahr ein erklecklicher Gewinn übriggeblieben sein, der an die Gesellschafter ausgeschüttet wurde. Der Besitzer des im Evangeliar verborgenen Anteilscheines konnte nach Meinung von Professorin Mikola mit jährlichen Zahlungen von«, Rumphorst blickte kurz auf seinen Zettel, »etwa 30.000 Mark rechnen. Das wären heute annähernd 160.000 Euro. Er war also definitiv ein reicher Mann.«

Auf die Worte des Kommissars folgte Stille. Anna und Moritz brauchten einen Moment, um diese Neuigkeit zu verarbeiten.

»Sie sprechen die ganze Zeit in der Vergangenheitsform«, meldete sich schließlich Anna Mey zu Wort.

»Ganz bewusst, denn die Schürfgesellschaft gibt es schon lange nicht mehr. Ebenso wenig wie die Diamantenvorkommen rund um Kolmanskop. Bereits in den 1920er Jahre galten viele Claims als erschöpft, 1930 wurde der Diamantabbau dort dann gänzlich eingestellt. Man war zu schnell zu gierig gewesen.«

»Wem genug zu wenig ist, dem ist nichts genug«, murmelte Moritz.

»Wie meinen Sie?«

»Ach, ich habe nur den griechischen Philosophen Epikur von Samos zitiert, der die Maßlosigkeit der Menschen anprangerte, die den Hals nicht voll bekommen können.«

»Habgier. Auch eines der klassischen Mordmotive«, nickte Rumphorst.

»Was wurde aus Kolmanskop?«, fragte Anna.

»Den Ort Kolmanskop meinen Sie? Nun, in der Hochzeit des Diamantenbooms lebten hier, nach Auskunft von Frau Mikola, etwa 400 Menschen, praktisch mitten im Nichts. Denn außer Sand, Wind und Hitze gibt es in diesem Teil der Wüste Namib nichts – bis auf die Diamanten natürlich. Es fehlt vor allem Wasser. Dennoch entwickelte sich Kolmanskop zu einer wohlhabenden Siedlung mit prachtvollen Steinhäusern und einer hervorragenden Infrastruktur. So gab es ein Elektrizitätswerk, eine Schule, ein Krankenhaus, ein Theater und eine Eisfabrik zur Herstellung von Eisblöcken für die Kühlschränke der Bewohner und natürlich verschiedene Geschäfte. Aber alles, was die Einwohner benötigten, sogar das Wasser, musste über große Entfernungen herangeschafft werden. Es ist also nicht verwunderlich, dass die Menschen den Ort verließen, als die Diamantenvorkommen erschöpft waren, die letzten in den 1960er Jahre. Heute ist Kolmanskop eine Geisterstadt.«

»Dann ist die Urkunde aus dem Dionysius-Evangeliar …«, begann Anna.

»… praktisch keinen Pfifferling wert«, ergänzte Moritz.

»Korrekt«, stellte Rumphorst fest. »Margarete Uppkampp ist für ein wertloses Stück Papier zur Mörderin geworden. Auch wenn sie in den Besitz des Anteilscheins gelangt wäre, hätte sich ihre Hoffnung auf ein sorgenfreies Leben schnell als Fata Morgana erwiesen.«

»Was sie umso mehr zu einer tragischen Gestalt macht«, merkte Anna versonnen an.

Die Bedienung brachte drei dampfende Tassen Kaffee.

»Das Evangeliar war in diesem Fall der Dreh- und Angelpunkt.« Rumphorst gab einen Schuss Milch in seine Crema. »Mich beschäftigt immer noch die Frage, warum das Kunstwerk so lange Zeit verschollen war.«

»Zur Beantwortung dieser Frage kann ich etwas beitragen«, begann Moritz Mey. Und er berichtete von den Ergebnissen seiner

Recherchen im Archiv der RAZ. »Die genauen Gründe dafür, dass das Evangeliar nach 1945 keine Erwähnung fand, konnte ich allerdings bisher nicht ermitteln. Angeblich befand sich das Buch längere Zeit nicht in Rheine. Möglicherweise wurde es 1945 in den Wirren der letzten Kriegstage ausgelagert und danach vergessen. Oder die Sieger haben es als Kriegsbeute mit nach England genommen. Wer weiß. Auch wann und wie das Evangeliar wiederentdeckt wurde und auf welchem Wege es zurück nach Rheine gelangt ist, ist nach wie vor unklar. Meine Nachforschungen dazu waren bislang erfolglos. Die aktuell Verantwortlichen mauern an dieser Stelle und die Pfarrer und Kirchenbediensteten aus den Nachkriegsjahren sind inzwischen verstorben und können nicht mehr befragt werden. Wenn nicht der Zufall hilft, wird dieser Abschnitt in der Geschichte des Evangeliars wohl mysteriös und rätselhaft bleiben.«

»So wie auch der Tod des Goldschmiedes, der den Einband des Evangeliars gestaltet hat«, sagte Rumphorst nachdenklich. »Meiner Meinung nach klingt die damals behördlicherseits geäußerte Vermutung, Wilhelm Uppkampp sei durch einen Unfall ums Leben gekommen, im Licht unseres heutigen Wissens eher unwahrscheinlich. Mir erscheint es viel plausibler, dass auch sein Tod mit dem wertvollen Dokument im Einband des Evangeliars in Zusammenhang steht. Aber, so ist zu befürchten: Auch dieses Rätsel bleibt wohl für immer ungelöst.«

ZU EINER ANDEREN ZEIT,
AN EINEM ANDEREN ORT ...

Aachen
Die Nacht auf den 18. April 1912

Sie hatten ihm aufgelauert. Zwei Schatten, nur schemenhaft erkennbar im matten Licht der Straßenlaternen. Just als Uppkampp von der Franzstraße kommend in die Borngasse einbog, standen sie wie aus dem Boden gewachsen vor ihm. Unzweifelhaft zwei männliche Schatten, wie ihm bereits der erste Blick in ihre Gesichter gezeigt hatte. Denn hinter den schwarzen Larven, die Augen und Nasen verdeckten, lugten Schnurbartspitzen hervor.

»Was ... was wollen Sie ... von mir?«, stammelte er überrascht mit vom Alkohol schwerer Zunge. Vielleicht war es doch keine so gute Idee gewesen, sich für sein mitternächtliches Treffen auf dem Theaterplatz Mut anzutrinken.

»Das weißt du wohl. Oder solltest du unsere Aufforderung etwa nicht erhalten haben?«

Die Stimme, durch die Maske verzerrt, gleichwohl kalt und schneidend, kam ihm bekannt vor, ohne dass er sie richtig einordnen konnte.

»Aufforderung? Wozu ...«, versuchte er Zeit zu gewinnen. »Ach das meinen Sie.«

In seinem umnebelten Gehirn blitzte die Erkenntnis auf: Auch diesen beiden ging es um das vermaledeite Papier. Möglicherweise waren sie gar die Auftraggeber des ganzen Ungemachs, das ihn seit jenem denkwürdigen Poker-Abend getroffen hatte. Fast schlagartig wurde er nüchtern.

»Ich habe ... ich trage es nicht bei mir.«

»Natürlich nicht.« Das Gesicht des Sprechers schien sich zu einem höhnischen Grinsen zu verziehen. »Auch uns ist durchaus klar, dass man ein solch wertvolles Dokument nicht mit sich herumträgt. Vielmehr verbirgt man es in einem sicheren Versteck. Und genau zu diesem«, zischte die Stimme, »wirst du uns jetzt führen.«

»Das wird schwierig. Ich sollte doch erst am Kaiser-Wilhelm-Denkmal … Es ist zudem schon sehr spät … Vielleicht ginge es morgen früh«, versuchte Uppkampp es mit lahmen Ausflüchten.

»Keine Mätzchen! Wir haben Zeit mitgebracht und begleiten dich heute Nacht gerne auch auf einem etwas längeren Weg. Vorwärts also!«

Die beiden Gestalten machten einen drohenden Schritt auf ihn zu. Sein Gehirn arbeitete fieberhaft. Sie zum Papier zu führen, kam in keinem Fall in Frage. Niemals würde er die größte Chance seines Lebens so einfach aus der Hand geben. Andererseits ging es hier um seine Gesundheit, vielleicht gar um sein Leben. Die beiden Männer sahen nicht so aus, als ob sie ein »Nein« seinerseits akzeptieren würden. Ein Dilemma, aus dem er einen Ausweg finden musste, und zwar rasch. Hilfesuchend blickte er um sich. Die Straße war menschenleer. Weder Passant noch Gendarm waren zu sehen. Kein Wunder, die Uhr musste weit nach Mitternacht zeigen. Eine rettende Idee wollte nicht kommen. Also blieb ihm nur, zunächst einmal mitzuspielen und so Zeit zu gewinnen.

»Gut, die Herren, ich beuge mich der Gewalt. Wenn sie mir also bitte folgen wollen.«

Er konnte die Verblüffung der beiden Männer ahnen, wenn auch die Masken deren wahre Gefühle verbargen.

Ohne ein weiteres Wort wandte er sich um und stapfte den Weg zurück, den er eben gekommen war. Matter Laternenschein erleuchtete die menschenleere Franzstraße. Hinter sich hörte er die knirschenden Schritte seiner Begleiter auf dem Trottoir. Alle Häuser, die sie passierten, lagen dunkel und still. Vor ihnen ragte die wuchtige Silhouette des Marschiertores auf, ein Relikt der alten Stadtbefestigung.

Links zweigte die Aureliusstraße ab. Und just an dieser Stelle kam ihm der rettende Einfall. Haus Nummer 83 beherbergte die Baumaterialienhandlung Josef Buchholz. Der Kaufmann hatte anscheinend eine größere Anlieferung Maschendraht erhalten. Offenbar hatten nicht alle mannshohen Drahtrollen im Inneren des Geschäftes Platz gefunden und so türmten sich gut ein Dutzend von ihnen, an die Hausmauer gelehnt, auf dem Gehweg. Im Vorbeigehen erfasste er mit raschem Blick, dass diese weder besonders schwer, noch durch Bänder gesichert waren.

Abrupt blieb er stehen, riss eine der Drahtrollen in die Höhe, drehte sich um und schleuderte sie mit Vehemenz gegen seine Verfolger. Diese waren dermaßen überrascht, dass sie keinerlei Bewegung der Abwehr oder des Ausweichens vollführten. Der raue Draht traf sie in Kopf- und Brusthöhe und ließ sie zurücktaumeln. Währenddessen hatte er bereits eine zweite Drahtrolle ergriffen und warf sie den beiden Männern vor die Füße. Diese strauchelten, einer fiel zu Boden, der andere stöhnte auf, da ihm der Draht der ersten Rolle ins Auge geraten war.

Uppkampp aber drehte sich blitzschnell um und hastete über das Kopfsteinpflaster in Richtung Marschiertor. Er passierte den Durchgang zwischen den massigen Steinwänden. Schon war ihm heiß, der Kühle der Aprilnacht zum Trotz, so heiß, dass er den Überzieher verfluchte, den er über seinem Sakko trug. Wer aber hätte auch ahnen können, dass ihn heute Nacht eine solche Verfolgungsjagd erwarten würde.

Nach dem Durchqueren des Tores verhielt er einen Moment. Erschöpft lehnte er sich an die kalten Quader des Mauerwerks, verzweifelt bemüht, sein wild pochendes Herz zu beruhigen und zu Atem zu kommen.

Doch schon vernahm er in der Stille der Nacht die eiligen Schritte seiner Verfolger. Es gab kein Verschnaufen. Weiter! Zum Glück war Jupps Gasthof nur noch wenige Schritte entfernt.

Vor seinen Augen weitete sich die Straße hin zur Burtscheider Brücke. Das nächtliche Grau schien hier noch um Nuancen dunkler zu sein. Die Straßenlaternen standen weit auseinander. Kein Mondschein. Er erinnerte sich: Erst vorgestern war Neumond gewesen. Und die schmale Sichel des zunehmenden Mondes, die er auf dem Hinweg noch am Himmel gesehen hatte, musste inzwischen untergegangen sein.

Weiter. Er stieß sich von der Wand ab und hetzte die menschenleere Burtscheider Straße entlang. Die unbelaubten Bäume streckten ihre Äste gen Himmel wie mahnende Finger.

Seine Verfolger hatten inzwischen gleichfalls das Tor passiert. Eben stürmten sie aus dem Dunkel des Durchgangs, leichten Fußes wie es ihm schien, als er sich gehetzt umblickte. Sie mussten jünger sein als er, zumindest weniger rundlich. Zum wiederholten Male bereute er sein Schlemmen: Zu viele Biere, zu viel Sauerbraten mit Kartoffelklößen und zu viele Printen, welche diese Stadt dem geneigten Feinschmecker das ganze Jahr über in mannigfaltigen Variationen zum Genuss anbot.

Sein Atem ging rasselnd und er japste nach Luft, als er die Holztür des Gasthofes »Zur Lokomotive« erreichte. Ungestüm rüttelte er an der Klinke. Vergebens. Die Tür war verschlossen. Verdammt, wie hatte er nur so einfältig sein können. Natürlich hatte Jupp nachdem sein letzter Gast, also er, das Lokal verlassen hatte, die Türe verschlossen. Schließlich war die Polizeistunde längst überschritten. Blauäugig wie er war, hatte er wider besseres Wissen gehofft, der Wirt seines Stammlokales wäre noch nicht zu Bett gegangen. Oder war es noch immer der Alkohol, der ihm das Denken vernebelte? Oder die schiere Angst?

Er keuchte. Schweiß stand ihm auf der Stirn. Sein hilfesuchender Blick traf die gegenüberliegende Gaststätte »Im alten Zollhaus«, die ebenfalls dunkel und wie ausgestorben dalag. Auch hier war keine Hilfe zu erwarten. Also weiter!

Gehetzt überquerte er die Zollamtstraße und passierte mit immer

schwerer werdenden Schritten die Stirnseite des Kaiserlichen Post-
amtes. In den Rundbogenfenstern spiegelte sich das Licht der Later-
nen. Der massige klassizistische Bau mit seinem markanten Rundturm
und der aufgesetzten Wetterfahne erinnerte entfernt an ein Schloss.
Uppkampp erschien es, als wollte er mit seiner kalten Verschlossen-
heit sein Sehnen nach Schutz und Trutz verhöhnen. Zur Burtscheider
Brücke hin stieg die Straße an. Der Anstieg verlangte ihm sein Letztes
ab. Die Verfolger hatten ihre Schritte verlangsamt, so als wüssten sie,
dass die Jagd ihrem Ende entgegen ging.

Die Burtscheider Brücke mit ihrer markanten Eisengitterkonstruk-
tion überspannte Gleise und Bahnsteige des erst vor wenigen Jahren fertiggestellten Aachener Hauptbahnhofes. Zu beiden Seiten der
Fahrbahn führten Fußwege über die Bogenbrücke. Uppkampp nahm
den Fußweg zur Linken.

Am Scheitelpunkt der Brücke blieb er stehen, erschöpft, kraftlos.
Er fühlte, dass er keinen Schritt weiter gehen konnte. Auf seiner Stirn
perlte Schweiß. Sein Atem ging stoßweise. Mit einer fast flehenden
Handbewegung wandte er sich zu den beiden Schergen um, die unerbittlich auf ihn zukamen. Vom Bahnhof her hörte man den Signalpfiff
und das Schnaufen einer anfahrenden Dampflokomotive. Nur einen
Augenblick später kam sie in Sicht. Das schwarze Ungetüm fauchte
funkensprühend auf die Brücke zu. Mächtige Wolken dunkelgrauen
Rauches quollen aus ihrem Rauchfang.

»Man … man kann … doch über alles reden«, keuchte Uppkampp.
Das »Wuff, Wuff, Wuff« der Fahrt aufnehmenden Dampflok über-
tönte seine Worte.

Der größere der beiden maskierten Männer stand nun direkt vor
ihm.

»Wir wollen nicht mehr reden. Wir – wollen – das – Papier!« Jedes Wort des Satzes war von einem Stoß gegen Uppkampps Brust
begleitet, den dieser mit müden Armen abzuwehren versuchte. Beim
zweiten Stoß blitzte im Mund des Mannes etwas auf.

»Sie?«, stieß Uppkampp in ungläubigem Erstaunen hervor und ver-
gaß für einen Moment, die Schläge gegen seine Brust zu parieren. In
der Folge traf ihn der dritte Stoß des Maskierten mit ungebremster
Wucht, ließ ihn nach hinten taumeln, gegen das Brückengeländer,
das ihm gerade bis zur Hüfte reichte. Der vierte Stoß brachte ihn
vollends aus dem Gleichgewicht. Mit einem leisen Schrei kippte sein
Oberkörper über die Balustrade. Verzweifelt ruderte er mit den Händen, versuchte Halt zu finden, griff ins Leere, während sein Körper
sich rückwärts überschlagend in die Tiefe stürzte. In diesem Moment
erreichte die Lokomotive die Burtscheider Brücke und hüllte sie mit
Rauch, Schnaufen und Stampfen ein. So sahen und hörten denn weder die beiden Maskierten auf der Brücke noch die Reisenden im hell
erleuchteten Nachtzug nach Oostende, wie ein menschlicher Körper
hart auf dem verrußten Schotter des Gleisbettes aufschlug und ein
Mann mit einem ersterbenden Seufzer sein Leben aushauchte.

DANKSAGUNG

Sich für das Schreiben eines Buches ein halbes Jahr lang auf eine einsame Insel oder in ein isoliertes Turmgemach zurückzuziehen, ist seit dem 19. Jahrhundert tatsächlich ein wenig aus der Mode gekommen. Heute ist die Entstehung eines Romans immer auch ein Prozess, in dem außer dem Autor viele Menschen in seinem Umfeld einen bedeutungsvollen Platz haben. Diesen Menschen zu danken ist mehr als reine Chronistenpflicht, denn ohne sie wäre der Roman nicht das geworden, was er ist.

So möchte ich Antje und Sven für ihre kritische Durchsicht der Passagen danken, die in Aachen angesiedelt sind. Dass dies trotz Homeoffice und Homeschooling möglich war, ist in jedem Fall ein gutes Essen wert.

Klaus danke ich für seine kompetenten Antworten auf alle meine Fragen aus dem juristischen Bereich. Vor unseren Gesprächen über verschiedene Rechtsfälle hatte ich keine Vorstellung davon, wie komplex die Urteilsfindung bei Gericht sein kann. Meine Hochachtung vor der Jurisdiktion ist gewachsen.

Ein besonderer Dank gilt auch meinem Lektor Dirk Peschl und dem ganzen Team der Buchprofis für die professionelle Betreuung meines Buchprojektes. Die vielen aufmunternden Smileys werde ich vermissen!

Schließlich möchte ich drei Personen danken, ohne deren Impulse dieses Buch nicht entstanden wäre:

Meiner Frau Eva, die mich immer wieder ermutigt hat, diesen Roman zu beginnen und zu vollenden. Sie war auch, lange vor der Veröffentlichung, dessen erste und besonders kritische Leserin.

Zudem auch meinen Töchtern Christina und Antje, die die Entstehung des Buches mit aufmunternden Worten und kritischen Anmerkungen begleitet haben.

Herzlichen Dank euch allen! Ohne euch wäre dieser Kriminalroman nie geworden.

FAKTEN UND FIKTION

Sollten Sie, liebe Leserin, lieber Leser, gehofft haben, in diesem Buch dem ein oder anderen Bekannten oder gar sich selbst zu begegnen, so muss ich sie enttäuschen. Alle im Roman vorkommenden Charaktere sind frei erfunden. Jedwede Ähnlichkeit mit lebenden oder verstorbenen Personen wäre rein zufällig. Dasselbe gilt für alle beschriebenen Gedanken und Handlungen dieser Personen.

Andererseits gehört dieser Roman zu einer Literaturgattung, die als *Faction* bezeichnet wird, also als Text, der zum einen reale Sachverhalte und Örtlichkeiten sowie tatsächliche Begebenheiten schildert, Fakten eben, zum anderen aber auch eine auf diesen Fakten basierende, frei erfundene und künstlerisch ausgestaltete fiktive Geschichte erzählt. Im vorliegenden Roman zeigt sich die Zugehörigkeit zu dieser Literaturgattung an verschiedenen Stellen.

So ist die Corona-Pandemie, in die die Romanhandlung eingebettet ist, leider alles andere als eine Fiktion. Seit China am 31. Dezember 2019 den Ausbruch einer neuartigen Lungenerkrankung in Wuhan bekanntgab, hält das Coronavirus SARS-CoV-2 die Welt in Atem. Viele Millionen Erkrankte, die zum Teil langfristig gravierende körperliche Beeinträchtigungen zu ertragen haben, Millionen Tote, massive gesellschaftliche Erschütterungen und schwere wirtschaftliche Einbußen sind die verheerende Bilanz der weltumspannenden Pandemie. Die Romanhandlung ist im Sommer 2020 angesiedelt. Die erste Welle der Pandemie ist überstanden. Corona-Medikamente wie auch eine Corona-Schutzimpfung befinden sich noch in der Entwicklung. Trotzdem ist der Sommer des Jahres '20 in Deutschland eine Zeit der niedrigen Infektionszahlen, des Durchatmens und der Hoffnung, dass das Schlimmste überstanden sei. Ein Irrtum, wie die folgenden Monate zeigen werden.

Einzelne Episoden des Romans sind im Aachen der Jahre 1911/12 verortet. Deutschland ist in dieser Zeit einerseits durch den Glanz der kaiserlichen Hofhaltung und einen allgemein zunehmenden Wohlstand geprägt, andererseits aber auch durch preußischen Militarismus und eine sich vertiefende Kluft zwischen Arm und Reich. In Europa wachsen die internationalen Spannungen. Wenige Jahre später wird der alte Kontinent im Grauen des Ersten Weltkrieges versinken. Aachen war bereits damals eine Großstadt mit 156.143 Einwohnern (Volkszahlung 1910) und internationalem Flair. Die Stadt verdankte dies neben der Heilkraft ihrer Thermalquellen und ihrer langen glanzvollen Geschichte vor allem auch der Grenzlage »im Herzen Europas«. Im Aachen der 1910er Jahre wurde, auch dank der rheinischen Mentalität der Einwohner, manches lockerer und liberaler gehandhabt, als im zu jener Zeit eher konservativ geprägten Rheine. Mit 14.415 Einwohnern (Volkszählung 1910) war die Stadt an der Ems eine Kleinstadt mit der Textilindustrie als dominierendem Wirtschaftsbereich. Im Jahre 1908 waren von den circa. 4.800 Erwerbstätigen 2.712 in der Textilindustrie tätig. Doch im Alltag der Emsstadt blieb der Einfluss des ländlichen Umlandes deutlich spürbar.

Dabei kann Rheine auf eine lange, wechselvolle Geschichte zurückblicken. Im Roman sind zwei historische Ereignisse sowie die damit verbundenen baulichen Spuren in der Emsstadt von besonderer Bedeutung:

Zum einen die Errichtung der Villa Reni, eines befestigten Königsgutes, durch die Franken im Zuge der Sachsenkriege um das Jahr 800. Dieser Gutshof lag auf einem Kalksporn oberhalb der strategisch bedeutsamen Furt durch die Ems. Heute befindet sich an gleicher Stelle der Falkenhof. Mit dieser Gründung begann die Entwicklung der Stadt Rheine.

Zum anderen die Fertigstellung der Stadtkirche St. Dionysius. Der

Bau der spätgotischen Hallenkirche an der Nordseite des Rheiner Marktplatzes dauerte rund 120 Jahre und wurde 1520 mit der Vollendung des Turmes abgeschlossen, ein Datum, dem im Jahre 2020 eine Vielzahl von Feierlichkeiten und Events gewidmet werden sollten, die jedoch (bedauerlicherweise) zumeist dem Corona-Lockdown zum Opfer fielen.

Eines der Events zum 500-jährigen Jubiläum der Stadtkirche ist die im Falkenhof-Museum präsentierte Ausstellung *Bürgersinn und Seelenheil.* Die glanzvolle Inszenierung mit einer Fülle kostbarer und interessanter Objekte aus dem Kirchenschatz von St. Dionysius lohnt in jedem Fall einen Besuch. Sie ist – Stand Juni 2021 – bis zum 22. August 2021 geöffnet.

Die Beschreibung der Ausstellungsgegebenheiten im Roman entspricht im Wesentlichen der Realität. Das im Fokus stehende *Dionysius-Evangeliar* allerdings ist fiktiv. Ein solches Buch hat es im Kirchenschatz von St. Dionysius nie gegeben. Als Vorbild für das erdachte Buch diente das Evangeliar Kaiser Ottos III. (980–1002). Das Vorderteil des Prachteinbandes dieses um das Jahr 1000 entstandenen Meisterwerkes besteht aus einem Holzkern, der außen von Goldblech bedeckt ist, welches einen reichen Besatz aus Edelsteinen, Halbedelsteinen und Perlen aufweist. In der Mitte befindet sich ein Elfenbeinrelief, auf dem der Tod Marias dargestellt ist. Damit gleicht der vordere Deckel des Evangeliars Kaiser Ottos vom Aufbau her dem Einband des fiktiven *Dionysius-Evangeliars.*

An dieser Stelle sei noch darauf hingewiesen, dass Kaiser Otto III. der Stadt Aachen innig verbunden war. In der Pfalzkapelle, heute ein Teil des Aachener Doms, wurde er als Dreijähriger zum römisch-deutschen König gekrönt und hier ist er auf eigenen Wunsch auch begraben worden. Otto war es auch, der die Reliquien der heiligen Corona und des heiligen Leopardus von Norditalien nach Aachen überführen ließ, die heute im prachtvollen *Corona-Leopardus-Schrein* in der Aachener Domschatzkammer aufbewahrt werden.

Anders als das *Dionysius-Evangeliar* selbst ist der Ort seiner Entstehung allerdings real: Die Goldschmiedewerkstatt August Witte GmbH, *Stiftsgoldschmied und Goldschmied des Heiligen Stuhles und der Apostolischen Paläste,* befand sich am Karlsgraben 29 in Aachen. Hier entstand in den frühen 1910er-Jahren unter Leitung des Goldschmieds Bernhard Witte, des ältesten Sohnes des Firmengründers, der *Corona-Leopardus-Schrein.* Die Goldschmiedewerkstatt existierte bis 1945.

Auch die Schilderung der sonstigen baulichen Gegebenheiten im Aachen der 1910er-Jahre im Roman entspricht der Realität. Das Theater mit dem davor platzierten Kaiser-Wilhelm-Denkmal, das wuchtige Marschiertor, das ehemalige Südtor der äußeren Aachener Stadtmauer, oder auch das Kaiserliche Postamt an der Zollamtstraße, die Burtscheider Brücke und die Decker-Brauerei in Burtscheid – all das sind historisch verbürgte Bauwerke.

Ein Produkt meiner Fantasie ist jedoch die Gaststätte *Zur Lokomotive.* Zwar gab es an selbiger Stelle vor dem Ersten Weltkrieg ein Gasthaus, doch konnte ich weder über dessen Namen noch dessen Ausstattung Näheres in Erfahrung bringen.

Glücksspiel und damit auch das Pokern mit Geldeinsatz war im deutschen Kaiserreich seit 1872 verboten. Die im Roman geschilderte Pokerrunde im Hinterzimmer der Gaststätte *Zur Lokomotive* war damit illegal, was die Zurückhaltung und Geheimniskrämerei des Goldschmiedemeisters Wilhelm Uppkampp nach seinem Gewinn erklärt.

Die *Rheiner Allgemeine Zeitung (RAZ),* der Arbeitgeber von Moritz Mey, und deren Archiv sind ebenso wie das *Rosalind-Franklin-Gymnasium,* an dem Anna Mey arbeitet, frei erfunden. Desgleichen auch das im Stadtplan von Rheine eingezeichnete Verlagsgebäude der Zeitung. In Rheine gibt es aktuell nur eine Tageszeitung, die *Münsterländische Volkszeitung.* Diese gab es auch bereits in den 1910er-Jahren. Die im Roman der *Rheiner Allgemeinen Zeitung* zugeschriebenen Artikel und Werbeanzeigen sind solchen aus der *Münsterländischen Volkszeitung* jener Jahre nachempfunden.

Keine Fiktion, sondern bittere Realität ist der im Roman geschilderte latente und zum Teil auch offene Antisemitismus im deutschen Kaiserreich. Zwar waren die Juden seit der Reichgründung 1871, dem Buchstaben des Gesetzes nach, gleichberechtigte Staatsbürger, doch gab es in allen Schichten der Gesellschaft des Kaiserreiches vielfältige antijüdische Aktivitäten. Die Petition des *Deutschen Volksvereins*, welche 1881 die Aufhebung der rechtlichen Gleichstellung der Juden forderte und von über 225.000 Deutschen unterschrieben wurde, bildet dabei nur die Spitze des Eisberges.

Ausbrüche von Gewalt gegen jüdische Bürger waren ohne Frage die Ausnahme, allerdings gehörten kleine und große Sticheleien und Bosheiten gegen Menschen »mosaischen Glaubens« in Deutschland vielerorts zum Alltagsleben. Oftmals waren sie Ausdruck eines undifferenzierten Sozialneides, zählten doch insbesondere in den Städten viele Juden zum mittleren und gehobenen Bürgertum. Die im Roman geschilderte Verweigerung der Vermietung eines Schulzimmers der katholischen Schule an die jüdische Gemeinde in Rheine durch den Schulvorstand im Jahre 1874 ist hierfür ein Beispiel. Bürgermeister Sprickmann empfahl übrigens der jüdischen Gemeinde als Alternative die Einrichtung eines provisorischen Schullokals im Saal einer Schankwirtschaft, was die jüdische Gemeinde mit Hinweis auf die »Art von Gesellschaft [, die] dort verkehrt« entrüstet ablehnte.

Zur Verbreitung antisemitischen Gedankengutes trugen Autoren wie Otto Glagau, Eugen Dühring oder Houston Stewart Chamberlain bei. Die beiden Letztgenannten stellten in ihren Publikationen eine pseudo-wissenschaftliche rassistische Sicht auf die jüdische Glaubensgemeinschaft in den Fokus. Zu dieser Sorte von Schriften gehört auch das Machwerk »Der Talmudjude« des Professors August Rohling, der gebürtig aus Neuenkirchen bei Rheine stammte. Das Buch wurde nicht zuletzt dank teils kostenloser Verteilung durch katholische Organisationen zu einem antisemitischen »Standardwerk«.

Einen jüdisch klingenden Namen zu tragen war im Kaiserreich

zunehmend ein Stigma. Deshalb kann die Tatsache, dass selbst konvertierten Juden seit den 1880er-Jahren ein Namenswechsel staatlicherseits fortlaufend erschwert wurde, als Zeichen einer verbreiteten antisemitischen Grundhaltung auch unter den politisch Verantwortlichen angesehen werden.

Im Jahre 1910 gab es in Rheine 139 Bürger jüdischen Glaubens, was einem Bevölkerungsanteil von knapp einem Prozent entsprach und damit in etwa dem durchschnittlichen Bevölkerungsanteil der Juden im Deutschen Reich insgesamt.

Die im Roman geschilderte Frankophobie der 1910er-Jahre hatte in weiten Kreisen der deutschen Gesellschaft Tradition. Seit den Napoleonischen Kriegen war der Hass auf Frankreich und die Franzosen ein wesentliches Element des Identitätsgefühls der Deutschen und des sich entwickelnden deutschen Nationalbewusstseins. Der Begriff der »deutsch-französischen Erbfeindschaft« gehörte im 19. Jahrhundert zum Standardvokabular der Herrschenden beiderseits der Grenze. Der Deutsch-Französische Krieg von 1870/71 führte zu einer Vertiefung der gegenseitigen Ablehnung. Eines der Ergebnisse dieses Krieges war die Abtretung fast des gesamten Elsass (ohne das Arrondissement Belfort) an Deutschland. Die als Franzosen geborenen Elsässer wurden so zwangsweise und oftmals mit deutlich gezeigtem Widerwillen zu Deutschen. In den Augen vieler Bürger des neu gegründeten deutschen Kaiserreiches besaßen sie daher den Makel der patriotischen Unzuverlässigkeit und wurden mit Argwohn betrachtet. Eine der Städte im Elsass ist Mulhouse (Mülhausen), im Roman die Geburtsstadt des Pierre Kohn. Im Jahre 1910 hatte die Stadt 95.041 Einwohner, darunter 2.287 Juden.

Seit den 1880er-Jahren war Deutschland Kolonialmacht. Zu den deutschen Kolonien, die amtlicherseits auch als Schutzgebiete bezeichnet wurden, da ihre Besitznahme dem Schutz deutscher (Handels- und Siedler-)Interessen diente, gehörte auch Deutsch-Südwestafrika, das heutige Namibia. 1908 lösten hier Diamantenfunde nahe Lüderitzbucht einen wahren »Diamanten-Boom« aus. In den Jahren vor dem Ersten Weltkrieg stammten fast 20 % der weltweit geförderten Diamanten aus dieser Region. Im Zuge dieses Booms wurde in der Wüste Kolmanskop (deutsch: Kolmannskuppe) gegründet, eine Diamantenschürfersiedlung, die zu Beginn der 1910er-Jahre dem Pro-Kopf-Einkommen nach als reichste Stadt Afrikas galt. Nach dem Ersten Weltkrieg begann der Niedergang. Die Diamantenfelder rund um Kolmanskop waren rasch ausgebeutet. Die Ortschaft verfiel und die Einwohner verließen sie.

Die im Roman angesprochene *Schürfgesellschaft Kolmanskop* ist historisch verbürgt. Sie wurde am 23. August 1908 als GmbH gegründet. Im Zuge einer Kapitalaufstockung durch das Kapital britisch-südafrikanischer Geldgeber kam es bereits 1909 zu einer Umgründung und es entstand die Firma *The Colmanskop Diamond Mines Limited* mit Sitz in Kapstadt und einer Filiale in Lüderitzbucht, die bis in die 1920er-Jahre größere Mengen an Diamanten förderte. Im Roman wurde diese Weiterentwicklung der Firma ausgeblendet, ebenso wie die Tatsache, dass es sich um eine GmbH handelte, hätte dies doch die Weitergabe der Anteilscheine verkompliziert.

Zum Schluss noch ein Wort zum Restaurant »Veracruz« mit seinem stimmungsvollen Ambiente, der guten Küche und dem idyllischen Biergarten. Sie werden ein Restaurant dieses Namens in Rheine vergeblich suchen, ebenso wie das im Stadtplan eingezeichnete Restaurantgebäude. Allerdings hat das »Veracruz« durchaus ein reales Vorbild: das »Casa Gonzales« in Rheine, das gleichfalls mit typisch mexikanischer Küche und urig-gemütlicher Atmosphäre punktet. Bei der Schilderung der servierten Gerichte habe ich mir Anleihen in der Speisekarte dieses Restaurants erlaubt. Ein Besuch des »Casa Gonzales« lohnt in jedem Fall!

Alle für den Roman bedeutsamen Fakten habe ich sorgfältig recherchiert. Sollten mir bei deren Darstellung dennoch Ungenauigkeiten oder gar Fehler unterlaufen sein, so bitte ich, mir diese nachzusehen.

Sie wollen tiefer in einzelne Aspekte der Materie einsteigen? Nur zu. Hier eine kleine Auswahl von Print- und Internetquellen zum Weiterlesen:

AACHENER ANZEIGER, Ausgaben 1885 – 1943. https://zeitpunkt.nrw/ulbbn/periodical/titleinfo/6735736, letzter Zugriff 06.04.2021.

ADRESSBUCH 1912 FÜR AACHEN UND UMGEBUNG. https://digitale-sammlungen.ulb.uni-bonn.de/periodical/pageview/6049890, letzter Zugriff 06.04.2021.

ALICKE, K.-D. (Hrsg.) (2014): Aus der Geschichte der jüdischen Gemeinden im deutschen Sprachraum: Mülhausen / Mulhouse (Elsass). https://www.jüdische-gemeinden.de/index.php/gemeinden/m-0/1352-muelhausen-mulhouse-elsass, letzter Zugriff 06.04.2021.

BEILMANN-SCHÖNER, M., FUSENIG, T., ADAM, M. (Hrsg.) (2020): Bürgersinn & Seelenheil. Der Kirchenschatz von St. Dionysius in Rheine. Oppenheim am Rhein, Nünnerich-Asmus-Verlag & Media.

BERING, D. (1987): Der Name als Stigma. Antisemitismus im deutschen Alltag 1812–1933. Stuttgart, Klett-Cotta.

BREUING, R. und MENGELS, K.-L. / STADT RHEINE (Hrsg.) (2003): Die Kunst- und Kulturdenkmäler in Rheine. Teil 1: Die kirchlichen Denkmäler. Steinfurt, Tecklenborg Verlag.

BREUING, R. und MENGELS, K.-L. / STADT RHEINE (Hrsg.) (2007): Die Kunst- und Kulturdenkmäler in Rheine. Teil 2: Die profanen Denkmäler. Steinfurt, Tecklenborg Verlag.

BÜRG, G. (1942): Mitteilungen der Gruppe Deutscher Kolonialwirtschaftlicher Unternehmungen. Band 7: Die nutzbaren Minerallagerstätten von Deutsch-Südwestafrika. Berlin, Verlag Walter De Gruyter & Co.

DORNSEIF, G. (2008): Vor 100 Jahren: Erster Diamantenfund in DSWA. https://docplayer.org/6901536-Vor-100-jahren-erster-diamantenfund-in-dswa.html, letzter Zugriff 06.04.2021.

Jaecker, T. (2002): Judenemanzipation und Antisemitismus im 19. Jahrhundert. https://www.jaecker.com/2002/03/judenemanzipation-und-antisemitismus-im-19-jahrhundert/, letzter Zugriff 06.04.2021.

Münsterländische Volkszeitung, Ausgaben 1906–1940. https://zeitpunkt.nrw/ulbms/periodical/titleinfo/1462622, letzter Zugriff 06.04.2021.

Nonn, Ch. (2021): 12 Tage und ein halbes Jahrhundert. Eine Geschichte des deutschen Kaiserreichs 1871–1918. München, Verlag C.H.Beck.

Savelsberg, H. (1912): Führer durch Aachen. Im Auftrag der Pressekommission der 59. General-Versammlung der Katholiken Deutschlands. Aachen, La Ruelle'sche Accidenzdruckerei und Lithographische Anstalt.

Stadt Rheine (Hrsg.): Rheine – gestern, heute, morgen. Zeitschrift für den Raum Rheine. Selbstverlag. Verschiedene Ausgaben, u.a. 3/1988: Geschichte der Juden in Rheine.

Ich hoffe, liebe Leserinnen und Leser, es war für Sie ein spannendes Vergnügen, Luke Rumphorst sowie Anna und Moritz Mey bei der Verbrecherjagd zu begleiten. Der letzte Fall des Trios wird der Falkenhof-Mord definitiv nicht gewesen sein …

Mit herzlichen Grüßen aus dem Münsterland

Karlheinz Uhlenbrock

ÜBER DEN AUTOR

KARLHEINZ UHLENBROCK, geboren 1956, studierte Biologie und Geografie an der WWU in Münster. Im Anschluss unterrichtete er am Abendgymnasium in Köln sowie in Rheine und führte als Fachleiter angehende Lehrerinnen und Lehrer in die Geheimnisse der Unterrichtspraxis ein. Seit 1991 lebt und schreibt der Autor verschiedener Fachbücher in seiner Wahlheimat Rheine. »Die langen Schatten der Vergangenheit« ist der erste Kriminalroman des passionierten Krimi-Lesers und Weltenbummlers und der Auftaktband einer Rheine-Krimireihe mit dem sympathischen Ermittlertrio Luke Rumphorst, Anna und Moritz Mey.